OBSIDIANGOLD

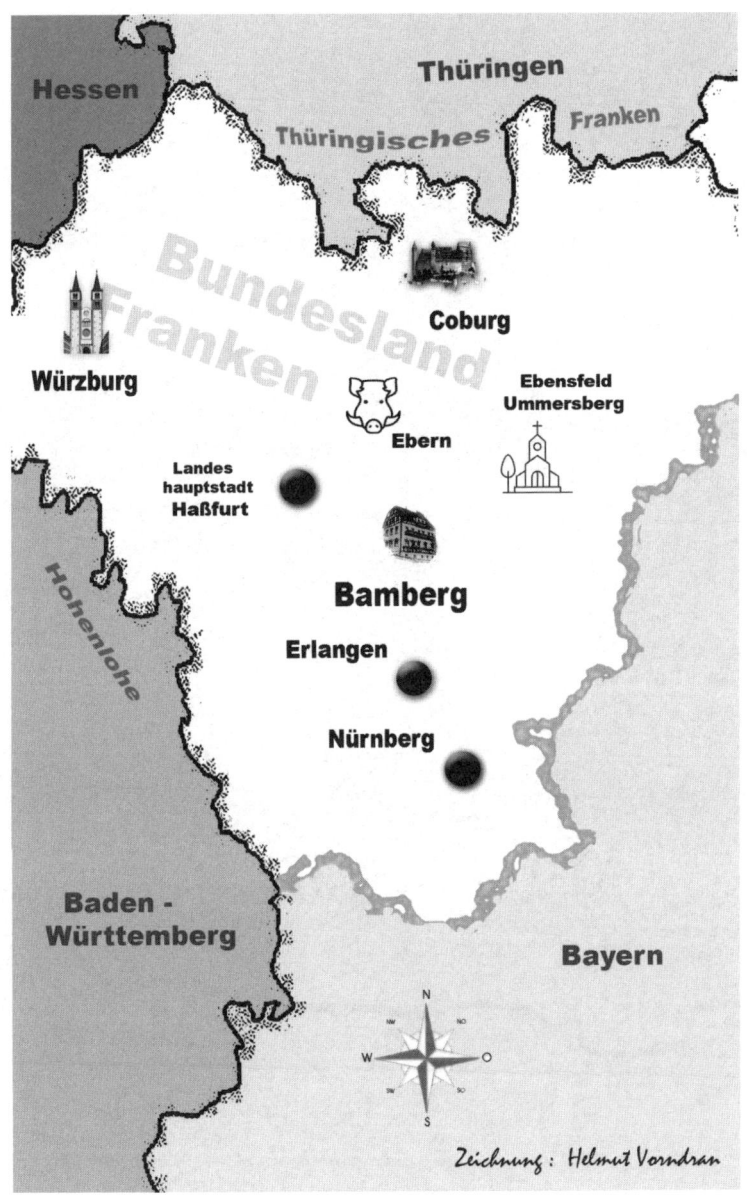

Hessen

Thüringen

Thüringisches

Franken

Bundesland

Franken

Coburg

Würzburg

Ebensfeld
Ummersberg

Ebern

Landes
hauptstadt
Haßfurt

Bamberg

Erlangen

Nürnberg

Hohenlohe

Baden -
Württemberg

Bayern

N

NW   NO

W   O

SW   SO

S

Zeichnung : Helmut Vorndran

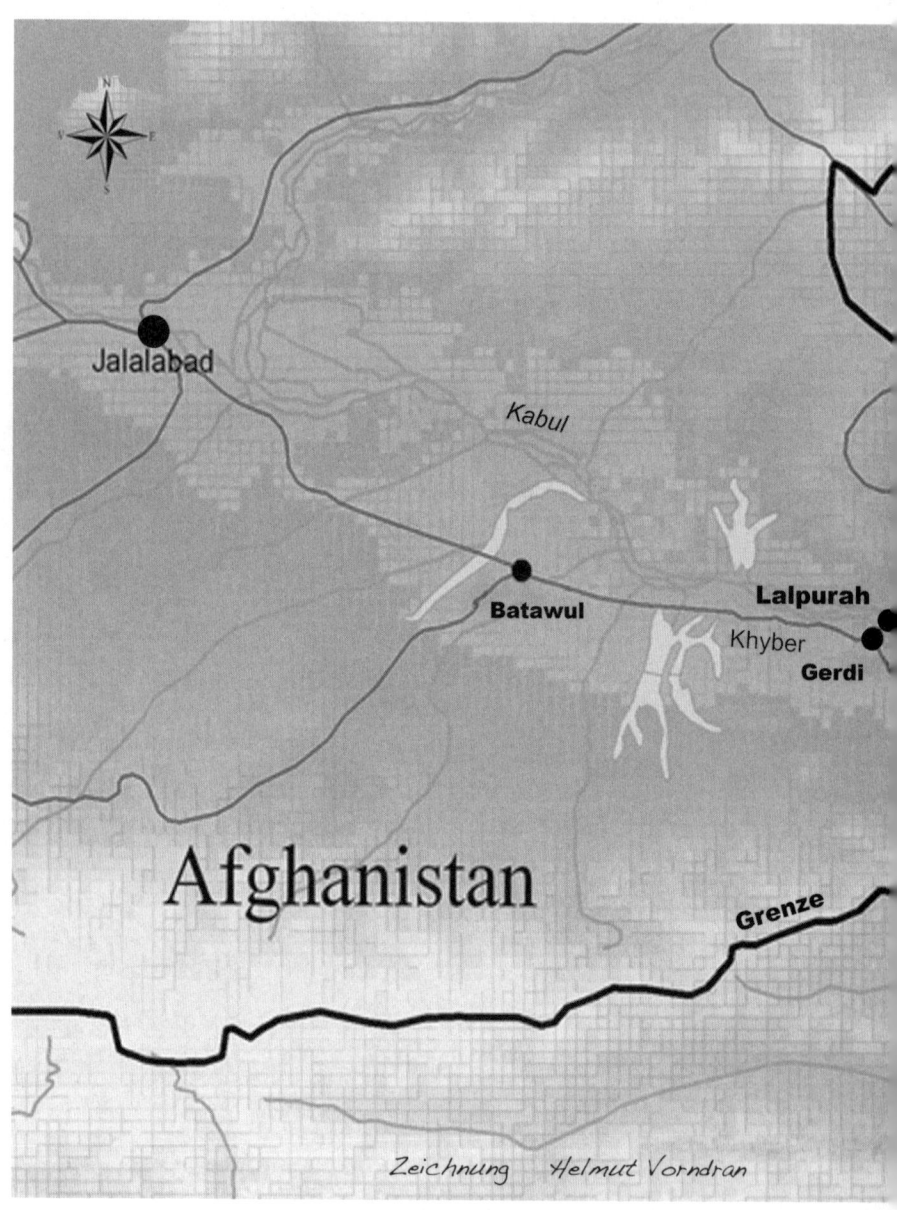

Jalalabad

Kabul

Batawul

Lalpurah

Khyber

Gerdi

Afghanistan

Grenze

Zeichnung   Helmut Vorndran

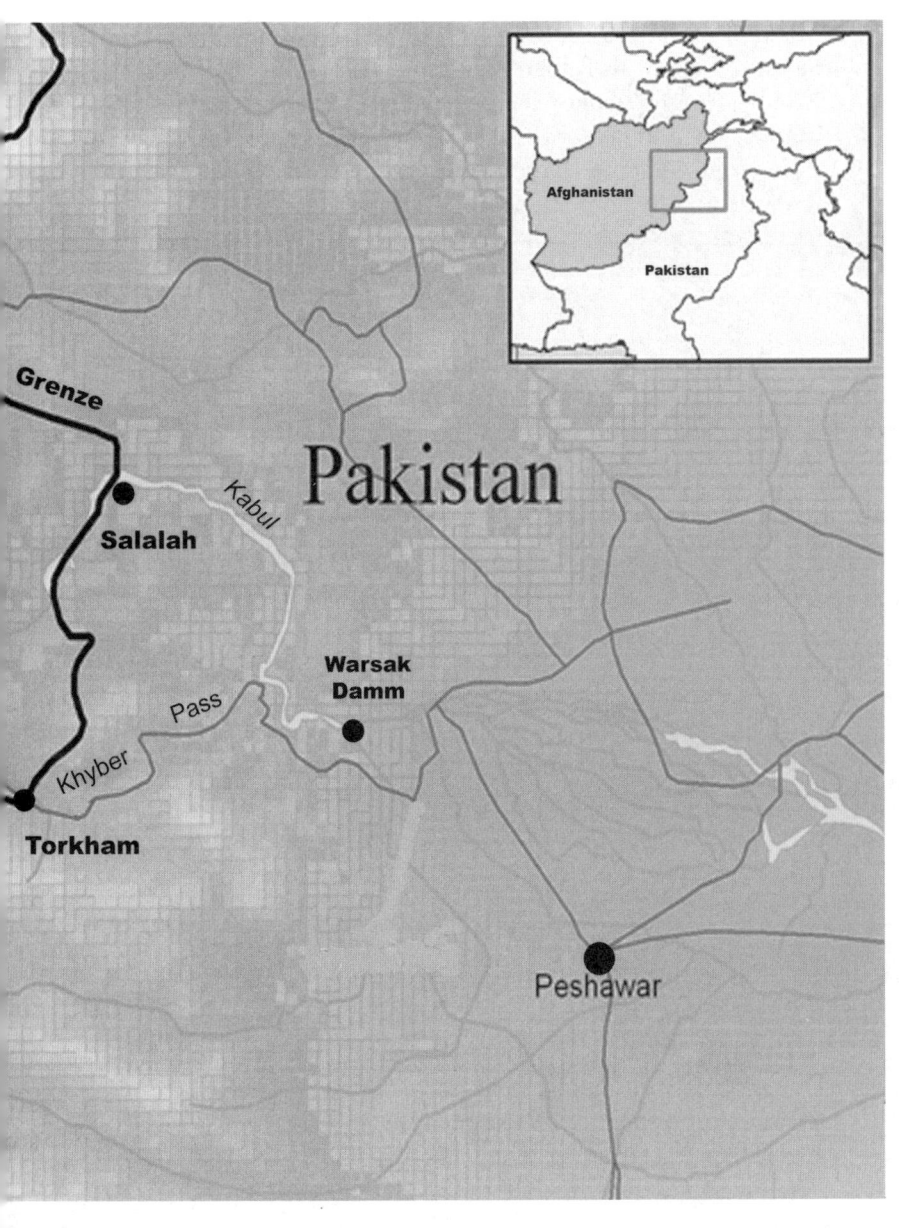

Helmut Vorndran, geboren 1961 in Bad Neustadt/Saale, lebt mehrere Leben: als Kabarettist, Unternehmer und Buchautor. Als überzeugter Franke hat er seinen Lebensmittelpunkt im oberfränkischen Bamberger Land und arbeitet als freier Autor unter anderem für Antenne Bayern und das Bayerische Fernsehen.
www.helmutvorndran.de

HELMUT VORNDRAN

OBSIDIANGOLD

Franken Krimi

emons:

Bibliografische Information der Deutschen Nationalbibliothek
Die Deutsche Nationalbibliothek verzeichnet diese Publikation
in der Deutschen Nationalbibliografie; detaillierte bibliografische
Daten sind im Internet über http://dnb.d-nb.de abrufbar.

© Emons Verlag GmbH
Alle Rechte vorbehalten
Umschlagmotiv: shutterstock.com/lkpro
Umschlaggestaltung: Nina Schäfer, nach einem Konzept
von Leonardo Magrelli und Nina Schäfer
Umsetzung: Tobias Doetsch
Gestaltung Innenteil: DÜDE Satz und Grafik, Odenthal
Lektorat: Marit Obsen
Druck und Bindung: CPI – Clausen & Bosse, Leck
Printed in Germany 2022
ISBN 978-3-7408-1584-4
Franken Krimi
Originalausgabe

Unser Newsletter informiert Sie
regelmäßig über Neues von emons:
Kostenlos bestellen unter
www.emons-verlag.de

Dieses Buch ist Sharbat Gula gewidmet.

Du bist ein Schatten
am Tage
und in der Nacht
ein Licht.
Du lebst in meiner
Klage
in meinem Herzen
stirbst du
nicht.

Friedrich Rückert (aus den Kindertotenliedern)

Prolog

Zuerst war da dieser Schwebezustand. Ich schwebte über meinem eigenen Körper, ganz in helles, weißes Licht gehüllt. Dann kamen diese Leute, die mich von der kalten Erde hoben und in einen Krankenwagen steckten. Auf dem Weg ins Krankenhaus wurde ich mehrfach wiederbelebt. Das weiße Licht verschwand, in mir wurde alles schwarz. Ich befand mich in einer Art riesigen Höhle, mit zur Seite ausgestreckten Armen wie bei einer Kreuzigung an die Felswand gekettet, unter mir endloser Abgrund. Ich registrierte einen Geruch nach Fäulnis, genauer, nach verwesendem Fleisch. In der Dunkelheit tauchten plötzlich Augenpaare und Krallen auf, die mir die Haut in langen Streifen vom Körper rissen. Ich konnte nichts tun, um diesen Alptraum zu beenden, denn ich war außerhalb der Zeit. Ich war in der Ewigkeit, voller Panik, ohne Hoffnung auf etwas Gutes.

Eine starke Hand bahnte sich ihren Weg durch die Dunkelheit und ergriff meine Taille. Die Fesseln fielen von mir ab, auch die Schwärze verschwand. Dann war da erneut dieses weiße, helle Licht. Da wusste ich, dass ich ins Leben zurückgerufen werden sollte, und ich wusste auch sofort wieder, wer und wo ich war. Ich betrachtete den fremden Raum, und mir wurde bewusst, warum das alles passiert war, wieso ich es auf mich genommen hatte. Ich riss mich zusammen. So viel war passiert in meinem Leben, so viel hatte ich erlebt, erkämpft und überstanden. Also verschwendete ich keine Zeit mit Selbstmitleid, Trauer oder gar Resignation, sondern machte mich erneut auf den Weg.

Feuer

Es war spät, sehr spät sogar, als Biobauer Bernhard Sporath ein heftiges Klingeln von seiner Eingangstür her vernahm. Ein kurzer Blick aus dem Fenster bestätigte seine Vermutung, es war stockdunkel draußen. Und wenn Ende Juli draußen keine Sonne mehr schien, war es spät, schließlich ging das gleißende Gestirn im Hochsommer erst nach zweiundzwanzig Uhr unter. Bauer Sporath legte sich dieser Tage zudem spätestens um zweiundzwanzig Uhr in die Federn, denn wenn gedroschen wurde, musste er ziemlich früh raus. So hatte er auch heute bereits eine kurze Strecke Schlaf hinter sich, als auf einmal dieses schrille Geräusch durchs Haus gellte. Ein Blick auf die große Standuhr im Gang bestätigte ihm, dass es tatsächlich jemand wagte, ihn um dreiundzwanzig Uhr in der Nacht aus dem Bett zu holen. Er hatte gerade mal eine Stunde geschlafen, schlief eigentlich immer noch und war somit geistig noch viel zu träge, als dass sein Gehirn sich einen Reim auf die akustische Belästigung machen konnte. Bernhard Sporath war Biobauer und von seinem ökologischen Naturell ein begeisterter Vertreter des natürlichen Erwachens. Wecker oder anderweitige Störungen seiner Nachtruhe waren ihm zutiefst zuwider. Nun ja, diese Methode des entspannten Tagesbeginns fiel heute wohl aus, da versuchte es jemand auf die ganz harte Tour. Hoffentlich wachte seine Frau bei dem ganzen Gebimmel nicht auf, sie war auch gerade erst eingeschlafen.

Nur in Unterhose, das Handy mit aktivierter Taschenlampenfunktion in der Hand und mit einem schnell übergeworfenen großen karierten Poncho seiner Frau bedeckt, eilte er durch das dunkle Haus, tastete sich schlaftrunken auf der fahl beleuchteten Treppe nach unten und öffnete die alte Haustür seines Bauernhofes in Ebensfeld. Vor ihm stand der Feuerwehrkommandant der Freiwilligen Feuerwehr aus Ebensfeld, in voller Montur und mit verschwitztem Gesicht.

»Daniel, was gibt's denn, Herrschaftszeiten!«, raunzte Bernhard Sporath ungehalten, blickte aber bereits sicherheitshalber ringsum in seinen Hof, ob da vielleicht irgendwelche Flammen aus dem alten Gebälk schlugen. Denn wenn die Feuerwehr vor der Tür stand, hatte das ja meistens einen feurigen Grund. Doch es war nichts zu sehen außer den dunklen Schatten der bauernhöfischen Gebäudeumrisse.

»Bei dir brennt's!«, rief Daniel Bressig, was in Biobauer Sporath eine leicht aggressive Verwirrung hervorrief. Es war doch vollkommen offensichtlich, dass bei ihm gar nichts brannte. Was zum Geier redete der Bressig da?

Mit sich hysterisch überschlagender Stimme wiederholte Bressig: »Es brennt!«, dazu fuchtelte er wild mit seinen Armen auf und ab, als wollte er, einem Hubschrauber gleich, abheben und in die sternenklare Nacht davonfliegen.

»Jetzt griech dich erschd amal widder ei, Daniel!«, rief Sporath zurück, packte den jungen Feuerwehrkommandanten an der Schulter und schüttelte ihn, damit er seine Panik ablegte und ihm erst mal erklärte, was hier eigentlich los war.

Diese handgreifliche Aktion hatte zwei unmittelbare Effekte. Erstens kam der reichlich überfordert wirkende Bressig dadurch tatsächlich wieder zur Besinnung, und zweitens rutschte Sporath der Poncho seiner besseren Hälfte von den Schultern, sodass er dem nächtlichen Besucher nun fast nackt, nur mit seiner roten Unterhose bekleidet, gegenüberstand. Der Ebensfelder Feuerwehrkommandant hatte für diesen bekleidungstechnischen Fauxpas keinerlei Sinn, allerdings schafften es Sporaths Schüttelbemühungen immerhin, seine Adrenalinwallungen allmählich in den grünen Bereich zurückzubefördern. Sein Herz hörte auf, wie eine Kreiselpumpe zu arbeiten, und auch das Gehirn schaffte es, den Autopiloten, welcher die ganze Zeit im Panikmodus gearbeitet hatte, zu deaktivieren.

Biobauer Bernhard Sporath sah seine Chance gekommen und nahm einen neuen Anlauf zur Situationsklärung. »Also noch amal vo ganz vo vorn, Daniel. Was is bassiert? Wieso hausd du mich um die Zeid ausm Bedd? Was genau brennt etzerd?« Daniel Bressig schaute nach oben in die klare Nacht und schnaufte noch einmal laut und vernehmlich durch, ehe er seinem Gegenüber wieder in die Augen sah. Das war immerhin sein erster Brand als Kommandant und einfach einen Tick zu viel gewesen, aber jetzt ging's wieder, die bäuerliche Schüttelei hatte tatsächlich geholfen.

»Bernhard, du hast doch den großen Agger bei Unterbrunn, oder ned?«, stieß Bressig hervor. Was sollte das jetzt werden, ein Austausch über agrarfachliche Fragen?

»Ja, hab ich, warum? Willst ner kaafen?«, fragte Sporath, der überhaupt nicht wusste, worauf Bressig eigentlich hinauswollte, und hielt mit dem Schütteln inne. Aber Bressig hatte keinerlei Kaufabsichten.

»Und der Mähdrescher, wo auf dem Agger steht, des is doch aach deiner, oder ned?«, hakte der Feuerwehrkommandant ohne weitere Erklärung nach, was des Biobauern Verwirrung noch weiter steigerte.

»Ja, des is mei Mähdrescher, in Gottes Namen. Den hab ich da stehn gelassen, weil ich daham schnell was anneres machen gemusst hab und ich heud«, er verdrehte die Augen nach oben und überlegte kurz, bevor er fortfuhr, »in circa acht Stunden, sowieso auf dem Agger weiterdreschn wolld. Bassd was ned? Isses jetzt neuerdings verbodn, sein Mähdrescher aufm eichenen Agger stehn zu lassen?«

Sporath, der sich erst jetzt seiner Nacktheit bewusst wurde, bückte sich. Zwar war es eine schwüle Sommernacht, trotzdem war das Mindestmaß dessen, was er sich als Bedeckung für seinen Körper in der Öffentlichkeit wünschte, signifikant unterschritten. Er hob den karierten Poncho seiner Frau vom Boden auf und band ihn hektisch um seine Hüften, damit zumindest die hochnotpeinliche rote Unterhose dem Blick entzogen wurde. Daniel Bressig wartete geduldig, bis der Biobauer den finalen Knoten geknüpft hatte, dann legte er ihm die Hand auf die Schulter und deutete in Richtung Hoftor. Dort waren die dunklen Umrisse des Feuerwehrautos zu sehen, das draußen an der Straße stand.

»Geh einfach mit, Bernhard, des dauerd etzerd zu lang, bis ich dir des alles erglär«, stieß Bressig hervor und schob den Bauern mit sanfter Gewalt in Richtung Einsatzfahrzeug. Sporath konnte gerade noch sein Handy in der Unterhose verstauen, dann waren sie auch schon an dem nagelneuen Löschzug der Ebensfelder Feuerwehr angelangt.

Der Chefarzt der Haßberg-Kliniken in Ebern machte gerade seinen täglichen Rundgang durchs Haus, um sich nach dem aktuellen Gesundungsstand der Patientenschaft zu erkundigen, als auf einmal seine langjährige Intensivschwester oder, korrekt ausgedrückt, die leitende Pflegefachkraft der Intensivstation ins Krankenzimmer gestürmt kam. Schwer atmend blieb sie vor ihm stehen und wurde von Dr. Rudolf Zwack umgehend mit einem überraschten, aber dennoch strengen Blick belegt. Er wollte schwer hoffen, dass Gaby Dremmel einen wirklich triftigen Grund hatte, hier mit einem so filmreifen Auftritt in das Krankengespräch hineinzuplatzen.

Mit weit aufgerissenen Augen zog Gaby Dremmel die Schulter des Chefarztes und somit auch das rechte Ohr von Dr. Zwack zu sich herunter und flüsterte ihm mit heiserer Stimme einen Satz ins Ohr. Das reichte. Auch Dr. Zwack, seines Zeichens Chefarzt und ebenso ärztlicher Leiter der Haßberg-Kliniken zu Ebern, vergaß von einer Sekunde auf die andere seine langjährige Arbeitsroutine, entschuldigte sich hastig beim gerade besuchten Patienten, drückte seinem Assistenzarzt die Krankenakten in die Hände und stürmte zusammen mit seiner Intensivschwester aus dem Zimmer. Der Assistenzarzt konnte den beiden nur völlig verdattert hinterherschauen; dann nahm er Haltung an und begann mehr oder weniger professionell damit, seine erste alleinige Visite am Krankenbett zu improvisieren.

Chefarzt Dr. Zwack starrte unterdessen ratlos auf das leere Bett in seiner Intensivstation, zu dem ihn seine leitende Pflegefachkraft geführt hatte. Das heißt, eigentlich war das hier gar keine richtige Intensivstation, sondern der Bereich, der von der Behandlung der Coronapatienten übrig geblieben war. In diesem Bett hatte bis vor Kurzem eine unbekannte Frau im Koma gelegen – und zwar schon seit mehreren Monaten. Vor ungefähr einem halben Jahr war die Bewusstlose von Bauern auf einem Feld nahe der Ortschaft Poppendorf im Itzgrund gefunden und sofort hierher nach Ebern ins Krankenhaus gebracht worden, das zwar in einem ganz anderen Regierungsbezirk lag, aber von der Entfernung her trotzdem das am nächsten gelegene Klinikum war. Entsprechend schnell hatte man sich um die Frau gekümmert und sie einer medizinischen Behandlung zugeführt. Außerdem wurde die Bamberger Polizei verständigt, da die Frau Verletzungsspuren am ganzen Körper aufwies. Woher die rührten und was zu ihrer Bewusstlosigkeit geführt hatte, vor allem aber ihre Identität blieb vorerst im Dunkeln. Die Frau hatte keine Ausweispapiere bei sich gehabt, es meldeten sich auch keine Angehörigen, sie wurde nicht als vermisst gemeldet, und weder die Fingerabdrücke noch ein Gebissabdruck noch ein DNA-Test hatte zu einem Treffer in den polizeilichen Archiven geführt. So blieb nur die Hoffnung auf ein baldiges Erwachen.

In Kürze hätte die unbekannte Frau laut Polizeidienststelle sogar Erwähnung in der Fernsehsendung »Aktenzeichen XY ... ungelöst« finden sollen, um eventuell aus der Bevölkerung Hinweise auf ihre Identität zu erhalten. Aber das hat sich ja nun erledigt, dachte Dr. Zwack, als er das leere Bett betrachtete. Die Frau war verschwunden. Laut der Aussage seiner Krankenschwester hatte das Personal das gesamte Stockwerk gründlichst durchsucht, aber die Patientin war nirgends mehr aufzufinden gewesen, wie vom Erdboden verschluckt.

»Frau Dremmel, rufen Sie die Polizei, sofort«, lautete Zwacks Kommando, als er sich nach langen Sekunden der Selbstfindung endlich wieder äußern konnte.

Eine Ansage, die Gaby Dremmel sehr beruhigte. Hauptsächlich, weil die Last des ungenehmigten Verschwindens einer Patientin, noch dazu aus ihrem Verantwortungsbereich, dadurch von ihr genommen wurde.

»Den mit dem Schwein oder einen Normalen?«, fragte sie, aber ihr Chef hatte gerade keinen Sinn für solche Feinheiten.

»Ist mir völlig egal, Frau Dremmel, Hauptsache, es kommt sofort jemand, um mir das zu erklären«, stieß Rudolf Zwack hervor, bevor er sich auf dem einzigen freien Stuhl im Raum niederließ und inmitten der sonst summenden und piependen, aber mittlerweile abgestellten Gerätschaften allein zurückblieb.

Der erste Vertreter der Exekutive, der an der Brandstelle auf der Ackerfläche bei Unterbrunn eintraf, war der berühmt-berüchtigte Streifenpolizist Elias Webhan von der Polizeidienststelle Bad Staffelstein mit seinem Kollegen. Seinen zweifelhaften Ruhm hatte sich Polizeioberwachtmeister Webhan dadurch verdient, dass er es sich anscheinend in den Kopf gesetzt hatte, die Stadt Bad Staffelstein und deren weiteres Umfeld von abgefahrenen Reifen, sprich: Pneus mit zu geringer Profiltiefe zu befreien. Zu diesem Zweck führte der pflichtbewusste Polizist immer eine Schachtel Zündhölzer mit Strichmuster mit sich. Die selbst aufgemalte Skala erlaubte es ihm, die Profiltiefe am Reifen, unter dem Auto liegend, bis auf den Zehntelmillimeter festzustellen. Sein penibles Berufsverständnis führte dann durchaus das ein oder andere Mal zu einem aufgebrachten »Kundengespräch«, vor allem, wenn nur einer der vier Reifen eines Pkws gerade einmal ein Zehntel eines Millimeters unter der gesetzlichen Norm über fränkische Straßen rollte und deswegen vier Punkte und ein nicht unerheblicher Geldbetrag fällig wurden. Zudem schlug sich Elias Webhan zeit seines Lebens mit einer eher selten anzutreffenden Knopfphobie herum, welche ihm sowohl im privaten wie auch dienstlichen Bereich zu schaffen machte, vor allem aber seinem ohnehin angeknacksten Öffentlichkeitsbild zusätzlich noch abträglich war.

Heute hatte er sich mit seinem langjährigen Kollegen Polizeioberwachtmeister Alfons Schieler, der wie er noch knapp siebzehn Jahre von der Pensionierung entfernt war, auf einer eher ereignislosen Streifenfahrt durch die oberfränkische Nacht befunden, als ein Anwohner aus der kleinen Ortschaft Unterbrunn um kurz nach Mitternacht per Notruf ein großes Feuer auf freiem Feld meldete. Da sich die Beamten sowieso gerade ganz in der Nähe, nämlich auf dem Weg von Döringstadt nach Ebensfeld befunden hatten, waren sie bereits wenig später vor Ort und konnten als die schon erwähnten Ersten das flammende Schauspiel betrachten.

Man musste kein ausgebildeter Landwirt sein, um zu erkennen, dass dort auf dem Acker gerade ein ziemlich großer Mähdrescher abfackelte. Ein durchaus eindrucksvolles Schauspiel mit nicht unbeträchtlicher Hitzeentwicklung. Elias Webhan hatte schon so manches Fahrzeug brennen sehen, ein Mähdrescher war bis jetzt noch nicht dabei gewesen. Der Brand schloss sozusagen eine Lücke im Erfahrungsspeicher seiner langjährigen Laufbahn, abgefackelte Nutzfahrzeuge vom Pkw bis zur landwirtschaftlichen Erntemaschine betreffend. Ein wenig irritierend für die beiden Polizeibeamten war der Umstand, dass direkt am Straßenrand ein großer Löschzug mit Bamberger Kennzeichen parkte, um den sich zahlreiche Feuerwehrmänner in voller Montur gruppierten, die aber keinerlei Anstalten machten, sich dienstlich mit dem brennenden Mähdrescher zu beschäftigen. Ganz im Gegenteil, der große Löschzug hatte den Motor und die Lichter aus, und die dazugehörigen Feuerwehrmänner lehnten ziemlich relaxt, ja fast gelangweilt an ihrem Einsatzfahrzeug und betrachteten das Ganze mit betontem Desinteresse. Einige plauderten, einer rauchte.

Als Elias Webhan einen der Feuerwehrmänner, der sich gerade aufreizend genussvoll eine Zigarette angesteckt hatte, ansprach und ihn ratlos fragte, wieso sie denn das Feuer nicht einfach löschten, wo sie schon einmal hier waren, erhielt er eine zutiefst befremdliche Antwort.

»Der Kommandant vo die Ebensfelder Feuerwehr war vorhin da und hat uns zamgschissn, was mir da wollen. ›Des is unner Brand‹, hader sacht. Des is hier Landkreis Lichtenfels, ergo geht des die Zapfendorfer Feuerwehr gar nix aa. Mir Zapfendorfer körn zum Bambercher Landkreis, also is des ned unner Feuer, sondern des vo die Ebensfelder Feuerwehr. Des is unner Brand, hader sacht. Mir sollen gefälligst Leine ziehen, und zwar schnell. Also stehn mir halt etzerd da und guggn zu, wie der Mähdrescher runnerbrennt. Is ach amal ganz schö, aber an Feuerwehrler tut es a weng weh«, meinte der Angesprochene unter beredtem Grinsen der anwesenden Kollegen aus dem Bamberger Landkreis.

Elias Webhan verstand die Logik nicht wirklich, seine Gedankengänge wurden jedoch von den Sirenen eines sich schnell nähernden Einsatzfahrzeuges unterbrochen, welches sich als Löschzug der Ebensfelder Feuerwehr entpuppte, der, mit sämtlichen akustischen wie lichttechnischen Warnfunktionen aufwartend, aus nördlicher Richtung angefahren kam. Die Mannschaft war offenbar ziemlich gut trainiert, denn in kürzester Zeit war der Löschzug geparkt, die Feuerwehrmänner aus dem Fahrzeug gesprungen und der Schlauch entrollt. Binnen Minutenfrist traf ein armdicker Wasserstrahl auf den brennenden Mähdrescher und lieferte sich mit den daraus emporschlagenden Flammen einen heftigen Kampf.

Sofort nach dem Eintreffen der Ebensfelder Feuerwehr gingen Elias Webhan und Alfons Schieler dazu über, das Feld, auf dem sich der brennende Mähdrescher befand, gegen neugierige Passanten abzusichern, während die Mannen von der Zapfendorfer Feuerwehr (Landkreis Bamberg) in ihren Löschzug stiegen und ohne Eile die Heimreise antraten. Die beiden Polizeibeamten bekamen davon nur am Rande etwas mit, zu sehr waren sie mit ihrer improvisierten Absperrung aus Steckpfosten und rot-weißem Absperrband beschäftigt. Zwar fuhren um diese Zeit nur sehr wenige Fahrzeuge durch die Nacht, von denen kaum eines wirklich angehalten hätte, aber Vorschrift war nun mal Vorschrift. Die Aktion dauerte auch nicht allzu lange, aber immerhin lange genug, um am Ende ihrer Sicherungsarbeiten festzustellen, dass die Ebensfelder Feuerwehr noch schneller gearbeitet hatte als sie. An dem landwirtschaftlichen Arbeitsgerät züngelten nur noch kleine Flämmchen, dafür umso mehr dichter, grauer Rauch empor, der von den Scheinwerfern des Löschzuges angeleuchtet wurde. Ein Feuerwehrmann winkte ihnen von der Brandstelle aus zu, woraufhin sich Webhan und Schieler in Richtung Mähdrescher in Bewegung setzten.

Je näher sie der Brandstelle kamen, umso deutlicher wurde das Ausmaß der Zerstörung. Das landwirtschaftliche Fahrzeug der Marke »Claas« rauchte zwar noch gehörig aus allen Öffnungen, aber der immense Schaden war unübersehbar.

»Der hat seinen letzten Halm gemäht«, stellte Alfons Schieler unnötigerweise fest, während sein Kollege Webhan sofort die dahingeschmolzenen Reifen des Mähdreschers in Augenschein nahm. Der Grund für dieses besondere Interesse seines Kollegen an den abgefackelten Pneus war Schieler zuerst nicht so ganz klar, er wollte ihn aber auch gar nicht wissen, sondern wandte sich einem der Feuerwehrleute zu, der gerade einen der verwendeten Schläuche zusammenrollte. »Hallo, wo ist denn euer Kommandant? Beziehungsweise wer kann mir was Erhellendes über die Brandursache erzählen?«, fragte er.

»Unner Kmandand, der Bressig-Daniel, is zum Sporath gfahrn, damit der Bescheid waaß, dass sei Mähdrescher brennt«, entgegnete der in seine rollende Tätigkeit vertiefte Feuerwehrmann eher beiläufig. »Ich glaab ned, dass des lang dauert, bis der widder da is. Der is ja noch ned lang Kommandant und deswechen ziemlich engagiert.« Sprach's und rollte mit der ihm eigenen Gleichmütigkeit den immer umfangreicher werdenden Schlauchkringel an Polizeioberwachtmeister Schieler vorbei in Richtung Straße.

Der nahm die Antwort einfach mal so hin. Seine Erfahrung hatte ihn gelehrt, dass mit einem fränkischen Feuerwehrmann im Einsatzstress nicht wirklich zu diskutieren war. Auch wenn das Feuer inzwischen ein gewesenes war und eigentlich kein Grund für beruflich bedingte Adrenalinschübe mehr vorlag, ein Feuerwehrbeamter war immer im Stress, immer, so viel wusste Alfons Schieler inzwischen.

Für länger andauernde diesbezügliche Überlegungen gab es keinen Grund und jetzt auch keine Zeit mehr, denn ein weiterer Löschzug näherte sich mit rotierenden Lichtern und lautem Sirengengeheul der Brandstelle, bis er schließlich an genau der Stelle bremste und anhielt, an der noch vor wenigen Minuten der Löschzug der Zapfendorfer Kollegen gestanden hatte. Herausgesprungen kamen zwei sehr unterschiedliche Persönlichkeiten. Der eine der beiden, in Einsatzkleidung der Brandbekämpfung gehüllt, musste der besagte junge, engagierte Polizeikommandant Daniel Bressig sein. Der andere Typ gab Schieler allerdings Rätsel auf. Im Grunde war der Mann nackt, bekleidet nur mit einer Art Schal, den er sich um die Hüften geschlungen hatte und unter dem bei genauerem Hinsehen eine knallrote Unterhose hervorblitzte. Mutmaßlich stand hier der Biolandwirt vor ihm, dem sowohl Mähdrescher als auch Acker gehörten. Alles in allem hatte Schieler beim Anblick dieser Erscheinung jedoch eher die Assoziation eines fränkischen Land-Tarzans, den man gerade zu dessen eigener Verblüffung von seinem Baum geholt und aus dem Wald geschleppt hatte. Der Mann stand nämlich sekundenlang mit völlig entgleisten Gesichtszügen und weit offenem Mund vor der verkohlten Dreschmaschine, bis ihm schließlich doch eine halbwegs deutliche Aussage über die Lippen kam.

»Mei Mähdrescher ...«, ließ er fassungslos vernehmen.

Aha, Tarzan war also endlich ansprechbar – eine gute Gelegenheit, sich der Brandursache ein wenig anzunähern, dachte Polizeioberwachtmeister Alfons Schieler und nahm die Sache in die Hand.

Eigentlich wäre für den seltsamen Fall der aus dem Krankenhaus in Ebern verschwundenen Patientin ja die unterfränkische

Polizei zuständig gewesen, aber da die Frau vor einem halben Jahr im Landkreis Bamberg gefunden worden war, oblagen die Ermittlungen in ihrem Fall der dortigen Polizeibehörde, wie Dr. Zwack seither gelernt hatte. Also war er nicht sonderlich erstaunt, als derselbe seltsame Polizist bei ihm auftauchte, der schon damals den Fall für die Bamberger Kripo aufgenommen hatte. Ein dünner Typ in abgewetzten Jeansklamotten und zerknautschten Cowboystiefeln mit dünnem Pferdeschwanz und einer völlig deplatzierten Sonnenbrille. Dieser Kommissar Schmitt stand in den exakt gleichen Klamotten vor ihm wie vor einem halben Jahr, als hätte er sie seitdem nicht gewechselt. Dafür, dass dem nicht so war, würde der Chefarzt die Hand aber bestimmt nicht ins Feuer legen.

Und natürlich hatte der Kriminalbeamte im Outfit eines nordamerikanischen Kuhhirten auch wieder dieses kleine Minischwein auf dem Arm, welches er schon beim letzten Mal dabeihatte. Ein schwer zu akzeptierender Umstand für den medizinischen Leiter eines Krankenhauses. Aber bitte, das Tier war ja wenigstens klein. So ungefähr Hamstergröße, nur viel dicker, schwarz-rosa gefleckt und damit zumindest optisch zu vernachlässigen.

»Also gut, ich habe das jetzt verstanden«, fasste Bernd »Lagerfeld« Schmitt zusammen. »Diese Frau ist von einem Moment auf den anderen verschwunden. Sie wissen nicht, ob sie das allein vollbracht hat oder ob wir es hier mit einer Entführung zu tun haben. Während sie im Koma lag, sind ihre Verletzungen gut verheilt, körperliche Einschränkungen hat sie also wohl keine mehr. Die Krankenhauskluft wurde abgelegt, und die Patientin oder sonst jemand hat sich wieder ihrer eigentlichen Kleidung bemächtigt, die gereinigt und gewaschen in einem Korb neben dem Bett gestanden hatte.« Prüfend schaute er Dr. Zwack an, der zustimmend nickte. »Wenn ich das richtig sehe, haben wir zudem ein Zeitfenster von circa drei Stunden, in denen das Bett der Patientin unbeobachtet war. In dieser Zeit muss sie sich entfernt haben – oder wurde entfernt.«

Eine steile These, auf die der Chefarzt aber nicht einging, solcherlei Spekulationen waren schlicht nicht sein Metier. Der Cowboykommissar beugte sich unterdessen nach unten, stellte das Hamsterschwein zum Missfallen des Arztes auf den Zimmerboden und schaute sich suchend auf dem Bett um, in dem die Unbekannte gelegen hatte. Dann griff er sich, ohne zu zögern, eines der unsortiert auf dem Bett herumliegenden Kleidungsstücke und hielt es seinem Minischwein unter die Nase.

»Such, Presssack, such«, sagte der Kommissar, und nach kurzem Schnüffeln setzte sich das kleine Hamsterschwein auch schon in Bewegung. Es zog heftig an seiner Leine, als Lagerfeld noch etwas sehr Wichtiges einfiel. »Sagen Sie mal, gibt's eigentlich Kameras hier im Krankenhaus, die etwas aufgezeichnet haben könnten?«

Dr. Zwacks Gesicht erhellte sich, und er nickte. »Ja, stimmt, gut, dass Sie fragen. Allerdings nur für diese Station hier, im Rest des Hauses nicht.«

»Ich brauche die Aufnahmen der letzten vierundzwanzig Stunden, ich hole sie irgendwann ab«, rief Lagerfeld rasch, denn er wurde der schweinischen Urgewalt an seiner Leine kaum noch Herr. Er winkte dem Arzt noch einmal lächelnd zu, dann ließ er sich von seinem tierischen Assistenten aus dem Zimmer hinausziehen.

Lagerfeld hegte zwar keinerlei Zweifel, dass sein vierbeiniger Lehrling nahtlos an die letzten Erfolge seiner noch jungen Karriere als Riechdienstleister anknüpfen würde, trotzdem war er von der Vehemenz überrascht, mit welcher der kleine Presssack vorwärtsstrebte. Seine Mutter Riemenschneider war ja schon ein Ass in dieser Hinsicht gewesen, aber ihr kleiner, dicker Sprössling schaffte es bereits im zarten Pubertätsalter, ihre Leistung in den Schatten zu stellen. Und das nicht nur in Bezug auf seine Schnüffelkünste, sondern auch, was seine Entschlossenheit anbelangte. Denn obwohl der kleine Presssack nur ein bestenfalls zur Hälfte ausgewachsenes Minischweinchen war, entwickelte er im Falle der polizeilichen Auftragserteilung Fähigkeiten, die weit über das normale Maß hinausgingen. Bei Kriminalkommissar Lagerfeld keimte seit geraumer Zeit der Verdacht, dass Presssacks rundlicher Körperbau womöglich weit weniger aus Fett als vielmehr aus gut versteckter Muskelmasse bestand. Denn wenn sich die vier kurzen Beinchen einmal in den Boden stemmten und der adrenalingeschwängerte Körper Fahrt aufgenommen hatte, dann musste er, Bernd Schmitt, als Presssacks Hüter und Lenker beide Hände zu Hilfe nehmen, damit sich sein Schützling nicht selbstständig machte und trappelnden Fußes in der Ferne verschwand.

Jetzt gerade steuerte Presssack, die Nase immer dicht am Boden, zuerst die Treppen ins Erdgeschoss hinunter, dann zielgenau auf den Ausgang zu, was tendenziell schon einmal auf eine eigenbestimmte Flucht aus dem Eberner Krankenhaus hindeutete. Hätte irgendwer die Frau beispielsweise in Entführungsabsicht betäubt und aus der Klinik hinausgefahren oder -getragen, hätte selbst ein so begabtes Ermittlerschwein wie Presssack seine liebe Not damit gehabt, die Spur aufzunehmen. Weshalb die Frau mit hoher Wahrscheinlichkeit selbstständig unterwegs gewesen war, bestenfalls mit einer Person an der Seite, die sie womöglich dazu gezwungen hatte. Aber das waren nur Spekulationen, jetzt zählten Fakten, und es musste vordringlich festgestellt werden, wohin diese Frau, aus welchen Gründen auch immer, gegangen war.

Am Ausgang angekommen, stoppte Presssack, schnupperte wie wild am Boden und stemmte dann seine Beine gegen die Wand, welche die Pforte mit der dahinter sitzenden Empfangsdame beherbergte. Die schaute ziemlich verdattert auf das kleine Ferkel, das allem Anschein nach Anstalten machte, ihre Personenabgrenzung hinaufzuklettern und die gute Frau namens Elfi Müller in ihrem Arbeitsbereich zu besuchen. Ein Ferkel wäre zu solch einer Kletterübung natürlich niemals fähig, aber ungute Gefühle beschlichen die Pfortenfrau dann doch, und sie entspannte sich erst, als Lagerfeld die Kommunikation übernahm.

Er zog einmal streng an der Leine, sodass Presssack wieder auf allen vieren landete, und hielt seinen Dienstausweis in die Höhe. »Schmitt, Kriminalpolizei Bamberg. Hat sich heute Morgen vielleicht eine Frau hier aufgehalten beziehungsweise ist zu Ihnen gekommen, die sich irgendwie auffällig oder verdächtig benommen hat? Haben Sie da etwas mitgekriegt oder sogar etwas Ungewöhnliches an ihr festgestellt?«

Was für eine blöde Frage, dachte Elfi Müller, sie kriegte alles und jeden mit, der hier rein- oder rausging.

»Ja, natürlich. Sie meinen sicher diese junge Frau mit dem ausländischen Einschlag«, gab sie bereitwillig Auskunft. »Die kam mir zuerst ein wenig desorientiert vor, hat sich dann aber ganz normal mit mir unterhalten. Sie fragte mich, ob sie kurz telefonieren dürfe. Ich habe ihr das Telefon gereicht, und sie hat sich mit irgendjemandem in Ebern verabredet, wenn ich das noch richtig im Kopf habe. Dann hat sie sich höflich bedankt und ist sofort zur Tür rausgegangen. Wohin, weiß ich natürlich nicht. Aber gehumpelt hat sie, das ist mir aufgefallen. So ganz rund läuft die noch nicht, hab ich mir gedacht.«

Mehr musste Lagerfeld im Moment auch gar nicht wissen. Demnach hatte die Patientin das Krankenhaus allein verlassen, ohne fremdes Zutun, und war offenbar bei klarem Verstand gewesen. Mit dieser Information konnte er schon einige Szenarien ausschließen. Blieb nur noch, die Frau möglichst schnell zu finden, dann konnte er den Fall als gelöst zu den Akten legen. Aber erst dann, denn vorher musste noch die Frage geklärt werden, wo sie sich die schweren Verletzungen eingefangen hatte, die sie überhaupt erst ins Koma beförderten. Denn entweder war an der Frau eine schwere Straftat begangen worden – oder sie war an einer beteiligt gewesen. Lagerfeld verabschiedete sich daher freundlich von der Pforten-Elfi und verließ zusammen mit Presssack das Eberner Klinikum.

Während Bernd Schmitt in Gedanken versunken dem wild an der Leine ziehenden Ferkel folgte, kramte er noch einmal alle Fakten aus seinem Gedächtnis, die den Fall der namenlosen

Komapatientin betrafen. Vor fast genau sechs Monaten, also Ende Januar, war die unbekannte Frau auf einem Feld in der Nähe der Ortschaft Poppendorf im Itzgrund gefunden worden, nur wenige Meter von der Grenze zum Landkreis Coburg entfernt. Da sich der Fundort aber in der Gemeinde Rattelsdorf, also im Landkreis Bamberg, befand, war die Bamberger Kripo für die Unbekannte zuständig gewesen. Der damalige Zustand der Frau war einfach nur als fürchterlich zu beschreiben gewesen, und es bestanden Zweifel, ob sie den nächsten Tag überhaupt noch würde erleben können.

Lagerfeld hatte die Patientin damals im Eberner Klinikum besucht und sofort bemerkt, dass die junge Frau, er schätzte sie auf maximal fünfundzwanzig Jahre, konnte wegen ihres aufgequollenen Gesichts aber nicht hundertprozentig sicher sein, einen orientalischen Einschlag hatte. Vielleicht waren sie oder ihre Eltern oder Großeltern aus der Türkei oder dem Iran eingewandert, oder sie hielt sich als Asylsuchende in Deutschland auf. Einen rein deutsch-fränkischen Eindruck machte sie mit ihren schwarzen Haaren und dem dunklen Teint auf Lagerfeld jedenfalls nicht. Hier war womöglich der Grund dafür zu vermuten, dass jemand die junge Frau ihrem optischen Zustand nach übel zusammengeschlagen, sie nach Strich und Faden verprügelt hatte, was die Röntgenergebnisse auch bestätigten. Gebrochene Rippen, ein Milzriss und Hämatome am ganzen Körper, um nur einen kurzen Auszug der erlittenen Verletzungen wiederzugeben. Außerdem hatte die Unbekannte einen Schädelbasisbruch, der letztendlich zu dieser lebensbedrohlichen Gesamtsituation geführt hatte.

Als er damals mit Presssack den Fundort der Frau abgesucht hatte, stellte sich heraus, dass ihre Spur bis zur ungefähr einhundert Meter entfernten Bundesstraße 4 zurückzuverfolgen war, dann endete sie abrupt. Dort, am Aussiedlergehöft »Kaltenherberg«, schien man sie aus dem Auto geworfen zu haben. Danach hatte sie es den Spuren zufolge teils gehend, teils kriechend geschafft, die einhundert Meter über ein freies, von nächtlichem

Schnee überzuckertes Feld zurückzulegen, ehe sie schließlich bewusstlos wurde und von Spaziergängern auf dem gefrorenen Boden liegend aufgefunden worden war. Dass sie bei diesen Temperaturen und schwer verletzt überhaupt überlebt hatte, grenzte eigentlich an ein Wunder; andererseits waren es gerade die kalten Temperaturen, die den Blutfluss so sehr verlangsamt hatten, dass sich der Blutverlust noch einigermaßen im Rahmen gehalten hatte.

Im Nachgang hatte Lagerfeld Himmel und Hölle in Bewegung gesetzt, um herauszufinden, wer diese Frau war. Aber es war wie verhext gewesen. Niemand kannte sie, niemand vermisste sie, niemand hatte je von dieser Frau gehört. Er suchte in Flüchtlingsheimen, Frauenhäusern, Vermisstenmeldungen – doch die Ausbeute war gleich null. Irgendwann hatte er den Fall ungelöst zu den Akten gelegt und gehofft, dass die Unbekannte aus ihrem Koma erwachen und das Geschehene selbst aufklären würde. Der erste Teil hatte sich nun erfüllt, der zweite eher nicht.

Presssack hatte inzwischen ein erkleckliches Stück Strecke in Richtung Eberner Innenstadt zurückgelegt, dabei zwei Kreisverkehre umrundet und Bernd Schmitt unter dem immer häufiger werdenden Grinsen und Gekicher der Menschen, die ihnen begegneten, hinter sich hergezogen. Am Marktplatz in der Nähe einer Kirche angekommen, blieb er plötzlich stehen und beschnüffelte eifrig den Boden des Fußgängerweges. Dabei drehte er sich mehrmals im Kreis, lief zehn Meter vor, zehn Meter zurück – für den Kommissar das untrügliche Zeichen, dass Presssack am Ende der Spur angelangt war. Dann jedoch setzte sich das Tier gänzlich unerwartet wieder in Bewegung, und zwar in Richtung einer ungefähr zwanzig Meter entfernt liegenden Sparkasse. Hier beschnüffelte Presssack erneut den Boden, nur um gleich darauf wieder umzukehren und die zwanzig Meter schnurstracks zurückzulaufen.

Als sich sein Ermittlerschweinchen in Ausbildung schließlich auf den Hosenboden setzte und erwartungsfroh zu ihm nach oben blickte, sah Bernd Schmitt seine Vermutung bestätigt: Hier verlor sich die Spur; die Unbekannte hatte wahrscheinlich das Transportmittel gewechselt beziehungsweise war überhaupt erst in eines eingestiegen, sodass der Mitarbeiter Presssack das Hinterherschnüffeln aufgeben musste, da konnte er so begabt sein, wie er wollte.

Lagerfeld schaute sich auf dem Eberner Marktplatz um. Er war hier bisher nur ein- oder zweimal durchgefahren, angehalten hatte er noch nie. Wozu auch? Dies war der letzte Zipfel des Landkreises Haßberge und damit die dunkle Heimat der landesweit bekannten Straßenverkehrsterroristen mit Haßfurter Autokennzeichen. Immerhin musste man den Ebernern zugutehalten, dass sich, sobald dies rechtlich möglich gewesen war, so ziemlich jeder von ihnen das alte Landkreisnummernschild EBN ans Auto geschraubt hatte, um von anderen Verkehrsteilnehmern nicht sofort und gleich als Haßfurter identifiziert zu werden. So etwas konnte durchaus übel enden, wie manch einer leidvoll zu berichten wusste.

Wie auch immer. Neben ihm war die Eberner Sparkasse in einem historischen Gebäude untergebracht, an denen es in dieser Stadt ja wirklich nicht mangelte. Ebern war stolz auf seinen historischen Stadtkern, der von den Kriegswirren und den stadtplanerischen Exzessen Nachkriegsdeutschlands weitestgehend verschont geblieben war. Auf der anderen Straßenseite befand sich das alte Rathaus und direkt gegenüber ein mexikanisches Restaurant namens »Veracruz«. Wie sich ein mexikanischer Wirt ausgerechnet in das kleine Städtchen Ebern verirren konnte, musste man auch erst mal begreifen. Jedenfalls schien es sich wie so oft um eine alte fränkische Gastwirtschaft zu handeln, in der ausnahmsweise kein Italiener oder Grieche seine Zelte aufgeschlagen hatte, sondern eben ein Mexikaner. Lagerfeld speicherte die exotische Lokalität innerlich ab, wer wusste schon, ob er hier in Ebern nicht noch länger zu tun hatte und einmal Hunger bekam.

Apropos Essen, er holte eine kleine Tüte mit gekochten Kartoffelstückchen aus seiner Jackentasche, beugte sich nach unten und lobte seinen schweinischen Mitarbeiter mit warmen Worten über den grünen Klee. Dann verfütterte er die wohlverdiente Belohnung an den neuen Star am Bamberger Ermittlerhimmel. Es würden hier in Ebern jetzt einige Befragungen nötig sein, und dazu mussten sich alle Mitarbeiter in einem akzeptablen Allgemeinzustand befinden. Im Falle seines Auszubildenden Presssack nannte sich dieser Zustand »satt«. Also sorgte Lagerfeld dafür, dass sein Mitarbeiter in selbigen versetzt wurde, was ihm mit den mitgebrachten Kartoffelstückchen auch gelang.

Presssack vertilgte seine Lieblingsspeise mit Ruhe und Gründlichkeit. Er war zwar noch jung, aber er hatte schon mitbekommen, dass er, obwohl noch in Ausbildung, es bereits zu einem gewissen Status gebracht hatte, was sein Ansehen betraf. Immer wenn er eine Aufgabe erfüllt hatte, die das Auffinden von irgendwelchen Dingen mittels seiner außerordentlichen Geruchsfähigkeiten beinhaltete, gab es zum Schluss haufenweise Lob und Anerkennung, Streicheleinheiten im Überfluss und, das war mit Abstand das Wichtigste, haufenweise gekochte Kartoffeln. Auch jetzt war sein Herr und Meister mit der soeben erbrachten Leistung wieder sehr zufrieden, die Kartoffeln waren der eindeutige Beweis.

Als Presssack irgendwann alle Kartoffeln aufgefuttert hatte, wurde es Zeit, mit der üblichen, wenn auch eintönigen Polizeiarbeit fortzufahren. Das hieß im Klartext: Zeugen befragen. Womöglich war die Frau ja hier in der Eberner Innenstadt von irgendwem gesehen worden. Vor der Befragung mussten sie diese Zeugen aber zunächst einmal finden, das bedeutete: die umliegenden Häuser abklappern, in der Hoffnung, dass jemand die Frau bemerkt hatte – und wenn es auch nur beiläufig gewesen war. Dann folgte der Teil der polizeilichen Arbeit, den Lagerfeld eigentlich ganz gern erledigte. Mit Leuten umgehen, in sie hineinspüren, des Franken Seele und Gemütszustand erforschen, um dann die sich daraus ergebenden Schlussfolgerungen in die Ermittlungsarbeit einfließen zu lassen, das war seine,

Bernd Schmitts, große Stärke. Mochte sein älterer Kollege Franz Haderlein auch viel erfahrener, César Huppendorfer korrekter und Andrea Onello scharfsinniger sein. Am Ende kriegten sie oft nicht das aus den Leuten heraus, was sie eigentlich wissen wollten. Ihre Möglichkeiten, dem Franken auch noch das letzte Geheimnis zu entlocken, waren begrenzt. Diese Fähigkeit – sich mit einem Franken oder einer Fränkin so zu unterhalten, dass die merkten: Der Typ ist wie ich, der versteht mich irgendwie, dem erzähl ich das, was ich eigentlich für mich behalten wollte – blieb ihm vorbehalten.

Also gut, in diesem Sinne voran, dachte Lagerfeld und schaute sich noch einmal gründlich um. Wo sollte er beginnen? Hinter einem alten Brunnen auf der gegenüberliegenden Platzseite entdeckte er ein paar Tische und Stühle, ein Mann spannte gerade einen großen, viereckigen Sonnenschirm darüber auf. Bei genauerem Hinsehen entpuppte sich das kleine Arrangement als italienische Eisdiele. Lagerfeld klaubte die Leine seines sehr zufrieden wirkenden Auszubildenden vom Boden auf und hielt darauf zu. Es war zwar noch früh, aber vielleicht hatte die Eisdiele schon geöffnet und der Besitzer irgendetwas von der Frau mitbekommen. Lagerfeld setzte sich an einen der kleinen Tische des Eiscafés »Alpi« und band Presssacks Leine an seinem Stuhl fest. Der Auszubildende bevorzugte den Schatten unter dem Tisch, wo er mit dem gepflasterten Untergrund optisch schier verschmolz.

Es dauerte nicht lange, und der noch recht jung wirkende Besitzer kam mit geschäftsfreundlichem Lächeln aus seinem Café herausgeschritten. Lagerfeld wusste sofort, mit welchem Typ Mensch er es hier zu tun hatte. Das da war höchstwahrscheinlich der Sohn des italienischen Cafégründers. Circa vierzig Jahre alt, geschäftstüchtig, Spross einer italienischen Einwandererfamilie, selbst aber hier in Franken aufgewachsen. Also eine Mischung aus deutscher Gründlichkeit, fränkischem Lebenssinn und italienischer Lässigkeit. Oder, um es für Außerfränkische begreifbar zu machen: Dieser Mann bewältigte seine Lebensaufgaben mit fränkischem Gemüt, deutscher Gründlichkeit – aber nicht gleich, lieber erst morgen.

»Schönen guten Morgen, der Herr, womit kann ich dienen?«, fragte der Besitzer des Cafés und legte eine aufwendig gestylte Eiskarte vor Lagerfeld auf den Tisch.

»Ein Spaghettieis mit viel Sahne und einen Cappuccino bitte«, antwortete Bernd Schmitt wie aus der Pistole geschossen, ohne dass er auch nur den geringsten Blick in die Karte geworfen hätte.

»Alles klar, vielen Dank.« Die Karte wieder an sich nehmend, drehte er sich um und eilte ins Innere seiner gastronomischen Räumlichkeiten zurück.

Lagerfeld konnte sich ein Grinsen nicht verkneifen. Auf das neidische Gesicht seiner italoaffinen Kollegin Andrea Onello, wenn sie erfuhr, dass er hier im Zuge seiner Polizeiarbeit ein italienisches Eis plus Cappuccino bestellt hatte, freute er sich schon jetzt. Ihr Faible für alles Italienische kam nicht von ungefähr, schließlich hatte die Frau ja erkleckliche Zeit ihres Lebens mit einem italienischen Ehemann verbracht, wenn auch mit mäßigem Erfolg. Immerhin hatte sie aus dieser Ehe noch den Nachnamen behalten. Lagerfeld für seinen Teil hatte trotz grundsätzlicher Sprachgewandtheit fürs Italienische nicht viel übrig und schon gar nicht für Spaghettieis, so etwas würde er niemals freiwillig essen, aber das konnte der Eiscafébesitzer ja nicht wissen.

Da der Kommissar der einzige Gast war, spekulierte er auf eine relativ flotte Umsetzung seines Wunsches. Tatsächlich dauerte es eine ganze Weile, bis ihm sein Cappuccino inklusive einer riesengroßen Portion Spaghettieis gebracht wurde. Ehrlich gesagt hatte Lagerfeld mit vielem gerechnet, aber nicht damit. Jetzt wurde ihm klar, wofür die ganze Zeit seit seiner Bestellung draufgegangen war. Das Eis sah tatsächlich aus wie echte Spaghetti, nicht so lieblos zusammengematscht wie in manch anderer italienischen Eisdiele. Die Erdbeersoße erweckte den Eindruck, aus sonnengereiften Tomaten hergestellt zu sein, und die Kokosflocken on top sahen original so aus wie Parmesan.

Serviert wurden die »Spaghetti« auf einem ziemlich teuren Porzellanteller mit hochwertiger Malerei, dazu umrahmt von Minzblättern und Gewürzstreuseln.

Salvo di Maria, Betreiber des »Alpi«, bemerkte den interessierten Blick, den der fremde Gast auf den liebevoll dekorierten Teller mit dem perfekt drapierten Eis warf, und referierte sogleich bereitwillig, vor allem aber unaufgefordert die Zusammensetzung seiner kalten Komposition.

»Sie müssen wissen, mein Herr, das ist nicht irgendein Eis. Unsere Familie stellt diese Spezialität nach einem ganz besonderen Rezept her, sodass sich intensiver Geschmack auf unnachahmliche Weise mit dem zarten Schmelz unserer kulinarischen Kostbarkeit verbindet, sobald sie den Mundraum erreicht. Über Generationen wurde das Rezept weitergegeben und immer wieder aufs Trefflichste verfeinert, sodass wir mit Fug und Recht und voller Stolz behaupten können, das beste Eis in ganz Nordbayern zu servieren. Sollten Sie anderer Meinung sein, mein Herr, sollte Ihnen diese Köstlichkeit also wider Erwarten nicht zusagen, so bekommen Sie selbstverständlich auf der Stelle Ihr Geld zurück. Aber wenn ich ehrlich bin, ist das in all den Jahren, die wir dieses Eis nun schon herstellen, noch kein einziges Mal passiert. Ganz im Gegenteil. Wir haben Stammkunden, die fahren Hunderte von Kilometern nur für dieses Eis. Sollten Sie sich also für gehobenste Ansprüche in der italienischen Gelateria begeistern, sind Sie hier bei uns genau richtig.« Di Maria nickte noch einmal bekräftigend und lächelte seinen Gast mit stolzgeschwellter Brust und der sicheren Gewissheit an, gleich ein überbordendes Lob für seine kulinarische Sensation zu erhalten.

Lagerfeld hatte sich den Vortrag aufmerksam angehört. Nicht dass ihn diese Arie über die Finessen italienischen Eisgenusses wirklich interessiert hätte, er selbst war ja nicht so der begeisterte Eisesser, aber man lernte schließlich nie aus.

»Okay, wenn Sie meinen. Dann bin ich ja mal gespannt«, antwortete er dem Eisdielenbesitzer nüchtern und fasste den Teller mit der rechten Hand.

Di Marias Augen begannen zu leuchten, denn gleich würde die erste Portion seiner Eissensation den Gaumen seines neuen Gastes umschmeicheln, und dann konnte nur das passieren, was einfach immer passierte. Ein Ausdruck des Erstaunens, gefolgt von absoluter Glückseligkeit, würde sich auf das Gesicht des Mannes legen. Dann begann seine Seele zu schweben, und die Welt um ihn herum verlor ihre Substanz und Gültigkeit. Nichts in seinem Dasein würde noch wichtig sein, Geld, Ruhm oder gar Sex würden zu absoluter Bedeutungslosigkeit degradiert werden. Er würde für den Rest seines Lebens nur noch dieses Eis essen wollen.

Lagerfeld nahm den Teller und stellte ihn auf den Boden, direkt vor Presssacks Nase. Zwar war sein kleiner Ermittler rundum kartoffelsatt, aber ein Eis ging immer, vor allem wenn es allem Anschein nach vom König der italienischen Eisherstellung, von Seiner Heiligkeit Salvo di Maria höchstselbst, zubereitet worden war. Presssack wedelte erfreut mit seinem geringelten Schwanz und machte sich mit laut hörbarem Schlabbern daran, die exquisite Komposition zu verschlingen.

Salvo di Marias Kopf war leicht zur Seite geneigt, da er das kleine Ferkel unter dem Tisch zuerst überhaupt nicht bemerkt hatte. In dieser Haltung erstarrte er ob des unfassbaren Frevels an seinem geheiligten Produkt. Das war nicht nur abscheulich, das war ein absoluter Affront. Ein Sakrileg, ein Verbrechen gegen die … Es fehlten ihm die Worte, um zu beschreiben, was er hier mitansehen musste. Ihm fiel auch gar nicht ein, wen er in diesem absoluten Katastrophenfall zu Hilfe rufen sollte, um Schlimmeres zu verhindern. Die Polizei, seine Mutter, den Papst? In personifizierter Hilflosigkeit rang Salvo di Maria nach Worten.

»Aber, aber …«, stotterte er mit weit aufgerissenen Augen und deutete mit wild flatterndem Zeigefinger auf das unwürdige Schauspiel unter dem Tisch.

Lagerfeld hielt es für geboten, die Unterhaltung in geordnete Bahnen zu lenken; er hatte keine Lust auf eine Szene mit einem emotional destabilisierten Eisbudenbesitzer. Er holte seinen

Ausweis hervor und hielt ihn dem blutentleerten Eisgourmet direkt vor die Nase.

»Schmitt, Kripo Bamberg. Ich hätte Sie gern kurz befragt, wenn das ginge. Nehmen Sie doch Platz, damit Sie ein bisschen lockerer werden, Sie wirken etwas verkrampft.« Er deutete auf den Stuhl auf der anderen Seite des Tisches.

Die Augen di Marias, obwohl schon maximal geweitet, schienen ihren Radius noch einmal auszudehnen, sodass der gute Mann allmählich rüberkam wie ein Steinkauz mit Blinddarmentzündung. Der Tag hatte doch so entspannt begonnen, und jetzt dieser Doppelschlag des Schicksals. Ein Schwein, das sein Allerheiligstes kaputt fraß, und dann war der Typ auch noch von der Kriminalpolizei. Ganz plötzlich hatte Salvo di Maria das Bedürfnis nach einem Grappa, und zwar nach einem doppelten.

Bernhard Sporath starrte immer noch fassungslos auf seinen abgebrannten Mähdrescher, als er von schräg unten ein »Ha, wusste ich's doch!« vernahm. Bei genauerem Hinsehen sah er im Mondschein schemenhaft zwei Beine unter dem Hinterteil seiner landwirtschaftlichen Maschine herausragen, allerdings entzog es sich seiner Kenntnis, zu wem diese blau behosten Extremitäten wohl gehören mochten. Aber abgebrannt oder nicht, das war sein Mähdrescher, also wollte er wissen, was der unbekannte Typ da unter seinem Mähdrescher verloren hatte.

»Was, was waaßt du? Wer bist denn du überhaupt?«, fragte er knurrig, während er gleichzeitig den Sitz seines behelfsmäßigen Lendenschurzes überprüfte. Abgebrannt oder nicht, das war sein Mähdrescher, also wollte er wissen, was der unbekannte Typ da unten verloren hatte.

Die Antwort vom Ackerboden ließ nicht lange auf sich warten.

»Der Reifen ist nicht komplett geschmolzen. Da sind noch ungefähr vier Quadratzentimeter Reifenfläche, die das Feuer nicht erwischt hat. Und siehe da, das Profil ist null Komma drei Millimeter unter der Norm. Des gibt Punkte in Flensburg, Sporath, vier Stück!«

Postwendend und ungeschönt hielt bei Sporath die unangenehme Erkenntnis Einzug, um wen es sich bei dem polizeilichen Rückenlieger handelte. Die Profiltiefe am Hinterrad eines abgebrannten Mähdreschers messen? Das konnte nur einer sein, Elias Webhan oder auch »Profil-Webhan«, wie man ihn im Staffelsteiner Umland hingebungsvoll nannte. Bernhard Sporath fasste es nicht. Was in Gottes Namen hatte er nur verbrochen, dass ihn der Herrgott so generös mit der Höchststrafe belegte? Nicht nur, dass sein nagelneuer Mähdrescher mutmaßlich mit pyrotechnischer Hilfe die oberfränkische Nacht illuminiert hatte, nein, nun musste ihm auch noch Profilmeister Webhan den Rest geben. Aber bitte, jetzt war es eh schon egal. Er stand hier halb nackt auf freiem Feld und schaute seiner sündhaft teuren Maschine beim Abrauchen zu, da konnte er auch noch vier Punkte in Flensburg verkraften, scheiß drauf.

»Moment, was ist denn das?«, ließ in diesem Moment eine andere Stimme vom hinteren Ende seines Mähdreschers verlauten.

Dessen rückwärtiger Teil war im Gegensatz zum vorderen mit seinem hochmodernen Klappschneidewerk von den Flammen nicht ganz so schlimm zugerichtet worden. Dies war auch der Grund, warum am Hinterrad des Mähdreschers überhaupt noch genug Gummi zum Profiltiefe Messen zu finden gewesen war. Die Flammen und die vom Brand ausgehende Hitze hatten sich noch nicht bis zum Heck vorgearbeitet, als die Ebensfelder Feuerwehr den Brand, wenn auch spät, hatte löschen können. Teilweise war sogar noch der grün-weiße Lack zu erkennen. Und eben hier, an besagtem Mähdrescherhinterteil, entdeckte Bauer Sporath nun Polizeioberwachtmeister Alfons Schieler mit seiner Taschenlampe. Mit versteinerter Miene starrte er auf den Strohauswurf, mit dem normalerweise, wenn die Getreidehalme den Hordenschüttler im Inneren der Maschine durchlaufen und ihre wertvolle Fracht abgeladen hatten, das übrig gebliebene Stroh verhäckselt oder, wie im vorliegenden Fall, einfach »unverdaut« auf das Feld ausgeworfen wurde.

Bernhard Sporath blickte zuerst ratlos in das erstarrte Gesicht des Polizeibeamten, dann dorthin, wo der Lichtkegel von Schielers Taschenlampe ruhte, nämlich auf den Strohauswurf seines Mähdreschers. Dort war im hellen Licht der Lampe nicht etwa das Produkt eines gemeinen Dreschvorganges zu sehen, dessen Reste aus dem Mähdrescher herausspitzten, mitnichten. Aus dem hinteren Ende des Claas AVERO 240 E, dem ersten rein elektrisch betriebenen Mähdrescher der Welt, hing kopfüber der verstümmelte Oberkörper einer menschlichen Gestalt. Der Schulterbereich dieses armen Menschen war gerade noch irgendwie zu erkennen, die Kleidung völlig zerfetzt und in Blut getränkt. Der Schädel hingegen war so heftig deformiert, dass sich Bernhard Storath sofort abwenden musste und sich ausgiebig in seinen Acker übergab.

»Sie heißen?«, fragte Lagerfeld den Eiscafébesitzer.

Salvo di Maria brauchte einige Sekunden, bis er sein erschüttertes Innenleben so weit sortiert hatte, dass er wieder in der Lage war, sich adäquat an einer einigermaßen kultivierten Unterhaltung zu beteiligen. Lagerfeld war das durchaus recht. Verunsicherte Persönlichkeiten waren im Ermittlungsfall ideale Gesprächspartner, da man bei einem derangierten Innenleben ziemlich sicher ehrlichere Antworten bekam, als wenn man eine gefestigte Persönlichkeit befragte, die sich jedes Wort genau überlegte. In dieser privilegierten Situation befand sich Eiscafébesitzer Salvo di Maria jedoch definitiv nicht, sein Innenleben war im Moment am genau anderen Ende der Gefühlsskala angesiedelt.

»Salvo di Maria. Ich bin der Geschäftsführer dieses … äh … Geschäfts«, stammelte der Eisgourmet verwirrt. »Was kann ich denn für Sie tun, Herr … äh … Kommissar?« Er sagte das mehr aus Höflichkeit, als dass er die Frage wirklich beantwortet haben wollte. Dabei schielten seine Ohren die ganze Zeit zu den akustischen Vorgängen unter dem Tisch, die ihm fast körperliche Schmerzen bereiteten.

Lagerfeld interessierten solcherlei Befindlichkeiten herzlich wenig, er hatte in einem Vermisstenfall, oder wie man das Verschwinden der unbekannten Frau auch immer nennen mochte, zu ermitteln.

»Es ist so, Herr di Maria: Ich bin auf der Suche nach einer jungen Frau, die sich heute Morgen, vor nicht allzu langer Zeit, drüben auf der anderen Straßenseite aufgehalten hat«, erklärte Bernd Schmitt. »Schwarze Haare, Mitte zwanzig, leicht orientalischer Einschlag. Haben Sie die Frau vielleicht bemerkt?« Im Grunde rechnete er nicht mit einer ausführlichen Antwort, umso überraschter war er von dem, was er nun zu hören bekam.

»Ja, die habe ich gesehen, vor knapp zwei Stunden etwa«, erklärte Salvo di Maria, froh, etwas zu der Ermittlung beitragen zu können. Das lenkte ihn etwas von dem deprimierenden Schauspiel unter dem Tisch ab. »Sie stand drüben an der Sparkasse und hat die ganze Zeit zum Mexikaner hinübergestarrt. Kam mir ein wenig verwirrt vor, die Frau. Nicht so wie sonst.«

Jetzt war Lagerfeld aber mal so richtig verblüfft. Der italienische Eisfuzzi hier war ja ein richtiger Volltreffer! Und überhaupt, was meinte der Kerl mit »nicht so wie sonst«?

»›Nicht so wie sonst‹? Haben Sie die Frau denn schon öfter gesehen?«, fragte Lagerfeld schnell.

Di Maria nickte und sagte nachdenklich: »Ja, das ist aber schon eine ganze Weile her. Ich meine, es müsste letztes Jahr im Herbst gewesen sein. Da habe ich sie ein paarmal gesehen. War immer das Gleiche. Sie kam aus dem Mexikaner raus, stieg drüben an der Sparkasse in einen VW-Bus und fuhr weg. Dunkle Farbe, schwarz oder dunkelblau, irgend so was. Ob sie im Winter auch mal da war, weiß ich nicht, wir machen ja Mitte Oktober zu.« Er lächelte versonnen. »Die war hübsch, das ist richtig. Hat mir gefallen, sie heute mal wieder zu sehen.« Fast schien er die kulinarische Tragödie unter seinem Tisch vergessen zu haben. Aber nur bis zu dem Moment, als der kleine Presssack mit einem lauten Rülpser das Ende seiner Eisvernichtungsaktion bekannt gab. Dann kam noch ein weiterer hinterher, einer üppigen Nachspeise würdig.

»Ich glaube, ich zahle mal besser«, meinte Lagerfeld, als er in das immer blasser werdende Gesicht seines Gegenübers blickte.

Corona war vorbei, endlich, so dachte wohl so ziemlich jeder Bamberger in diesen Tagen und genoss den ersten unbeschwerten Sommer seit langer Zeit. Auf einer Polizeidienststelle war das mit dem Genießen allerdings immer so eine Sache. Natürlich war Ende Juli das Wetter angenehm und die Stimmung gut, so jedoch auch in der oberfränkischen Verbrecherschaft. War die Kriminalitätsrate während der Pandemie auch bemerkenswert gesunken, pünktlich zum Sommerbeginn und nach Einstellung aller staatlichen Impfmaßnahmen stieg sie wieder auf das übliche Niveau. Manch ein Bamberger Kommissar befürchtete sogar einen unterweltlichen Überschuss an krimineller Energie, der sich beizeiten in dem einen oder anderen Delikt entladen würde.

Im Moment war davon allerdings nur wenig zu spüren, der Sommer ging seinen gewohnten gemächlichen Gang. Vielleicht trug ja das fränkische Bier, das von Bamberger Herkunft im Besonderen, doch irgendwie zur Befriedung der allgemeinen Lage bei. Der größte Aufreger in der Polizeidienststelle Bamberg war also nicht die ansonsten allgegenwärtige Verbrechensbekämpfung, sondern zwei den Polizeiapparat betreffende Maßnahmen, welche direkt mit der neuen Ampelregierung in Berlin zusammenhingen. Zum einen wurde die Dienstwagenflotte der Bamberger Kripo gerade auf elektrischen Antrieb umgestellt, und zum anderen war vor Kurzem der private Konsum von Cannabis legalisiert worden. Dieses nette neue Gesetz hinterließ auch bei der Belegschaft der Bamberger Polizei ein gewisses Bedürfnis, die Möglichkeiten individueller Rauscherzeugung einmal selbst auszuprobieren. Zu diesem Zweck war für den heutigen Abend im »Greifenklaukeller« ein quasi halb dienstliches Event zur Marihuanaverkostung anberaumt worden.

Auf Nachfrage von Robert Suckfüll alias Fidibus, Chef der Behörde, wollte keiner seiner Angestellten jemals im Leben auch nur den geringsten Kontakt zu diesem neuerdings legalisierten Kraut gehabt haben. Der Einzige, der sich rein gar keine Mühe gegeben hatte, seine mannigfaltigen Erfahrungen im THC-Milieu zu verschweigen, war der Kollege Schmitt. Brüstete er sich doch ganz im Gegenteil sogar damit, sich in Zukunft ein zweites berufliches Standbein als Hanfsommelier aufbauen zu wollen. Dieses Ansinnen wurde von seinem Chef zwar mit einem nicht unerheblichen Widerstand bedacht, dienstrechtlich sprach jedoch nichts gegen sein Vorhaben. Natürlich nur so lange, wie Kriminalkommissar Schmitt nicht mit überhöhtem THC-Pegel in der Blutbahn zum Dienst erschien.

Für den heutigen Abend hatte sich ebenjener Kollege jedenfalls bereit erklärt, ein umfangreiches Sortiment an Cannabissorten zum Kennenlernen zu organisieren. Darüber hinaus hatte die Gemeinschaft der Testwilligen ausgemacht, dass der letzte Ankömmling die übrigen Probanden nach Hause befördern musste, da der wundersame Stoff der Marihuanapflanze eine Teilnahme am öffentlichen Straßenverkehr ausschloss. Demnach musste sich einer oder eine opfern und auf rauscherzeugende Genussmittel verzichten. Völlig egal, ob die Marihuana, Alkohol oder Gummibärchen hießen. Und wie es das Schicksal so wollte, blieb dieser Job heute offensichtlich am selbst ernannten Grandseigneur des Hanfs, dem Sommelier der Veranstaltung, hängen. Da Lagerfeld heute als Einziger Dienst schieben musste, schienen sich bei seinen Tätigkeiten Schwierigkeiten ergeben zu haben, welche die Ausgeglichenheit der Anwesenden nun auf eine anhaltende Probe stellte. Ausgerechnet Fidibus, obschon als Chef der Dienststelle eigentlich der größte Hanfskeptiker am Tisch, wurde langsam ungeduldig ob der Verzögerung ihres Vorhabens durch den abwesenden Mitarbeiter Schmitt.

»Ja nun, liebe Untergebene«, eröffnete er seine kurze Ansprache.»Jetzt habe ich mich nach längerer Reifezeit tatsächlich dazu durchringen können, an dieser neulegalen Veranstaltung teilzunehmen, und dann werde ich hier zeitlich versetzt. Ich meine, ich habe immerhin Frau und Kind, denen ich meine nebenberuflichen Aktivitäten aufs Genaueste darlegen muss. Und inzwischen haben wir ja schon ...« Robert Suckfüll blickte mit fiebrigem Blick auf sein Handgelenk, an dem sich zwar erste, der Nervosität geschuldete Schweißperlen befanden, jedoch kein Gerät, welches ihm die aktuelle Zeit vermitteln konnte. Also fuhr der Dienststellenleiter seine Extremität wieder ein, steckte sie in die Hosentasche und lamentierte weiter fröhlich vor sich hin. »Nun, was soll ich sagen. Gestern um diese Zeit war es jedenfalls schon halb acht. Unser Mitarbeiter Schmitt war ja noch nie der Zuverlässigste, was Pünktlichkeit anbelangt, womit ich seine durchaus besonderen Fähigkeiten nicht in Abrede stellen will. Aber was das Lesen einer Uhr betrifft, ist unser Kommissar Bernd Schmitt nicht gerade die hellste Torte. Ich meine sogar, dieser Schlingel will seinen Chef wieder einmal übers Ohr ziehen mit seiner ewigen Unpünktlichkeit. Das macht der doch mit Absicht, oder nicht? Was meinen denn Sie, Frau, äh, Dings, äh, Mann ...«

Mit hektischem Blick adressierte Fidibus seine Sekretärin Marina Hoffmann alias »Honeypenny«, die bereits eine gesunde Gesichtsrötung aufwies, weil ihr langjähriger Chef wieder einmal ihren Namen vergessen hatte. Verpeilt oder nicht, das ging gar nicht. Man konnte ja ruhig einen Knall haben, auch als Chef einer Polizeidienststelle. Aber den Namen der engsten Vertrauten zu vergessen, die in der Bedeutungsrangfolge gleich hinter der ihm angetrauten Ehefrau rangierte, das war schon starker Tobak.

Honeypennys Zornesfalten schwollen an, und der Adrenalinspiegel in ihrem durchaus wohlgenährten Körper schoss ungeahnten Pegelständen entgegen, als endlich der sehnlichst erwartete Hanfsommelier Schmitt an den Tisch der kriminalen Belegschaft geeilt kam. Marina Hoffmann verkniff sich die bissige Bemerkung gegenüber ihrem Chef. Lagerfeld wirkte tatsächlich etwas abgehetzt, und auch sein Auszubildender machte nicht mehr den allerfrischesten Eindruck.

»Tut mir leid, ich hatte mit Presssack erst in Ebern zu tun, dann haben im Büro alle möglichen Leute angerufen und wollten irgendwelche Nebensächlichkeiten wissen. Also bin ich jetzt erst losgekommen. Ich habe es nicht einmal mehr geschafft, Presssack bei deiner Holden abzugeben, Franz«, ließ Lagerfeld pflichtschuldigst verlauten, dann reichte er das kleine Ferkel mit einem flehenden Blick, der sämtliche Gletscher dieser Welt auf einmal zum Schmelzen hätte bringen können, zu Honeypenny hinüber.

Die übrigen Anwesenden konnten sich ein Grinsen nicht verbeißen. Weder César Huppendorfer, der wie immer elegant gekleidete Halbbrasilianer, noch Andrea Onello noch der von Lagerfeld angesprochene Franz Haderlein, dessen Lebensgefährtin Manuela heute eigentlich beherbergungstechnisch für den kleinen Presssack zuständig gewesen wäre. Aber so kam das junge Ermittlerferkel unversehens zu einer Weiterbildungsmaßnahme im Bereich fränkischer Lebensvollzug. Heute mit dem Thema Tradition versus Innovation oder, anders ausgedrückt, Bier gegen Cannabis. Ein durchaus spannendes Duell, dessen überdurchschnittlicher Bedeutungsgehalt dem schwarz-rosa gefleckten Ferkel aber gerade buchstäblich am Hintern vorbeiging.

Lagerfeld ließ sich auf einem vom Kellner rasch herbeigeschafften Stuhl am Kopfende des Tisches nieder und stellte eine kleine Holzschachtel darauf ab, die mit einem kleinen goldfarbenen Nummernschlösschen zugesperrt war. Ein unscheinbares Konstrukt, einer Zigarrenschachtel nicht unähnlich. Trotzdem war natürlich jedem am Tisch klar, dass sich in dieser Schachtel keine Zigarren befanden, sondern weit spannendere Ingredienzen, nämlich die lang erwarteten Devotionalien des heutigen Abends. Robert Suckfüll mochte das als passionierter Zigarrenraucher vielleicht anders sehen, allerdings war das Bessere ja des Guten Feind. Wobei die Definition von gut oder schlecht, zumindest was die Hanfpflanze als Droge anbetraf, in solcherlei Kategorisierungen inzwischen eher fehl am Platz war.

Auf einmal lag eine Spannung in der Luft, die man mit Händen greifen konnte. Immerhin war Cannabis zeit des Lebens aller Anwesenden hemmungslos kriminalisiert worden, nun war es plötzlich legal und für jedermann zugänglich. Der Kollege Bernd Schmitt war sich seiner heutigen sehr speziellen Rolle als Aufklärer und Mittler auch durchaus bewusst, ließ sich das aber erst einmal nicht anmerken. Er holte einen kleinen goldfarbenen Schlüssel aus seiner Jeansjacke, mit dem er das Schloss an der Holzkiste öffnete. Natürlich nicht ohne die nötige Dramaturgie in seinen Bewegungen, schließlich war dies ein polizeigeschichtlich herausragender, ja geradezu epochaler Moment. Dann begann er, mehrere sorgsam in Plastiktüten verpackte Proben seiner ausgewählten Anschauungsobjekte auf dem Biertisch zu platzieren. Zum Erstaunen seines Publikums befand sich in der Auslage auch ein Gebäck, das wie vom letzten Weihnachtsabend übrig geblieben aussah. Er stellte noch ein kleines Stövchen dazu, auf das er ein rundes Kohlenstück legte, welches man vom normalen Räuchern in der Wohnung mit Weihrauch oder Ähnlichem her kannte, und betrachtete zufrieden zuerst sein Werk, dann die gespannten Gesichter der vor ihm sitzenden Kollegen und Kolleginnen. Bevor er aber etwas sagte, nahm er einen der kleinen Kekse und reichte ihn Honeypenny, die immer noch den leicht übermüdet wirkenden Presssack auf dem Arm hielt und ihn liebevoll hin- und herschaukelte.

»Hier, gib das mal meinem Auszubildenden, das hat er sich redlich verdient«, meinte Lagerfeld mit einem verschmitzten Lächeln. Dann stellte er sich in Positur, strich lässig mit der rechten Hand durch sein schütteres Haupthaar und räusperte sich, um die Bedeutung dieses Momentes zu unterstreichen. »Tja, Herrschaften, dann wollen wir mal anfangen«, verkündete er, zückte ein Stabfeuerzeug, entzündete es und hielt die Flamme an die Räucherkohle, die auf dem kleinen Räucherofen lag.

Der Greifenklaukeller mit seinen Besuchern bekam von dem

seltsamen Event am Tisch der Kriminalisten, der ganz vorne und noch dazu an der Seite des Geländers stand, nur sehr peripher etwas mit. Von diesem Bamberger Keller hatte man einen phantastischen Blick auf den beleuchteten Michelsberg, da standen Gruppenaktivitäten an Nachbartischen nicht im Mittelpunkt des Biertrinkerinteresses. Und so kam es, dass ein geschichtsträchtiges Fortbildungsseminar der Bamberger Kriminalpolizei vom Bamberger Bürgertum weitgehend unbemerkt seinen Lauf nahm.

Reifenprofile waren, wenn man aus deren Tiefenmessung seinen Honig saugen konnte, zwar ein durchaus anspruchsvolles Hobby, aber auch die größte Begeisterung für solcherlei Beschäftigung musste hintenanstehen, wenn es im Dienstalltag zu Verstößen von weit größerer Bedeutung und Tragweite kam. Und eine verstümmelte Leiche, die aus dem Hinterteil eines Mähdreschers herausragte, war definitiv ein solcher Verstoß, wer auch immer ihn begangen haben mochte.

»Elias, vergiss dei scheiß Profilneurosen da unten und komm her, sofort«, fauchte Alfons Schieler den rücklings unter Biobauer Sporaths Mähdrescher liegenden Polizeioberwachtmeister Webhan an, der ob des Tons seines Kollegen sofort erkannte, dass eine Etage über ihm eine völlig andere Nummer ablief.

Also rutschte er unter dem verkohlten Gerät hervor und richtete sich ächzend zu voller Größe auf. Stocksteif und wie angewurzelt blieb er stehen, denn das, was er sah, erschütterte ihn zutiefst. Ein paar Meter neben dem Kollegen Schieler erblickte er eine Art Aushilfstarzan mit nacktem Oberkörper und Lendenschurz, der mit kindlicher Begeisterung auf das abgemähte Feld kotzte. Dabei wandte ihm der gebückt dastehende Unbekannte sein Hinterteil zu, das sich durch eine mehr schlecht als recht verdeckte knallrote Unterhose auszeichnete.

Er wollte schon einen markigen Spruch in Richtung Tarzan schicken, als ihm sein Kollege einen Ellenbogen in die Seite rammte und, ehe Webhan zu laut artikuliertem Protest ansetzen konnte, auf den Lichtkegel seiner Taschenlampe deutete, den er auf ein ganz bestimmtes menschliches Objekt gerichtet hielt.

»Ach du Scheiße«, entfuhr es dem nun schlagartig eingenordeten Polizeiwachtmeister Webhan. Sprachlos und konsterniert beäugte er den verstümmelten Leichnam.

Die nächtliche Stille wurde erst wieder mit akustischem Leben erfüllt, als der vollständig entleerte Biobauer Sporath aus dem Dunkel trat und sich zu den beiden Polizisten dazugesellte.

»Soll das so sein?«, fragte Webhan Sporath und deutete mit zaghafter Geste auf den blutigen Mähdrescherfund.

Die dämliche Frage wirkte bei Bernhard Sporath besser als ein Eimer Eiswasser über den Kopf. Mit einem Schlag war er hellwach und von den drei Anwesenden derjenige, der wusste, was nun zu tun war, nicht etwa die beiden geschockten und leicht überfordert wirkenden Streifenpolizisten aus Bad Staffelstein.

»Handy. Wo issn mei Handy? Ich waaß, wen mer aarufen müssen«, verkündete er, während er hektisch unter seiner spärlichen Bekleidung herumfummelte, um sein Mobiltelefon in der Unterhose zu orten. Kurz darauf hatte Tarzan Sporath es gefunden, warm und verschwitzt, wie es inzwischen war, und die Nummer sofort parat. Zu oft hatte er sie aus ganz anderen, weit weniger dramatischen Gründen, gewählt. »Hallo, Bernd, ich bin's, Bernhard … Nein, mit der Riemenschneiderin is nix, mach dir kaa Sorchen. Aber du musst sofort komma, hier is was ganz Schlimmes passiert. Da hängd a Doder in meim Mähdrescher, und ich hab kaa Ahnung, wie des bassiern konnd. Na, ich bin ned besoffen, Bernd. Ich bin halber naggerd, steh mittn aufm Agger vor meim abgebrannten Mähdrescher, dem, wo hindn a dode Leiche naushänga dud. Ich hab echt kaa Lust auf dei Schbarwitzla, etzterd um Middernachd, Bernd. Die von der normalen Bolizei sin a scho da … ja, ich reich dich amal weider.« Mit diesen Worten nahm der Biobauer das Telefon vom Ohr und reichte es mit finsterer Miene dem Polizisten Webhan, der das Handy fast apathisch entgegennahm und mit schwerer Zunge seine Anwesenheit kundtat.

»Polizeioberwachtmeister Webhan … Nein, das ist keine Ver-arsche, es stimmt, was Herr Sporath gesagt hat. Wir haben hier ein Tötungsdelikt, einen Toten in einem Mähdrescher. Ich weiß, dass das total bescheuert klingt, Herr Schmitt, aber es ist so, wie ich es sage. Informieren Sie die Spurensicherung und kommen Sie besser sofort her. Da kann ich nichts dafür, dass ich Sie in einem ganz blöden Moment erwische, Herr Schmitt. Tut mir ja auch leid, aber das wird eine etwas größere Geschichte hier.«

Das Gespräch wurde beendet, und alle drei, zwei verunsi-cherte Polizisten und ein halb nackter Biobauer, schauten sich in betroffener Schweigsamkeit an, dann wandten sie sich fast synchron wieder dem blutig verunstalteten Oberkörper zu, der aus dem abgebrannten Mähdrescher heraushing.

Massur

Es war ein wirklich denkwürdiger Abend gewesen, resümierte Lagerfeld, während er die jetzt wieder säuberlich verschlossene hölzerne Box betrachtete. Außer dem Tisch am Eingang mit ihm als letztem Verbliebenen und dem fröhlich schnarchenden Presssack unter der Bierbank waren nur noch zwei Tische im Greifenklaukeller besetzt. Immerhin ging es ja auch schon streng auf Mitternacht zu, und die Bedienungen hatten ihre Tätigkeit schon vor geraumer Zeit eingestellt. Wieder und wieder ließ er den Abend und seine Geschehnisse vor seinem inneren Auge vorbeiziehen, wobei es ihm jedes Mal ein breites Grinsen ins Gesicht trieb, wenn er an all die unerwarteten Erkenntnisse dachte, die sich ihm heute offenbart hatten. Sowohl fachlich, als zukünftiger Hanfsommelier, wie auch persönlich hatte er an den altbekannten Kollegen und Kolleginnen doch allerhand Neues entdecken dürfen. Gott sei Dank hatten sie im Laufe des Abends entschieden, ein Sammeltaxi für die Heimfahrt kommen zu lassen, damit Lagerfeld es nicht auf sich nehmen musste, die Protagonisten des heutigen Abends einzeln nach Hause zu fahren. In dem Zustand, in dem sie sich nach seiner Hanfverkostung befunden hatten, wäre er darauf auch nicht sonderlich erpicht gewesen. Auch nur einen von denen in sein heiß geliebtes Cabrio steigen zu lassen, barg ein allzu großes Risiko. Immerhin war dieses Auto ja oben offen, und wer konnte schon vorhersagen, was einem blutigen Anfänger im Cannabismilieu während der Heimfahrt alles einfiel. Das wollte er lieber nicht riskieren.

Erneut hob er sein halb volles Seidla, um mit Frankens Hauptdroge, einem Kellerbier, den Abend zu beschließen. Ein wirklich verrückter Tag, von morgens bis abends, der es wert war, noch einmal in aller Gründlichkeit bedacht zu werden. Während der fränkische Gerstensaft seine Kehle hinunterrann und die sternenklare Sommernacht ihm die Seele weitete, überlegte er, wann und wo er diesen phänomenalen Event wiederholen konnte, damit ein weiteres Mal ... Sein Mobiltelefon begann in seiner Jackentasche lautstark zu tönen. Verzweifelt sah Bernd Schmitt auf seine Armbanduhr. Wer zum Geier wollte denn um diese Zeit noch etwas von ihm?

Er stellte sein Bier zurück auf den Tisch und schob seine Hand in die Jeansjacke, um sein Handy herauszufummeln. Mit ungläubigem Staunen betrachtete er das Profilbild des Anrufers, das ihm vom Display seines Smartphones entgegenleuchtete. Es handelte sich um das Konterfei von Riemenschneider, Presssacks Mutter, das er im Telefonspeicher für die Nummer von Biobauer Sporath hinterlegt hatte. Oh Gott, hoffentlich ist nichts mit ihr oder einem ihrer Sprösslinge passiert, dachte er und nahm das Gespräch sofort an.

»Ja, Bernhard, was gibt's? Is was mit der Riemenschneiderin?«

Was Lagerfeld nun zu hören bekam, ließ ihn zuerst vermuten, dass er vielleicht doch mehr von seiner eigenen Cannabisverkostung abbekommen hatte, als er vielleicht wahrhaben wollte. Die gute Nachricht war die, dass der Anruf mitnichten irgendetwas mit Riemenschneider und ihrer Nachkommenschaft zu tun hatte, das fand er schon einmal sehr beruhigend. Wenn er das allerdings gerade richtig verstanden hatte, dann gab es da eine Leiche auf Sporaths Acker – und zwar in einem Mähdrescher?

»Sag mal, bist du besoffen, Bernhard, kann das sein?«, war die erste spontane Frage, die sich ihm entrang. Eine Mutmaßung, die von dem Bauern am anderen Ende der Leitung aber empört zurückgewiesen wurde. Bernd Schmitt ließ ihn das Telefon trotzdem an einen der anwesenden Streifenpolizisten weiterreichen, so ganz koscher kam ihm Sporaths Allgemeinzustand wirklich nicht vor. Als sich dann aber tatsächlich ein Kollege meldete, und dazu ausgerechnet dieser Profil-Webhan von der Staffelsteiner Polizei, wurde ihm erstens klar, dass er sich mit dem Wahrheitsgehalt von Sporaths hektischer Schilderung besser abfinden sollte, und zweitens, dass dieser verrückte Tag im Begriff war, noch einen Gang nach oben zu schalten und so richtig durchzustarten, und zwar ganz ohne THC-Einwirkung.

Eigentlich hatte sich der Bamberger Kommissar den Tagesausklang etwas anders vorgestellt. Seine Darbietung war zwar nach seiner ersten Einschätzung von Erfolg gekrönt gewesen. Zumindest meinte er, das an den ziemlich zufriedenen Gesichtern der Kolleginnen und Kollegen abgelesen zu haben. Allerdings war er nun ziemlich platt. Da tat so a Seidla zur Entspannung ganz gut, und die wohlverdiente Bettruhe war ja ab Mitternacht in der Regel auch nicht mehr weit. Den unerwarteten Anruf wegen einer Leichenfindung hätte es jetzt wirklich nicht gebraucht. Aber wenn Bauer Sporath anrief, dann war sein Einsatz nicht nur beruflich geboten, sondern eine persönliche Sache, denn schließlich hatte sich der Biobauer bereit erklärt, die junge Mutter und Ermittlerferkelin a. D. Riemenschneider mitsamt ihren Kindern bei sich auf dem Hof aufzunehmen. Einen besseren Platz könnte es für die schweinische Rasselbande gar nicht geben, denn Sporath kümmerte sich wirklich hingebungsvoll um seinen polizeilichen Familienzuwachs. Wenn jetzt also ein Tötungsdelikt bei dem Biobauern aufgetreten war, dann war das kein Fall wie jeder andere, sondern eine Art Familienangelegenheit.

Lagerfeld war im Sommer entweder auf seinem dreirädrigen MP3-Roller oder in seinem Cabrio unterwegs, mit dem er nun die Autobahn in Richtung Bad Staffelstein befuhr. Es war eine typische laue Sommernacht und eine regelrechte Wohltat, sich nach der Hitze des Tages den Wind um die Nase wehen zu lassen. Die Anschlussstelle Ebensfeld war auch gar nicht mehr weit, als sich plötzlich wie aus dem Nichts ein Stau auf der Autobahn bildete.

Das darf doch wohl nicht wahr sein, dachte Bernd Schmitt genervt und versuchte, sich mit seinem Cabrio auf dem Standstreifen an der Blechschlange vorbeizumogeln. Egal, was da vorne los war, bis zur Ebensfelder Ausfahrt waren es höchstens noch ein paar hundert Meter, die konnte er bestimmt heimlich, still und leise auf dem Standstreifen zurücklegen. Das klappte im Prinzip auch ganz gut – bis er mit seiner Schleichfahrt an der Ursache des Staus anlangte.

Dem ersten Eindruck nach handelte es sich bei der Verkehrsblockade nicht etwa um einen Unfall, einen liegen gebliebenen Lkw oder vielleicht eine Ölspur, nein. Zu Lagerfelds größtem Erstaunen stand da ein ziemlich futuristisch wirkender Pkw auf der Autobahn, allerdings nicht, wie man vermuten könnte, auf einer der beiden Fahrspuren, sondern quer, mit der Kühlerhaube in Richtung Standstreifen. Am Heck war der Tankdeckel offen, und ein Herr älteren Semesters gestikulierte mit einem Reservekanister in der einen und einer Taschenlampe in der anderen Hand hektisch in Richtung der heftig hupenden Fahrzeuge, die er mit seinem quer gestellten Pkw am Weiterfahren hinderte. Die ersten Fahrzeugführer verließen bereits ihren fahrbaren Untersatz, um sich dem Blockadeverursacher mit wallenden Hormonen zu nähern.

Als Lagerfeld seinen Honda abstellte, drangen ziemlich unflätige gebrüllte Schimpfwörter an sein Ohr, die auf ein recht hohes Erregungslevel der Kontrahenten schließen ließen. Was ist heute nur los, dachte der Kommissar, dass ein ungeplantes Ereignis das andere jagt?

»Ihr Ohrschlöcher! Hubd ner, wie ihr wolld! Ich kann's a ned ändern!«, bekam Lagerfeld zu hören, als er resoluten Schrittes auf den Kanisterträger zuhielt.

Was diesen Irren dazu bewogen hatte, sein Auto mitten auf die Autobahn zu schieben, war ihm absolut schleierhaft. Aber er wollte nicht zu früh urteilen, vielleicht war der Kerl ja gar nicht irre, sondern hatte einen schwerwiegenden technischen Defekt an seinem Automobil, durch den es zu dieser inakzeptablen Parkposition gekommen war. Lagerfeld kramte in der Jackentasche nach seinem Dienstausweis, um ihn dem aufgebrachten Mann unter die Nase zu halten.

»Schmitt, Polizei Bamberg. Können Sie mir mal sagen, was

genau Sie hier mit Ihrem Fahrzeug treiben? Sie wissen schon, dass Sie eine strafbare Handlung begehen, wenn Sie Ihr Auto einfach mitten auf der Autobahn abstellen?«

Der Angesprochene zuckte ob der harschen Worte zuerst einmal zusammen, dann studierte er, die Taschenlampe zu Hilfe nehmend, den Dienstausweis des vor ihm stehenden Mannes. Der sah nämlich nicht im Entferntesten wie ein Polizist aus und das offene Cabriolet, mit dem er hier angekommen war, ganz und gar nicht wie ein Dienstfahrzeug der Bamberger Polizei. Trotzdem machte der Ausweis einen glaubwürdigen Eindruck. Und bevor er sich hier amtlich verkalkulierte, war es wohl besser, die Ansprache ernst zu nehmen.

»Robert Zillig mein Name. Ich hab des Audo erst seid zwee Tach. Bin quasi noch auf der Brobefahrd. Ich hab halt a weng des Dangen verbennd, und nacherd is mir vorhin middn beim Fahrn der Sprid ausgange. Und bevor Sie jetzd a noch blöd frachen, Herr Bolizisd, ich hab nadürlich versuchd, zwischendurch aach amal Sprit nachzufüllen, aber ich find die scheiß Danköffnung ned.«

Lagerfeld hörte die Worte wohl, allein der Sinn des Gesagten wollte ihm nicht aufgehen. Wie, er fand die Tanköffnung nicht? Die Tankklappe war doch schon offen. War der Typ zu blöd, um den Tankdeckel abzuschrauben? Irritiert betrachtete er den älteren Herrn, der mindestens genauso verstört, vor allem aber bockig zurückglotzte. Aber es half ja alles nichts, der Mob der stehenden Autofahrer wirkte immer aufgebrachter. Es war an der Zeit, die Gemüter zu beruhigen und klarzustellen, dass die Staatsgewalt schon vor Ort war, um die Sache zu klären. Vorher befahl er noch dem bockigen Quersteher, er solle nicht solche Fisimatenten veranstalten und endlich sein Benzin in den Tank schütten. Es mussten ja keine fünf Liter sein, Hauptsache, der Mann konnte den Motor starten und machte sich mit seiner neuen Karre vom Acker, wenn auch nur auf den Standstreifen. Dort konnte er dann nach Lagerfelds Ansicht so lange stehen bleiben, wie er nur wollte. Wenigstens stellte er für den Verkehr auf der Autobahn dann keine Gefahr mehr dar.

»Vo mir aus, aber des hab ich scho brobierd, des gehd ned«, meinte der Fahrzeugführer brummig, fasste nach einem strengen Blick von Lagerfeld jedoch seinen Kanister fester und machte sich offenkundig daran, die polizeiliche Anweisung auszuführen.

Mit professioneller Lässigkeit ging Lagerfeld zu den ungeduldig Wartenden hinüber, wieder mit vorgezeigtem Dienstausweis, was zumindest etwas zur Beruhigung an der gestauten Front beitrug. Darüber hinaus erwartete man von ihm offensichtlich eine schlüssige Erklärung für die merkwürdige Standposition des Fahrzeugs an der Stauspitze.

»Also, dem Mann da ist anscheinend auf der Überholspur der Sprit ausgegangen, und bis zum Standstreifen hat er es mit abgestorbenem Motor nicht mehr geschafft. Aber wofür gibt es Reservekanister? Ich denke, gleich ist das Problem gelöst. Ich bitte Sie einfach noch um einen Moment Geduld, ja?«, tat Lagerfeld der Menge lautstark kund, was bei dieser zum überwiegenden Teil erst einmal Erleichterung, bei dem einen oder anderen aber auch Stirnrunzeln und höhnisches Gelächter hervorrief. Von »Depp« über »Vollidiot« bis »Führerschein einkassieren« war ein buntes Meinungsbild zu hören, was Lagerfeld aber nicht wirklich interessierte, er ging zurück zu Zillig und seiner Tanköffnung.

Dort angekommen, stockte ihm der Atem. Zum einen, weil sich unterhalb der Tankklappe eine riesige Lache auf dem Teer gebildet hatte und die Umgebungsluft penetrant nach Benzin stank. Zum anderen, weil Robert Zillig ratlos mit seinem leeren Reservekanister danebenstand und keinerlei Anstalten machte, in sein Auto zu steigen und die Karre wegzufahren.

»Was ist hier los?«, brachte Lagerfeld alarmiert über die Lippen, was zu einer weiteren pampigen Antwort führte.

»Ich hab doch gsacht, da geht nix nei!«, blökte Zillig und schmiss in seiner Wut den leeren Reservekanister über das Autodach hinweg in Richtung Standstreifen, wo er vom Boden abprallte und dann in das angrenzende hohe Gras rollte.

Bernd Schmitt wurde es nun langsam zu bunt. Er war verdammt noch mal auf dem Weg zu einem Tatort und hatte keine Zeit, sich hier ungeplanterweise als Verkehrspolizist zu betätigen. War der Typ tatsächlich zu dämlich, einen Tankdeckel aufzuschrauben? Das durfte doch wohl nicht wahr sein, so etwas Verrücktes hatte er ja noch nie erlebt! Mit langen Schritten ging er auf Zillig zu und drängte ihn mehr oder weniger unsanft zur Seite, um sich den Tankstutzen jetzt einfach mal selbst anzusehen. Doch Pustekuchen. Dort, wo der Mann versucht hatte, sein Benzin hineinzuschütten, war gar keine Tanköffnung, sondern die vom Sprit völlig verschmierte Steckverbindung für das Ladekabel eines E-Mobils.

Lagerfeld stand wie erstarrt und konnte es nicht glauben. Bitte nicht, dachte er mit flehentlicher Inbrunst und schritt um das Fahrzeug herum zur Frontseite. Dort, auf dem Nummernschild, war dann auch ganz deutlich am rechten Rand das E als Bezeichnung für ein Fahrzeug zu sehen, welches mit Batterie und einem E-Motor angetrieben wurde. Weit heftiger noch als dieses E machte Lagerfeld jedoch die Buchstabenkombi auf der linken Seite zu Beginn des Autokennzeichens zu schaffen. HAS. HAS-RZ-600E.

Erst Schock, dann Adrenalin durchfluteten ungebremst Lagerfelds Blutbahn und drohten unverblümt mit Eskalation. Er benötigte ein paar Sekunden, um sich zu sammeln und seine aufgewirbelten Emotionen wieder einigermaßen in geordnete Bahnen zu lenken. Dann ging er mit geballten Fäusten und mühsam beherrschtem Gesichtsausdruck zu dem Mann zurück, der gerade noch versucht hatte, ein E-Auto mit fossilem Treibstoff zu betanken. Er positionierte sich vor ihm und schaute ihn schweigend an. Der gegenüberliegende Gesichtsausdruck war eigentlich gut zu lesen. Robert Zillig war etwa siebzig Jahre alt, von der Situation völlig überfordert, und sein Ego hatte sich fürs Erste in einem Schützengraben verbarrikadiert, aus dem ihn so schnell keiner rausholen würde. Außerdem war dieser Mann aus dem Landkreis Haßfurt, der Heimat der schlechtesten Autofahrer auf der ganzen Welt. Jeder wusste und akzeptierte das, außer natürlich den Haßfurtern selbst. Diese bittere Erkenntnis nützte allerdings erst einmal nichts, das automobile Verkehrshindernis musste von der Straße.

Lagerfeld ließ den Mann stehen, wo er war, und schritt zu den ungeduldig wartenden Menschen. Er hob die Arme und klatschte ein paarmal in die Hände, bis ihm auch der letzte Autofahrer aufmerksam zuhörte.

»Also, die Sache ist die. Der Mann hat sein Elektroauto leer gefahren, und wir müssen das Teil jetzt auf den Standstreifen schieben. Das ist bei E-Antrieben nicht ganz einfach, ich bräuchte also ein paar Freiwillige«, rief er seinem Publikum zu und schaute erwartungsvoll in die Runde.

Die Begeisterung bei den Angesprochenen hielt sich erkennbar in Grenzen, unschlüssige Blicke wurden gewechselt. Dann kam von weiter hinten der gerufene Einwurf eines hörbar fränkischen Autobahnbenutzers: »Was is denn des überhaupt für a Depp, dass der sei Batterie ned rechtzeitig aufladen tut, bevor er losfährt?«

Lagerfeld wollte eigentlich nicht, er hatte sich vorgenommen, keine rassistischen Äußerungen zu tätigen, aber sein vegetatives Nervensystem war offenbar nicht bereit, sich zu disziplinieren. Es bemächtigte sich ohne seine Erlaubnis seines Sprachzentrums und rief, was gerufen werden musste: »Der is aus Haßfurt!«

Die Reaktion, die nun folgte, war aber eine völlig andere, als er befürchtet hatte. Statt Ärger, Wut oder Entrüstung verbreitete sich in der ausgebremsten Menge eine ganz andere Stimmung. Ein fast als hilflose Resignation zu bezeichnender emotionaler Umschwung fand statt.

»Aus Haßfurt? Ach so, war ja klar, hätt mer sich ja denken könna«, »Die körn eigezäunt und der Schlüssel wegschmissn. Immer des Gleiche mit dena« und »Na gut, Hauptsach, der fährt nimmer. Dann müss mer halt schieben beziehungsweise anheben und tragen« lauteten nur einige der zahlreichen Kommentare. Als Ergebnis standen aber sofort über zwanzig Männer an dem Auto und beförderten es halb tragend, halb schiebend auf den

Standstreifen. Kein leichtes Unterfangen, denn ein E-Fahrzeug drehte an der Antriebsachse niemand mehr auch nur einen Millimeter weit. Ein kurzes Winken zum Bamberger Kommissar, etliche mitleidige Blicke für den Haßfurter, dann stiegen die Ausgebremsten zügig in ihre Fortbewegungsmittel, und der Stau begann, sich langsam, aber konsequent aufzulösen.

Robert Zillig aus Kirchlauter in den Haßbergen war von der Hauruckaktion so überrascht worden, dass er es nicht einmal mehr geschafft hatte, seinen Schützengraben zu verlassen und lauthals gegen die Ortsveränderung seines nagelneuen Pkws zu protestieren. Die Ratlosigkeit stand ihm ins Gesicht geschrieben, so ausgeprägt, dass Bernd Schmitt sich genötigt sah, immer noch halbwegs dienstlich das Wort zu ergreifen.

»Sagen Sie mal, wie kommen Sie eigentlich auf die schwachsinnige Idee, Benzin in ein E-Auto schütten zu wollen? So ein Fahrzeug muss man aufladen, nicht volltanken, schon mal gehört?«, fragte Lagerfeld um Contenance bemüht, als er sich zu Robert Zillig auf den Standstreifen begeben hatte.

»Was is denn a E-Auto?«, stieß Zillig verblüfft hervor und stierte Lagerfeld entgeistert an.

Der glotzte erst einmal genauso ungläubig zurück. War der Typ so dämlich, oder wollte er ihn nur verarschen? Im letzteren Fall wäre er geneigt, dem arroganten Arsch einmal ganz privat und handgreiflich das Gesicht zu bearbeiten, um ihm dann ein Schild mit der Aufschrift »Baustelle« an die Nasenreste zu hängen.

Aber je länger er den Kerl betrachtete, desto klarer wurde es ihm. Den könnte er wahrscheinlich verdengeln, wie er wollte, das würde überhaupt nichts bringen. Der Simpel würde gar nicht begreifen, wieso. Robert Zillig aus Kirchlauter hatte den tiefen Teller mit Sicherheit nicht erfunden oder, anders ausgedrückt: Der Typ war dümmer als zwei Meter Feldweg. Also keine idealen Bedingungen, aus dieser Diskussion noch irgendwie schlau zu werden. Auch wenn sich Zillig redlich bemühte, seine zähen Denkvorgänge zu erläutern.

»Wieso Elektroauto? Es gibt Autos, die fahren elektrisch? Der Verkäufer hat bloß gsacht, für des Auto gibt's Zuschuss vom Staat, sechstausend Euro, einfach so gschenkt. Des is fei a Haufen Geld. Und außerdem bräucherd ich aach nie mehr tanken, hat er gsacht. Ich wär ja total bescheuert, so was ned zu kaufen, vor allem, wenn mer aus Haßfurt kommt, hader sacht!«

Lagerfeld vernahm die Worte wohl, allein er konnte es nicht glauben. So dumm konnte doch wirklich niemand sein. Der Mann glaubte offenbar, er habe den Deal seines Lebens abgewickelt. Dass mit dieser sensationellen Anschaffung die Zeit des traditionellen Tankens vorbei war, brachte er allerdings noch nicht so richtig auf die Reihe. Der Irre hatte ein E-Auto gekauft, ohne zu wissen, dass er ein E-Auto gekauft hatte, blöd war der Verkäufer definitiv nicht gewesen, das musste man schon sagen.

»Soll das heißen, Sie haben überhaupt nicht geschnallt, dass Sie einen Wagen mit elektrischem Antrieb erwerben? Das ist doch nicht Ihr Ernst. Sie haben versucht, ein E-Auto mit normalem Treibstoff zu befüllen. Guter Mann, das ist erstens gefährlich und vorsichtig ausgedrückt nicht normal«, brachte er es auf den Punkt, aber der Beschuldigte war intellektuell immer noch eingleisig unterwegs.

»Normal? Nä, des war Super. Ich fahr scho immer mit Super, seit über vierzig Jahr, seit ich in Haßfurt mein Führerschein gemacht hab, fahr ich scho mit Super, ned mit Normal.«

Das war's. Dieser Irre hatte keinen letzten Tropfen, sondern gleich einen ganzen Eimer in das Fass der Dämlichkeit geschüttet, welche jetzt über alle Ränder in Lagerfelds Autofahrerseele schwappte. Eigentlich hätte er den Mann zu einem saftigen Bußgeld verdonnern müssen. Stattdessen redete er jetzt aber mal Fränkisch mit dem.

»Führerschein in Haßfurt, aha, herzlichen Glückwunsch. Weißt du was, du Knilch? Ein Führerschein aus Haßfurt ist gar kein Führerschein. Das ist lediglich eine Perforationsberechtigung für die Nerven normaler Autofahrer! Auf gut Deutsch, ihr Haßfurter könnt ka Auto fahrn, mit oder ohne Lappen!«, fuhr Lagerfeld den Mann zu dessen Überraschung an, was bei Robert Zillig intuitiv zu dem verzweifelten Versuch führte, die letzte Verteidigungslinie zu halten.

»Des stimmt überhaupt ned. Mir Haßfurter fahrn genauso wie alle annern«, rechtfertigte er sich.

Den Spruch hätte er aber mal besser für sich behalten sollen, denn angesichts eines derartigen Realitätsverlustes fielen bei Lagerfeld auch die letzten Schranken.

»Genauso wie alle annern?«, wiederholte der Kommissar anfangsirritiert, dann holte er tief Luft und las dem Haßfurter Supertanker endgültig die Leviten. »So, jetzt hör mir mal besser genau zu, Zillig, denn leider muss ich dir bezüglich des Haßfurter Autofahrstils vehement widersprechen. Eines steht nämlich zweifelsfrei fest: Der Haßfurter trägt die rote Laterne im deutschen Autolenkerdasein völlig zu Recht. Wie wir anhand eines profanen Tankvorgangs gerade wieder anschaulich erleben durften, ist der Haßfurter Autofahrer quasi die Inkarnation verkehrstechnischen Unvermögens. Von seinen Schwierigkeiten, elektrisch betriebene Fahrzeuge mit Kanistern zu betanken, aber mal ganz abgesehen, fährt der Haßfurter außerdem zu langsam, er fährt zu schlecht, er fährt unberechenbar und nicht selten schlicht verkehrt. Kurz gesagt – er fährt einfach zu oft.«

»Äh …«, meinte Zillig und hob den Finger, aber Lagerfeld machte ungerührt weiter in seinem Vortrag.

»Der Haßfurter, Zillig, ist ein Verkehrstaliban, eine tickende Zeitbombe des Asphalts. Hinter einem Haßfurter herfahren zu müssen ist eine der großen Prüfungen im Leben. Nicht umsonst werden ISS-Astronauten im Auto durch die Haßberge geschickt, bevor sie ihre lange Reise zum Mars antreten. Und weißt du, warum, Zillig? Weil die Haßberge total marsähnlich sind und die dort lebenden Aliens verkehrstechnisch auch nicht schlimmer sein könnten.«

Der Angesprochene kam jetzt nicht mehr so ganz mit.

»Äh, was bidde sind denn Äiliens …?«, fragte er verständnislos, aber Lagerfeld hörte gar nicht mehr hin, er hatte sich längst in Rage geredet, das musste jetzt endlich mal alles raus.

»Ein Haßfurter Autofahrer mit Hut, Zillig, ist meines Erachtens für den Weltfrieden gefährlicher als alle Nordkoreaner zusammen. Ein Haßfurter Autofahrer macht nämlich prinzipiell im entscheidenden Moment das Falsche, Schrotthaufen pflastern seinen Weg. Wer in Flensburg über fünfzehn Punkte hat, Zillig, bekommt deshalb ja auch automatisch ein Haßfurter Kennzeichen. Natürlich kannst du als Haßfurter Autofahrer, der Benzin in eine elektrische Batterie schütten will, nicht begreifen, wovon ich als normal begabter Autolenker rede. Ich versuche trotzdem mal, dir das zu erklären.« Lagerfeld hob beide Arme, um dem reichlich eingeschüchterten Gegenüber sein Argument auch bildlich zu erläutern. »Wenn ein Haßfurter hinter einem Haßfurter herfährt, wird der natürlich nichts Ungewöhnliches an dessen Fahrtechnik finden. Aber du musst verstehen, Zillig, dass dies für den Rest der Autofahrerwelt nicht gelten kann. Ob ich nämlich hinter einem Auto parke oder einem Haßfurter Autofahrer bei seiner wilden Hatz über den fränkischen Asphalt folge, ist geschwindigkeitstechnisch so ziemlich das Gleiche.«

Die gestikulierenden Arme des Kommissars fielen nach unten und hingen wieder gerade, Lagerfeld war fast fertig.

»Ich hoffe, Zillig, ich konnte dir das mit dem Haßfurter Führerschein hinlänglich erklären. Ich muss jetzt aber leider fort, ich habe noch einen Mord aufzuklären«, erklärte er kurz und trocken.

»Ja, aber wie komm ich denn jetzt hemm?«, verlangte der so gründlich Unterwiesene zu wissen und ergriff leicht panisch die Schultern des Kommissars.

Lagerfeld löste sich langsam, aber nachdrücklich aus seinem Griff und trat einen Schritt zurück. Er verspürte keinerlei Mitleid mit dem Haßfurter, der ihn mit dem Blick eines gehetzten Waldaffen bedrängte.

»Ganz ehrlich, das is mir scheißegal, du Kaschber«, tönte er angriffslustig. Dann nahm er seinen Autoschlüssel in die Hand, bestieg mit hochrotem Gesicht sein Cabrio und reihte sich, so schnell es nur ging, mit Vollgas in den fließenden Verkehr ein. Zurück blieb ein verstörter Haßfurter Autofahrer, der von all dem, was da gerade zu ihm gesagt worden war, so gut wie nichts begriffen hatte.

Amira Sharafuddin stand draußen vor den lehmigen Wänden ihrer elterlichen Behausung und schrie. Sie schrie, dann weinte sie, dann beides zusammen. Sie war verzweifelt, hilflos, außer sich und hätte am liebsten jedes einzelne Haus in Massur mit eigenen Händen eingerissen. Immer wenn sie dachte, es könnte nicht noch schlimmer kommen, passierte genau das. Es kam noch schlimmer. Als ob das Leben ihr einige wenige Jahre in Freiheit und Selbstbestimmung nur deshalb gegönnt hätte, um sie nun umso brutaler in die dunklen Tiefen der traurigen Wirklichkeit in Afghanistan zurückzustoßen. Die Deutschen, für die sie so lange gearbeitet hatte, waren gegangen. Innerhalb weniger Wochen war alles zerstört worden, was ihre Anwesenheit und die der Amerikaner an Aufbauhilfe bewirkt hatten.

Amira hatte von dem Geld, das ihr die Deutschen für ihre Arbeit als Übersetzerin bezahlten, gut leben können. Zwar war sie erst vierundzwanzig Jahre alt, man hatte ihre Begabung aber früh erkannt und auf der Mädchenschule sehr gefördert. So war sie als jüngste Dolmetscherin Afghanistans für die Bundeswehr in Kunduz tätig geworden und zwischendurch auch einmal für die Amerikaner in Bagram. Ihr Traum wäre es gewesen, zu studieren, schließlich sprach sie inzwischen fast akzentfrei Deutsch. Stattdessen musste sie sich in ihrem Heimatland in der Öffentlichkeit verschleiert bewegen, und arbeiten durfte sie auch nicht mehr. Jahrelang hatte sie als Älteste von fünf Kindern die ganze Familie versorgt, jetzt musste das von einem Tag auf den anderen wieder ihr Vater übernehmen. Und genau das war für Xatar Sharafuddin eine nicht zu bewältigende Aufgabe. Unter den Taliban waren die Wirtschaft und, was noch viel schlimmer war, jeglicher Handel zusammengebrochen. Sowohl in Kabul, wo ihr Vater früher seine handwerklichen Arbeiten verkauft hatte, als auch erst recht in dem abgelegenen Nest Massur, in dem sie aufgewachsen war.

Ebendeshalb stand sie nun auf der staubigen Dorfstraße neben dem einfachen Lehmbau, der sich ihr Elternhaus nannte, und schrie sich die Seele aus dem Leib. Niemand aus dem kleinen Dorf kam angelaufen, um zu sehen, was denn der Lärm zu bedeuten hatte. Denn jeder in Massur wusste, was der Grund für die Verzweiflung der ältesten Tochter von Xatar und Dilem Sharafuddin war. Alle wussten Bescheid. Xatar Sharafuddin, das Oberhaupt der Familie, hatte seine jüngste Tochter Sisa verkauft. Verkauft für zweitausendsiebenhundert Euro an einen neunundsiebzigjährigen Opiumhändler aus Dschalalabad. Er hatte dies just in der Zeit getan, als Amira in Kabul gewesen war, um irgendwie Geld für die Familie aufzutreiben.

Eigentlich wäre das seine Aufgabe als Vater gewesen. Und dann arbeitete seine Tochter auch noch für die fremden Soldaten, die sich in seinem Heimatland aufhielten. Das war nicht das, was man in Afghanistan eine ehrenvolle Tätigkeit nannte. Aber es war ihm zuwider, sich mit Amira darüber zu streiten, stattdessen hatte er ihre Abwesenheit genutzt, um Tatsachen zu schaffen.

Bei Amiras Rückkehr aus Kabul war ihre neunjährige Schwester Sisa nicht mehr da gewesen, mitgenommen von einem Greis, der sie als seine Drittfrau dem Vater abgekauft hatte. Und jeder Einwand kam zu spät. Fawad Nimatullah war schon vor drei Tagen angereist und hatte ihre Schwester, die sich heftig gewehrt hatte, auf Nimmerwiedersehen fortgezerrt, hatte sie den Tränen der Mutter zum Trotz auf seinen großen Lastwagen gesetzt und war auf der Dschalalabad-Straße in Richtung Osten davongefahren, während ihr Vater regungslos danebenstand.

Amira war für Sisa immer wie eine zweite Mutter gewesen. Das Mädchen hatte zu ihr aufgeblickt. Sisa war so stolz auf ihre begabte große Schwester, die sich fließend in einer fremden Sprache mit den ausländischen Soldaten unterhalten konnte und damit eine Menge Geld verdiente. So wie Amira wollte die kleine Sisa auch einmal werden. Etwas Tolles lernen und damit ihren Lebensunterhalt und den ihrer Familie bestreiten. Ihre kleine, hübsche und vor allem immer fröhliche Sisa, die einmal Lehrerin hatte werden wollen, um Kindern lesen und schreiben beizubringen. Damit alle Jungen und Mädchen in Afghanistan so klug würden wie ihre Schwester Amira.

Aber dieser Traum war jetzt ausgeträumt. Sisa würde als Drittfrau eines greisen Opiumhändlers in Dschalalabad das Leben einer Leibeigenen führen, ein absoluter Alptraum für Sisa, aber auch für ihre große Schwester. Niemand würde da sein, um Sisa zu trösten, wenn die Härte des Lebens, welches ihr nun bevorstand, über sie hereinbrach. Nicht ihre Eltern, nicht Amira und ihre jüngeren Geschwister und ihr neuer Ehemann sowieso nicht. War das der Wille Allahs? Amira konnte und wollte das nicht akzeptieren. Aber im Moment war sie mit ihrem Latein am Ende, wusste nicht mehr weiter. Sie konnte nur noch schreien, weinen und so ihrem Schmerz und ihrer Verzweiflung Ausdruck verleihen.

Nach endlos langen Minuten, Stunden womöglich fiel Amira entkräftet auf die Knie und lehnte sich in der hereinbrechenden Dunkelheit an den kühlen Lehm der Hauswand. So verharrte sie und wimmerte leise vor sich hin. Das tat sie, bis direkt neben ihr ein Pick-up hielt. Ein Mann stieg aus, beugte sich zu ihr herab und hob sie auf seine Arme. Dann setzte er Amira Sharafuddin ohne jeglichen Widerstand ihrerseits auf den Beifahrersitz seines Wagens und fuhr mit ihr in die sternenklare afghanische Nacht.

Als Lagerfeld mit seinem Cabrio am Tatort bei Unterbrunn eintraf, glich das Gelände bereits einem militärischen Truppenübungsplatz. Die Straße war gesperrt, und der um diese Zeit eher spärliche Verkehr von und nach Unterbrunn wurde weiträumig umgeleitet. Die Spurensicherung war seit geraumer Zeit am Arbeiten und hatte das Areal um den ausgebrannten Mähdrescher mit zahlreichen Strahlern bestückt, die den zur Hälfte abgeernteten Maisacker mit taghellem Licht fluteten. Zwei weitere Streifenwagen waren eingetroffen, um Schieler und Webhan bei den verkehrstechnischen Angelegenheiten zu unterstützen, während Heribert Ruckdeschl, der Leiter der Spurensicherung, mit seinen in weiße Anzüge gekleideten Kriminaltechnikern genau das machte, was ihr Metier war: Spuren sichern.

Lagerfeld, der nur ungefähr wusste, was ihn hier erwartete, war vom Umfang der eingeleiteten Maßnahmen nicht im Geringsten überrascht, eher genervt. Immerhin befand er sich schon weit im Überstundenbereich, hatte anderen einen Cannabisabend gegönnt, ohne selbiges auch nur ansatzweise genossen zu haben, und sich die Herfahrt mit einem intellektuellen Tiefflieger aus Haßfurt »versüßt«. Da durfte er sich jetzt auch noch mitten in der Nacht mit einem Mordfall auf freiem Feld herumschlagen.

Er stellte seinen Honda am Straßenrand ab und machte ging geradewegs zum verkohlten Wrack des Mähdreschers, an dem sich mit einigen Metern Abstand eine kleine Menschengruppe versammelt hatte. Dieser Gruppe gehörten Heribert Ruckdeschl, ein junger Feuerwehrmann in voller Montur und zwei uniformierte Polizeibeamte an sowie der Bernd Schmitt sattsam bekannte Biobauer aus Ebensfeld, Bernhard Sporath. Bei Letzterem konstatierte Lagerfeld allerdings eine gewisse Unterversorgung im textilen Bereich, da der sonst so korrekte Sporath mit nacktem Oberkörper und lendenschurzähnlicher Hüftbeflaggung in der Gegend herumstand. Das war zwar jetzt, Ende Juli, bei immer noch zweiundzwanzig Grad nachmitternächtlicher Temperatur, kein gesundheitliches Problem, ein optisches aber sehr wohl. Allerdings wäre Bernd Schmitt der Allerletzte, der anderen, seien sie beruflich oder privat unterwegs, jemals einen Vorwurf wegen ihres äußeren Erscheinungsbildes machen würde, das war ihm ehrlich gesagt scheißegal. Nichtsdestotrotz fand er Sporaths Auftritt zumindest irritierend, da er sich doch sonst immer um eine gewisse Seriosität in seiner Lebensführung bemühte. Aber sei's drum, die Umstände, die zu dieser ungewohnten Erscheinungsform geführt hatten, würde er ja sicherlich gleich erfahren.

Auf halber Strecke von der Straße zu der angepeilten Menschengruppe hatte Lagerfeld sich eine Zigarette in den Mund gesteckt und diese mit einem Streichholz entflammt, das er nun achtlos auf den abgeernteten Acker warf, über den er gerade schritt.

»Das ist ein Tatort, Herrgott, da schmeißt man nicht einfach seine Abfälle durch die Gegend, selbst wenn man ein selbst ernannter Freigeist und Lässigster aller Lässigen sein will!«, erregte sich der Leiter der Spurensicherung Heribert Ruckdeschl, der mit ziemlich verärgertem Blick von seinem Schreibbrett aufsah. »Und Rauchen ist auch keine gute Idee, vor allem, wenn man es mit einem verbrannten Objekt zu tun hat, Bernd!«

Aber Anwürfe, gleich welcher Art, perlten an Lagerfeld ab wie Wassertropfen von einer Teflonpfanne. Wenn er rauchen wollte, dann rauchte er, basta.

»Also, so wie ich das sehe, ist alles Brennbare ja schon abgefackelt. Außerdem steh ich hier unter freiem Himmel, und wenn ich nach einem Tag wie heute noch irgendeine kriminalistische Leistung erbringen soll, dann braucht's jetzt erst einmal einen Stresskiller, Ruckdeschl, kapiert?«, raunzte er den Leiter der Spurensicherung an, der seinen Blick kopfschüttelnd wieder in die Aufzeichnungen versenkte. Es hatte ja eh keinen Sinn, mit Lagerfeld zu diskutieren, wenn der so drauf war.

Zwischenzeitlich hatten sich auch die Blicke der anderen anwesenden Personen auf Lagerfeld gerichtet, von denen er bisher keinen persönlich kannte, mit Ausnahme eines gewissen Biobauern, den er auch gleich ansprach.

»Servus, Bernhard. Bist du irgendwie ausgeraubt worden, oder hat dir Riemenschneider mit ihrer Sippschaft die Klamotten vom Leib gefressen?«, meinte er grinsend.

Aber Bernhard Sporath hatte überhaupt keine Lust, auf Lagerfelds Anspielungen auch nur im Entferntesten einzugehen. Er wusste selbst, dass sein äußeres Erscheinungsbild mehr als dürftig war, doch sein Adrenalinpegel war heute Nacht in ungeahnte Höhen katapultiert worden, und jetzt, da die Behörden vor

Ort ihre Arbeit aufgenommen hatten und es für ihn erst einmal nichts mehr zu tun und auch nichts zu reden gab, ging seiner Konzentration die Luft aus. Er wollte ehrlich gesagt auch nicht mehr darüber reden, sondern nur noch heim. Sein nagelneuer Mähdrescher war nichts als Schrott, und eine Leiche hatte der Claas Avero 240 E zu allem Überfluss auch noch produziert. Das fühlte sich für ihn nicht so an, als würde der morgige Tag wieder ein ganz normaler, entspannter Biobauerntag werden.

»Darf ich vorstellen, Bernd Schmitt von der Kripo in Bamberg«, machte Sporath den Neuankömmling erst mal bekannt, in der Hoffnung, dass Lagerfeld ihm die schwere Last von der Schulter nehmen, ihn nach Hause schicken und das Ganze hier, was auch immer es zu bedeuten hatte, zu einem guten Ende führen mochte. »Das ist Daniel Bressig, Kommandant der Ebensfelder Feuerwehr, und hier haben wir Herrn Schieler und Herrn Webhan von der Staffelsteiner Polizei«, erläuterte er, während er nervös an seinem Lendenschurz herumzupfte.

Lagerfeld registrierte die verzweifelte Stimmung, in der sich der Hüter seiner schweinischen Schützlinge befand, und ergriff auch bereitwillig die Initiative. Allerdings anders, als Sporath und die anderen Anwesenden sich das vielleicht vorgestellt hatten.

»Webhan. Bist du ned der Profil-Webhan, dieser Streichholzpolizist? Gut, dass ich dich mal kennenlerne, ich hab immer gdacht, du wärst eine Erfindung.«

Elias Webhan reagierte mit einem Gefühlsausdruck, den er an sich selbst so noch nicht beobachtet hatte: Er war perplex. Erstens angesichts der direkten Anrede durch einen ihm völlig fremden Kripobeamten und zweitens darüber, dass seine Methoden der Berufsausübung offenbar ihren Weg über die Lichtenfelser Landkreisgrenzen hinaus bis nach Bamberg gefunden hatten. Ob er diesen Umstand nun gut oder schlecht finden sollte, war ihm noch nicht ganz klar, und so blickte er erst einmal leicht verunsichert zu den anderen Anwesenden, die einen Blickkontakt mit ihm aber tunlichst zu vermeiden suchten und allesamt höchst interessante Tatbestände auf dem dunklen Ackerboden entdeckt zu haben schienen. So fiel sein Blick irgendwann auf die abgewetzte Jeansjacke des Bamberger Kommissars, was ihn jäh wieder in seinen üblichen Bewusstseinszustand zurückversetzte. Er streckte seinen Arm aus und deutete mit der rechten Hand und strenger Miene auf die Jacke.

»Die ganzen Knöpfe da. Das ist ja wohl ein wenig übertrieben, oder? Das sind ja viel zu viele für so eine Jacke, und dazu sind sie auch noch viel zu groß«, meinte er bissig, was nun umgekehrt zu einer gewissen Verwunderung bei dem Jackenträger führte. Was sollte denn das jetzt werden, bitte schön?

»Das sind halt die Knöpfe meiner Jacke, die waren schon immer dran, und die bleiben da auch, verstanden?«, stellte Lagerfeld klar und machte bei diesem Profil-Webhan erstens einen verkümmerten Sinn für Humor aus sowie zweitens eine gewisse Neigung zu zwischenmenschlicher Stressanzettelung.

Den übrigen Anwesenden entging die fehlende Sympathie zwischen den beiden nicht, was den jungen, in Erwachsenenrunden noch recht unerfahrenen Feuerwehrhauptmann Bressig dazu animierte, die angespannte Situation durch einen kleinen, beiläufig eingeworfenen Scherz auflockern zu wollen.

»Was ist ein Bauer, der seine Schafe verhaut? Na?«, fragte er launig in die Runde, begegnete aber nur ratlosen bis genervten Blicken, weshalb er das landwirtschaftliche Rätsel gleich selbst auflöste. »Ein Mäh-drescher, hahaha …«

Niemand lachte, und somit ging dieser Wortwitz nicht in die Annalen der deutschen Scherzhistorie ein. Lagerfeld verhalf die kleine Denkpause immerhin zu einem Geistesblitz, der alle wieder auf den Grund des Hierseins zurückführte.

»Apropos Mähdrescher. Wurde nicht am Telefon eine Leiche erwähnt, derentwegen hier ermittelt werden sollte?« Er würdigte den Polizeibeamten Webhan keines weiteren Blickes. Dessen Kollegen, Polizeioberwachtmeister Schieler, war das Verhalten seines langjährigen Kollegen auch zu viel, weshalb er jetzt die Initiative ergriff.

»Natürlich, kommen Sie mit, Herr Schmitt, ich zeige sie Ihnen. Und Herr Ruckdeschl von der Spurensicherung erzählt Ihnen sicherlich gern alles Weitere, nicht wahr?«

Ruckdeschl nickte sofort, da ihm persönliche Animositäten im Dienst, zwischen wem auch immer, seit jeher auf den Senkel gingen. Entschlossen schritt er voraus, Schieler und Lagerfeld folgten ihm.

»Sie dürfen das Verhalten meines Kollegen nicht so ernst nehmen, Herr Schmitt. Elias leidet schon seit Längerem an einer Knopfphobie, deswegen ist er bei dem Thema manchmal etwas empfindlich«, raunte Schieler Lagerfeld im Gehen zu, was bei dem Bamberger Kommissar zu einem säuerlichen Gesichtsausdruck und anhaltendem Stirnrunzeln führte. Weitere Erläuterungen über das notorische Unbehagen, Knöpfe in dieser Welt ertragen zu müssen, erübrigten sich, denn sie hatten den Mähdrescher erreicht.

Lagerfeld war auf Anhieb klar, warum man die Kriminalpolizei auf einen oberfränkischen Maisacker gebeten hatte. Aus der rückwärtigen Öffnung des Mähdreschers hing kopfüber der völlig verunstaltete Oberkörper eines Menschen. Dessen Arme lagen eng am Körper an und steckten mit den Unterarmen und Händen noch im Gehäuse des Mähdreschers. Die Kleidung des Opfers hing in Fetzen und war mit dem Blut der Leiche so gründlich getränkt, dass Lagerfeld keine Wette auf die Art und Farbe der Kleidung oder die Haarfarbe des Opfers hätte eingehen können. Alles in allem legte der Zustand der Leiche die Vermutung nahe, dass dieser Mensch genau wie der Futtermais, für dessen Ernte die Maschine eigentlich gebaut worden war, den kompletten Weg durch den Mähdrescher zurückgelegt hatte. In der Hoffnung auf nähere Erläuterungen hinsichtlich dieses seltsamen Ablebens schaute Lagerfeld zu Chefspurensicherer Ruckdeschl, der auch bereitwillig seine ersten Erkenntnisse absonderte.

»Also, ich fange mal mit der Leiche an. Männlich, noch keine vierzig Jahre alt, ich würde schätzen, so Mitte dreißig. Genauer kann ich das bei dem Zustand des Mannes leider nicht sagen. Todesursache: keine Ahnung, ehrlich gesagt. Aber wenn sonst nichts war, wird wohl der Transport durch die innere Abteilung des Mähdreschers für das Ableben des armen Kerls gesorgt haben. Zur Identität kann ich leider auch keine Auskunft geben, es bleibt abzuwarten, ob in den Kleidungsresten vielleicht irgendwelche Schnipsel eines Ausweises oder sonstiger Dokumente zu finden sind – sofern wir die dann überhaupt noch auswerten können. Fingerabdrücke gibt's ebenfalls keine, weil sich die Finger ja noch im Inneren des Mähdreschers befinden. Ansonsten haben wir uns redlich um Spurensicherung auf dem Boden rund um den Mähdrescher bemüht, aber erstens ist das Erdreich vom Löschwasser völlig aufgeweicht, und zweitens ist hier alles von der Feuerwehr zusammengetrampelt worden, in der Hinsicht sehe ich also schwarz«, schloss Ruckdeschl seine Ausführungen.

Lagerfeld ließ diese Informationen auf sich wirken, jedenfalls schien es so. Was tatsächlich gerade im Kopf des Kommissars vor sich ging, konnte Ruckdeschl nicht mit Sicherheit sagen, aber das konnte man bei Lagerfeld sowieso nie. Dann erwachte der Kommissar auf einmal wieder zum Leben und winkte heftig in Richtung der anderen drei Männer. »Bernhard, komm doch mal her!«, rief er.

Kurze Zeit später stand der Biobauer vor ihm. Lagerfeld schaute ihn schweigend an, dann entledigte er sich seiner Jeansjacke und reichte sie dem Hüter und Wächter der polizeilichen Schweinefamilie.

»Hier, das ziehst du jetzt erst einmal an. Oder hast du auch ein Problem mit Knöpfen, Bernhard?«

Hatte Bauer Sporath nicht; er nahm das textile Angebot dankbar an. Mit so einer Jacke um den Oberkörper sah die Welt doch gleich ganz anders aus.

»Warst du des?«, fragte Lagerfeld süffisant und deutete auf die Hängeleiche.

Sporath riss entsetzt die Augen auf. Zwar hatte Bernd Schmitt die Frage nicht wirklich ernst gemeint. Dafür war Bauer Sporath jetzt hellwach, nachdem er eben noch so gewirkt hatte, als wollte er im Stehen einschlafen.

»Lass gut sein, Bernhard. Aber jetzt mal im Ernst. Ist das technisch möglich, dass ein erwachsener Mensch durch den Mähdrescher hindurchtransportiert wird? Ich meine, das Ding ist ja normal für Mais gebaut, und der ist doch viel dünner? Oder gibt es neuerdings gengezüchtete Sorten, die Menschengröße erreichen?«

Sporath überlegte einen Moment, ehe er die Frage beantwortete. »Ich sag mal so. Aus Versehen kann das sicher nicht passieren. Aber wenn man jemanden mit Gewalt da vorne reinstopft, müsste es schon gehen. Ausprobiert hat das logischerweise noch keiner«, gab er nüchtern zu bedenken.

»Und wie kann das gehen?«, hakte Lagerfeld nach. »Ich meine, um die Maschine anzuwerfen, braucht man doch den Schlüssel, oder? Und den hast du ja bestimmt bei dir zu Hause, oder nicht?«

Statt Zustimmung erntete Lagerfeld ein entschuldigendes Schulterzucken. »Normalerweise schon. Aber ich hab's gestern ziemlich eilig kabt und hab halt schnell fortgemusst. Da hab ich den Schlüssel stecken gelasst. Die Batterie war auch noch dreiviertelvoll, sonst hätt ich den Mähdrescher ja zum Laden mit haamgenomma.«

»Laden? Soll das heißen, der Mähdrescher läuft elektrisch?«, fragte Lagerfeld ungläubig, woraufhin Bauer Sporath begeistert nickte.

»Ja, genau. Das ist ein Claas Avero 240 E, der erste batteriebetriebene Mähdrescher der Welt«, meinte er stolz. »Und da ich den dahaam klimaneutral aufladen kann, kann mer mit dem vollökologisch ernten. Der war ehrlich gesagt scheißteuer, aber es gab einen ziemlichen Zuschuss vom Bund und von der EU aach noch amal. Am Ende war der sogar noch billlicher wie a normaler.«

Einerseits war Lagerfeld schwer beeindruckt, andererseits war sein Bedarf an elektrisch betriebenen Fortbewegungsmitteln vorerst gedeckt. Soso, der Schlüssel hatte also noch gesteckt, das erklärte zumindest die Bedienung durch eine fremde Person. Wer auch immer das gewesen war, besonders freundschaftliche Gefühle schien derjenige für sein Opfer nicht gehabt zu haben. Wer in Gottes Namen kam denn auf die Idee, einen Menschen durch einen Mähdrescher zu schicken?«

»Bernd, kommst du mal?«, hörte Lagerfeld Ruckdeschl rufen, der sich auf der anderen, von den Scheinwerfern abgewandten Seite des Mähdreschers befand, also quasi auf der dunklen Seite des Mondes.

Als der Kommissar um den Mähdrescher herumgegangen war, konnte er den Spurenermittler neben dem halb verkokelten Gefährt stehen sehen, das Schreibbrett unter den Arm geklemmt, in der erhobenen Hand eine Taschenlampe und den Blick auf eine ganz bestimmte Stelle auf dem Blech des Mähdreschers gerichtet. Lagerfeld stellte sich neben ihn, um erkennen zu können, was Ruckdeschl denn da Tolles gefunden hatte. Als er sah, was der Schein der Taschenlampe auf der angeschwärzten Lackierung beleuchtete, ging ihm im wahrsten Sinne des Wortes ein Licht auf.

Jemand hatte mit blauer Farbe drei Buchstaben auf das Blech gesprayt. Der letzte Buchstabe wirkte zwar etwas angebrannt, war aber trotzdem noch gut zu erkennen.

KBB

Ein leichtes Frösteln durchlief Lagerfelds Körper, denn diese drei Buchstaben hatte er schon mal gesehen, allerdings in einem komplett anderen Zusammenhang, zumindest nicht in Verbindung mit einem Mordfall. Mit einem Schlag bekam dieser Fall eine völlig überraschende Wendung, und Bernd Schmitt hatte so etwas Ähnliches wie eine Spur.

Sie fuhren nun schon seit Stunden durch die sternenklare Nacht, ohne auch nur ein einziges Wort miteinander gewechselt zu haben. Amira war auf dem Beifahrersitz eingeschlafen, während der Pick-up die Straße nach Dschalalabad entlangrumpelte. Die Dschalalabad-Straße oder, in englischer Schreibweise, »Jalalabad Road« führte nicht selten durch unwegsames, bergiges Gelände und zählte aufgrund ihres Verlaufs und ihrer zahlreichen Verkehrsunfälle zu den gefährlichsten Straßen der Welt. Trotzdem war diese Straße die wichtigste in ganz Afghanistan, da sie die Hauptstadt Kabul mit Dschalalabad, der größten Stadt im Osten des Landes, verband.

Amiras Fahrer, ein großer Mann mit dichtem, langem Bart, hatte unterwegs einmal kurz angehalten, um ihr eine dicke graue Decke um den völlig erschöpften Körper zu wickeln, die er normalerweise zum Abdecken der Lebensmittel auf der Ladefläche verwendete. Im Tiefschlaf hatte sie es nicht einmal bemerkt, sodass er sofort wieder eingestiegen und weitergefahren war.

Zurzeit war alles ruhig auf der Dschalalabad-Straße. Seit der großen Offensive im Sommer und der überstürzten »Abreise« der westlichen Truppen sollte es ja eigentlich keinerlei Kampfhandlungen mehr geben. Aber es gab noch immer den unsichtbaren Feind im eigenen Land, den Islamischen Staat, dessen Kämpfer traditionell mit den Taliban verfeindet waren. Und so waren die Milizen der Taliban ziemlich nervös, auch wenn sie das niemals zugeben würden. Aus diesem Grund war von den Taliban auf dem Land nicht zwingend viel mitzubekommen, selbst auf den Hauptverkehrsrouten sah man die Kämpfer Allahs nur an ganz bestimmten Verkehrsknotenpunkten. Dafür wurde dort aber rigoros kontrolliert. Nachdem jetzt bereits zum wiederholten Male Moscheen, beliebte Treffpunkte der Taliban oder auch einfach nur ihre Fahrzeuge in die Luft geflogen waren, war es mit ihrer absoluten Siegesgewissheit vorbei. Es roch nach Bürgerkrieg an allen Ecken. Das war für ihr spezielles Vorhaben einerseits gut, andererseits gefährlich, je nachdem, von welchem Standpunkt aus man die ganze Sache betrachtete.

Noch während er diese Gedanken wälzte, begann sich das eingewickelte Bündel auf dem Beifahrersitz zu regen, und erst ein, dann ein zweiter Arm schlüpfte aus der Decke. Ächzend erhob sich die Gestalt in eine sitzende Position, und zwei große Augen schauten ihn fragend an.

»Hallo, Amira, auch wieder unter den Lebenden?«, fragte er mit einem kurzen Seitenblick. Sie antwortete ihm nicht direkt, sondern schaute erst einmal aus dem Beifahrerfenster hinaus in die Nacht, um sich irgendwie zu sortieren.

»Wo sind wir?«, fragte Amira, während sie die vorbeiziehende Landschaft betrachtete.

»Kurz vor Shahidan. Von dort sind es noch ungefähr zweihundert Kilometer bis Dschalalabad, aber das schaffen wir heute nicht mehr. Die UNO hat dort ein Lager, da können wir übernachten und bleiben von den Taliban unbehelligt, was ja erst einmal nicht so ganz unwichtig ist.«

Amira nickte nur. Immer noch müde, betrachtete sie den großen, kräftigen Kerl, der sie in ihrem Dorf aufgesammelt hatte und jetzt am Steuer dieses Pick-ups saß. Max war der einzige richtige Freund, der ihr aus ihrem Dolmetscherberuf bei den Deutschen noch geblieben war, und, wenn sie ehrlich war, vielleicht sogar ein bisschen mehr als das. So richtig hatten sie das untereinander nie geklärt, und jetzt war auch wahrlich nicht der richtige Zeitpunkt dafür. Aber Max hatte ihr schon mehrfach, so wie heute auch, den Arsch gerettet. Sie handelte leider zu oft viel zu impulsiv, ohne nachzudenken. Ohne ihn hätten die Taliban sie längst erwischt. Denn natürlich stand sie auf deren Fahndungslisten. Jeder, der einmal für den Feind gearbeitet und es nicht rechtzeitig aus Afghanistan herausgeschafft hatte, musste rund um die Uhr damit rechnen, entdeckt zu werden. Wenn das geschah, war das quasi ein Todesurteil, vor allem für eine afghanische Frau.

Seit der Machtübernahme der Taliban waren die Frauen hier mit weniger Rechten ausgestattet als ein räudiger Hofhund. Dieses Land wurde jetzt wieder von den Männern Allahs regiert, als Frau gab es schlicht kein Mitspracherecht mehr, nicht einmal über die eigene Person. Das hieß im Klartext, ohne eine männliche Begleitung hatte Amira weder eine Chance, ihre Schwester zu finden, noch, das Land zu verlassen. Denn das war es, was sie nun vorhatte, koste es, was es wolle. Und Max sollte ihr dabei helfen, was er auch bereitwillig tat.

Max Leisgang war als Mitglied der Bundeswehreinheiten nach Afghanistan gekommen. Sie hatten sich bei einem Projekt der Deutschen in einem abgelegenen Dorf nahe ihrer Heimat kennengelernt. Zusammen mit seinen Kameraden von der Militärpolizei war er dort gewesen, um auf die Akteure an der Baustelle aufzupassen, zu denen auch sie als Dolmetscherin gehörte. Danach hatte sie ihn bei seiner Einheit in Kabul besucht und war dadurch sogar zu einem Kurzeinsatz bei den Amerikanern in Bagram gekommen. Amira war sich nicht ganz sicher, aber sie hatte das Gefühl, dass Max ihretwegen in Afghanistan geblieben war und nach seiner Dienstzeit einen Job beim World-Food-Programm der UNO angenommen hatte. Auf jeden Fall war Max Leisgang immer da, wenn sie ihn brauchte, die treueste Seele, die sie jemals in ihrem Leben kennengelernt hatte. Und so auch jetzt, da sie die schwerste Aufgabe vor der Brust hatte, die man sich in Afghanistan überhaupt vorstellen konnte. Sie musste mit Max' Hilfe ihre verkaufte Schwester Sisa finden, sie entführen und aus Afghanistan fliehen. Was danach mit ihnen geschehen sollte, wusste sie noch nicht. Darüber würde sie sich Gedanken machen, wenn es so weit war. Alles der Reihe nach.

»Der Mann, der Sisa gekauft hat«, brach es aus ihr heraus, »heißt Fawad Nimatullah. Ein neunundsiebzigjähriger Opiumhändler aus Dschalalabad. Mehr habe ich aus meinem Vater nicht herausbekommen. Ich bin mir ziemlich sicher, dass er sich furchtbar schämt. Aber das macht nun auch keinen Unterschied mehr. Wir müssen das irgendwie durchziehen, Max. Ich werde meine Schwester nicht diesem Greis überlassen«, erklärte sie mit bebender Stimme.

»Bleib ruhig, Amira, schalt erst mal alle Gefühle aus. Es bringt gar nichts, das emotional anzugehen. Wir fahren jetzt zum Lager in Shahidan und überlegen uns in Ruhe, wie wir weiter vorgehen, okay? Wenn wir uns einfach Hals über Kopf da reinstürzen, dann sind wir übermorgen tot. Also versprich mir bitte, dass du deine Emotionen im Zaum hältst, Amira, egal wie schwer das für dich ist.«

»Du hast ja recht.« Amira fügte sich zerknirscht. Max sah die Dinge klarer als sie, so wie meistens.

Kurze Zeit später tauchten die ersten Häuser von Shahidan vor ihnen auf. Max Leisgang bog gleich an der ersten Ausfahrt ab und fuhr auf direktem Wege zu der kleinen Halle, welche als Hilfsgüter-Depot für die UN und ihr Welternährungsprogramm diente. War der Highway über weite Strecken noch leidlich korrekt geteert gewesen, fanden sie sich jetzt unvermittelt auf einer staubigen, mit Löchern übersäten Steinpiste wieder. Allerdings war es bis zur Lagerhalle nur ein knapper Kilometer, sodass das Gerüttel schon bald wieder aufhörte und der Toyota direkt vor den großen, mit weißer Farbe auf die Wand der Halle gemalten Buchstaben »UN« zum Stehen kam.

Sie waren noch nicht einmal dazu gekommen aus dem Wagen zu steigen, als hinter ihnen die grellen Scheinwerfer eines größeren Fahrzeugs auftauchten, das direkt hinter ihnen parkte.

»Scheiße, die Gotteskrieger sind da«, murmelte Max, und Amira bemerkte die leicht aggressive Anspannung in seiner Stimme. Er zog zwei Reisepässe aus seiner Hemdtasche und hielt ihr einen davon hin. »Okay, pass auf. Du heißt Aisha Klum und bist meine Frau, verstanden? Aisha Klum, und ich bin dein Mann Stefan. Du kannst kein Wort Afghanisch, also antworte irgendetwas auf Deutsch, egal was sie dich fragen.«

Amira verstand zuerst nur Bahnhof, nahm den Reisepass aber trotzdem an sich, öffnete ihn und schaute kurz hinein. Tatsächlich, »Aisha Klum«, stand da in einem ziemlich echt aussehenden Ausweisdokument der Bundesrepublik Deutschland. Daneben ihr Foto, ihr Geburtsdatum und eine deutsche Adresse.

Während sie den Pass einsteckte, legte Max noch ein kleines, gefaltetes blaues Stoffbündel auf das Armaturenbrett. Das war ein Hidschab, die Vollverschleierung für die afghanische Frau in der Öffentlichkeit, die von den Taliban nach der Machtübernahme in kürzester Zeit wieder verpflichtend eingeführt worden war.

»Hast du verstanden, Amira, du redest nur Deutsch, denn du verstehst kein Wort Afghanisch, ist das klar?«, flüsterte er ihr mit eindringlicher Stimme zu. »Und wenn ich dir ein Zeichen gebe, dann nimmst du den Hidschab und hältst das Ding in die Höhe.«

Amira konnte nur noch nicken, dann klopfte auch schon die Mündung eines AK 47 an das Fenster auf der Fahrerseite.

Angelika Thiel hatte es sich gerade vor ihrem Fernseher bequem gemacht. Ihre Arbeit bei der Firma Brose hatte heute wieder viel zu lange gedauert, sie war quasi unfähig, auch nur noch einen geraden Gedanken zu produzieren. Aber sie hatte es ja nicht anders gewollt, für die Karriere mussten nun mal Opfer gebracht werden. Die Automobilindustrie stand vor gewaltigen Umwälzungen, auf die auch ein Zulieferer wie Brose reagieren musste. Zu diesem Zweck hatte ihr Vorgesetzter sie in leitender Funktion in diese neu gegründete Arbeitsgruppe geschickt, und das bedeutete, massiv Überstunden zu schieben. Aber egal, dafür gab es gutes Geld und Aussichten auf einen weiteren Aufstieg in der Firma, da landete sie gern erst um drei Uhr in der Früh auf dem heimischen Sofa. Zum Glück gab es ja Netflix und Konsorten, die einem überarbeiteten Geist zu einer gewissen Ablenkung und damit einhergehender Beruhigung verhelfen konnten. Das gelang in der Regel mit einer nicht zu anspruchsvollen Schmonzette; eine komplizierte Handlung würde hier nur als störend empfunden werden. Dazu konnte man sich eine übrig gebliebene Nudelpfanne vom Vortag in der Mikrowelle aufwärmen und das edle Gericht beim Ansehen des internationalen Sissi-Derivats in den eigenen Verdauungstrakt befördern. Den Teller in der einen und eine Gabel in der anderen Hand, hatte sich Angelika Thiel gerade auf ihrem weinroten Sofa zurechtgelegt, um sich die amourösen Abenteuer der Titelheldin zu Gemüte zu führen, als sie von draußen, jenseits der großen Schiebetür ihres Balkons, einen flackernden Lichtschein wahrnehmen konnte. Fast so, als würde da jemand ihre Feuerschale entzünden, die unten im Garten stand.

Einen Moment lang war sie irritiert und hoffte sogar, das unstete Licht würde von allein wieder verschwinden, dass ihre überanstrengten Augen sich bloß getäuscht hatten. Aber den Gefallen tat ihr das Schicksal nicht, ganz im Gegenteil. Der Lichtschein wurde immer heller. Angelika Thiel überlegte kurz, ob sie das seltsame Phänomen nicht vielleicht einfach ignorieren sollte, dann siegte die ihr eigene Disziplin und Entschlossenheit. Sie stellte die halbwarmen Nudeln auf den Wohnzimmertisch und quälte sich aus ihrer bequemen Sofastellung, um sodann mit dem Rotweinglas in der Hand in ihren selbst gestrickten Pantoffeln zur Balkontür zu schlurfen.

Der flackernde Lichtschein schien sich zu intensivieren, je näher sie der Schiebetür kam. Sie öffnete sie und trat hinaus auf die Veranda, bis sie über das Geländer hinunter in den kleinen Vorgarten blicken konnte. Als sie der Ursache des seltsamen Flackerns gewahr wurde, blieb sie wie vom Donner gerührt stehen und betrachtete stumm das Schauspiel, das sich ihr bot.

Mitten in der Rasenfläche steckte ein mannshohes Kreuz, welches lichterloh brannte.

Es dauerte einige Sekunden, bis Angelika Thiel begriff, was geschehen war: Irgendjemand hatte dieses Kreuz in ihren Garten gesteckt und angezündet. Alles schön und gut, aber was sollte denn der Scheiß? Erlaubte sich da jemand einen blöden Scherz?

Ehe sie diesbezüglich zu einer validen Einschätzung kommen konnte, beendete ein weiteres drastisches Ereignis jeglichen weiteren Gedankengang. Sie hörte einen gewaltigen Knall, dann wurde ihr Auto, das nur wenige Meter entfernt vor der Gartenhecke geparkt war, von einer gewaltigen Explosion in die Höhe gehoben und während der Luftfahrt auf die Seite gedreht. Das Rotweinglas inklusive Inhalt wurde ihr aus der Hand gerissen und sie selbst samt ihren selbst gestrickten Pantoffeln zu Boden geschleudert. Dort lag sie sekundenlang benommen und nahezu bewusstlos, während draußen auf der Straße ihr nagelneuer Wagen in Flammen aufging und binnen Sekunden lichterloh brannte.

Panik bemächtigte sich ihres Körpers, und sie kroch auf allen vieren, so schnell es nur ging, in ihre Wohnung zurück, wo sie mit zitternden Händen nach ihrem Handy griff. Die Polizei, sie musste sofort die Polizei anrufen! Doch bevor sie die Nummer wählen konnte, krachte etwas durch die mit lautem Klirren berstende Verandatür. Ein gut faustgroßer Stein polterte über den Teppichboden und blieb am Fuße ihres Sofas liegen.

Angelika Thiel starrte den Stein an, als wäre er eine Handgranate, die jeden Moment explodieren konnte. Aber dann gewann die ihr eigene Entschlossenheit wieder die Oberhand, und sie griff sich den schweren Brocken. Sofort erkannte sie, dass der unförmige Stein mit einem Papier umwickelt und das Ganze dann mit einer ziemlich dicken Paketschnur fixiert worden war. Als sie die Schnur aufgedröselt hatte, entfaltete sie ein weißes Blatt Papier, auf das jemand mit blauer Farbe drei Buchstaben gepinselt hatte.

KBB

Lagerfeld staunte nicht schlecht, als er die drei Buchstaben auf dem Blech des Mähdreschers erkannte. Genau diese Buchstabenfolge, noch dazu in ebendieser Farbgebung, hatte er in den letzten Monaten des Öfteren in einem völlig anderen Zusammenhang gesehen. Es waren anscheinend ein paar Irre unterwegs, die Autos in die Luft sprengten. Genaues wusste er nicht darüber, weil sich der geschätzte Kollege Huppendorfer schwerpunktmäßig mit der Sache befasste, aber jedem in der Dienststelle waren die Fotos von der blauen Signatur geläufig, welche die Täter am jeweiligen Tatort hinterließen. Bis jetzt gab es keine Spuren und keine Verdächtigen, geschweige denn ein Bekennerschreiben oder etwas Ähnliches. César Huppendorfer war um diesen Fall wahrlich nicht zu beneiden, aber jetzt hatten sich ihre ermittlungstaktischen Wege gekreuzt. Auch hier, bei diesem Tötungsdelikt, waren die blauen Buchstaben aufgetaucht. Aus zwei Fällen war nun einer geworden oder zumindest zwei, die irgendwie eng zusammenhingen.

Heribert Ruckdeschl schaute Lagerfeld an und nickte wissend. Auch er kannte diese blaue Hinterlassenschaft von den anderen verbrannten Fahrzeugen, die er mit seinem Team untersucht hatte. Und doch war das hier ein absoluter Sonderfall. Erstens stellte sich die Frage, wer einen Mähdrescher abfackelte, und zweitens die, warum man im Zuge dieser Aktion einen Mord begangen hatte. Zwar bestand noch eine winzige Restwahrscheinlichkeit, dass es sich um eine Art Unfall handelte, aber daran glaubte von den anwesenden Beamten im Ermittlungsdienst im Grunde keiner mehr.

»Seid ihr hier so weit fertig, oder müsst ihr noch länger auf Spurensuche gehen, Heribert?«, erkundigte sich Lagerfeld, der nun eigentlich alles gesehen hatte, was er hatte sehen müssen.

Ruckdeschl nickte erneut. »Ehrlich gesagt, Bernd, waren wir mit unserer Arbeit schon fast fertig, als du hier angekommen bist. Was hast du auf der Fahrt von Bamberg hierher eigentlich so lange gemacht? Das hat ja ewig gedauert.«

Aber Bernd Schmitt hatte nun wirklich überhaupt keine Lust, dieses Thema näher zu erörtern. Sollten die Haßfurter doch Strom in den Benzintank schütten oder umgekehrt, das war nun wirklich nicht sein Problem. Er wollte hier auf diesem Acker zu einem vorläufigen Schluss kommen und dann nur noch heim in die Heia.

»Heribert, glaube mir, das willst du nicht wissen. Davon abgesehen, wenn ich es dir erzählen würde, du tätst es mir eh nicht glauben. Weißt du was, kauf dir morgen früh doch einfach die Bildzeitung, da steht bestimmt alles haarklein drin, die bringen doch immer solche abgefahrenen Geschichten.«

Ruckdeschl schaute reichlich perplex, verzichtete aber auf eine Nachfrage. Wenn der sonst so redselige Lagerfeld über irgendetwas nicht sprechen wollte, hatte das ganz sicher einen triftigen Grund. Da hielt er jetzt lieber mal die Klappe. Außerdem war Lagerfeld bereits wieder auf der Zielgeraden, was den vorläufigen Abschluss dieses nächtlichen Einsatzes anbelangte. Der Kommissar rief Bernhard Sporath zu sich, der immer noch in seiner Jeansjacke und dem improvisierten Lendenschurz bei den Feuerwehrleuten stand.

»Sag mal, Bernhard, kannst du den Mähdrescher einfach mal anschmeißen, damit unser Toter hier zur Gänze zum Vorschein kommt und von der Spusi komplett untersucht werden kann?«

Eine Bitte, die bei Bauer Sporath heftiges Kopfschütteln auslöste. »Vergiss es, da geht etzerd nix mehr, Bernd. Laut Feuerwehr hat da jemand etliche Liter Brandbeschleunicher im Cockpid deboniert und dann alles in Brand gsedzd. Jetzt sin sämtliche Kabel verschmord, und die Elektronik hat durch die Hitze hunnerdbrozentich ach an Batscher. Der Mähdrescher steckt fest, würd ich sogn. Da brauch mer an Autokran, um den widder ausm Agger zu griechen.«

Lagerfeld hatte sich so was schon gedacht, aber fragen kostete ja nichts. Na gut, dann eben auf die harte Tour.

»Ei, ihr da von der Feuerwehr!«, rief er laut und winkte, woraufhin Feuerwehrkommandant Daniel Bressig angejoggt kam und sich vor dem Kommissar postierte. Damit der Mann nicht auf die Idee kam, womöglich noch einen seiner Sparwitze zum Besten zu geben, betraute Lagerfeld ihn flugs mit einer anspruchsvollen Arbeit. »Also gut, Bressig. Der Mann da muss aus dem Mähdrescher herausgeschnitten werden. Ihr habt doch sicher alle Gerätschaften für so einen Fall dabei, oder?«

Die Frage löste bei dem Feuerwehrmann ein begeistertes Lächeln aus. Was für eine Nacht. Gerade erst zum Kommandanten der Ebensfelder Feuerwehr aufgestiegen, durfte er gleich beim ersten Einsatz sein Meisterstück abliefern: das Aufschneiden einer Karosserie mit Blechzange und Flex. Das war in der Ausbildung seine Paradedisziplin gewesen. Dies ist sicher der Beginn einer glanzvollen Karriere, dachte er hocherfreut und machte sich sofort mit fiebrig glänzenden Augen daran, den höchstamtlichen Auftrag so gewissenhaft wie möglich auszuführen.

Bald darauf war vom Mähdrescher her das unangenehm quälende Geräusch des Akkublechschneiders zu hören, und ab und an flogen in hohem Bogen die Funken von der Flex. Der Besitzer des verglühten Ungetüms betrachtete die Aktion mit ziemlich gemischten Gefühlen, war dieser Mähdrescher doch der vorläufige Gipfelpunkt und das absolute Glanzstück deutscher Erntetechnik gewesen. Und jetzt wurde dieses Prachtstück erst verbrannt und anschließend ziemlich rüde in seine Einzelteile zerlegt. Kein Anblick, der einen Mann, der gestern noch mit diesem Wunderwerk eines landwirtschaftlichen Geräts gearbeitet hatte, kaltließ. Das tat Bernhard Sporath richtig weh.

Auch Lagerfeld bekam das Leiden des Biobauern mit, allerdings konnte er ihm dabei wirklich nicht helfen, das waren Dinge, die einfach getan werden mussten.

Nach einer knappen Stunde war es schließlich so weit. Die Feuerwehrleute traten vom Mähdrescher zurück, in dessen Blechkleid jetzt ein großer, U-förmiger Ausschnitt klaffte. Feuerwehrkommandant Bressig schaute fragend zu Heribert Ruckdeschl, der nicht lang fackelte und umgehend zur Tat schritt. Während zwei der Feuerwehrmänner das im Inneren der Maschine befindliche Transportband des Mähdreschers mit ihren Gerätschaften auseinanderspreizten, fasste der Leiter der Bamberger Spurensicherung die Schultern des unglücklichen Delinquenten, stellte sich auf dem aufgeweichten Boden in Positur und zog entschlossen an der heraushängenden Leiche.

Der Widerstand des Körpers war nicht nennenswert ausgeprägt. Der bisher im Mähdrescher verbliebene Teil des Mannes schien jedenfalls keine Lust mehr zu verspüren, noch länger im Inneren dieses Blechtunnels zu verbleiben. Kaum hatte Ruckdeschl an den Schultern gezogen, setzte sich der Leichnam in Bewegung und rutschte in einer gleichmäßigen Bewegung aus dem Mähdrescher heraus. Der Schwerkraft folgend, klatschte er in den Dreck und blieb leicht verkrümmt auf dem schlammigen

Ackerboden liegen. Als Lagerfeld näher trat, kamen ihm die Feuerwehrleute mit bleichen Gesichtern entgegen. Der Anblick war wohl selbst für solch Hartgesottene zu viel.

Lagerfeld ging neben Ruckdeschl in die Hocke und betrachtete das, was jetzt komplett vor ihm lag, von oben bis unten. Auch seine Begeisterung für diesen Teil seines Jobs war gerade nicht besonders ausgeprägt. Der Mähdrescher hatte ganze Arbeit geleistet. Vermutlich gab es in diesem Körper kaum noch einen Knochen, der noch in seinem Originalzustand verblieben war, zumindest legte dies der äußere Zustand der Leiche nahe, von der zerfetzten Kleidung des Opfers gar nicht zu reden. Kein Anblick, den man gerne zu Gesicht bekam.

Schweigend verharrten die beiden Männer nebeneinander, bis Heribert Ruckdeschl sich wieder aufrichtete.

»Tja, Bernd, was soll ich sagen. Wenn du von mir jetzt Genaueres zu dem armen Schwein hören willst, muss ich dich leider enttäuschen. So wie der aussieht, kann ich nur sagen, männlich und tot. Alles Weitere würde ich gern der Erlanger Rechtsmedizin überlassen, vielleicht kann Siebenstädter mehr herausfinden, aber selbst der wird mit dem Herrn hier an seine Grenzen stoßen, da bin ich mir sicher.«

Selbst dieser abgebrühte Spurensicherer war bei so einem Anblick also nach all den Jahren noch angefasst. Lagerfeld hatte dafür vollstes Verständnis, denn auch er wusste erst einmal nicht so recht, was er emotional mit diesem Anblick anfangen sollte.

Der Lauf der Kalaschnikow, mit dem der Fahrer des anderen Wagens an die Scheibe geklopft hatte, war draußen vor dem Seitenfenster zu erkennen, eine unmissverständliche Demonstration der Machtverhältnisse. Die Taliban waren hier und wollten wissen, wer sie waren und was sie hier wollten. Max Leisgang hatte Rede und Antwort zu stehen. Sofort war alles in ihm angespannt. Zwar wusste er zumindest ungefähr, was jetzt auf ihn zukam, aber die Taliban waren nicht alle gleich. Was bei der einen Kontrolle gerade noch durchging, bot bei der nächsten einen

Grund für richtigen Ärger. Außerdem hatte er eine Frau im Auto, das machte die ganze Angelegenheit noch komplizierter. Also hieß es wieder einmal tief durchatmen, ruhig bleiben und die Erfahrungen nutzen, die er in diesem Land gesammelt hatte.

Max stieg aus und begrüßte die Männer höflich nach afghanischer Sitte. Was auch immer die Taliban von ihm wollten, es war draußen vor dem Fahrzeug zu klären, mit Frauen sprachen die Taliban in Anwesenheit eines Mannes nicht. Der Anführer der Truppe, er wurde von seinen Männern mit »Muhammed« angesprochen und trug einen schwarzen Turban, winkte Max zu sich und fragte ihn auf Paschtunisch, wer er sei und was er hier wolle.

Paschtunisch oder Paschtu, historisch auch als Afghanisch bekannt, war die Sprache, mit der man in diesem Land so gut wie überall durchkam. Sie wurde in Afghanistan und Pakistan gesprochen und gehörte zu den ostiranischen Sprachen. Von anderen iranischen Sprachen unterschied sie sich durch bestimmte Lautgesetze, die deren unterschiedliche Entwicklung erklärten. All das hatte Max Leisgang in seiner Ausbildung als UN-Mitarbeiter in Afghanistan gelernt, vor allem jedoch die paschtunische Sprache selbst. Zwar beherrschte er sie nicht so gut wie Amira Deutsch. Aber zur notdürftigen Verständigung reichte es, zumal manche der Taliban auch ein wenig Englisch konnten.

Das Gespräch mit dem Anführer der Gruppe verlief relativ friedlich und konziliant, vor allem deswegen, weil einer der Taliban sich erinnerte, Max zuvor schon einmal hier in Shahidan kontrolliert zu haben. Muhammed ließ sich die Ausweise von Amira und Max aushändigen, überprüfte sie aber nicht besonders gründlich, als er erkannte, dass es sich bei den beiden um deutsche Staatsbürger handelte. Auch der Umstand, dass Max und Amira für eine Hilfsorganisation arbeiteten, war für die Taliban inzwischen kein Grund mehr für Missbilligung, da sich die Versorgungslage im Land dramatisch zugespitzt hatte und die ausländischen Hilfsorganisationen wenigstens etwas zur Milderung der Zustände beitrugen.

Natürlich durften die Taliban niemals erfahren, dass Max

ein ehemaliger Bundeswehrsoldat war, das hätte seine sichere Hinrichtung bedeutet. Aber das wussten ja nicht einmal seine engsten Mitarbeiter, nur seine Vorgesetzten in Islamabad. Außerdem sah er bald selbst aus wie ein leibhaftiger Gotteskrieger mit seinem langen rotblonden Bart und der windgegerbten Haut. Trotzdem war jedes Zusammentreffen mit den Taliban für sich genommen unwägbar.

Im Büro des World-Food-Programms in Kabul erhielten sie in unregelmäßigen Abständen Besuch von den Taliban, was manchmal ausgesprochen bedrohlich ablief, je nachdem, wie radikal die jeweilige Gruppe daherkam. Die Mitarbeiter wurden beschimpft, weil sie für eine westliche Organisation arbeiteten, man unterstellte ihnen, dass sie alle Spione seien und so weiter. Da musste Max nicht selten sein ganzes Einfühlungsvermögen und seine Überredungskunst aufbieten, damit die Situation nicht eskaliere. Und so war es im Grunde immer. Was die Führungsetage der Taliban machte, war eine Sache, aber wie die Fußsoldaten agierten, die die Patrouillen machten, war etwas völlig anderes und nicht vorherzusagen. Seine Mitarbeiter hatten teilweise sogar Angst, einfach nur aus dem Haus und zur Arbeit zu gehen. Selbst wenn sie ein Dokument der Taliban bei sich hatten, konnte es passieren, dass die Patrouille das gar nicht interessierte und sie unangenehmen Fragen, Beschimpfungen oder Schlimmerem ausgesetzt waren.

Diese Taliban waren von der eher entspannten Sorte, wie es schien. Max wurde darüber aufgeklärt, dass bitte keine verkommene westliche Musik im Fahrzeug gehört werden durfte und die Frauen neuerdings auch im Auto den Hidschab zu tragen hatten. Was das anging, gab es auch für deutsche Staatsbürger keine Ausnahmen mehr. Sollten sie also noch einmal irgendwo angetroffen werden, und diese Frau da auf dem Beifahrersitz wäre unverhüllt, würde sie mit Stockschlägen oder schlimmeren Züchtigungen zu rechnen haben.

Max versicherte, dass er sich selbstverständlich an diese Regeln halten werde, ihm gehe es ja nur darum, seiner Arbeit für das World-Food-Programm nachzugehen. Sie wollten hier bloß übernachten, im Lager ein paar Sachen abladen und morgen nach Dschalalabad weiterfahren, mit dringend benötigten Medikamenten für das dortige Krankenhaus.

Muhammed hörte sich seine Ausführungen mit unbewegter Miene an, gab Max die Ausweise zurück und reichte ihm ein Dokument, welches besagte, dass Max von ihm und seiner Gruppe in Shahidan kontrolliert worden war und er und Amira freie Fahrt bis Dschalalabad hatten.

Max konnte aufatmen. Auch wenn draußen auf dem Auto groß und breit das blaue Symbol der UNO und des WFP, des World-Food-Programms, prangte, musste man in diesen Zeiten immer damit rechnen, kontrolliert zu werden und bei Nichteinhaltung irgendwelcher Regeln Ärger zu bekommen. Aber er war darauf vorbereitet gewesen. Die Anordnung des Ministeriums zur »Erhaltung der Tugend und Unterdrückung des Lasters«, die vorschrieb, dass Frauen ohne Hidschab fortan nicht mehr von Autofahrern mitgenommen werden durften, kannte er und hatte sich darum vorsorglich auf dem Markt in Kabul einige Hidschabs besorgt. Im traditionellen Blau mit einer schmalen Stoffvergitterung als Sichtfenster.

Diesen Hidschab hielt Amira nun im Wagen die ganze Zeit fest an sich gepresst, um ihn im Zweifel sofort hochhalten zu können, aber dazu kam es nicht. Max hatte die Sache dort draußen offenbar einigermaßen im Griff. Nach ein paar Minuten sprangen die Männer mit den schwarzen Bärten wieder auf ihr Gefährt und fuhren genauso schnell davon, wie sie gekommen waren.

Erst jetzt merkte Amira, dass sie am ganzen Körper zitterte, und das aus gutem Grund. In Afghanistan wurde sehr schnell gestorben, wenn man auf einer der schwarzen Listen der Taliban stand, besonders als Frau, das hatte sie inzwischen leidvoll erfahren müssen. Ob die Wüstensöhne hier in Shahidan Zugang zu diesen Listen hatten, war zwar fraglich. Doch sie wollte am liebsten jeden Kontakt zu den Taliban vermeiden.

Als die Rücklichter des Kleinlasters nicht mehr zu sehen waren, stieg Max wieder zu ihr in den Pick-up. Er sagte erst einmal nichts, aber Amira konnte erkennen, dass auch ihn die Begegnung gerade eben ziemlich mitgenommen hatte. Max überreichte ihr schweigend seinen Ausweis und das Dokument der Taliban, worauf sie ihn nur fragend ansah.

»Alles okay. Zum Glück. Die Ausweise habe ich in Kabul machen lassen, allerdings nicht von offiziellen Stellen. Für Kontrollen hier in der Pampa reichen sie, aber wenn die einer mit Ahnung in die Finger bekommt, fliegen wir auf«, teilte er ihr mit ernster Miene mit.

»Und was machen wir, wenn sie den Schwindel bemerken?«, fragte Amira hilflos, obwohl sie sich die Antwort denken konnte.

»Dann sind wir am Arsch, Amira, richtig am Arsch. Aber so weit ist es noch lange nicht. Ab morgen wirst du den Ausweis jedenfalls immer bei dir haben und in der Öffentlichkeit den Hidschab tragen, damit die gar nicht erst auf dumme Gedanken kommen. So, und jetzt gehen wir da rein, essen und trinken was, hauen uns in die Falle, und morgen sehen wir weiter.« Max atmete tief durch. »Ist das ein Plan?«, fragte er, nun wieder mit dem ihm eigenen zuversichtlichen Lächeln im Gesicht.

Amira lächelte voller Dankbarkeit zurück, auch wenn ihr der Optimismus gerade einigermaßen abhandengekommen war. Aber Max hatte diese unerschütterliche Zuversicht, und er würde das alles schon irgendwie hinkriegen.

»Das ist sogar ein sehr guter Plan, Max«, erwiderte sie erleichtert, dann stiegen beide aus ihrem Fahrzeug, um im Lager der UN in Shahidan die Nacht zu verbringen.

Max kramte einen kleinen Schlüsselbund aus seiner Hosentasche und öffnete mit einem der daran befindlichen Schlüssel die robuste stählerne Eingangstür. Sie traten ein, und Amira fühlte sich von der Nüchternheit der Inneneinrichtung auf Anhieb beruhigt. Hier lagerten Lebensmittel, Medikamente und Artikel des täglichen Bedarfs, ordentlich in Regalen verstaut oder am zugewiesenen Platz auf den Boden gestapelt. Es war nicht das größte Lager, das Amira im Rahmen ihrer Tätigkeit als Dolmetscherin von innen gesehen hatte, aber diese nüchterne Halle bedeutete Sicherheit. Sicherheit für wenigstens eine Nacht, da die Taliban es bisher vermieden hatten, den ausländischen Hilfsorganisationen ernsthaft in die Quere zu kommen. Die desaströse Lage der heimischen Bevölkerung, die innerhalb weniger Wochen von einem strukturierten, auskömmlichen Leben in eine bodenlose Armut gestürzt worden war, ließ ihnen derzeit keine andere Wahl. Die Herrschenden hatten offenbar noch keinen Plan, wie sie die Versorgungslage ihres Volkes verbessern konnten, also ließen sie die Ausländer mit ihren Hilfsgütern den Job machen. Religiöse Vorschriften und Glaubenssätze waren erst einmal wichtiger.

In der Mitte der Halle stoppte Max an einem Büroraum, in dem Amira nach dem Betreten ein Stockbett an der Wand entdeckte. Anscheinend schien hier des Öfteren jemand zu übernachten, heute waren es sie beide. Amira legte ihre wenigen Habseligkeiten auf einen freien Stuhl und streckte sich auf der Matratze in der unteren Etage des Stockbettes aus. Während Max draußen noch irgendwelches Zeugs vom Pick-up lud, ging ihr auf einmal alles Mögliche durch den Kopf. Der plötzliche Aufbruch aus ihrem Dorf, die komplizierte Lage, in der sich Max und sie gerade befanden, und die Frage, wie es ihrer kleinen neunjährigen Schwester Sisa ging, die von diesem greisen Opiumhändler nach Dschalalabad verschleppt worden war.

Beim Gedanken an Sisa liefen ihr wieder stille Tränen über das Gesicht, und die altbekannte Verzweiflung bemächtigte sich ihrer. Aber noch bevor Max das Lager von innen verschlossen hatte und in das Büro zurückkehrte, obsiegte die enorme Belastung des heutigen Tages, und Amira sank in einen tiefen, traumlosen Schlaf.

Dschalalabad

Die Firma Gelder & Sorg war der größte Autohändler in Ebern und weit darüber hinaus. Es gab überall in den fränkischen Landen Autohäuser, die zur Firma Sorg gehörten. Auch einen Verkaufsstand in Haßfurt, schließlich wollte man ja in der fränkischen Landeshauptstadt präsent sein. Ein nachvollziehbarer Schritt des Managements, der dem Renommee der Firma im Rest des Bundeslandes Franken aber eher abträglich war, wurde doch mit dem Autohaus in Haßfurt dem dort ansässigen Asphaltvandalismus nur noch weiter Vorschub geleistet. Dem Erfolg des Stammhauses in Ebern tat das aber keinen Abbruch, dort wusste man sich durch das alte Landkreiskennzeichen EBN von Haßfurt und seinem desolaten Ruf deutlich abzugrenzen.

Werner Müller, den Werkstattmeister der Niederlassung Sorg in Ebern, tangierten solcherlei Überlegungen ohnehin nicht. Auto war Auto, völlig egal, von wem es zu Schrott gefahren wurde. In seiner Werkstatt mussten die Kisten dann wieder zusammengeflickt werden, ganz gleich, wer für den Unfall verantwortlich gewesen war. Zwar bemängelte sein Chef schon seit vielen Jahren, dass in den Werkstätten mit Nähe zum Landkreis Haßberge doppelt so viele Hebebühnen und Ersatzteile gebraucht wurden wie anderswo, aber das hatte Werner Müller nicht zu verantworten, und für ihn änderte sich dadurch nichts.

Gelder & Sorg, wie die gewachsene Firma inzwischen hieß, war über die Jahre so etwas wie sein zweites Zuhause geworden, seine eigentliche Heimat. Waren andere froh, hier nach Feierabend endlich wegzukommen, tat es ihm ehrlich weh, wenn er als Letzter die Tür hinter sich zusperrte und nach Hause fahren musste. Kaum hatte er dann das Betriebsgelände verlassen, kreisten seine Gedanken bereits wieder um die Arbeit des nächsten Tages, die Aufgaben und Motoren, mit denen er sich in zwölf Stunden wieder beschäftigen durfte.

Wenn ihn die ganz große Unruhe packte und an Schlaf nicht zu denken war, setzte er sich nicht selten in seinen heiß geliebten restaurierten VW Käfer und drehte noch eine kurze Runde von seiner Wohnung in Eyrichshof zu seiner Arbeitsstelle und wieder zurück. Immerhin standen auf dem Firmengelände Millionenwerte herum, quasi wie auf dem Präsentierteller, und das machte Werner Müller nervös. Natürlich waren das nicht seine Autos. Aber sie waren doch so etwas wie seine Familie, seine Babys. Für den alleinstehenden, kinderlosen Mann womöglich ein Ersatz für ein nicht ausgelebtes Erziehungsbedürfnis. Werner Müller kümmerte sich einfach gern um seine Lieben, und die standen bei Gelder & Sorg in Reih und Glied auf dem Hof.

Auch heute war wieder eine dieser ruhelosen Nächte, in denen er statt seines Bettes lieber seinen Käfer aufsuchte, um die bewährte Nervenberuhigungsrunde zu drehen. Er startete den Motor und fuhr die kurze Strecke routiniert wie immer, nahezu in Trance. Oft konnte er gar nicht mehr sagen, wie er hin- und zurückgekommen war. So auch in dieser Nacht, jedoch nur genau bis zu dem Moment, da er das Firmengelände erreichte.

Bereits fünfzig Meter vor der Einfahrt bemerkte er, dass etwas nicht stimmte. Mehrere dunkle Gestalten sprangen bei seinem Auftauchen in ein geparktes Fahrzeug, welches, kaum dass die dubiosen Figuren eingestiegen waren, mit quietschenden Reifen davonbrauste. Müller erkannte weder Nummernschild noch Automarke, sehr wohl aber die Gefährlichkeit der Situation. Sein erster Impuls war, den fremden Vögeln hinterherzufahren, aber mit einem VW Käfer, Baujahr 1979, wäre das ein eher hoffnungsloses Unterfangen. Also bog Werner Müller lieber nach rechts auf das Firmengelände ab, um nach dem Rechten zu sehen. Zwar war das Gelände mit Überwachungskameras regelrecht gepflastert, im Ernstfall würde das allerdings keinesfalls irgendwelche Idioten davon abhalten, Autos zu beschmieren, den Lack zu zerkratzen oder, wie im schlimmsten Fall bereits vorgekommen, Rücklichter und Windschutzscheiben zu demolieren.

Mit dunklen Vorahnungen beschwert fuhr er die Einfahrt entlang, um in der Mitte des Hofes zu parken, den er aber gar nicht mehr erreichte. Nach nicht einmal zwanzig Metern stieg Werner Müller brutal in die Eisen. Konsterniert starrte er auf das Flammenkreuz, das nur wenige Meter vor ihm die Motorhaube des Käfers beleuchtete. Wirre, unwirkliche Gedanken und Bildfetzen aus den Jahren der großen Rassenunruhen im Amerika der sechziger Jahre kamen ihm in den Sinn. Stand jetzt womöglich gleich ein mit weißer Kapuze bekleideter Ku-Klux-Klan-Anhänger neben seinem Auto und ballerte ihm den Kopf weg? Aber der Flashback in düstere Zeiten währte nur wenige Sekunden, dann hatte er sich wieder im Griff.

Er öffnete die Fahrertür und stieg aus dem Auto. An der Faktenlage änderte das erst einmal nichts, da war immer noch dieses mannshohe, brennende Kreuz, das mit seinem flackernden Schein den Parkplatz erleuchtete. Und nicht nur den. Links von Müller standen, ordentlich aufgereiht, mehrere Neuwagen, welche die HUK Coburg für besondere Mitarbeiter reserviert hatte. Die ID.4 waren in dem speziellen Gelb der HUK-Firmenfarbe lackiert worden. Dort war aber alles in Ordnung. Auf der anderen Seite, rechts neben der Einfahrt, befand sich, leicht erhöht, der Ausstellungsraum für die ganz besonderen Fahrzeuge der Firma, wie zum Beispiel ein Showcar von der letzten Automobilausstellung. Und auf dem Glas dieser Ausstellungshalle konnte Müller im Fackelschein etwas erkennen, was dort definitiv nicht hingehörte. Diese Arschlöcher, die er wohl bei ihrem lästerlichen Tun gestört hatte, waren sich nicht zu schade gewesen, die Scheiben zu beschmieren. »KBB« hatten diese Idioten riesengroß und mit blauer Farbe auf die Scheibe gesprüht.

Die Wut des Werkstattleiters auf diese Vandalen begann gerade, massiv anzuschwellen, als hinter ihm die Hölle losbrach. In lautstarken Explosionen flogen der Reihe nach die fünf nagelneuen Volkswagen für die HUK Coburg in die Luft, die erst vor wenigen Tagen in makellosem Auslieferungszustand dort geparkt worden waren. Werner Müller wurde von der Druckwelle über die Motorhaube seines Käfers geschleudert, prallte mit dem Kopf an die gegenüberliegende Mauer und landete rücklings auf dem Teer der Einfahrt, wo er so lange bewusstlos liegen blieb, bis ihn die eintreffenden Feuerwehrleute einsammelten.

Der Arbeitsbeginn in der Dienststelle der Kripo in Bamberg war an diesem Morgen ein durchaus denkwürdiger, gab es doch einige bemerkenswerte Geschehnisse des Vortages zu besprechen. Geschehnisse, die teils beruflicher, aber auch privater Natur waren. Da war zum einen der gestrige Abend im Greifenklau in Bamberg. Eine Fortbildung, wie sie die fränkische Kriminalpolizei noch nicht erlebt hatte, voller neuer, ungeahnter Erfahrungen. Das war jedem der gestrigen Kursteilnehmer, also der kompletten, hier in der Dienststelle versammelten Mannschaft anzusehen, kleine, im Staatsdienst arbeitende Schweine eingeschlossen. Aber anscheinend wollte keiner der friedvoll Lächelnden ein irgendwie geartetes Statement zum gestrigen Abend abgeben. Lediglich Honeypenny, die Dienststellensekretärin, war bereits wieder fleißig. In der kleinen Küche stehend, schmierte sie zahlreiche Honigbrote, da der durch die gestrige Fortbildung ausgelöste Appetit der Belegschaft immer noch fortwirkte. Trotzdem fühlte sich Franz Haderlein, der dienstälteste der Kommissare, verpflichtet, die berauschten Sinne und Gedanken allmählich wieder auf die eigentliche Polizeiarbeit zu lenken.

»Also, Bernd, dann erklär uns doch mal genauer, was da auf diesem Acker bei Ebensfeld eigentlich los war, man hört ja bis jetzt nur gerüchteweise davon«, forderte Haderlein seinen leicht übernächtigt wirkenden Kollegen auf.

Lagerfeld, der solche Erläuterungen als äußerst langweilig empfand, war ausnahmsweise einmal froh, sich den Stress des gestrigen Abends von der Seele reden zu können. Gerade hatte er sich genüsslich zwei von Honeypennys Honigbroten einverleibt und einen kräftigen, tiefschwarzen Kaffee getrunken. Nach dieser gründlichen Stärkung sah die Welt tatsächlich schon viel freundlicher und heller aus; er war bereit für eine adäquate Kommunikation mit seiner Umwelt.

Die anderen hatten es sich um ihn herum bequem gemacht, jeder beziehungsweise jede mehr oder weniger intensiv mit der Vertilgung von Marinas Köstlichkeiten beschäftigt. Die einzige kriminalpolizeiliche Persönlichkeit im Raum, die kulinarisch andere Pläne verfolgte, war der junge Mitarbeiter Presssack. Das kleine Ferkel machte sich zu dieser frühen Stunde bereits über die zweite Schüssel noch warmer gekochter Kartoffeln her.

Honeypenny betrachtete diese selbst für Presssacks Verhältnisse außergewöhnliche Verfressenheit aus dem Augenwinkel, während sie weiter am Honigbrotnachschub arbeitete. Wie ein so kleines Schweinchen derartige Mengen an Kartoffeln in sich hineinstopfen konnte, blieb ihr ein Rätsel. Selbst Lagerfeld zu seinen besten Zeiten hätte bei solchen Mengen gestreikt. Aber der konnte gerade sowieso nicht essen, er bereitete sich auf einen längeren spektakulären Vortrag über die gestrige Nachtarbeit vor.

»Also eines kann ich euch sagen, der gestrige Tag, die Nacht mit eingeschlossen, war nichts, was ich irgendjemandem wünschen würde, ganz ehrlich. Als ich euch gestern Abend mit meinem Vortrag über die Hanfpflanzerei erfreuen durfte, dachte ich ja eigentlich, mein Arbeitstag sei vorbei. Aber nichts da, danach ging's erst richtig los«, begann Lagerfeld zu schwadronieren.

Diesen Anfang seiner Berichterstattung hatte er sich auf der Herfahrt genauestens überlegt. Es wurde nach einer langen Phase der privaten Misserfolge einmal Zeit, Lob und Anerkennung zumindest für seine beruflichen Leistungen einzuheimsen. Erst recht nach so anspruchsvollen Stunden wie jenen, die er gerade hinter sich gebracht hatte.

»Nicht, dass ich nicht von Natur aus zu außergewöhnlichen Leistungen fähig wäre«, erklärte er mit Inbrunst, »aber das, was da gestern noch alles von mir gefordert wurde, das spottet wirklich jeder Beschreibung. Also, Herrschaften, ich kann euch sagen, wenn ich nicht mit einer Engelsgeduld sondergleichen ...«

Der auf seinem Bürostuhl hin und her gestikulierende Kommissar Schmitt verstummte, denn Honeypenny war direkt vor ihm aufgetaucht, ein ziemlich üppig mit Honig geschmiertes Brot in der Hand, und funkelte ihn von oben herab an.

»Wenn du jetzt nicht sofort auf den Punkt kommst, Bernd, wird diese süße Speise in wenigen Sekunden in deinem Antlitz landen«, verkündete die Dienststellensekretärin drohend. »Ich habe mich doch nicht in aller Frühe aus dem Bett gequält, um mir dann ewig dein selbstgefälliges Gesabber anzuhören. Entweder du sagst jetzt, was gestern passiert ist, oder du kannst deine Visage gleich mit der Nase voraus auf diese Schreibtischplatte kleben, kapiert?«

Mit angriffslustig blitzenden Augen stand Marina Hoffmann da, ihr Honigbrot de luxe drohend in der hocherhobenen Hand jonglierend. Alle anderen, Franz Haderlein eingeschlossen, mussten sich mühsam ein Lachen verkneifen. Die entgleisten Gesichtszüge Lagerfelds boten wirklich eine filmreife Show. Außerdem hatte Honeypenny ja weiß Gott recht. Völlig egal, was Lagerfeld gestern zu später Stunde noch für Heldentaten vollbracht hatte, niemand hier im Büro war darauf aus, sich seine ellenlangen Selbstbeweihräucherungszeremonien anzuhören. Gut, er hatte ihnen allen gestern einen wirklich bemerkenswerten Abend beschert, aber eben deswegen waren seine Hanfprobanden heute etwas erschöpfter als sonst und nicht ganz so spritzig unterwegs, wie man es bei einem normalen Arbeitsbeginn vielleicht hätte erwarten können.

»Bernd, meine Hochachtung vor deiner Leistung als Hanfsommelier, aber tu uns allen den Gefallen und spann uns nicht unnötig auf die Folter mit deinem Bericht. Ich befürchte, der eine oder andere Gedankengang braucht heute etwas länger als sonst, wenn du verstehst, was ich meine«, warf Haderlein diplomatisch ein, um etwas den Druck aus dem Kessel zu nehmen.

Der Blick seines Kollegen irrte leicht verängstigt von Marina zu Franz und wieder zurück, dann war bei Bernd Schmitt der Groschen gefallen.

»Ach so, na klar, dann fasse ich mich kurz«, lenkte er zu Honeypennys ehrlicher Enttäuschung ein. Man konnte der Dienststellensekretärin die Frustration über das entgangene Vergnügen, dieses fette Honigbrot in Lagerfelds Gesicht zu entsorgen, deutlich ansehen. Aber sie kam nicht dazu, über die weitere Verwendung des Brotes zu sinnieren, denn der Kollege Huppendorfer trat von hinten an sie heran und nahm ihr das Honigbrot mit hungrigem Blick einfach aus der Hand.

»Ich weiß nicht, warum, aber ich könnte heute ein zweites Frühstück vertragen«, erklärte er ungerührt und biss hinein, derweil Lagerfeld sich beeilte, eine massiv entschlackte Version seiner gestrigen Arbeit zu präsentieren, bevor Marina sich wieder gefangen hatte und ihm doch noch irgendwie an die Gurgel ging. Entgegen seiner ursprünglichen Planung ließ er das benzinelektrische Erlebnis mit dem Haßfurter auf der Autobahn kurzerhand weg und konzentrierte sich auf den kriminalistisch relevanten Teil.

»Also gut … Zuerst einmal wurde ich gestern früh ins Eberner Krankenhaus gerufen, weil eine Komapatientin urplötzlich von dort verschwunden war. So wie die Sache aussieht, ist sie bei vollem Bewusstsein und im Vollbesitz ihrer geistigen und körperlichen Kräfte aus der Klinik hinausmarschiert. Presssack konnte die Spur bis in die Eberner Innenstadt verfolgen, wo die Frau anscheinend von jemandem abgeholt wurde, jedenfalls verliert sich dort ihre Spur.«

»War das die Frau, die man vor einem halben Jahr halb erfroren auf freiem Feld gefunden hat?«, fragte Andrea Onello, die sich noch dunkel an die Geschichte erinnerte.

»Ja, genau die. Sie war damals ziemlich übel zugerichtet worden. Die Sanitäter hätten, glaube ich, keine größeren Geldbeträge auf ihr Überleben verwettet«, gab Lagerfeld nüchtern von sich.

»Ja, hat sich denn zwischenzeitlich wenigstens die Identität der Frau geklärt? Es wusste doch damals keiner, wer sie war, geschweige denn, wo sie herkam.« Andrea beförderte ihre langen, blonden Haare über die Schulter nach hinten. Der verlotterte Abend war ihr von allen Kommissaren noch am wenigsten anzumerken, ihr kriminalistischer Verstand bewegte sich jedenfalls bereits wieder auf dem gewohnt hohen Niveau.

»Nein, seit unseren Ermittlungen damals hatte sich nichts mehr getan. Eine absolut mysteriöse Person. Jetzt scheint sie aber ja wieder einigermaßen gesund zu sein. Sie konnte das Krankenhaus selbstständig verlassen, sie konnte telefonieren, um einen Fahrer zu bestellen, ich bin mir im Grunde nicht einmal sicher, ob ich in der Sache überhaupt noch etwas unternehmen soll.« Lagerfeld schaute fragend in die Runde der versammelten Kommissare, aber niemand schien dazu im Moment eine Meinung zu haben. Also machte Lagerfeld einfach weiter und schilderte die weit dramatischeren Ereignisse der letzten Nacht.

»Gut. Dann die andere Sache. Auf einem Acker bei Ebensfeld, genauer der Gemeinde Unterbrunn, ist ein Mähdrescher abgebrannt. So wie die Dinge liegen, ein klarer Fall von Brandstiftung, sagen zumindest die Feuerwehrleute dort.«

Beim Terminus »Brandstiftung« wurde der Kollege Huppendorfer sogleich hellhörig, konnte aber nichts dazu sagen, da er den Mund mit Honigbrot voll hatte.

»Das allein wäre natürlich kein Grund gewesen, die Kripo antanzen zu lassen. Den lieferte ein sozusagen begleitender Umstand. Nämlich der, dass hinten aus dem Mähdrescher eine Leiche heraushing, und die war in einem ziemlich üblen Zustand. Da hatte jemand einen Mann durch das Innenleben des Mähdreschers geschickt, der völlig verunstaltet auf der anderen Seite wieder rauskam, jedenfalls halb. Bis er hinten im Häckselwerk stecken geblieben ist. Viel hat Ruckdeschl mir zu der Leiche nicht sagen können, außer dass wir es mit einem Mann zwischen dreißig und vierzig und höchstwahrscheinlich nicht mit einem Unfall zu tun haben, sondern mit Mord. Um es noch einmal klar zu sagen: Erst wurde der Mann durch den Mähdrescher gejagt, dann der Mähdrescher von einer unbekannten Person angezündet. Der Täter ist flüchtig, und unsere Mähdrescherleiche namenlos, Ruckdeschl konnte den Mann beim besten Willen nicht identifizieren.«

Lagerfeld machte eine kurze Pause, seine Zuhörer mussten das Gehörte erst einmal verdauen, denn so ein brutales Vorgehen landete nun wirklich nicht alle Tage auf ihrem Tisch. Er kam dann auch gleich zum Ende, er sollte sich ja schließlich kurzfassen. Aber eine Kleinigkeit war da immerhin noch zu erwähnen.

»Ach, und bevor ich es vergesse. Zum Schluss hat die Spurensicherung noch etwas Seltsames auf dem abgebrannten Mähdrescher gefunden. Und zwar die Buchstaben »KBB«, die in blauer Farbe auf das Blech gesprüht wurden. Ich gehe davon aus, dass es unser unbekannter Brandstifter war, denn wie mir Bauer Sporath versichert hat, dem Acker und Mähdrescher gehören, waren die Buchstaben tags zuvor noch nicht da gewesen, der Mähdrescher war ja auch nagelneu.«

»Wapf?«, brach es aus dem völlig überraschten Huppendorfer heraus. KBB, in Blau, das kannte er doch von seinem Fall? »Dapf ipft dch mie mei meimem Audos!«

Leider beförderte sein Gebrabbel das zerkaute Honigbrot in Teilen auf den Dienststellenboden, was Marina Hoffmann endgültig an der Sinnhaftigkeit des heutigen Arbeitstages zweifeln ließ. Sie schickte zwei strafende Blicke in die Runde, einen für Lagerfeld, einen für den sonst so korrekten, sich jetzt aber verschämt die Hand vor den Mund haltenden César Huppendorfer, und wollte sich auf den Weg machen, um Eimer, Wasser und Lappen zu holen. Allerdings hatte sie noch keine zwei Schritte in Richtung Abstellkammer gemacht, als ein kleines, dickliches Ferkel von der Seite her angetrabt kam, interessiert die Bescherung auf dem Boden beschnüffelte und diese dann genussvoll in sich hineinschlabberte. Dass das verunstaltete Honigbrot bereits von einem Menschen vorgekaut worden war, interessierte so ein gestandenes Schwein nicht, da war Presssack von Bauer Sporaths Hof ganz andere Sachen gewohnt.

»Das ist doch wohl …« Honeypenny schnappte empört nach Luft und wollte eben ihrem Ekel über diese beschämende Aktion ihres kleinen Schützlings Ausdruck verleihen, als Haderlein ihr in die Parade fuhr. Wenn Marina erst einmal in Fahrt kam, dann war es vorbei mit einer geordneten Besprechung.

»Also gut«, beeilte er sich zu sagen, um beim Thema zu bleiben. »Dann sehe ich im Prinzip zwei Arbeitsaufträge. Verstehe ich das richtig, César, dass der Mähdrescher mit seiner blauen Aufschrift haargenau zu deinen aktuellen Fällen passt?«

César Huppendorfer nickte sicherheitshalber nur, nicht dass er noch mehr Lebensmittel auf den Fußboden beförderte. Haderleins Frage war aber sowieso eher rhetorisch gemeint.

»Dann ist der Mähdrescherfall ab sofort deiner, César. Du wirst dich weiter mit den Brandanschlägen befassen, und zwar zusammen mit Andrea, die Sache wächst sich ja anscheinend zu etwas Größerem aus. Und du, Bernd …«, Haderlein drehte sich auf seinem Bürostuhl zu Lagerfeld um, »… gehst der Sache mit der verschwundenen Komapatientin nach. Erstens will ich wissen, wer diese Frau ist, und zweitens haben wir sowieso nichts, was im Moment wichtiger erscheint. Also. Dein Tagesauftrag lautet ›Ebern‹. Das kannst du, glaube ich, auch allein, was dir doch bestimmt sowieso am liebsten ist, oder?«

Lagerfeld nickte grinsend. »Sehr wohl, Chef, Bwana, Sahib oder Eure Heiligkeit, ganz wie Ihr wünscht. Außerdem bin ich ja nicht allein, Prinz Presssack ist schließlich bei mir und wird von Herrchen ausgebildet.«

Haderlein lag schon ein strenger Spruch auf der Zunge, was die Ausbildungsmethoden von Herrchen Lagerfeld anbelangte, aber das Telefon auf seinem Schreibtisch vermeldete lautstark einen dringlichen Anruf und unterband dadurch jegliche Entrüstung seinerseits.

»Kriminalhauptkommissar Haderlein«, meldete er sich und war sichtlich überrascht, als er hörte, wer da am anderen Ende der Leitung war. »Chef …«, sagte er verdattert und verstummte direkt wieder. Mit immer verstörterem Gesichtsausdruck hörte er sich an, was ihm sein Chef zu sagen hatte. Dann drehte er sich um und schaute, Fassungslosigkeit im Blick, hinüber zum Büro des Chefs.

Auch alle anderen drehten sich nun in Richtung des gläsernen Büros, um zu ergründen, wo Franz Haderleins Gesichtsausdruck herrührte, sahen aber nur, dass sie nichts sahen. Der Innenraum von Robert Suckfülls Glaskastenbüro war angefüllt mit einem dichten, weißen Rauch, in dem Fidibus, wie er hier von allen genannt wurde, nicht einmal ansatzweise ausgemacht werden konnte. Es waren auch keine Möbel, geschweige denn sein Schreibtisch mehr zu erkennen. Aber irgendwo in dem weißen Nebel musste er schließlich stecken, jeder hatte ihn dort hineingehen sehen.

Eigentlich sah das Ganze fast so aus wie ein gewaltiger Zimmerbrand, aber nur fast. Der Rauch war dafür viel zu hell, und von einem Feuer war nichts zu sehen. Seltsam auch, dass der Rauchmelder in Suckfülls Büro nicht angeschlagen hatte, der hätte ja eigentlich bei jeder Art von Rauch, gleich welchen Ursprungs, in Aktion treten müssen. Alles in allem ein höchst verstörender Anblick, der bei jedem hier in der Dienststelle sofort die Alarmsirenen schrillen ließ. Fidibus und Rauch, das konnte nichts Gutes bedeuten.

»Jeder bleibt, wo er ist, ich geh da jetzt rein«, rief Haderlein entschlossen, knallte den Hörer auf den Apparat und stürmte unter den besorgten und ratlosen Blicken der restlichen Belegschaft in das Büro seines Chefs.

Schon nach einem halben Meter sah Haderlein nicht einmal mehr die Hand vor Augen. Der Rauch, so dicht er auch war, stammte aber nicht von einem Feuer, das roch Haderlein sofort. Als ihm dämmerte, was die Quelle war, begann er auch schon zu ahnen, was ihn gleich erwartete. Nein, dieser Rauch wurde nicht von einem Zimmerbrand produziert, sondern von einer der cannabisgeimpften Zigarren, die Bernd seinem Chef zur gestrigen Marihuanaverkostung mitgebracht hatte. So ziemlich jeder hier war der Meinung gewesen, dass Suckfülls ohnehin fahriger Geist mit THC nicht besonders gut klarkommen würde, aber Lagerfeld wollte sich ja nicht belehren lassen. Gleiches Recht für alle, lautete seine Devise, also auch Cannabiszigarren für ihren zigarrenverliebten Chef – und das hatten sie jetzt davon.

Vorsichtig tastete sich Haderlein durch den Nebel vorwärts, atmete dabei notgedrungen den drogengeschwängerten Rauch von Suckfülls Zigarre ein, bis er gegen die Tischkante von Fidibus' Schreibtisch stieß. Er beugte sich, und das dramatisch entrückte Gesicht seines Chefs tauchte vor ihm auf. Fidibus schien der ganze Dampf im Raum überhaupt nichts auszumachen, im Gegenteil, er hatte immer noch den inzwischen kurzen, aber fleißig vor sich hin glühenden Zigarrenstumpen im Mund und schaute mit starrem Blick in eine weite Ferne. Haderlein war klar, er hatte jetzt eine sehr schwere Aufgabe vor sich.

»Ich bin da, Chef. Was, um Himmels willen, ist hier los?«, rief er hustend, es passierte jedoch erst einmal nichts, zumindest vonseiten seines Chefs. Fidibus starrte weiter schweigend auf einen Punkt an der Wand, der ihn zutiefst zu faszinieren schien. Haderlein dachte schon, Fidibus sei womöglich gar nicht mehr ansprechbar, als sein Chef und Amtsstubenleiter doch noch antwortete – obgleich seine Worte nicht wirklich sinnstiftend waren.

»Mein lieber Franz, der Menschheit fehlt ganz eindeutig die Achtung vor der Natur, vor der Erschöpfung. Wir leben doch nur noch in einer technischen Welt, welche völlig entrückt mit der wahren wirklichen Wirklichkeit gar nichts mehr zu tun haben kann«, sprach Fidibus in eigenartigem Singsang. Dann schoss seine dürre, sehnige Hand aus dem Nebel und packte den völlig überraschten Haderlein am Hemdkragen. »Verstehen Sie mich überhaupt, mein lieber Franz, oder sind Sie schon schwer... äh ... nicht ... äh ... schlechthörig?«

Haderlein antwortete nicht darauf, er war viel zu sehr damit beschäftigt, sein Gleichgewicht zu halten.

»Der Steinpuma, mein lieber Franz, ist ja der König im wilden

Dschungel der Alpen, zumindest in den Lüften. Dort schlägt er seine Beute zusammen mit dem Schneehuhnbock und dem mächtigen Seelöwen. Aber all das verblasst, wenn der gefährlichste aller Räuber, der dunkelste aller Herrscher die Wiese betritt, der gelb gefiederte Schwalbenschwanz ...«

Der Kommissar hatte sich endlich aus dem Griff seines Chefs befreit und unter Aufbietung all seiner Kräfte nur die Hälfte mitbekommen. Das wenige ergab aber schlichtweg keinen Sinn.

»Wie bitte, was?«, fragte er sicherheitshalber nach, was sich im Nachhinein aber als großer Fehler herausstellte. Sein Chef nahm die Nachfrage als Aufforderung, sein Anliegen noch etwas deutlicher zu skizzieren, seine große Vision zu präzisieren. Die Hand mit der glimmenden Zigarre schoss durch den dichten Nebel nach oben und hinterließ psychedelische Kringel im Zigarrendampf.

»Unsere Wälder werden von Haien durchkämmt, geflüchtet von den Schiffen dunkellippiger Piraten. Die Fluoreszenzen unserer Heimat vergehen in der Flut ausgewanderter Einwanderer, nein, ich korrigiere, eingewanderter Auswanderer, die Plastikmüll auf junge deutsche Katzen werfen. Das ist eine Ankündigung, ein Final, eine Prophezeiung. Aber ja, es gibt Auswege. Wege, bei denen Kraft und Mut aufgebracht werden müssen, um den arktischen Biokometen, die uns den weiten Weg hinaus werden weisen müssen ...«

Das war's. Haderlein sah sich außerstande, die entgleiste Situation ohne drastische Schritte wieder in geregelte Bahnen lenken zu können. Und wehe, Bernd drehte seinem Chef noch ein einziges Mal eine von seinen THC-Räuchereien an, dann sollte er solche Gespräche wie gerade jetzt gefälligst selbst mit Fidibus führen.

»Bernd, Marina!«, rief Haderlein in die mutmaßliche Richtung der Tür. »Jetzt kommt schon, ich brauche hier Hilfe!«

Binnen Sekunden kamen mehrere Personen in den verrauchten Raum gestürzt, wer genau, blieb Haderlein verborgen.

»Und vielleicht könnte mal jemand lüften? Danke, das wäre

sehr nett!«, schnauzte er noch, bevor er seinem Chef mit sanfter Gewalt den glühenden Zigarrenstumpen aus den Fingern wand.

Amira hatte tief und traumlos geschlafen und wurde irgendwann von einem permanenten Geklapper geweckt. Es klang so, als würde ihre Mutter Dilem das Geschirr ihrer Küche zum Zwecke einer Familienfeier ausräumen. Als Amira die Augen öffnete, war sie aber nicht zu Hause, sondern sie sah, wie Max einen Gaskocher auf einem Campingtisch platzierte und einige Aluschüsseln drum herum aufstellte.

»Guten Morgen, Prinzessin«, meinte er feixend, bevor er sich wieder seiner seltsamen Tätigkeit widmete. »Dort hinter der Tür stehen eine Schüssel und ein Wasserkanister, da kannst du dich frisch machen.« Er deutete mit ausgestrecktem Finger auf eine weiße Tür an der Seite des Büroraumes.

Amira musste sich erst einmal sammeln und registrieren, wo sie sich befand, wie sie hierhergekommen waren und was überhaupt gerade mit ihrem Leben los war. Dann erhob sie sich und begab sich in die kleine Kammer, um sich zu waschen. Sie hatte nicht wirklich viel von zu Hause mitnehmen können, nur den kleinen grünen Rucksack, den ihr Vater ihr vor ein paar Jahren zum Geburtstag geschenkt hatte. Den hatte sie seither immer mit dem Nötigsten gepackt zu Hause stehen gehabt, falls die Deutschen wieder mit einem Übersetzungsauftrag kamen und sie Hals über Kopf aufbrechen musste. Im Vergleich zu den Gepäckstücken der westlichen Frauen, die mit großen Koffern reisten, war ihr Plastikrucksack lächerlich klein. Aber sie brauchte nicht mehr. Als Mädchen in Afghanistan lernte man früh, sich mit dem Nötigsten zu bescheiden. Und jetzt, da die Taliban herrschten und es den Frauen hierzulande gotterbärmlich ging, war so ein Rucksack voller Habseligkeiten, zumal in Freiheit, schon ein ziemlicher Reichtum.

Als Amira aus dem Nebenraum zurückkam, war Max gerade mit den Frühstücksvorbereitungen fertig. Besonders umfangreich war das Angebot nicht. Er hatte von dem in Afghanistan üblichen Fladenbrot, dem Nan, aufgetischt. Das wichtigste Grundnahrungsmittel in diesem Land, hergestellt aus Weizenmehl. Normalerweise wurde es auf dem Boden sitzend von einem ausgebreiteten Tuch gegessen, und zwar immer mit der rechten Hand. Häufig bildete es zusammen mit Tee bereits eine komplette Mahlzeit. Doch selbst das war heutzutage schon ein Luxus, wie Amiras und andere Familien gerade leidvoll erkennen mussten. Amira hatte sich durch ihre Arbeit bei den Deutschen daran gewöhnt, auf einem Stuhl sitzend vom Tisch zu essen, aber am liebsten aß sie, so wie sie es als Kind gelernt hatte, vom Boden. Heute also wieder ein Tisch, auf dem Max neben dem Brot auch einen grünen Tee mit seinem Gaskocher zubereitet hatte. Ein paar Trauben hatte er wohl auch irgendwie organisieren können.

Wortlos setzte sich Amira an den kleinen Tisch und nahm sich ein Nan. Besteck gab es keines, man riss einfach ein Stück vom Brot mit der Hand ab. Niemand hatte in diesem Land so etwas wie Besteck gebraucht, bevor die Fremden gekommen waren. Erst die Engländer, dann die Russen und jetzt die Amerikaner und die Deutschen. Am Ende waren sie alle wieder gegangen; Afghanistan hatte sie ausgespuckt wie einen lästigen Traubenkern. Alle, die sich im Laufe der Jahrzehnte um die afghanische Herrschaft bemüht hatten, waren kläglich gescheitert. Hier herrschten alte Gesetze der Tradition und Religion. Wenn sich in Afghanistan im Laufe der Jahrhunderte etwas geändert hatte, dann bestenfalls die Waffentechnik. Ansonsten verharrten die jetzt regierenden Machthaber wie das Land im finstersten Mittelalter, Regeln und Gesetze inklusive, was besonders die weibliche Bevölkerung zu spüren bekam.

»Also, was ist der Plan für heute?«, fragte Max Leisgang, während er sich Tee nachschenkte. »Bis Dschalalabad ist es höchstens noch eine Stunde, bis zum Krankenhaus weitere fünfzehn Minuten. Dort liefere ich die Medikamente ab, das dauert noch einmal eine Stunde, je nachdem wie die dortigen Taliban mit ihren Kontrollen so drauf sind. Danach können wir deine

Schwester suchen gehen. So weit, so gut. Aber was machen wir, wenn wir den Opium-Opa gefunden haben? Einfach so mitnehmen können wir deine Schwester ja nicht, das ist dir schon klar, oder? Der Mann hat gutes Geld für seine Ware bezahlt, so ist das nun mal. Also zahlst du ihn entweder aus, oder du lässt dir irgendetwas Illegales einfallen. Und wenn es das ist, was du tun willst, würde ich gern vorher davon wissen. Also noch mal, wie ist dein Plan? Hast du überhaupt einen?« Er betrachtete sie prüfend.

Das war eine berechtigte Frage, und Amira versank in ein nachdenkliches Schweigen. Sie nickte Max zu, ohne irgendetwas zu entgegnen, was dieser mit einem resignierten Seufzen quittierte. Wortlos aß sie zuerst ihr Nan zu Ende, dann nahm sie ihren grünen Rucksack, stellte ihn sich auf den Schoß und begann auszupacken. Zuallererst stellte sie ihre Toilettenutensilien auf die weiße Platte des Campingtisches, dann kamen die Dinge zum Vorschein, die weiter unten im Rucksack verstaut waren. Ein kleines Wörterbuch Deutsch/Afghanisch, ein paar dünne Kleidungsstücke, der Zettel, auf dem Amira die Adresse des Opiumhändlers in Dschalalabad notiert hatte, der blaue Hidschab und vieles andere mehr. Schließlich legte sie etwas auf den Tisch, was die Aufmerksamkeit ihres deutschen Helfers erregte. Es war eine Art mittelgroßer Dolch, dessen Klinge aber mitnichten aus Stahl bestand. Sie sah eher aus wie eine schwarze, behauene Klinge aus der Steinzeit. Der Griff war aufwendig aus einem hellen Material und Goldarbeiten gefertigt. Insgesamt machte das Messer eher den Eindruck, für irgendeine kultische Handlung gedacht zu sein, als dass man damit jemandem würde gefährlich werden können.

»Darf ich?«, fragte Max. Amira nickte und wühlte weiter in den Tiefen ihres Rucksacks. Der ehemalige Bundeswehrsoldat nahm das edle Stück und drehte es vorsichtig in seinen Händen. Versuchshalber führte er die Schneide über seine Fingerkuppe und zuckte überrascht zusammen. Die Klinge war so scharf, dass er sich bei seinem Test in den Finger geschnitten hatte. Wortlos legte er das Messer zurück auf den Tisch und holte sich ein Küchentuch, mit dem er sich die blutende Fingerkuppe abtupfte.

Amira, die sein Missgeschick bemerkt hatte, erklärte: »Die Klinge ist aus Obsidian, Max. Das ist vulkanisches Gesteinsglas, es entsteht bei rascher Abkühlung von Lava. Wegen ihrer scharfen Bruchkanten wurden Obsidiane bereits in der Steinzeit als Waffe und Werkzeug zum Schneiden genutzt. Auch die Maya und die Azteken haben damit gehandelt. Messer mit solchen Klingen sind die schärfsten Messer der Welt. Im Idealfall ist die Schneide nur ein Molekül breit.«

Amira gefiel es, Wissen, das sie sich hart erarbeitet hatte, anzuwenden und weiterzugeben. Sie war schon immer sehr wissbegierig gewesen, egal ob es sich um theoretischen Lernstoff oder beispielsweise die Nahkampfausbildung handelte, die Max ihr in seiner Freizeit angedeihen ließ. Amira wollte immer lernen, alles wissen. Und seit sie im Besitz dieses Messers war, wusste sie auch über das Thema Obsidian so ziemlich alles, was es zu wissen gab.

»Leider kann man Obsidian nicht so einfach bearbeiten. Eine perfekte Kante zu schlagen ist selbst für Fachleute extrem schwierig. Die Obsidianklinge ist am Ende zudem sehr brüchig und hält nicht lange, weswegen man solche Messer heute eigentlich nicht mehr benutzt. Nur neugierige deutsche Ex-Soldaten schneiden sich noch mit so was in den Finger«, meinte sie kichernd, was Max Leisgang aber nur beschränkt witzig fand.

»Wie kommst du zu so einem Messer? Das ist ja nicht nur extrem scharf, sondern sieht noch dazu ziemlich teuer aus.« Max legte das besondere Stück wieder zurück auf Amiras Tischseite. »Selbst gekauft hast du es vermutlich nicht. Nicht nur wegen des Preises, so was kriegst du in Afghanistan sicher nicht zu kaufen. Also, wo hast du es her?«

»War ein Geschenk«, murmelte Amira verhalten, rückte, als Max sie weiter unnachgiebig ansah, aber doch noch mit der kompletten Antwort heraus. »Ron hat es mir geschenkt. Er hat gesagt, er hat es aus einem Laden in Deutschland.«

Max Leisgang starrte sie an, als hätte er gerade einen Geist gesehen. »Ron? Roland Schober? Mein Ex-Kollege bei der Militärpolizei? Das Naziarschloch, das dich ewig lange gestalkt hat?«

Amira beschloss, Max' Empörung zu ignorieren und die Wellen zu brechen, bevor sie zu hoch schlugen. Natürlich wusste sie von der zum Schluss unerbittlichen Feindschaft zwischen den beiden Ex-Kameraden, und im Grunde hatte Max ja vollkommen recht. Roland Schober war definitiv ein krankes Arschloch gewesen. Eine Zeit lang war er ihr ziemlich penetrant nachgestiegen. Einmal hatte er sie sogar bei ihren Eltern zu Hause aufgesucht und dort tatsächlich um ihre Hand angehalten. Ihr Vater hatte den Antrag nach einem kurzen Blickwechsel mit ihr zwar dankend abgelehnt. Eingesehen hatte Ron die Aussichtslosigkeit seines Unterfangens jedoch nicht. Er fing an, ihr alles Mögliche zu schenken, unter anderem dieses Messer. Sollte sie es jetzt deswegen einfach wegwerfen? Ron war doch schon lange nicht mehr da, niemand wusste, wo er inzwischen steckte.

»Das ist so lange her, Max, reg dich bitte nicht auf. Ich hab es damals eigentlich nur behalten, damit ich mich verteidigen kann, sollte er oder ein anderer mir einmal zu nahe kommen. Du weißt doch noch, wie der war, Max?«, sagte sie leise und legte ihre Hand auf den Finger, den Max mit dem Küchentuch umwickelt hatte.

Ganz sicher wusste Max Leisgang noch, wie Roland Schober drauf war. Ein brutaler, dumpfer Naziarsch, der meinte, die Bundeswehr wieder in eine Art Wehrmacht umwandeln zu müssen. Sein rechtsradikales Gedankengut war zum Schluss nicht mehr zum Aushalten gewesen, und irgendwann war er auch ziemlich plötzlich von der Truppe entfernt worden. Unter anderem auch deswegen, weil er hier in Afghanistan andauernd jungen Frauen und Mädchen nachgestiegen war.

Es war Bundeswehrsoldaten zwar strengstens verboten, aber Max war sich sicher, wenn Roland Schober gedurft hätte, wäre er losgezogen und hätte sich hier eine afghanische Frau gekauft, um sie genau wie ein Taliban zu halten. Also nicht als Frau, eher wie eine Art Hund. Roland Schober wäre in dieser Hinsicht wahrscheinlich der radikalste Taliban in ganz Kabul geworden, auch wenn er seine christliche Herkunft immer so überaus wichtig nahm. Das hatte ihn nicht daran gehindert, auf übelste Weise den jungen Frauen nachzustellen, und hinter Amira war er besonders her gewesen. Erst als sie Max um Beistand gebeten und er Roland nachdrücklich klargemacht hatte, dass er die Finger von ihr zu lassen hatte – so, dass auch ein so verrohter Arsch wie Schober die Botschaft verstand –, erst da hatte er sich bei Amira nicht mehr blicken lassen. Unehrenhaft aus der Truppe entlassen, verschwand er bald darauf auf Nimmerwiedersehen. Niemand vermisste ihn. Weder bei der Bundeswehr noch hier in Afghanistan. Vielleicht war er ja nach Sachsen zurückgegangen, wo er geboren war.

Und von diesem Idioten hatte Amira so ein Messer geschenkt bekommen und auch noch behalten? Das sollte mal einer verstehen; er, Max Leisgang, kapierte das jedenfalls nicht.

»Komm, Max, vergiss die dumme Geschichte, das ist doch schon lange nicht mehr wahr«, schob Amira nach und setzte so einen vorläufigen Schlusspunkt unter das Thema. Sie verstaute den Dolch mit der Klinge aus Obsidian wieder in ihren Rucksack. Natürlich konnte sie an Max' Gesicht ablesen, was gerade in ihm vorging und dass er sie in dieser Beziehung nicht verstand. Aber eine Afghanin tickte bisweilen eben anders, als er es sich vielleicht vorstellte.

»Wir sollten aufbrechen, Max, alles Weitere können wir dann auf der Fahrt besprechen, ja?«

Max Leisgang war bei Weitem noch nicht emotional abgekühlt, aber Amira hatte recht, es wurde Zeit, dass sie losfuhren. Er trank seinen Tee aus und begann schweigend, seine Sachen zu packen. Es dauerte lange, bis er sich aufregte, und er brauchte mindestens genauso lange, um wieder runterzukommen. Amira wusste das, also packte sie ebenfalls schweigend ihre Siebensachen und hoffte auf eine stimmungsmäßige Besserung während ihrer Fahrt nach Dschalalabad.

Das war ja mal ein Aufstand gewesen, wie ihn Bernd Schmitt in der Dienststelle der Kriminalpolizei in Bamberg selten erlebt hatte. Zuerst war Franz im völlig verrauchten Büro ihres Chefs verschwunden, dann hatte er nach Hilfe gerufen, und mit vereinten Kräften hatten sie Fidibus schließlich aus seinem Büro getragen und auf einen freien Stuhl gesetzt. Honeypenny hatte sofort alle Fenster zum Lüften aufgerissen, während Fidibus mit panischem Gesichtsausdruck auf seinem Stuhl hockte, den Oberkörper leicht nach vorne gebeugt, mit beiden Händen die Lehnen umkrampfend. Die Augen traten ihm aus den Höhlen, als hätte er gerade im Vakuum des Weltalls seinen Raumanzug öffnen müssen.

Als Lagerfeld ihm die Zigarren gedreht hatte, geschah das in bester Absicht. Dass Fidibus' Gehirn so stark auf Cannabis reagierte, hatte er ja nicht ahnen können. Jedenfalls schien sein Chef auf dem Stuhl von Halluzinationen heimgesucht worden zu sein, die alles in den Schatten stellten, was in seinem leicht verwirrten Geist bisher so vorgegangen war. Zu seinem eigenen Schutz und dem aller Anwesenden hatte Franz schließlich entschieden, den bekifften Fidibus nach Hause zu fahren, dort konnte er dann ja seiner Frau die wilden Geschichten erzählen, die er gerade in seiner Einbildung erlebte.

Lagerfeld für seinen Teil hatte sich nicht mehr lange in der Dienststelle aufgehalten, sondern sich mit dem Hinweis auf dringende dienstliche Angelegenheiten ziemlich flott verabschiedet. Und siehe da, diese einschneidende Episode in der Geschichte der Bamberger Kriminalpolizei hatte gleich zwei fundamentale Auswirkungen auf sein Leben. Zum einen bestärkte sie ihn in seinem Plan, sich ein zweites, wenn auch kleines berufliches Standbein als erster Hanfsommelier Bambergs aufzubauen. Den positiven Rückmeldungen zufolge und gemessen am äußerst unterschiedlichen Ansprechen der Probanden auf seine Marihuanaverkostung versprach das ein äußerst vergnüglicher und unterhaltsamer Zeitvertreib zu werden. Zwar würde er so jemandem wie Fidibus keine selbst gedrehten Cannabisbomben mehr angedeihen lassen, aber der Umstand, dass potenzielle Kunden sich diesem Thema jetzt völlig legal nähern konnten, noch dazu kredenzt von einem leibhaftigen Polizeibeamten, konnte doch eigentlich nur zu einem bombastischen Erfolg beim zahlenden Publikum führen.

So gesehen war der Bamberger Kommissar Bernd Schmitt, mit zugeklapptem Dach und dem Auszubildenden Presssack auf der Rückbank, in einer sehr zufriedenen Grundstimmung in seinem Honda Cabriolet unterwegs, um noch einmal nach dieser unbekannten Komafrau zu forschen. Franz hatte natürlich recht. Da war eine unbekannte Frau heftig zusammengeschlagen worden und, im tiefsten Winter auf freiem Feld ausgesetzt, fast gestorben, um dann nach einem halben Jahr im Krankenhaus aufzuwachen und sofort aus diesem zu fliehen. Vor diesem Hintergrund war es schon im Sinne der Staatsgewalt, herauszufinden, wer sie war und was das Ganze zu bedeuten hatte.

Erneut parkte Lagerfeld vor dem Eberner Krankenhaus und machte sich auf den Weg zu Chefarzt Dr. Rudolf Zwack. Der hatte auch tatsächlich gerade Zeit und bat ihn umgehend in sein Büro.

»Schön, dass Sie noch einmal zu uns gefunden haben, Herr Schmitt, es gibt da nämlich etwas, das die Kriminalpolizei interessieren dürfte«, eröffnete Rudolf Zwack das Gespräch, bevor Lagerfeld auch nur eine einzige Frage gestellt hatte.

»Aha«, stellte Lagerfeld ein wenig wortkarg fest, während der Chefarzt den Computerbildschirm auf seinem Schreibtisch zu ihm drehte. Neugierig betrachtete Bernd Schmitt die Szene, die sich ihm in einem Videomitschnitt präsentierte. Zu sehen war der Raum der Intensivstation, in dem er gestern gestanden hatte. Die unbekannte Frau war halbrechts, auf ihrem Bett liegend, zu sehen. Eine Einblendung am unteren Rand wies Uhrzeit und Datum aus. Demnach stammte die Aufzeichnung vom gestrigen

Morgen und war aufgenommen worden, kurz bevor die Frau unten in der Eingangshalle an der Pförtnerin vorbeigekommen war.

Lagerfeld musste trotzdem noch ungefähr eine Minute warten, bis sich auf einmal etwas tat. Der Kommissar sah, wie sich die linke Hand der Frau zu bewegen begann, zuerst fast unmerklich, dann immer deutlicher. Es waren langsame, sachte Bewegungen der Finger, die sich allmählich auf die ganze Hand übertrugen, bis schließlich der komplette Unterarm in die Bewegung eingebunden war. Das dauerte mehrere Minuten, dann bewegte sich ganz leicht der Kopf der Frau, und kurz darauf öffnete sie tatsächlich ihre Augen. Ausdruckslos starrte sie an die Decke des Zimmers, dann drehte sie den Kopf nach rechts und links. Lagerfeld hatte den Eindruck, dass sich die Frau erst einmal grundsätzlich orientieren musste, wo sie überhaupt war.

Gespannt verfolgte er das Geschehen, das leider ohne Ton ablief, da die Überwachungskamera nur Bildsignale aufzeichnete. Was Lagerfeld bis zu diesem Zeitpunkt nur recht gewesen war, denn auf das Gepiepse der diversen Apparaturen in dem Raum konnte der Bamberger Kommissar gut verzichten. Aber dann tat die Frau etwas, was eine Tonaufzeichnung überaus wünschenswert erscheinen ließ. Sie richtete sich mit einer plötzlichen Bewegung halb auf. Den Oberkörper auf die Ellenbogen gestützt, wanderte ihr Blick zur Tür, und ein fast panischer Ausdruck legte sich auf ihr Gesicht. Die Überwachungskamera befand sich oberhalb der Tür, sodass Lagerfeld den Eindruck hatte, sie schaue ihn direkt an. Er konnte ganz deutlich sehen, wie sie den Mund öffnete und etwas rief. Nicht nur das, sie wiederholte die gleichen Worte noch zweimal, dann war der plötzliche Energieschub vorbei, und sie fiel wieder in ihr Bett respektive das große Nackenkissen zurück, auf dem sie seit Monaten lag.

Schwer atmend schien sie erst einmal alles verkraften zu müssen, dann begann sie erneut, sich aufzurichten. Sie setzte sich auf die Bettkanne und nahm, noch ein wenig ungelenk in ihren Bewegungen, ihre gewaschene und ordentlich zusammengelegte

Kleidung aus dem Korb neben dem Bett. Es kostete sie sichtlich Mühe, sich alles einigermaßen passend anzuziehen, denn ihr Körper war durch die künstliche Ernährung ziemlich abgemagert. Trotzdem schaffte sie es überraschend schnell, und nachdem sie auch die Schuhe angezogen hatte, verließ die Frau ohne Zögern und mit einer erstaunlichen körperlichen Konstitution ihre Lagerstatt, umrundete allerdings deutlich humpelnd das Krankenbett und öffnete die Tür des Zimmers. Im nächsten Moment war sie aus dem Sichtfeld der Überwachungskamera verschwunden.

Lagerfeld ließ sich in seinen Stuhl zurückfallen, während Dr. Zwack den Bildschirm wieder in seine angestammte Position zurückdrehte. Eine Weile sagte keiner der beiden Männer etwas, dann räusperte sich Lagerfeld und zeigte mit dem Finger auf den Bildschirm. »Kann ich vielleicht eine Kopie von dem Video kriegen? Wir haben Spezialisten, die können herausfinden, was die Frau gerufen hat. Vielleicht erhalten wir so einen Hinweis auf ihre Herkunft.«

Dr. Rudolf Zwack nickte und schob ihm über die Schreibtischplatte einen USB-Stick zu. »Hier, bitte schön, Herr Kommissar, das hatte ich mir schon gedacht und habe für Sie eine Kopie erstellt. Sind Sie eigentlich schon irgendwie weitergekommen mit Ihren Recherchen, was diese Frau anbelangt?«, wollte er wissen, aber Lagerfeld schüttelte nur den Kopf.

»Bei uns war gestern viel zu viel los, da bin ich noch nicht dazu gekommen. Fest steht bisher nur, dass sie zu Fuß bis in die Eberner Innenstadt gegangen ist, wo sich ihre Spur verliert. Sie ist mutmaßlich zu irgendjemandem ins Auto gestiegen und abgeholt worden. Mehr war auf die Schnelle leider nicht herauszufinden. Aber ich fahre jetzt noch einmal nach Ebern und schaue mich dort gründlich um. Wenn ich etwas Erhellendes herausbekomme, werde ich es Ihnen selbstverständlich mitteilen. Ach, und außerdem …«, Lagerfeld hob mahnend seinen Zeigefinger in die Höhe, »… habt ihr da an diesem Marktplatz ein echt leckeres Eis, das muss ich schon sagen. Mein Mitarbeiter war begeistert«, stellte er mit einem breiten Lächeln fest, was der zunächst etwas irritiert dreinblickende Dr. Zwack nun gern erwiderte.

»Ach so, das. Ja, da haben Sie recht. Das Eis ist echt gut. Aber wenn Sie sich schon für Eberner Köstlichkeiten interessieren, Herr Schmitt, dann sollten Sie unbedingt den Mexikaner dort am Platz aufsuchen. Das ›Veracruz‹ ist sehr besonders, das kann ich Ihnen versprechen. So was haben Sie noch nicht gegessen.« Zwack erhob sich und reichte dem Kommissar die Hand. »Dann Ihnen noch viel Erfolg, ich muss jetzt leider wieder an die Arbeit. Meine Patienten warten.«

Draußen vor dem Klinikum überlegte Lagerfeld, wie er jetzt am besten weiter vorgehen sollte, und betrachtete gedankenverloren den USB-Stick. Dieses kurze Filmchen war zwar wenigstens etwas, jedoch nicht wirklich viel. Und Spekulationen darüber halfen ihm im Moment nicht weiter. Aber bitte, sollten sich die im Labor damit beschäftigen, vielleicht brachte das ja irgendwelche Erkenntnisse.

Er steckte den USB-Stick in seine Hosentasche und ging zu seinem Wagen. Was soll's, dachte er. Wenn man mit der Stange im Nebel stochert, ist es am besten, der Stange zu folgen. Und wenn er sich recht erinnerte, hatte der italienische Eisfritze doch ebenfalls das »Veracruz« erwähnt und dass die aus dem Krankenhaus getürmte Frau von der anderen Straßenseite aus immer zu diesem Mexikaner hinübergesehen habe. Vielleicht hatte sie einfach nur Hunger gehabt, vielleicht war es Zufall, vielleicht aber auch nicht. Der Name des Lokals war nun schon zum zweiten Mal gefallen, also sollte er diese mexikanische Gaststätte lieber mal aufsuchen. Wer weiß, vielleicht hatten die ja ebenfalls etwas gesehen, was ihn weiterbrachte.

Lagerfeld stieg in seinen Honda und fuhr die kurze Strecke vom Krankenhaus in die Eberner Innenstadt. Diesmal legte er den Weg ohne die werte Hilfe seines Schweinchens zurück, das sich aber sehr wohl zu erinnern schien, denn just als sie an der italienischen Eisdiele vorbeifuhren, sprang Presssack von seiner bequemen Position auf dem Rücksitz auf und quiekte, die Hinterläufe in das verlebte Leder der Rückbank gedrückt, die Vorderfüße am Seitenfenster, drängelnd in Richtung Eisdiele.

Bernd Schmitt brauchte nun wirklich keinen Ferkelflüsterer, um dieses Verhalten zu übersetzen. Presssack hatte das Eis gestern ganz offenbar geschmeckt; er wollte mehr davon, und zwar schleunigst, so viel war klar. Aber sein Herr und Meister dachte gar nicht daran, sich schon wieder Feinde im italienischen Eismilieu zu machen. Er parkte direkt gegenüber dem angepeilten mexikanischen Restaurant an der Eberner Sparkasse. Das war locker einhundert Meter von der Eisdiele entfernt und somit außer Sichtweite. Er zog den Schlüssel ab und drehte sich zu seinem Auszubildenden um, um ein paar ernste Worte an ihn zu richten.

»Hör zu, du Eisspezialist. Ich geh jetzt da drüben rein, um die Leute in der Kneipe ein wenig auszufragen. Dabei kann ich dich leider nicht gebrauchen. Du bleibst so lange hier und hältst die Füße still, verstanden? Wenn ich zurück bin, können wir eventuell über ein Erdbeereis to go reden. Jetzt schau nicht so, du Held, du kannst eh kein Mexikanisch, hab ich recht?«

Sein kleiner Gehilfe reagierte nicht, sondern schaute ihn nur mit einem Blick an, der so viel sagte wie: Dein Gefasel interessiert mich einen Scheiß, Chef, ich will meinen Eisbecher de luxe, und zwar pronto.

Bernd Schmitt streichelte seinem Auszubildenden mitfühlend, aber endgültig über den frustrierten Kopf und stieg dann aus, um sich auf den Weg in dieses angeblich so sensationelle mexikanische Restaurant zu machen.

Zum Arbeiten war ein heißer Sommer wie in diesem Jahr eher abträglich. Da zog es den gestandenen Bamberger doch viel eher auf einen Keller, ins Schwimmbad oder an die umliegenden Seen des Flussparadieses Franken. Auf jeden Fall hatte bei so einem herrlichen Wetter niemand in Bamberg, auch kein verbeamteter Staatsbürger, eine gesteigerte Lust, in historischen Gebäuden

Akten zu wälzen. Das war bestenfalls etwas für lichtscheues Gesindel wie Vampire oder Kerzenwächter im Bamberger Dom.

Das Bamberger Staatsarchiv war in genau so einem historischen Gebäude untergebracht. In der staatlichen Fachbehörde für alle Fragen des Archivwesens im Regierungsbezirk Oberfranken, mit Ausnahme der Stadt und des Landkreises Coburg, wurde so ziemlich alles aufbewahrt, was im Laufe der Jahrhunderte in Oberfranken aufgeschrieben und dokumentiert worden war. Hervorgegangen aus dem Archiv des an Bayern gelangten ehemaligen Hochstifts Bamberg und ergänzt um die zwischen 1813 und 1818 nach Bamberg verbrachten Archive Bayreuths und Plassenburgs, wurde es 1852 zum königlichen Archivkonservatorium erhoben und 1921 in »Staatsarchiv Bamberg« umbenannt.

Der neubarocke Archivkomplex an der Hainstraße 39, ein dreiflügeliges schlossartiges Magazingebäude und das durch einen Zwischengang angebundene Verwaltungsgebäude, wurde in den Jahren bis 1905 nach Entwürfen der obersten Baubehörde in München erbaut. Als Vorbilder für die repräsentative Außengestaltung dienten unter anderem die Schlossbauten Balthasar Neumanns, was das Gebäude zu einem durchaus repräsentativen Bau machte. Wer davorstand, merkte sofort: Was sich dort drinnen befand und wer dort drinnen arbeitete, war irgendwie wichtig. Und dieser Eindruck entsprach, zumindest aus historischer Sicht, durchaus den Tatsachen. Rund eins Komma neun Millionen Archivalien wurden hier aufbewahrt, darunter etwa fünfundsiebzigtausend Urkunden und achtzehntausend Karten und Pläne. Aneinandergereiht insgesamt knapp einundzwanzigtausend laufende Meter.

Das war schon ein gewaltiger Posten an Archivmaterial, den Friedhelm Knecht, der Leiter des Staatsarchivs, zu betreuen hatte. Noch dazu bei derzeit siebenunddreißig Grad, in Hemd und Krawatte. Ob er diese Kleiderordnung auf der Arbeit unbedingt einhalten musste, wusste Friedhelm Knecht gar nicht so recht, er tat es einfach. Schließlich saß er als Leiter auf einem exponierten Arbeitsplatz, der eine gewisse Außenwirkung entfaltete. Nicht, dass er es jeden Tag mit prominentem Publikum oder gar der Presse zu tun gehabt hätte, aber er war ein Beamter vom alten Schlag, und das machte sich auch in seiner Kleiderwahl bemerkbar. Immerhin hatte er es sich heute gegönnt, temperaturbedingt die Krawatte etwas zu lockern und das Fenster zu öffnen.

Bisher hatten die dicken Sandsteinmauern des historischen Baus die Hitze noch draußen halten können, aber irgendwann war auch der dickste Sandstein in Bamberg von der Sonne so aufgeheizt, dass es besser war, für ein Mindestmaß an Frischluft zu sorgen. Außerdem hatte Knecht durch dieses Fenster im ersten Stock einen äußerst privilegierten Blick in die grüne Lunge der Stadt, den Bamberger Hain. Nicht weit entfernt befand sich zwar ein Kinderspielplatz, der ihn in seiner Konzentration hätte stören können, aber auch die Aktivitäten auf und mit den Spielgeräten hatte mit den steigenden Temperaturen merklich nachgelassen. Wer konnte, ging mit seinen Kindern dieser Tage nicht zum Schaukeln, sondern ins kühle Nass, um sich und ihnen Abkühlung zu verschaffen. Für die Leiter von Staatsarchiven galt im Prinzip das Gleiche, jedoch verhinderten zum einen der Arbeitsvertrag und zum anderen das persönliche Pflichtbewusstsein von Friedhelm Knecht ein derartiges Entfernen vom eigentlichen Tun eines Staatsbeamten.

Trotz der relativen Ruhe war an ein Arbeiten bei offenem Fenster aber gerade nicht zu denken, da direkt unterhalb von Friedhelm Knecht, am Straßenrand, wo Knecht seinen nagelneuen Mercedes geparkt hatte, ein ziemlich störendes Quietschen und Rumpeln zu hören war. Als er seinen verschwitzten Kopf zum Fenster hinausstreckte, um die Ursache dieser ungewöhnlichen Lautmalerei zu eruieren, fiel sein Blick auf einen kleinen Lastwagen, der in zweiter Reihe parkte und von dessen Hebebühne irgendwelche Arbeiter geräuschvoll Dinge abluden. Da der Krach schon fast fünfzehn Minuten andauerte, hatte er gute Lust, nach unten zu gehen und den Herrschaften mal richtig die Meinung zu geigen. Immerhin war das Parken in zweiter Reihe ordnungswidrig, auch wenn an der Hainstraße 39 nicht unbedingt die Verkehrsverhältnisse einer dicht befahrenen Landstraße herrschten. Hier im Bamberger Haingebiet wohnte nicht das gewöhnliche Lumpenpack, hier musste man schon ein weit überdurchschnittliches Einkommen vorweisen können, um eine Wohnung oder gar ein Haus zu ergattern. Entsprechend viel Wert wurde auf Ruhe gelegt. Vor allem aber hatte Knecht keine Lust auf irgendwelche Kratzer oder sonstige Beschädigungen an seinem nagelneuen Wagen.

Als Leiter eines Archivs zählte man nicht zwingend zur Prominenz, die in der heimischen Tageszeitung abgebildet wurde, mit seinem neuen Wagen aber hatte Knecht genau das geschafft. Das erste Fahrzeug der neuen Mercedes-Baureihe war nach Bamberg gegangen und er als neuer Eigentümer werbewirksam von einem Medium ans nächste weitergereicht worden. Für einen ansonsten eher stillen Beamten ein durchaus erbauliches Geschehen. Ergo hatte Friedhelm Knecht einiges dagegen, dass sein Augapfel und Statussymbol zum Opfer schnöder Maler und Restaurateure verkam, die im Staatsarchiv irgendwelche Stuckarbeiten zu verrichten hatten. Diesen absoluten Katastrophenfall galt es tunlichst zu verhindern. Jeder noch so kleine Kratzer, auch nur der Hauch einer Verunreinigung auf dem glänzenden Lack seines Wagens wäre zu viel. Das würde er nicht dulden und die Verursacher einer solchen Schandtat gnadenlos zur Rede stellen.

Aber gerade als sein vorwiegend hitzebedingt angespannter Geduldsfaden zu zerreißen drohte, packten die Herrschaften unten auf der Straße ihre Siebensachen zusammen und fuhren in ihrem alten Lastwagen davon. Eine erfreuliche Stille breitete sich unten auf der Straße und im Büro von Friedhelm Knecht aus, und auch die Hitze fühlte sich sogleich etwas erträglicher an. Der Arbeitstag schien also doch noch ein gutes Ende nehmen zu wollen. Knechts innere Ruhe und Ausgeglichenheit kehrten zu ihm zurück.

Als erstes Anzeichen, dass es zum gewohnt harmonischen Tagesausklang wohl eher nicht kommen würde, stieg Knecht ein unangenehmer Geruch in die Nase. Irgendwie roch es in seinem Zimmer plötzlich verbrannt. Na gut, vielleicht hatten die Handwerker ja irgendwelche Schweißarbeiten am Haus erledigt, und die Ausdünstungen zogen jetzt durch die Stockwerke.

Friedhelm Knecht zog die Krawatte unter seinem strahlend weißen Hemdkragen wieder etwas enger, als es mit der Ruhe draußen auf der Straße auf einmal vorbei war. Die Explosion war so gewaltig, dass die emporfliegende Kühlerhaube seines nagelneuen Mercedes kurz durch das geöffnete Fenster zu sehen war, bevor der demolierte Wagen wieder nach unten fiel und mit dem Dach voraus auf die Straße krachte. Die Druckwelle riss so ziemlich alle Ordner in Knechts Büro von den Regalen, dazu gingen mit schepperndem Klirren sämtliche Fensterscheiben auf der Hainseite des Staatsarchivs zu Bruch. Friedhelm Knecht war mit seinem Stuhl abrupt nach hinten umgekippt und lag jetzt mit klingelnden, halb tauben Ohren rücklings auf dem Boden und konnte nicht begreifen, was da soeben passiert war.

Er begriff es auch dann noch nicht, als er sich aufgerappelt hatte und einen verunsicherten Blick aus dem Fenster warf. Dort unten klaffte ein metertiefes Loch im Teer der Hainstraße, neben dem sein gesprengter neuer Mercedes auf dem Dach liegend vor sich hin schaukelte und Feuer gefangen hatte. Weitere Fahrzeuge, die vor und hinter Knechts Wagen geparkt gewesen waren, hatte es ebenfalls auf die Seite geschleudert und erheblich beschädigt. Aber Zentrum des ganzen Desasters blieb der völlig demolierte, brennende Mercedes, aus dessen Batterie immer gleißendere Flammen schossen. Die Hitze intensivierte sich mit jeder Sekunde und brannte in seinem Gesicht, sodass der Leiter des Staatsarchivs seinen Kopf nach innen zurückzog. Reflexartig schloss er das glaslose Fenster, ehe er die Sinnlosigkeit seines Tuns begriff.

Mein Auto, dachte Knecht panisch und rannte, so schnell es ging, aus dem Zimmer und die Treppe hinunter. Als er den

Eingang erreichte, sah er als Erstes die drei blauen Buchstaben auf dem Glas der Eingangstür. Angesichts des Dramas, das sich draußen auf der Straße abspielte, schenkte er der Schmiererei keine Beachtung, sondern stürmte hinaus – und blieb wie angewurzelt stehen.

Unmittelbar vor ihm, zu Füßen der kleinen Treppe, die zum Eingang hinaufführte, stand ein loderndes Kreuz. Nicht ganz mittig, die gewaltige Explosion hatte es ein Stück zur Seite gedrückt, wodurch es aber überhaupt nichts von seiner furchteinflößenden Wirkung einbüßte. Erst jetzt kehrten bei dem geschockten Leiter des Archivs Verstand und kognitive Handlungsfähigkeit zurück, woraufhin Friedhelm Knecht reichlich verspätet, aber entschlossen sein Mobiltelefon aus der Anzugjacke kramte, um die Polizei zu verständigen.

Es war um die Mittagszeit, als sie in Dschalalabad ankamen, das südlich des Hindukuschgebirges in einer Höhe von circa sechshundert Metern am Fluss Kabul lag. Sowohl Max als auch Amira befiel sofort eine gewisse Anspannung, da sie sich spätestens jetzt der Gefährlichkeit ihrer Mission bewusst wurden. Max war schon mehrmals in Dschalalabad gewesen, als Soldat und auch in seiner neuen Eigenschaft als Mitarbeiter des World-Food-Programms, aber bei dem, was sie jetzt vorhatten, wurde selbst ihm mulmig.

Die Hauptstadt der Provinz Nangarhar im Osten des Landes war die fünftgrößte Stadt Afghanistans, hier lebten rund dreihunderttausend Einwohner, wobei seit der Machtübernahme der Taliban niemand eine genaue Zahl ermitteln konnte. Dschalalabad war durch die Autobahn, über die sie gerade gekommen waren, mit der ungefähr hundertsechzig Kilometer entfernten Landeshauptstadt Kabul im Westen verbunden. Wirtschaftlich wie auch geografisch entgegengesetzter Orientierungspunkt war die pakistanische Stadt Peschawar, die nur circa hundertdreißig Kilometer in südöstlicher Richtung entfernt in Pakistan lag. Dorthin führte der berühmt-berüchtigte Khyber-Pass.

1570 durch den indischen Großmogul Akbar I. gegründet, war Dschalalabad lange Zeit die Winterresidenz des Emirs von Afghanistan sowie Garnisonsstadt des Militärs und ein wichtiger Handelsplatz. Die Stadt beherbergte außerdem Afghanistans zweitgrößtes Bildungsinstitut, die Nangarhar-Universität, und, was für die UNO von besonderer Bedeutung war, auch einige Krankenhäuser, obgleich man nicht den Fehler begehen durfte, westliche Standards für ein Klinikum anzulegen.

Während der internationalen Stabilisierungsmission ISAF hatten die Vereinigten Staaten in Dschalalabad mit dem dortigen Flughafen einen wichtigen Stützpunkt unterhalten. Von dort aus waren unter anderem Drohnen für Einsätze in Afghanistan, aber auch im benachbarten Pakistan gestartet. Als wichtiges militärisches Zentrum stand Dschalalabad von jeher im Zentrum machtpolitischer Kämpfe, nur die rivalisierenden Parteien änderten sich dabei kontinuierlich. Bereits 1842, im Ersten Anglo-Afghanischen Krieg, konnte General Robert Henry Sale mit tausendfünfhundert Mann einer Belagerung von Dschalalabad durch fünftausend Afghanen standhalten.

In der neueren Zeit wurden die machtpolitischen Kämpfe mittels etwas anders gearteter gewalttätiger Aktionen ausgefochten. So töteten Selbstmordattentäter am 19. Februar 2011 mehr als achtunddreißig Menschen in einer Bank in Dschalalabad. Über die Hälfte der Opfer waren Angehörige der afghanischen Sicherheitskräfte. Am 27. Februar 2012 sprengte sich am Flughafen ein Selbstmordattentäter in die Luft. Dabei starben neun Menschen, acht wurden verletzt. Laut den Taliban, die sich zu dem Anschlag bekannten, war dieser als Rache für die Koran-Verbrennungen auf dem US-Stützpunkt Bagram durchgeführt worden. Am 18. April 2015 kam es in Dschalalabad zu einem Selbstmordanschlag, der mindestens dreiunddreißig Todesopfer und über hundert Verletzte zur Folge hatte. Der afghanische Präsident Aschraf Ghani machte zur Abwechslung einmal nicht die Taliban, sondern den Islamischen Staat dafür verantwortlich, auch weil die Taliban ihre Beteiligung abstritten.

Der Grund für all diese Gewalttaten lag in der Hauptsache in der besonderen geografischen Lage. Dschalalabad gehörte als der Grenzregion zu Pakistan vorgelagerte Stadt von jeher zu den strategisch wichtigsten Orten Afghanistans. Über den Khyber-Pass erstreckte sich eine bedeutende Handelsroute bis nach Indien. Die Handelsgüter waren Papier sowie landwirtschaftliche Produkte wie Orangen, Zitrone, Reis und Zuckerrohr. Hinzu kam der Mohn, aus dem illegales Opium gewonnen wurde. Der Opiumanbau ermöglichte vielen Menschen in Afghanistan ein sicheres Einkommen, und die Taliban verdienten kräftig mit. Einem Bericht des US-Sondergeneralinspektors für Afghanistan vom Mai 2021 zufolge stammten bis zu sechzig Prozent ihrer Jahreseinnahmen aus dem Anbau und Handel mit Drogen. Mehr als vierhundert Millionen Dollar hatte der Verkauf von Opium und Heroin beispielsweise in den Jahren 2018 und 2019 in die Kassen der Islamisten gespült, so die Schätzung der Vereinten Nationen. Und die Stadt Dschalalabad war Hauptumschlagplatz für die größten Opiumhändler in ganz Asien. Jahrelang hatte die westliche Allianz versucht, den Opiumhandel zu unterbinden und die Bauern für alternative Anbaumethoden zu begeistern. Im Lichte der jüngsten Ereignisse betrachtet, war dieses Vorhaben aber genauso zum Scheitern verurteilt gewesen wie alle anderen. Am 15. August 2021 hatten die westlichen Mächte Afghanistan kampflos den Taliban übergeben. Damit war die Einführung von Demokratie, Wahlen und Frauenrechten dahin. Die Gotteskrieger herrschten seither wieder so, als hätte sich nach dem Abzug der Russen in den achtziger Jahren nichts, aber auch gar nichts verändert.

Amira hatte sich auf Max' dringenden Rat den blauen Hidschab übergeworfen und sich auf einen öffentlichen Markt von Dschalalabad begeben. Max hatte für mindestens eine Stunde im Auftrag der UN zu tun, ehe er wieder zu ihr stoßen würde, weshalb sie sich allein die Zeit vertreiben musste. Noch vor einem Jahr wäre das überhaupt kein Problem gewesen, da wäre sie mit Jeans, Bluse und Sonnenbrille durch die Stadt geschlendert, hätte ein paar Souvenirs gekauft und sich danach in einer Teestube niedergelassen. So war sie aufgewachsen, und so hätte es, wenn es nach so ziemlich jeder weiblichen Person in Afghanistan ginge, auch bleiben sollen.

Doch seit dem Sommer war es vorbei mit den liberalen Zeiten. Jetzt musste sie mit dem Hidschab bedeckt durch die Stadt laufen und konnte die Welt nur durch ein kleines Stoffgitter betrachten. Selbst das war schon ein nicht ganz ungefährliches Unterfangen, denn Frauen, die alleine unterwegs waren, waren den Gottes-kriegern verdächtig. Nur in Begleitung eines Mannes war die afghanische Frau nach Auffassung der Taliban ordnungsgemäß unterwegs. Und auch hier am Markt hatte Amira schon zwei Wächter gesehen, die mit Kalaschnikows über den Schultern die Menschen beobachteten, um sicherzustellen, dass auch alles mit rechten Dingen zuging, sprich: die strengen Regeln des Islam eingehalten wurden. Nicht alle dieser Sittenwächter waren be-waffnet und auf den ersten Blick zu erkennen, manche liefen gewissermaßen inkognito durch die Gegend und überwachten als geheime Sittenpolizei das Treiben in der Stadt.

Natürlich hatte es immer schon Frauen in Afghanistan ge-geben, die den Hidschab freiwillig trugen; vor allem unter den älteren Semestern war er auch früher verbreitet gewesen, aber diese Frauen bildeten mit der Zeit eine Minderheit, das Gros der Afghaninnen hatte die während der letzten Jahre gewonnene Freizügigkeit genossen. Jetzt gab es keine Minderheiten mehr, Frauen hatten sich zu fügen. Wenigstens konnte keiner kon-trollieren, was sie unter ihrem Hidschab trug, dazu hatten nicht einmal die Taliban das Recht. Also war Amira unter der blauen Bedeckung so gekleidet, wie sie es für richtig hielt. Auf diese Weise konnte sie wenigstens ein bisschen Widerstand leisten.

Der Markt von Dschalalabad war für Amira auch darüber hinaus nicht mehr wiederzuerkennen. Als sie das letzte Mal hier gewesen war, flossen die Verkaufsstände schier über von den Waren, welche die Händler feilboten. So ziemlich alles, was die Bauern in der näheren oder weiteren Umgebung anbauten, hatte man damals rechts und links der Straße finden können, außerdem viele Stände, die kurz gebratene oder gebackene Speisen verkauften. Es hatte sogar Softeis aus einem Automaten gegeben, auf das sie sich als Kind immer besonders freute. Natürlich gab es in so einer großen Stadt mehrere Märkte, aber auf dem Obst- und Gemüsemarkt hatte sich Amira immer am wohlsten gefühlt. Es duftete, die Auslagen der Stände schillerten in allen erdenklichen Farben, selbst das Geschrei der Händler, die lautstark ihre Waren anpriesen, hatte sie als wohltuend empfunden. Das alles war ein Genuss für die Sinne gewesen.

Von dieser Vielfalt war jetzt nicht mehr viel übrig. Um diese Tageszeit sollte der Markt eigentlich aus allen Nähten platzen, doch nur ganz vereinzelt saßen verhüllte Frauen in einer Ecke oder auf dem Boden, vor sich das wenige an Obst und Gemüse, was es noch zu kaufen gab. Ab und an konnte man einen Händler antreffen, der das afghanische Fladenbrot anbot, aber das Mehl für das Nan war knapp geworden, sodass die Preise heftig gestiegen waren, und nur die wenigsten konnten es noch bezahlen. Afghanistans Reichtum und Wohlstand waren vergangen, die Wirtschaft des Landes weitestgehend zusammengebrochen. Es herrschten jetzt Not und Armut, was sich auf diesem Markt nur allzu deutlich widerspiegelte. Auch die allgemeine Stimmung hatte sich nach Amiras Empfinden radikal geändert. Eine bedrückende, dunkle Last lag unsichtbar über allem, bestehend aus Resignation, Hilflosigkeit und Angst.

Amira schlenderte bereits eine knappe Stunde schwermütig und gedankenverloren über den Markt, als sich plötzlich von hinten eine Hand auf ihre rechte Schulter legte. Erschrocken drehte sie sich um und starrte einem zornig blickenden Mann ins Gesicht. Er war eindeutig einer der Sittenpolizisten der Taliban, ein Wächter der Scharia, und hatte wohl irgendetwas an ihr entdeckt, was seiner Meinung nach nicht mit dieser in Einklang stand. Allerdings war Amira schleierhaft, was das sein sollte. Sie war vollständig bedeckt, hatte sich nicht unziemlich verhalten, schon gar nicht fremde Männer angesprochen oder etwas ähnlich Verwerfliches getan. Was wollte der Hüter des Glaubens also von ihr?

Alles in ihr bäumte sich auf, um sich gegen die nun unweigerlich folgende Befragung zu wehren, aber sie wusste, sie musste sich unterwürfig und folgsam geben, auch wenn das ihrem Naturell komplett zuwiderlief.

»Wonach riechst du, Weib?«, blaffte der Taliban, und seine Hand krallte sich noch tiefer in ihre sowieso schon schmerzende Schulter.

Amira wurde blass unter ihrem Hidschab. Daher wehte der Wind. Sie hatte an fast alles gedacht, was in der Öffentlichkeit besser vermieden werden sollte, aber eben nur fast. Heute Morgen, bevor sie aus Shahidan losgefahren waren, hatte sie bei ihrer Morgentoilette ein paar winzige Spritzer Parfum auf ihren Hals gegeben, damit der muffige Hidschab nicht ganz so schlimm roch. Es war ihr wirklich teures Parfum von Chanel gewesen, das es jetzt wahrscheinlich in ganz Afghanistan nicht mehr zu kaufen gab, daher war sie extrem sparsam damit umgegangen. Trotzdem war es allem Anschein nach immer noch zu viel gewesen, dieser Gotteswächter hatte ihr olfaktorisches »Verbrechen« bemerkt. Westliche Luxusartikel waren den Frauen in Afghanistan jetzt genauso verboten wie viele andere Dinge auch.

»Das ist Rosenwasser«, versuchte sie abzuwiegeln. Reflexhaft antwortete sie jedoch in ihrer heimischen Sprache, dem Paschtu, und nicht auf Deutsch, wie Max es ihr dringend geraten hatte. So brachte sie sich direkt in die nächste Bredouille. Um eine unwissende Ausländerin vorzutäuschen, hätte sie in so ziemlich jeder Sprache antworten dürfen, aber nicht in fließendem Paschtu. Zwar bewahrte westliche Unwissenheit sie nicht unbedingt vor einer Maßregelung, jedoch waren die Taliban Ausländern gegenüber immer noch wesentlich zurückhaltender, sogar wenn es sich um Frauen handelte. Immerhin war die wirtschaftliche Lage Afghanistans gerade nicht die beste, um es einmal vorsichtig auszudrücken, und ausländische Hilfsorganisationen für die Versorgung der Bevölkerung unabdingbar. Außerdem wusste der Taliban durchaus, wie Rosenwasser roch. Das hier war keins, das war ein Duft, wie es ihn in den dekadenten Geschäften des Westens zu kaufen gab, und unvereinbar mit der Scharia. Die afghanische Frau hatte nicht nach Rosenwasser zu riechen und schon gar nicht nach einem teuren westlichen Luxusparfum. Insbesondere wenn kein Mann sie begleitete, um auf sie aufzupassen.

»Lüg mich nicht an. Du hast gegen die Gesetze Allahs gehandelt, Frau, und ich werde dich dafür bestrafen«, rief der Mann halblaut, und erst jetzt sah Amira den Stock in seiner Hand.

»Ich habe nichts getan!«, entgegnete sie und hob abwehrend den Arm, obgleich sie wusste, dass ihr das nichts nutzen würde, im Gegenteil. Schon wieder hatte sie ein Gesetz Allahs gebrochen.

»Du darfst nicht laut in der Öffentlichkeit sprechen, Frau, da kein Fremder die Stimme einer Frau hören soll!«, schrie der Taliban und hob drohend seinen Stock.

Doch er schlug nicht zu, sondern fühlte sich allem Anschein nach bemüßigt, diese unbeherrschte Frau zuvor grundlegend über ihre Pflichten aufzuklären. Schließlich war es das erklärte Ziel der Taliban, ein »sicheres Umfeld« für die Frau zu schaffen, in dem »ihre Keuschheit und Würde wieder unantastbar sei«, weshalb die Frau in Zurückgezogenheit, der »Parda«, leben sollte. Und was das genau hieß, würde er der eingeschüchterten Amira jetzt mal so richtig einbläuen.

»Frau, Allah will, dass du in der Öffentlichkeit den Hidschab trägst, weil das Gesicht der Frau eine Quelle der Sünde für die mit ihr nicht verwandten Männer ist. Wenn du einen Arzt aufsuchen musst, so hat dich dein Mann oder ein männlicher Verwandter zu begleiten. Es ist dir untersagt, mit Männern in direktem Kontakt zu stehen, die nicht mit dir blutsverwandt oder angeheiratet sind. Du, Weib, sollst keine Schuhe mit hohem Absatz tragen, damit kein Mann deine Schritte hören und dadurch erregt werden könnte. Alle Fenster im Erdgeschoss und im ersten Stock deines Hauses sollen verdunkelt werden, sodass du, Frau, in deiner Behausung von der Straße aus nicht gesehen werden kannst. Es ist dir nicht gestattet, dich auf der Terrasse oder dem Balkon deines Hauses aufzuhalten. Farbenfrohe Kleidung ist verbannt, damit du den fremden Mann nicht erregen kannst und er nicht sündigen muss vor Allah. Alles, was den Mann erregen kann wie Nagellack, aufreizende Kleidung oder betörender Duft ist verboten, von der Scharia verdammt, Weib, sonst kommst du niemals in den Himmel! Und deshalb, Sünderin, werde ich jetzt das Gesetz der Scharia, das Urteil Allahs über dein ungebührliches Verhalten, hier, an Ort und Stelle, vollziehen!«, schrie der Mann, und ehe Amira reagieren konnte, zuckte seine Hand auch schon nach unten.

Der Stock des Taliban traf ihren hocherhobenen Arm. Ein stechender Schmerz durchfuhr ihn bis zur Schulter, und Amira wusste bereits nach diesem ersten Schlag, dass der Stock aus Metall war und nicht etwa aus Holz. Der Mann hieb weiter brutal auf sie ein, sodass sie binnen Sekunden auf ihre Knie sank und hilflos auf dem staubigen Teer der Marktstraße kauerte. Ein Schlag nach dem anderen landete auf ihrem Rücken, und ungekannte Schmerzen fluteten ihren Körper. Der Mann schien jeden Quadratzentimeter ihrer Haut mit der Metallstange bearbeiten zu wollen. Und er bewies großes Talent darin, keine Stelle auszulassen.

Niemand kam Amira zu Hilfe. Afghanen, die in der Nähe standen, wichen erschrocken zurück, um nicht in die Angelegenheit verwickelt zu werden. Dafür traten andere Gotteskrieger hinzu, die mit Anfeuerungsrufen das Treiben des schlagenden Mannes unterstützten. Als der Wächter der Scharia seine Bestrafungsaktion endlich beendete und von Amira abließ, feuerten einige der Taliban als Schlusspunkt der brutalen Veranstaltung und um die besondere Bedeutung dieser Erziehungsmaßnahme zu unterstreichen, aus ihren Kalaschnikows einige Salven in die Luft. Amira lag inzwischen vor Schmerzen weinend flach auf der Straße, umringt von ihren Widersachern.

»Allah hat dich gerichtet und bestraft«, sagte der Vollstrecker in einem Ton, als würde er mit einem kleinen Kind reden. »Bereue deine Taten, Frau, und handle in Zukunft im Sinne Allahs und seiner Gesetze.« Er beugte sich vor, und ein letzter schmerzhafter Hieb traf Amiras Rücken, dann wandte sich der Trupp bewaffneter Taliban von ihr ab und zog weiter, um anderenorts die Gesetze Gottes in diesem Land zu festigen.

Erst als die Taliban außer Sichtweite waren, kamen Menschen von allen Seiten zu Amira gelaufen, um ihr auf die Füße zu helfen, obwohl sie diese erst nach einer gewissen Zeit wieder benutzen konnte. Die Tränen liefen ihr noch eine ganze Weile über das Gesicht, ungesehen unter dem Hidschab, und ihr gesamter Körper fühlte sich an, als wäre er von einem Lastwagen überfahren worden. Sobald sie sich bewegte, litt sie unerträgliche Schmerzen.

Der Besitzer einer nahen Teestube bot ihr einen Platz an einem seiner kleinen Tische an – neben seiner dort sitzenden Frau, damit Amira nicht gleich wieder mit dem islamischen Gesetz in Konflikt geriet. Denn jetzt, da er sich als männlicher Aufpasser für Amira eingesetzt hatte, war er der Hüter und Wächter dieser Frau. Er stellte der vor Schmerzen stöhnenden Amira, ohne zu fragen, einen Tee in einer kleinen geblümten Tasse vor die Nase. Damit war sie erst einmal aus dem Schussfeld der Taliban und hatte ein wenig Zeit, diesen schrecklichen Vorfall zu verarbeiten.

Die Frau des Teestubenbesitzers legte ihr unter dem Tisch beruhigend eine Hand aufs Bein. Das allein war für Amiras Seele Stütze und Hilfe, um nicht in Hoffnungslosigkeit zu versinken. Was könnte sie gegen einen solchen abgrundtiefen Hass schon ausrichten? Die Taliban herrschten mit radikaler Autorität, niemand würde sie an ihrem Tun hindern können, niemand. Wie sollte sie unter diesen Voraussetzungen ihre kleine Schwester finden? Und selbst wenn es gelang, was sollte sie tun, wenn sie sie gefunden hatte? Max hatte recht, das Ganze hatte so wenig Aussicht auf Erfolg, dass sie sich vielleicht besser darum kümmern sollte, wie sie in diesem Land überlebte. Vielleicht sollte sie sich einfach in ihr Schicksal ergeben und auch das ihrer Schwester als Gottes Wille akzeptieren. *Inshallah.*

Doch es dauerte nicht lange, da kehrte ihr alter Kampfgeist zurück, und nicht nur das. Eine unbändige Wut auf die Gotteskrieger Afghanistans fegte die depressive Stimmung weg. Sie würde die Schmerzen erdulden, und sie würde kämpfen. Sie, Amira Sharafuddin, ging lieber in den Tod, als sich diesem traurigen Schicksal zu fügen. Sie würde ihre Schwester finden und dann versuchen, mit ihr dieses Land zu verlassen, Schmerzen hin oder her. Es war jetzt an der Zeit zu handeln, und zwar ohne Max über Gebühr mit hineinzuziehen. Sie würde ihn womöglich noch brauchen, aber erst, wenn sie Sisa gefunden und befreit hatte.

Amira öffnete den Reißverschluss ihres kleinen Rucksacks, den sie unter ihrem Hidschab verborgen trug. Darin bewahrte sie ein kleines Medizinpack auf, in dem sich auch eine Schachtel Ibuprofen befand. Diese Schachtel förderte sie jetzt zutage und ebenso den Zettel, auf dem sie die Adresse des Opiumhändlers notiert hatte, an den ihre kleine Schwester verkauft worden war. Sie nahm gleich zwei der starken Schmerztabletten und spülte sie mit dem restlichen Tee aus ihrer Tasse hinunter.

Es würde ein wenig dauern, bis die Tabletten ihre Wirkung entfalteten, bis dahin musste sie ihr Ziel erreicht haben. Wenn ihr Vorhaben scheiterte, erübrigten sich weitere Überlegungen, dann war sie so gut wie tot. Sollte sie jedoch Erfolg haben, würde sie anschließend Max anrufen, um mit ihm zusammen das Land zu verlassen. Angeblich hatte er schon einen Plan, aber den würde sie nur in Anspruch nehmen, wenn sie Sisa befreit hatte, vorher nicht.

Alles lag jetzt in Gottes Hand, *inschallah.*

Das Tohuwabohu in der Dienststelle hatte sich allmählich gelegt, sodass die Belegschaft sich nun wieder einem geregelten Arbeitsalltag hingeben konnte. Honeypenny, die so ziemlich jedes Fenster aufgerissen hatte, das sie nur finden konnte, während Franz Haderlein mit dem völlig desorientierten Robert

Suckfüll die Dienststelle verlassen hatte, räumte in der Küche herum, die anderen saßen wieder an ihren Schreibtischen. So wie ihr Chef dreingeblickt hatte, war nicht damit zu rechnen, dass er in absehbarer Zeit noch einmal hier auftauchte. Lagerfelds selbst gedrehte Zigarre musste derartig mit Hanf verseucht gewesen sein, dass der bis dato in seinem Leben von Drogen verschont gebliebene Fidibus den Vogel komplett abgeschossen hatte. Auf welche Reise sich sein unsteter Geist da gerade begeben hatte, konnte nur er selbst wissen, aber alle im Büro wünschten ihm das Allerbeste. Bei Franz war Robert Suckfüll jedenfalls in guten Händen, und den in der Dienststelle Verbliebenen blieb nichts anderes übrig, als sich auf das zu konzentrieren, was ihnen aufgetragen worden war. Als da wäre, sich um gesprengte Fahrzeuge plus Mähdrescherleiche zu kümmern.

»So, kannst du mir bitte noch mal kurz erklären, was bei deinem Fall gerade der Stand der Dinge ist?«, bat Andrea Onello. »Wenn ich Bernds gestriges Erlebnis nehme und einmal grob überschlage, was ich von deinem Fall weiß, nämlich dass da irgendwer seit Wochen Pkws in die Luft sprengt, dann passt da einiges noch nicht so recht zusammen. Eine Spur hast du, soweit ich weiß, auch noch nicht, ist das richtig?«

»Ganz so negativ würde ich das nicht sehen, Andrea. Gut, Tatverdächtige haben wir noch nicht, aber ein paar Hinweise gibt es durchaus«, stellte César Huppendorfer klar, der diese pessimistische Aussage zu seinem Ermittlungsstand so nicht hinnehmen wollte. »Das Ziel der Anschläge sind ausnahmslos neue Elektrofahrzeuge. Es war bisher kein einziger Verbrenner dabei. An jedem Tatort waren diese seltsamen brennenden Kreuze aufgestellt, und jedes Mal wurde wie bei Bernd gestern eine blaue Signatur hinterlassen, und zwar jedes Mal mit der gleichen Farbe, vermutlich sogar der gleichen Spraydose, so viel hat das Labor inzwischen herausgefunden. Was die drei Buchstaben KBB bedeuten sollen, ist allerdings noch unklar. Der benutzte Sprengstoff war auch jedes Mal der gleiche, ebenso die Bauart der Sprengladung, eine sogenannte Schneidladung.«

Das Thema Sprengstoff war für Andrea Onello Neuland. »Schneidladung, was ist das denn, bitte schön?«, fragte sie bar jeder Ahnung.

Für Huppendorfer ein willkommener Anlass, endlich einmal sein angesammeltes Wissen ausbreiten zu können. »Eine Schneidladung ist ein Sprengsatz mit besonders hoher und gezielt ausgerichteter Durchschlagskraft. Um massive Stahlbetonelemente von Bauwerken oder Brücken zu durchtrennen oder wie in unserem Fall ein Auto zu zerteilen, ist zum einen eine bestimmte Detonationsgeschwindigkeit erforderlich, zum anderen muss die Sprengwirkung auf eine bestimmte Linie fokussiert werden. Dazu ist ein besonderer mechanischer Aufbau der Sprengladung nötig. Eine normale Sprengladung hat aufgrund geringer Richtwirkung nicht die nötige Effektivität, also verwendet man Schneidladungen. Es existieren hier verschiedene Bauweisen, in unserem Fall bestand die Ladung jeweils aus zwei Metallprofilen, in deren Zwischenraum der Sprengstoff eingebracht wird. Bei der Zündung verformt die freigesetzte Energie das Material der Ummantelung, und durch die Kraft der Explosion wird es zu einer Art Geschoss, das schließlich den Stahl durchschneidet. Das funktioniert mit relativ geringem Material- und Arbeitsaufwand. Die gesprengten Fahrzeuge und deren Batterie wurden durch Verwendung dieser Sprengladung regelrecht zerteilt, die Batterien fingen deswegen sehr schnell Feuer und waren extrem schlecht zu löschen. Eine ziemlich hinterhältige Methode, wenn du mich fragst. Da wusste jemand, was er tat. Ich wette, der oder die Täter haben ihre Expertise im Bereich Häuser oder Brückensprengungen erworben.«

»Also gut, so viel zur Explosion«, sagte Andrea Onello. »Aber was ist mit den Brandfackeln? Diese Kreuze, was hast du zu denen bisher herausgefunden?«

»Das waren einfache, miteinander verschweißte Metallrohre, wie sie in jeder Klempnerei zu finden sind, dick mit benzingetränkten Mullbinden umwickelt. Die Täter haben je nach Ort des Anschlags mit einem Akkubohrer etwa dreißig Zentimeter tief in den Teer oder das Erdreich gebohrt, die Kreuze hineingesteckt und angezündet. So, und jedes Mal waren als Botschaft diese drei blauen Buchstaben zu finden. Also kannst du nicht sagen, es gebe keine Spur. Es gibt eine, ich weiß bloß noch nicht, wohin sie führt«, erklärte Huppendorfer, aber seine Kollegin war noch nicht zufrieden.

Andrea war in der Dienststelle als außerordentlich penibel verschrien. Folgte Lagerfeld als anderes Ende der Fahnenstange am liebsten seinem Bauchgefühl, waren für sie die Fakten der maßgebliche Leitfaden. Solange sie nicht alle Umstände bis ins Detail kannte, gab sie keine Ruhe, wie César Huppendorfer jetzt leidvoll erfahren musste.

»Okay, diese Anschläge sind also etwa im vierwöchigen Abstand erfolgt und waren sich alle vom Prinzip her ähnlich. So weit, so gut. Der letzte Anschlag, bei dem gleich mehrere Fahrzeuge eines Eberner Autohändlers auf diese Art und Weise in die Luft geflogen sind, ist jetzt aber gerade mal eine Woche her. Wie passt da der Mordfall von gestern ins Bild? Da ist doch alles Mögliche anders, der Zeitraum, das Fahrzeug, die Leiche … oder nicht?« Sie zog fragend die Augenbrauen hoch.

César Huppendorfer nickte zustimmend, und Andrea Onello konnte ihm ansehen, dass er auch noch nicht so richtig wusste, was er von der gestrigen Tat halten sollte. Irgendwie passten die Ereignisse zusammen, aber irgendwie auch nicht.

»Es gibt zwei eindeutig verbindende Umstände, würde ich sagen. Da ist einmal die schriftliche Hinterlassenschaft des Täters, die drei blauen Buchstaben. Da wir darüber nichts an die Medien rausgegeben haben, können wir eine Tatnachahmung eigentlich ausschließen. Das ist das eine. Außerdem handelt es sich wieder um ein zerstörtes Elektrofahrzeug. Aber da geht's schon los, diesmal hat es keinen Pkw erwischt, sondern einen Mähdrescher. Auch nicht gesprengt, sondern einfach abgefackelt. Und wir haben eine Leiche, wahrscheinlich einen Mordfall. Bei den anderen Anschlägen wurde niemand auch nur im Entferntesten verletzt. Der zeitliche Abstand passt auch nicht.

Sonst lagen fast genau vier Wochen zwischen den Anschlägen, jetzt waren es gerade mal zwei Tage. Und es fehlt das brennende Kreuz. Also wenn ich ehrlich bin, ich weiß auch noch nicht, ob der Mord und die Brandserie wirklich zusammengehören«, gab Huppendorfer zu. »Ich kann mir vor allem nicht erklären, wer ein Interesse daran haben soll, E-Autos in die Luft zu sprengen. Wenn's immer nur eine Autofirma wäre oder wenigstens dieselbe Marke, dann würde mir ein Rachefeldzug halbwegs einleuchten. Aber so willkürlich ausgewählt und auch noch in Ku-Klux-Klan-Manier, das ist doch völlig irre, oder nicht?« Er schaute etwas ratlos zu seiner Kollegin hinüber, aber Andrea Onello reagierte nicht darauf.

»Das heißt, wir sollten herausfinden, was es mit der Leiche im Mähdrescher auf sich hat, sonst kommen wir erst einmal nicht weiter, richtig?«, fasste sie zusammen.

»Richtig, das wäre in der Tat ein wirklicher Fortschritt«, stimmte ihr César Huppendorfer zu und verschränkte die Arme vor der Brust. »Einen Menschen durch einen Mähdrescher zu schicken ist mindestens so sinnlos und durchgeknallt, wie Autos in die Luft zu sprengen«, sarkastete er hilflos vor sich hin. »Aber vielleicht sind es die Ungereimtheiten, die uns letztlich einen Schritt weiterbringen.«

Eine kurze, nachdenkliche Pause entstand, die Andrea Onello nutzte, um zu einer unausweichlichen Erkenntnis zu gelangen.

»Das heißt, César, ein Besuch in der Erlanger Rechtsmedizin steht an, oder täusche ich mich?«

Eine rhetorische Frage, die ihr Kollege aber trotzdem beantwortete. »Nein, genau das heißt es, auch wenn es keinem von uns beiden gefällt. Wir werden nach Erlangen fahren müssen, damit Siebenstädter sein ganzes Können entfaltet und Dinge sieht, die die armselige Bamberger Kripo, also wir, allein nicht herausfinden kann. Aber das dürfen wir ihm um Gottes willen nicht sagen, sonst haben wir für alle Zeit ausgeschissen, das ist dir ja klar, oder?«

Andrea Onello war das überaus klar. Sie wollte Huppendorfer

schon reflexhaft bitten, den Termin mit ihrem »Ex-Verlobten« allein wahrzunehmen, aber dann siegte ihr persönlicher und beruflicher Stolz. Irgendwann musste diese Begegnung ja sowieso stattfinden. Und wenn es jetzt sein sollte, dann war das eben so.

»Gut, wenn es sein muss, dann muss es halt sein«, murmelte sie, und César Huppendorfer konnte ihr ansehen, dass sie lieber eine Woche lang Fronarbeit in einem Steinbruch leisten würde, als in diesem Leben noch einmal die Erlanger Rechtsmedizin zu betreten. Doch da konnte er ihr auch nicht helfen. Der Gott der Polizeibeamten hatte es so bestimmt, also würde sie ihrem Schicksal nicht entkommen können.

Aber noch war es ja nicht so weit, zuerst musste Siebenstädter seine Untersuchungen an der Mähdrescherleiche abgeschlossen haben. Und beim desolaten Zustand des Opfers konnte das noch dauern. So lange sollten sie erst einmal mit dem weiterarbeiten, was sie hatten. Eine Art Faktenvertiefung sozusagen.

»Komm, Andrea, wir schauen uns mal den Tatort von gestern an, dann kommst du vielleicht auf andere Gedanken«, schlug er vor.

Und so machten sich die beiden Kommissare auf den Weg, um den Tatort der vergangenen Nacht zu inspizieren.

KBB

Als Lagerfeld auf die Klingel neben der Eingangstür des »Veracruz« drückte, passierte erst einmal gar nichts. »Göller«, stand auf dem kleinen Klingelschild, das mussten dann wohl die Inhaber des Ladens sein. Besonders mexikanisch kam dieser Name ja nicht daher. Dessen unbeschadet drückte Lagerfeld aber gleich noch einmal. Er konnte die Klingel allerdings betätigen, sooft er wollte, niemand meldete sich, weder akustisch noch in Person. Im Grunde nicht weiter verwunderlich, schließlich war es später Vormittag und die Betreiber damit noch meilenweit von den eigentlichen Öffnungszeiten des Restaurants entfernt. Der gemeine Wirt, mochte er mexikanischer oder sonstiger Herkunft sein, musste ja irgendwann auch einmal schlafen. Und für jemanden, dessen Handwerk eher in den Abend- beziehungsweise Nachtstunden nachgefragt wurde, war zehn Uhr in der Früh sozusagen mitten in der Nacht. Vielleicht sollte ich es doch lieber am Abend noch einmal probieren, dachte Bernd Schmitt und drückte probehalber gegen die Eingangstür. Zu seiner Überraschung war diese mitnichten abgeschlossen, sondern schwang nach innen auf.

»Hallo, ist jemand da?«, rief Bernd Schmitt in den halbdunklen Flur, aber niemand antwortete ihm. Also gut, dann eben ohne Einladung. Der Kommissar nutzte die Gunst der Stunde und begab sich in das Innere des Gebäudes. Schon nach wenigen Metern hatte er eine ungefähre Vorstellung von dem, was ihn hier erwartete. Wie bereits von außen vermutet, musste das »Veracruz« einmal eine stinknormale fränkische Gastwirtschaft gewesen sein. Jedenfalls kannte er solche Flure zuhauf von anderen Gaststätten im Fränkischen. Rechter Hand ging es in die Gastwirtschaft, ein Stück weiter hinten befanden sich dann die Toiletten, die vor nicht allzu langer Zeit bestimmt in einem kleinen Innenhof mit integriertem Misthaufen gelegen hatten. Die

»Pissrinne« im Hof gehörte früher zur Grundausstattung einer jeden fränkischen Wirtschaft. Genauso wie der »Kotztrichter« auf dem Herrenklo, in den sich der Gast entleeren konnte, wenn der geschwächte Manneskörper die ihm angebotene alkoholische Nahrung irgendwann ablehnte.

Aber bis zum Abort, um herauszufinden, in welchem Entwicklungsstadium sich die örtliche Keramikabteilung befand, wollte Lagerfeld gar nicht gehen. Noch einmal rief er sein »Hallo« in den dunklen Gang, dann wandte er sich der bunt gestrichenen Tür zu, die zur Gaststube führte. Auch diese Tür hatte nichts gegen sein forsches Ansinnen einzuwenden und öffnete sich bereitwillig. Zwei Stufen, dann stand Lagerfeld inmitten einer mexikanischen Gaststube, die durch das Licht, welches von draußen durch die Fenster drang, einigermaßen beleuchtet wurde.

Der Gastraum war liebevoll und farbenfroh umgestaltet worden, Kommissar Schmitt hatte direkt das Gefühl, gleich würde ein Trupp von Gitarre spielenden Typen mit Sombreros auf dem Kopf auftauchen und ihm voller Begeisterung und Inbrunst auf Spanisch ein Ständchen trällern. Ein stilles Lächeln umspielte seinen Mund bei dieser Vorstellung, als hinter ihm eine männliche Stimme ertönte.

»Ja, grüß Gott, der Herr, kann ich helfen?«

Bernd Schmitt drehte sich um und schaute in die ihn halb misstrauisch, halb fragend anblickenden Augen des Ehepaares Göller, Besitzer des »Veracruz« in Ebern. Er beschloss, sinnlose Förmlichkeiten einfach wegzulassen, und streckte dem weiblichen Beziehungsteil seine ausgestreckte Hand entgegen. »*Buenos días, señora, cómo está usted?*«, begrüßte er die verblüffte Hausherrin, die sich über die spanische Anrede aber sichtlich freute.

»*Buenos días, señor, muy bien, gracias, y usted?*«, erwiderte sie lächelnd, und auch ihr Mann hatte jetzt ein breites Grinsen aufgesetzt und streckte seine Hand aus.

»Göller, Klaus Göller. Also ich bin aus Ebern, mir könna Deutsch reden«, erklärte er augenzwinkernd. »Das ist mei Frau Lupita, die is direkt vo Mexiko. Aber nach zwanzich Jahr Ebern is ihr Frängisch einwandfrei. Mitm Hochdeutsch hapert's halt noch a weng«, frotzelte er, was ihm einen leichten Ellenbogencheck seiner Ehefrau einbrachte.

Der ideale Moment für Lagerfeld, sich ebenfalls persönlichkeitstechnisch ins Gespräch zu bringen. »Bernd Schmitt, Kriminalpolizei Bamberg. Keine Angst, ich hätte da nur ein paar Fragen an Sie«, wiegelte er ab, konnte jedoch nicht verhindern, dass seine Worte trotz der Warnung beim Ehepaar Göller zu einer leichten Verunsicherung führten.

»Polizei? Worum geht's denn?«, fragte Lupita Göller erschrocken, während ihr Mann nach einem kurzen Moment der Irritation die Initiative übernahm.

»Ja, dann setzen wir uns doch erst einmal, dann können wir uns in Ruhe anhören, was der Herr Kommissar zu fragen hat. Darf ich Ihnen was anbieten, Herr Schmitt?« Er wies zuvorkommend auf einen Tisch gleich neben der Tür.

Lagerfeld ließ sich bereitwillig auf einem der Stühle nieder, während Lupita Göller ihm gegenüber Platz nahm, nun wieder einen eher misstrauischen Zug um den Mund.

»A Bier, wenn's recht is«, antwortete Lagerfeld, und Klaus Göller ging hinter seine Theke, um dem Wunsch seines polizeilichen Gastes nachzukommen.

Während der Hausherr mit Bierausschank beschäftigt war, begann Lagerfeld bereits mit seinen dienstlichen Aufgaben. Er holte eine Fotografie der unbekannten Frau aus seiner Jackentasche, die er in den Unterlagen gefunden hatte. Das Foto war gemacht worden, nachdem die Frau aus dem Operationssaal in ihr Krankenzimmer gebracht worden war, wo sie von da an in ihrem Bett im Koma lag. Entsprechend lädiert war auch der körperliche Allgemeinzustand beziehungsweise das äußere Erscheinungsbild der Frau gewesen. Wenn er wieder in der Dienststelle in Bamberg war, würde er von der Aufnahme der Überwachungskamera ein Standbild anfordern, um ein aktuelleres Foto von der Frau zu haben, aber jetzt musste dieses Foto hier reichen.

»Haben Sie diese Frau vielleicht schon einmal gesehen?«, fragte Lagerfeld und legte das Foto vor Lupita Göller auf den Tisch. Die gebürtige Mexikanerin nahm das Bild und schlug ob des schrecklichen Anblickes, den die frisch Operierte bot, die Hand vor den Mund. Da waren überall blaue Stellen im Gesicht, Nähte von der akuten Wundversorgung, und die Augen waren total zugeschwollen.

»*Dios mío!*«, rief Lupita Göller entsetzt, während ihr Mann das frisch eingeschenkte Kellerbier vor Lagerfeld auf den Tisch stellte und sich neben seine Frau setzte, um ebenfalls das Foto zu betrachten.

Den »großen Gott« rief er zwar nicht an, aber auch ihm war die Betroffenheit über den üblen Zustand dieser Frau anzusehen. Dennoch konzentrierte sich Klaus Göller auf das, was er sah, und nickte schließlich.

»Doch, ja, ich glaube, ich kenne diese Frau. Schau doch mal genau hin, Lupita, das ist doch diese dunkelhaarige Schönheit, die immer ganz allein dort hinten an dem kleinen Tisch saß. Schau doch mal genau hin!«, drängte er seine Frau und hielt ihr zu ihrem absoluten Unwillen die Fotografie direkt vor die Nase.

Lupita Göller musste sich sichtlich zusammenreißen, um diese übel zugerichtete Person genauer zu betrachten, aber nach einigen Sekunden visueller Quälerei nickte sie ebenfalls.

»Ja, das stimmt, diese Frau ist im Herbst und Winter öfter hier gewesen, aber dann kam sie irgendwann nicht mehr«, bestätigte sie die Aussage ihres Mannes, legte das Bild dann aber sofort zur Seite und wandte sich mit einem Schaudern ab.

»Aha, im Winter, und wann genau?«, hakte Lagerfeld nach, der froh war, endlich jemanden gefunden zu haben, der genauere Angaben zu dieser Person machen konnte.

»Na ja, ich meine, das müsste vor allem im Dezember gewesen sein, so um die Weihnachtszeit herum. Da war sie ein- bis zweimal die Woche hier. Immer allein, immer dort hinten an dem kleinen Zweiertisch«, sagte Göller.

Seine Frau nickte zustimmend.

»Okay ... und gab es vielleicht irgendwelche nennenswerten Unterhaltungen zwischen Ihnen?«

Göller stupste seine Frau an und meinte auffordernd: »Na los, Lupita, erzähl es ihm. Du hast doch mit ihr gesprochen.«

Lupita Göller drehte sich jetzt wieder zu ihnen um, vermied aber den Blick auf die Tischplatte, woraufhin Lagerfeld das Bild von der Komapatientin wieder an sich nahm und in den Tiefen seiner Jackentasche verschwinden ließ.

»Na ja, normalerweise bin ich ja gar nicht in der Gaststube, sondern in der Küche. Aber eines Tages kam Klaus zu mir und bat mich, doch einmal zu ihm rauszukommen, da wolle mich jemand sprechen.«

Lagerfeld machte große Augen. Dann gab es hier also tatsächlich eine Geschichte über diese Frau zu erfahren.

»Aha«, sagte er nur und bedeutete Lupita Göller fortzufahren. Er würde den Teufel tun und diese Frau in ihrer Erinnerung stören.

»Ja, ich bin also raus und habe mit der Frau gesprochen. Die war ganz sicher nicht von hier, die kam aus dem Ausland, konnte aber ziemlich gut Deutsch, mindestens so gut wie ich«, erzählte Lupita Göller. »Sie hat sich aber gar nicht für mich oder das Essen oder Mexiko interessiert, wie ich eigentlich dachte ...«

»Sondern?«, konnte sich Lagerfeld jetzt doch nicht verkneifen zu fragen.

»Sondern für meinen Schmuckladen hinten in der Kegelbahn.«

Bernd Schmitt wollte etwas entgegnen, stutzte aber. »Schmuckladen? Was denn für einen Schmuckladen?«, fragte er hilflos, denn draußen an der Tür hatte er gar nichts von einem Schmuckladen gelesen. Da war kein Schild oder sonstiger Hinweis gewesen.

»Ja gut, das wissen nur die wenigsten«, meinte Lupita Göller jetzt wieder entspannt lächelnd. »›Schmuckladen‹ ist auch nicht wirklich die passende Bezeichnung dafür. Eigentlich verkaufe ich dort lauter hübsche Sachen, die ich aus Mexiko mitbringe.

Ich mache keine Werbung dafür und habe auch nicht direkt Öffnungszeiten. Das läuft alles über Mundpropaganda. Wenn jemand etwas kaufen möchte, kommt er oder sie mit mir nach hinten und kann sich alles anschauen.«

»Und diese Frau hat von Ihrem Laden dort hinten gewusst?«, fragte Lagerfeld sicherheitshalber noch einmal nach.

Lupita Göller nickte eifrig. »Jaja, die wusste davon. Sie sagte, er sei ihr empfohlen worden und sie wolle ihn unbedingt sehen. Ich bin dann mit ihr nach hinten gegangen und hab ihr die Sachen gezeigt. Sie hat sich etwa eine Viertelstunde lang alles Mögliche angesehen, aber gekauft hat sie nichts. Wir haben uns dabei ganz nett unterhalten, und in der Woche drauf kam sie wieder. Sie war von da an ganz oft zum Essen hier oder hat nur was getrunken. Sie saß dann an ihrem Platz, total in sich versunken, als würde sie auf etwas warten. Auf mich hat sie einen ziemlich traurigen Eindruck gemacht.«

»Ihren Namen oder wo sie herkommt, hat sie Ihnen aber nicht gesagt?«, wollte Lagerfeld wissen.

»Nee, danach frage ich nie, das geht mich ja auch nichts an. Und wie gesagt, irgendwann ist sie dann nicht mehr gekommen. Aber ich weiß beim besten Willen nicht mehr, wann das war.« Fragend schaute sie zu ihrem Mann hinüber, aber der zuckte nur mit den Schultern. Er wusste es auch nicht, und seine Frau hatte sowieso das bessere Gedächtnis. Wenn Lupita etwas nicht abgespeichert hatte, brauchte er gar nicht darüber nachdenken, keine Chance.

»Kann ich diesen Laden einmal sehen?«, fragte Bernd Schmitt spontan, und Lupita Göller nickte erfreut.

»Na klar, kein Problem, kommen Sie mit. Ich habe ja jetzt Zeit, wir öffnen erst in ein paar Stunden«, erklärte sie und erhob sich von ihrem Stuhl.

Lagerfeld folgte ihr aus der Gaststube hinaus in den halbdunklen Flur, wo sie einen Lichtschalter betätigte. Eine funzelige Glühbirne warf etwas Licht in den langen Gang. Lupita Göller ging an einer weiteren Tür vorbei, ehe sie rechter Hand eine weitere, kleinere Gaststube betrat. Die Wände hier waren genauso farbenfroh gestrichen wie vorn, und auch die einfache Möblierung entsprach in etwa dem, was sich der deutsche Laie unter einer mexikanischen Dorfkneipe vorstellte. Die Wirtin ging mit ihm durch den kompletten Raum, bis sie an der schmalen Stirnseite vor einer Tür haltmachten, auf der in handschriftlichen Versalien das Wort »MIXTEC« und direkt darunter die dazu passende Webadresse »mixtec.de« geschrieben standen. Was das zu bedeuten hatte, entzog sich zwar der Kenntnis des durchaus sprachbewanderten Kommissars. Aber es gehörte keine größere intellektuelle Leistung dazu, den Begriff irgendwie mit mexikanischem Schmuck in Verbindung zu bringen. Die Internetadresse ließ ihn vermuten, dass die gute Lupita hier wahrscheinlich weniger ein Ladengeschäft, sondern vielmehr einen lukrativen Internethandel aufgezogen hatte.

Lupita Göller holte einen kleinen Schlüsselbund aus ihrer Jeans, dann sperrte sie die Tür zu dem Raum auf und ließ Lagerfeld hinein.

Die Versammlung war bereits die dritte ihrer Art und streng geheim. Niemand durfte erfahren, was sie demnächst zu tun beabsichtigten. Uwe Kneuer, inoffizieller Anführer der Gruppe, hatte sich fest vorgenommen, heute zu einem Ergebnis zu kommen. Völlig egal, wie lange sie brauchen würden, sie mussten es endlich schaffen, einen Namen für ihr Vorhaben beziehungsweise ihre Unternehmung zu finden. Ihr großes Vorbild, der Ku-Klux-Klan in Amerika, hatte ihnen ja vor vielen Jahrzehnten vorgemacht, wie es ging. Auch wenn es den Klan in seiner ursprünglichen Form längst nicht mehr gab, war der Name bis heute jedem präsent. Die ganze Welt wusste, was es mit dem Klan auf sich hatte und wofür dieser Name stand. Und genau so einen Bekanntheitsgrad wollten sie schließlich ebenfalls erreichen, also brauchten sie endlich einen passenden Namen. Am besten einen, der so ähnlich klang wie »Ku-Klux-Klan«, eine Bezeichnung, die bis in alle Ewigkeit wie ein Donnerhall mit ihren Taten verknüpft sein sollte. Das würde die Bedeutung ihrer Gruppe und ihre hehren revolutionären Absichten zweifelsohne zusätzlich befördern; was das anging, war sich Uwe Kneuer sicher.

Da die ersten beiden Zusammenkünfte nicht das gewünschte Ergebnis bezüglich der Namensfindung erbracht, sondern jeweils nach kürzester Zeit in einer eklatanten Überhöhung des Alkoholpegels geendet hatten, waren sie ihrem Ziel, eine geeignete Titulierung für ihre Gemeinschaft zu finden, noch kein Stück nähergekommen. Bevor sie aber weitere Schritte unternahmen, also das umsetzten, was sie eigentlich planten, musste dieser Punkt dringend geklärt werden. Was aus Uwe Kneuers Sicht erneut keinerlei Aussicht auf Erfolg hätte, wenn die anderen beiden Idioten wieder zeitnah mit ihrer Sauferei beginnen würden. Das galt es zu verhindern. Das hier war ein verdammt ernstes Projekt. Sie wollten nichts Geringeres, als die Diktatur in Deutschland zu beenden und diese verhasste Regierung zu stürzen. So etwas erforderte Disziplin und Konsequenz. Da konnte man nicht schon nach dreißig Minuten des abendlichen Planfeststellungsverfahrens besoffen am Tisch sitzen und alles schleifen lassen. So ging's ja nicht, mit dieser laxen Einstellung wurde das nie was. Also hatte Uwe Kneuer dafür gesorgt, dass ihr heutiges Treffen diesmal weitab von jeglicher Bierquelle wie beispielsweise einem gut gefüllten Kühlschrank stattfinden würde. Heute würde die Versammlung ein befriedigendes Ergebnis hervorbringen, und wenn er hier sitzen musste, bis die Hölle zufror.

»Was issn des in dem Seidla da?«, wollte jetzt Franz Wiesner, der schon ewig allein lebende Single, wissen, während er missmutig die klare Flüssigkeit in seinem Bierkrug betrachtete. Eines war klar, Bier war das nicht. Das war irgendetwas anderes und sah fatalerweise ziemlich alkoholfrei aus.

Auch Wiesners Gegenüber, Christian Schleichert, war von dem höchst verdächtigen Inhalt seines Trinkgefäßes wenig begeistert. Was sollte das bitte werden? So eine Art Alkoholfasten, oder wie? Seines Wissens war das doch ein Stammtisch für höhere Ziele. Aber wie sollte man hier kreativ werden, wenn die Grundvoraussetzung für den Gedankenfortschritt gar nicht vorhanden war?

Uwe Kneuer bemerkte die Unzufriedenheit seiner Mitverschwörer über die getränklichen Voraussetzungen, und klärte die unausgesprochene Frage nach dem Inhalt der Bierkrüge ohne großes Federlesen auf. »Des is a Chabeso, a Zitronalimo, Herrschaften. Ich will, dass mir heut des mit dem Nama glärn, damit mer endlich loslechn könna, Herrschaftszeiten. Deswechen erscht Alkohol, wenn die Ärbed gemacht is. Prost«, wies Uwe Kneuer seine beiden Mitverschwörer ziemlich resolut in die unzufriedenen Schranken und hob zum Zeichen seines feststehenden Entschlusses das eigene Seidla an den Mund. Franz Wiesner und Christian Schleichert taten es ihm gleich, allerdings mit einem gewissen Missmut, der sich nach den ersten Schlucken auch nicht wirklich besserte.

»Und du maanst, dass mir heut bei der brallen Hitz mitten in der Sunna hocken sollen. Mit am Schabeso …«, moserte Franz Wiesner übellaunig und stellte seinen Bierkrug in stillem Protest an den Rand des Tisches.

Auch sein Gegenüber zeigte keine größere Bereitschaft, trotz des heißen Wetters noch einmal von dem süßen Getränk zu kosten. Für ausgebildete Biertrinker mit Approbation war Zitronenlimonade, egal bei welchem Wetter und Gemützszustand, eine knallharte Degradierung. Und so konnte sich Christian Schleichert des unguten Gefühls nicht erwehren, neuerdings an einem Kindertisch zu sitzen. Noch dazu in leichter Hanglage, mitten auf einer Wiese von Uwes Bauernhof. Was sollte der Scheiß, was hatte Uwe da mit ihnen vor?

Der Gastgeber ließ mit einer Erklärung nicht lange auf sich warten. Rigoros formulierte er die unbedingte Erwartung, die er an das heutige Treffen hatte. »Nun denn, Herrschaften, habt ihr euch a weng Gedanken gemacht wegen dem Namen, oder sitzen mir heut widder bis in die Nacht nei da und glotzen uns gechenseitich an?«, fragte er die um den Tisch Versammelten, was bei seinen beiden Mitverschwörern zu genervtem Augenrollen führte.

Besonders Franz Wiesner zeigte wenig Bereitschaft, die Namensfrage noch länger zu erörtern. Ihm waren solch langwierige Prozesse seit der Kindheit zuwider. Er mochte weder Umwege noch Zeitverzug. Der mit seinem blöden Namensgetue. Er wollte endlich loslegen mit ihrem Projekt. Wozu hatte er denn den ganzen Sprengstoff besorgt, wenn sie dann nur herumsaßen und laberten? Aber bitte, wenn Uwe unbedingt einen Namen haben wollte, dann sollte er einen kriegen. Hauptsache, sie hatten dieses leidige Thema bald vom Tisch, das war ja nicht zum Aushalten.

»Also gut, ich hab an Vorschlach. Wie wär's denn mit ›Die Blauen Drei‹, DBD. Des klingt doch subber, oder ned?« Erwartungsfroh schaute er in die Runde, denn er fand seinen Vorschlag überaus passend, erntete jedoch nur angewiderte Blicke.

»›Die Blauen Drei‹? Wieso denn ned gleich ›Der Blaue Bock‹, Franz? Des klingt genauso bescheuert«, brachte es Uwe Kneuer auf den Punkt, und Christian nickte zustimmend.

»Glingt scheiße«, beteuerte er, und damit war dieser Vorschlag schneller beerdigt, als er vorgebracht worden war.

Ebenso die Bereitschaft von Franz Wiesner, sich an der Namensfindung noch weiter zu beteiligen. Seine Gedanken kreisten ab sofort nur noch um Sprengstoff und Zündvorrichtungen, davon verstand er wenigstens was, da konnte er mitreden. Sollte sich das Gespräch in diese Richtung entwickeln, war er wieder dabei. Bis dahin würde er sich eine gedankliche Auszeit genehmigen. Aber Wiesners spezielle Kenntnisse waren im Moment nicht gefragt, noch nicht. Jetzt ging es um Politik, genauer gesagt um Propaganda, das Kernstück einer jeglichen Terrorismusarbeit.

»Wie wär's denn mit ›Kommando zwanzigster April‹?«, schlug Christian Schleichert vor, was bei aller Freude über die einsetzende Kreativität seiner Genossen ein großes Fragezeichen in Uwe Kneuers Gesicht zauberte.

»20. April? Was in Gottes Namen war denn am 20. April?«, überlegte er laut. Irgendwie klingelte bei diesem Datum etwas bei ihm, aber er kam nicht wirklich drauf.

»Des war der Geburdsdach vom Adolf, unnerm Führer. Des glingt nach Aktion, des had a Bodschafd. Ich find, des bassd doch ganz gud«, meinte Schleichert.

Natürlich, der Geburtstag des Führers. Kneuer setzte ein Lächeln auf. Endlich einmal ein Vorschlag, mit dem Mann etwas anfangen konnte.

»Gar nicht so schlecht, Christian, gar nicht so schlecht«, lobte er. »Auch wenn des nadürlich gar ned glingd wie Klu-Klux-Klan.« Er nickte Christian Schleichert anerkennend zu, was bei Franz Wiesner eine Art spontanen Eifersuchtsanfall generierte, da er ja im Gegensatz zu seinem Gegenüber keine verwertbaren Vorschläge mitgebracht hatte.

»20. April, 20. April, so a Schmarrn. Ha. Wieso denn ned gleich 1. April, nacherd halten uns alle gleich für an Witz. Subber Vorschlach, subber, Chrisdian. Und des komische Dadum soll edzerd besser sei als meins? A Dadum als Nama, des is doch ned euer Ernsd, odder?«

Uwe Kneuer vergrub in stiller Verbitterung das Gesicht in seinen Händen. Was hatte er hier bloß angefangen?, fragte er sich entnervt und stellte fest, dass sein Optimismus, jemals über das Stadium der Namensfindung hinauszugelangen, nur noch sehr begrenzt vorhanden war.

»Was is des eichendlich für a Baam, an dem dei Kuh da oben rumfrissd? So aan hab ich ja noch gar ned gsehn?«, wollte Franz Wiesner auf einmal ansatzlos wissen. Das ganze Namensthema interessierte ihn überhaupt nicht mehr, er war gedanklich längst wieder auf einem anderen Gleis unterwegs.

Uwe Kneuer sah bemüht geduldig in die angezeigte Richtung. »Das is a Buchsbaum, Franz. Den hat mei Fraa übrich kabt, weil ihr der Garten zu voll war. Also hab ich ihn neben die Wiese gepflanzt, und da isser etzert hald a weng verwildert. Der is hald etzerd kaa Kugel oder Figur mehr oder zu was die

Dinger sonst immer gschnitten wern. Dafür hab ich kaa Zeit aufm Agger. Und so sieht halt dann a Buchsbaam aus, wenner nimmer gschnitten wird wie a normaler Baam halt«, erklärte der genervte Bauer, beschlich ihn doch der stille Verdacht, dass der Namensfindungsprozess auch heute wieder im Sande verlaufen würde.

Er konnte ja nicht ahnen, dass der Mitverschwörer Franz Wiesner von diesem Buchsbaum, an dem sich gerade eine von Kneuers Kühen gütlich tat, so fasziniert war, dass er ihm zu einer im Nachhinein betrachtet genialen Eingebung verhalf.

»So an Baam hab ich noch nie gsehn, der sieht so ganz annerscht aus irchendwie. Ach, a Buchsbaam is des, schau an. A Kuhbuchsbaam sozusachen«, sinnierte Franz Wiesner vor sich hin.

Vom Anblick der wiederkäuenden Kuh vollkommen gefangen, bemerkte er überhaupt nicht, dass ihn die beiden anderen wie elektrisiert anstarrten. Uwe Kneuer, der gerade noch mit einer beginnenden Depression zu kämpfen gehabt hatte, saß sogar da, als hätte ihn gerade ein gewaltiger Blitz getroffen.

»Was, was hast du grad gsacht, Franz?«, presste er mit heiserer Stimme hervor.

»Kuhbuchsbaam, des is a Kuhbuchsbaam«, wiederholte Franz Wiesner, ungeachtet und völlig losgelöst von der Außenwirkung seiner spontanen Wortschöpfung. Die sickerte in Rekordgeschwindigkeit in die Begeisterungszentrale seiner Mitstreiter ein.

»Des isses!«, rief Uwe Kneuer, und auch Christian Schleichert stand ein zustimmendes Leuchten in den Augen. Zur Sicherheit schrieb Kneuer den so beurteilten Begriff mit einem blauen Filzstift auf ein Blatt Papier. Der Anblick änderte nichts an seiner fundamentalen Erkenntnis, ganz im Gegenteil. Jetzt, da er die Buchstaben geschrieben vor sich sah, verfestigte sich sein Entschluss nur noch. »Kuh-Buchs-Baam. KBB. Berfegd. Des klingt absolud wie Ku-Klux-Klan. KBB. Des hörd sich geheimnisvoll an, und des klingt noch dazu spannend. Kuh-Buchs-Baam, KBB.

Franz, du bist genial!«, rief er und hieb dem verblüfft dasitzenden Wiesner, der immer noch nicht ganz begriffen hatte, dass tatsächlich er es gewesen war, der ein neues Kapitel ihrer geheimen Gruppe aufgeschlagen hatte, anerkennend auf die Schulter.

Für Uwe Kneuer war die Sache jedenfalls geklärt, er erhob sich mit sehr zufriedenem Gesichtsausdruck. »Jetzt hol ich erscht amal an Kasten Bier!«, vermeldete er im Gehen. Dann schritt er eilig seine Wiese hinunter, was bei seinen beiden Kumpanen zu sichtlicher Genugtuung und Vorfreude führte. Erstens, weil sie endlich dieses leidige Thema abschließen konnten, mit dem sich keiner von ihnen so wirklich beschäftigen wollte, das war allein Uwes Anliegen gewesen. Und zweitens, weil sie sich jetzt auf das konzentrieren konnten, was sie sich zum Ziel gesetzt hatten und nun für den Rest dieses Treffens besprechen würden, und zwar genau so lange, wie es Bier gab.

Mit einem zufriedenen Grinsen im Gesicht schütteten Franz Wiesner und Christian Schleichert in einer synchronen Bewegung ihre Zitronenlimo in die Wiese und warteten ungeduldig auf die Rückkehr des Spiritus Rector Uwe Kneuer. Der brauchte auch nicht allzu lange, um mit einem komplett gefüllten Kasten Bier wieder auf der Bildfläche zu erscheinen. Sicherheitshalber wurde sofort mit dem Trinken begonnen, nicht dass das Bier vor der letzten Flasche zu warm wurde.

»Also gut, dann simmer jetzt endlich so weit.« Uwe Kneuer wischte sich den Schweiß von der Stirn und nahm wieder am Biertisch Platz. »Euch is klar, dass es jetzt richtig losgeht? Und bei den anderen wird das keine große Begeisterung auslösen, im Gechenteil, das gibt wahrscheinlich Ärcher«, stellte er mit ernster Miene fest, was bei seinen beiden Mitstreitern, die sich hingebungsvoll dem kalten Bier widmeten, aber keine größeren Gefühlsausbrüche auslöste. Wie die anderen reagieren würden, brauchte Uwe nicht noch einmal extra zu erwähnen. Sie hatten alle die gleichen Ziele, aber die bisherigen Methoden waren einfach zu lasch, das Vorgehen viel zu zaghaft. Die untragbaren Missstände in diesem Land mussten endlich rigoros angegangen werden. Und zwar so, dass ihre Anliegen auch bemerkt wurden. Damit machte man sich keine Freunde, weder bei den weichgespülten Gleichgesinnten noch bei den willenlosen Schafen, die blökend der Regierung hinterherrannten.

»Na, etzerd is Schluss mit lustich, etzerd gricht des ganze aldernadive Gsox amal a weng Pfeffer nein Arsch geblasen!«, proklamierte Franz Wiesner grimmig, und Christian Schleichert nahm zur Bekräftigung gleich noch einen ordentlichen Schluck aus seinem Krug.

»Geb mir amal die Liste, Franz, mir müssen ja jetzt beschließen, mit was mir anfangen«, meinte Uwe Kneuer und stellte seinen Krug zurück auf den Tisch.

Franz Wiesner reichte ihm einen kleinen zusammengefalteten Zettel. Darauf standen handschriftlich aufgelistet alle potenziellen Ziele, die sie für ihren Zweck ausgesucht hatten. Kneuer verhalf dem Schriftstück zu seiner vollen Größe und notierte alles noch einmal genau, dann stand sein Entschluss fest.

»Also gut. Morgen legen mir los. Bambercher Staatsarchiv. Treffpunkt elf Uhr bei mir!«, wies er seine Gruppe KBB, die Kuh-Buchs-Baam, an.

»Der Mercedes, die scheißgrüne Elektrokarre?«, tönte Franz Wiesner hocherfreut.

»Genau die«, bekräftigte Uwe Kneuer, und ein erwartungsfrohes Leuchten trat in seine Augen.

Obwohl ihr ganzer Körper schmerzte, hatte Amira den Weg durch Dschalalabad zu Fuß zurückgelegt. Natürlich wäre es für sie viel einfacher gewesen, eines der dreirädrigen orangefarbenen Taxis zu nehmen, die in Dschalalabad zuhauf auf der Straße herumfuhren. Aber das stand außer Frage, denn der Taxifahrer dürfte sie gar nicht mitnehmen. Sie war ohne einen Mann unterwegs, damit war eine Beförderung durch andere Männer für sie tabu. Das galt ebenso für den Bus. Als bittere Konsequenz hatte sie sich allein durch die Straßen und Gassen Dschalalabads gequält, zum Glück, ohne sich einer weiteren Überprüfung durch die Taliban aussetzen zu müssen. Hier im Stadtzentrum herrschte sowohl auf als auch neben der Straße ein weit größeres Getümmel als auf dem Markt, da war es leichter, unbemerkt in der Menge mitzuschwimmen. Sicherheitshalber hatte sie mit dem blauen Tuch des Hidschabs plus Spucke, so gut es ging, ihren gefährlichen Parfumgeruch beseitigt. Zwar müsste sie hier schon weit Auffälligeres tun oder an sich haben, um von den Taliban angehalten zu werden. Aber seit sie die Prügel bezogen hatte, war sie ständig auf der Hut, noch so einen Fehler konnte sie sich nicht mehr erlauben.

Die Schmerzen wurden durch die Tabletten zwar gedämpft, aber das, was blieb, war immer noch schlimm genug, um ihr in regelmäßigen Abständen die Tränen in die Augen zu treiben. Gut, dass es niemand sehen konnte. Wenn so ein Hidschab überhaupt einen Vorteil hatte, dann den, dass in der Außenwelt niemand mitbekam, was unter dem Stoff vor sich ging – außer natürlich man machte solche geruchstechnischen Fehler, wie sie ihr heute unterlaufen waren.

Es hatte gedauert, und ihre Kraft war endlich, wie sie jetzt erschöpft feststellen musste. Doch sie hatte ihr Ziel erreicht, und die innere Entschlossenheit in Amira begann wieder zu wachsen. Sollten ihr unterwegs Zweifel gekommen sein, so waren diese spätestens jetzt verflogen, verdrängt von dem Verlangen, ihre Schwester aus den Händen dieses Opiumhändlers zu befreien. Sie hatte Max nicht Bescheid gegeben, geschweige denn ihn gefragt. Sie hatte ihn schon genug in diese Angelegenheit mit hineingezogen, das musste sie allein durchstehen. Sie hatte einen Plan. Der war so unverfroren wie erfolgversprechend. Ein Alles-oder-nichts-Szenario, bei dem mit höherer Wahrscheinlichkeit mit einem Nichts zu rechnen war als mit dem Gelingen ihres tollkühnen Vorhabens.

Sie stand an der Adresse, die auf dem kleinen Zettel notiert war, und beobachtete Fawad Nimatullahs Haus von der anderen Straßenseite aus. Dazwischen lag eine ziemlich belebte Einkaufsstraße mit allerlei Handelsaktivitäten rechts und links. Hier im

Zentrum ging es wesentlich bunter und geschäftiger zu als in der Peripherie der Stadt. Für Amiras Unterfangen war das ein Umstand, der ihr durchaus zum Vorteil gereichte, konnte man in so einem Getümmel doch viel leichter untertauchen als auf einer unbelebten, kargen Straße in der Außenstadt.

Auf den ersten Blick handelte es sich beim Wohnsitz des Opiumhändlers um ein ganz normales Haus ohne größere Auffälligkeiten. Ein paar Kilometer hinter dem Gebäude musste sich die Stadtgrenze von Dschalalabad befinden, dort schlängelte sich der Kabul in Richtung Osten und strebte der Landesgrenze nach Pakistan zu. Im Hintergrund ragten weit hinter der Stadt als malerische Kulisse die kahlen Berge des Hindukusch gen Himmel. Allerdings merkte man als aufmerksamer Betrachter durchaus, dass sich hier ein Mensch mit signifikant höherem Einkommen niedergelassen hatte. Das Haus besaß vier Stockwerke, mit Balkonen auf jeder Ebene, und damit genau ein Stockwerk mehr als die umliegenden Häuser, man genoss also von diesem obersten Stockwerk aus einen herrlichen Rundumblick sowohl in die Stadt als auch über die Stadtgrenzen hinaus in die nördlich und südlich gelegenen Berge Afghanistans.

Das Dach war auch keines der hier üblichen betonierten Flachdächer, sondern gedeckt mit landesuntypischen roten Ziegeln, deren teure Glasierung auffällig in der Sonne glänzte. Die Fassade war zudem sehr sauber verputzt, sodass man vom Beton als Baustoff nichts mehr mitbekam. Auch die Balkone, vor allem aber die Fenster waren von weit anspruchsvollerer Bauart, als man sie im Rest des Straßenzuges vorfand. Sie waren darüber hinaus mit teuren Jalousien verdunkelt, während der Sichtschutz hier ansonsten mit einfachen Vorhängen geregelt wurde. Lediglich die Fenster des obersten Stockwerks schienen mit sehr leichten Vorhängen ausgestattet zu sein, damit der Bewohner die Rundumsicht genießen konnte. Hier wohnte ein wohlhabender Mann, so viel ließ sich mit Sicherheit sagen.

Amira hatte nach einer Weile des genauen Beobachtens in einem kleinen Hof, der sich etwas versteckt an der Seite des Gebäudes befand, einen Nebeneingang entdeckt. Zweimal schon hatte jemand die Tür zu diesem Hof geöffnet und schwarze Plastiksäcke an die Hauswand gestellt. Dann war der junge Mann sofort wieder im Haus verschwunden. Sie beschloss, nicht länger zu warten, überquerte die viel befahrene Straße und betrat den kleinen Hof. Noch einmal schaute sie sich vorsichtig um, dann ergriff sie den Holzknauf der Tür und zog daran. Doch die Tür war verschlossen und ließ sich offenbar auch nur von innen öffnen.

Während Amira enttäuscht überlegte, wie sie doch noch in das Innere dieses Hauses gelangen konnte, öffnete sich die Tür erneut, und ein etwa vierzehnjähriger Junge kam mit einem weiteren schwarzen Müllsack in der Hand aus dem Haus. Er schaute sie mit großen Augen an, dann stellte er den Sack neben die beiden anderen, die dort in dem kleinen Hof an der Hauswand lehnten.

Amira hielt sich nicht lange mit Erklärungen auf. Sie schlüpfte ohne jeglichen Kommentar an dem Jungen vorbei ins Haus, so als wäre das die normalste Sache der Welt. Der junge Mann sah ihr verblüfft hinterher. Auf die Idee, dass diese Frau etwas plante, das ein gerüttelt Maß an Misstrauen rechtfertigen würde, kam er allerdings nicht. Das war schließlich nur eine Frau unter ihrem Hidschab, was konnte die schon Schlimmes vorhaben, ganz zu schweigen vom Können. Also widmete er sich nach kurzem Erstaunen wieder seiner eigentlichen Tätigkeit als Hilfskraft.

So gesehen waren die neuen, strengen Verhältnisse in Afghanistan für Amira die perfekte Tarnung, denn niemand konnte wirklich beurteilen, ob unter dem blauen Tuch eine Frau steckte, die etwas in diesem Haus zu suchen hatte, oder nicht.

Ein Anflug von Panik stieg in Amira auf, denn jetzt gab es für sie kein Zurück mehr. Wenn man sie als fremde Frau in diesem Haus aufgriff, war sie dem Tode geweiht. Und das aus gleich mehreren Gründen, über die sie aber lieber nicht nachdenken wollte. Wozu auch, wenn sie das bittere Ende ohnehin schon kannte. So schritt sie mit reichlich ungeordneter Gefühlslage durch das unbekannte Haus, jederzeit erwartend, im nächsten Moment ihrer kleinen Schwester, dem Hausbesitzer oder einem bewaffneten Taliban gegenüberzustehen. Immerhin war ihre blaue Burka endlich einmal kein Nachteil, sondern ihre beste und einzige Chance, sich unerkannt in diesem fremden Haus bewegen zu können. Denn welcher Mann, dem sie vielleicht über den Weg lief, konnte schon auf die Schnelle beurteilen, welche Frau da jetzt unter diesen weitgehend ähnlich aussehenden Verhüllungen steckte?

Zweimal begegnete Amira auf dem Weg nach oben einer ebenfalls per Hidschab verhüllten Frau und einmal einem bewaffneten Mann, der es aber sehr eilig hatte, an ihr vorbeizukommen. Anscheinend hatte er einen sehr heiklen Auftrag erhalten, dem er zügig nachkommen musste. Amira tat trotz ihres angespannten Zustands so, als wäre ihre Anwesenheit in diesem Haus das Selbstverständlichste auf der ganzen Welt, und schien auch keinerlei Misstrauen zu erregen. Sie wusste im Grunde ganz genau, wo sie hinmusste. Sie musste das oberste Stockwerk erreichen, den Raum mit den unverhüllten Fenstern. Dort war ziemlich sicher der Hausherr zu finden, so er denn überhaupt zu Hause war.

Was sie nicht wusste, war, mit welcher Tätigkeit er dann gerade beschäftigt sein würde. Vielleicht war er allein, lag schlafend auf einem der Ruhekissen, vielleicht saß er dort und unterhielt sich mit anderen Männern, vielleicht war aber auch gerade seine Lieblingsfrau zugegen, weil er sich mit ihr vergnügen wollte. Amira war auf keine dieser Eventualitäten vorbereitet. Wenn sie in dem Raum stand und Fawad Nimatullah vor sich sah, würde sie schon wissen, was zu tun war. Also ging sie einfach die gewundene Treppe nach oben, Ebene für Ebene.

Im dritten Stockwerk stoppte sie an einem Raum, in dessen Mitte mehrere Frauen auf dem Boden saßen. Manche waren verhüllt, andere hatten den Hidschab abgelegt, da sie sich ja im Inneren eines Hauses befanden und niemand von außen in das hoch gelegene Stockwerk hineinsehen konnte. Sie musterte die fremden Frauen in dem Raum, aber ihre Schwester Sisa war nicht darunter. Eine Neunjährige hätte Amira trotz Hidschab ganz sicher an der Körpergröße erkannt. Die Frauen blickten sie ziemlich überrascht an. Aber keine sagte etwas zu ihrer Anwesenheit, und Amira ging rasch weiter. Besser, sie hielt sich nicht unnötig lange auf, sondern nahm auch noch die letzte gewendelte Treppe, die nach oben in das oberste Stockwerk führte. Das Herz klopfte ihr bis zum Hals, kam der Moment, den sie sich inzwischen so oft ausgemalt hatte, doch immer näher.

Auf der obersten Treppenstufe hielt sie inne und horchte. Aber es war nichts zu hören, alles war absolut ruhig. Vorsichtig ging sie weiter, bereit, sofort zu reagieren, wenn etwas Unerwartetes passieren sollte. Aber nichts geschah, niemand stellte sich ihr in den Weg. Es war schlicht niemand hier.

Die Aufteilung des Stockwerkes entsprach ziemlich genau dem, was sie sich so ausgemalt hatte. Der kleine Vorraum, in dem sie stand, mündete, durch eine Tür verbunden, in den großen Hauptraum, aus dem dieses Stockwerk hauptsächlich bestand. An den Wandseiten lagen U-förmig angeordnet die in Afghanistan üblichen Sitzkissen auf dem Boden, hier allerdings in einer äußerst hochwertigen Ausführung. In dunklem Rot gemusterte Polster, dazu dicke, handgefertigte Teppiche auf dem Fußboden und an den Wänden, die dem Raum etwas nahezu Majestätisches verliehen. An der Stirnseite stand ein kleines, niedriges Tischchen, auf dem Amira ein Teegedeck ausmachen konnte, während der Boden daneben mit einigen geflochtenen Schalen und Schüsseln bedeckt war, in denen sich unberührte Speisen aller Art befanden.

Anscheinend plante Fawad Nimatullah, mit Persönlichkeiten aus seinem privaten oder geschäftlichen Umfeld zu speisen. Viele konnte der Opiumhändler nicht eingeladen haben. Der kleinen Menge an Essen nach zu urteilen, handelte es sich um ein eher kleines Treffen.

Was auch immer diese gedeckte Tafel zu bedeuten hatte, der Hausherr, das Ziel ihrer Unternehmung, war nicht zugegen, der

Raum war ansonsten leer. Amira ging zu dem kleinen Tischchen und legte eine Hand an das silberne Metall der Teekanne. Sie war heiß, also war der Tee erst vor Kurzem dort abgestellt worden. Fawad Nimatullah könnte demnach jeden Moment hier erscheinen, um mit wem auch immer zu essen.

Amira überlegte, wie sie sich nun weiter verhalten sollte, dann setzte sie sich auf eins der Polster neben dem kleinen Tisch und beschloss zu warten. Den Hidschab behielt sie an, aber ein bisschen was zu essen konnte sicher nicht schaden. Seit der Prügelattacke auf dem Markt hatte sie lediglich einen Tee zu sich genommen, gegessen hatte sie nichts. Also griff sie beherzt zu, nahm sich Brot, Käse und ein paar Weintrauben und aß. Ein weiterer schwerer Frevel, den sie beging. Aber das machte in ihrer jetzigen Situation auch keinen Unterschied mehr.

Sie holte noch rasch zwei Ibuprofen-Tabletten aus ihrem kleinen grünen Rucksack, den sie weiterhin unter dem Hidschab mit sich herumtrug, und schluckte sie zusammen mit ein wenig Brot hinunter, ehe die starken Schmerzen ihres geprügelten Körpers wieder zurückkehrten. Dann schaute sie kurz auf ihr stumm geschaltetes Handy, steckte das Mobiltelefon aber sofort wieder weg. Zweimal hatte Max schon angerufen, doch das musste warten. Sie hatte keine Zeit für einen Anruf oder Textnachrichten. Sie würde jetzt einfach hier sitzen und warten, denn Fawad Nimatullah musste jeden Moment auftauchen.

Allmählich dämmerte ihr, dass sie, wenn es ihr gelänge, lebend hier rauszukommen, so schnell wie möglich dieses Land verlassen musste. Nervös kramte sie nach dem gefälschten Reisepass, den Max für sie hatte anfertigen lassen, und legte ihn vor sich auf den Tisch. Sie betrachtete ihn wie eine Art Fetisch und gelobte innerlich, niemals mehr die Ratschläge zu vernachlässigen, die ihr Max ans Herz gelegt hatte. Sie hatte ihr Glück jetzt oft genug herausgefordert, und es war noch lange nicht ausgemacht, dass sie den Bogen mit ihrem Erscheinen hier nicht erneut überspannt hatte. Wenn es ganz dumm lief, war ihr Leben bald vorbei. Aber noch war es nicht so weit, noch war sie, Amira Sharafuddin, unter den Lebenden und würde alles daransetzen, dass es so blieb, auch wenn ihr Plan nicht besonders viel Aussicht auf Erfolg hatte.

Amira nahm sich noch ein paar Trauben und legte den Dolch mit der schwarzen Klinge neben den Pass auf den Tisch. Was auch geschah, sie war zu allem entschlossen. Sie war zwar nur eine Frau, aber auch ein Kind Afghanistans, das gelernt hatte zu kämpfen. Der entscheidende Augenblick nahte, mochte der Wille Gottes geschehen, *inschallah.*

Als Lupita Göller den Lichtschalter neben der Tür betätigte, erleuchteten unzählige bunte LED-Leuchten die Auslage. Lagerfeld fühlte sich angesichts des dargebotenen Sortimentes direkt ein wenig erschlagen. Der Boden des langen, fensterlosen Raumes war offenbar erst vor Kurzem frisch betoniert und mit einem farbenfrohen PVC-Boden belegt worden, sodass von der typischen Anmutung einer fränkischen Gasthauskegelbahn relativ wenig übrig geblieben war. Rechts und links waren Regale aus hellem Holz an den Wänden angebracht, und auch in der Mitte des Raumes, wo sich einmal der Rücklauf für die Bälle befunden hatte, befand sich eine hölzerne Regalreihe. Das Ganze machte einen leicht improvisierten, aber dennoch freundlichen Eindruck.

Lagerfeld nahm sich für den Anfang die mittlere Regalreihe vor und schritt mit großen Augen an dieser entlang. Ab und zu nahm er eines der exotischen Schmuckstücke in die Hand, richtig einordnen konnte er das ganze Zeug allerdings nicht. Schmuck war jetzt eh nicht sein Ding, und das, was hier in den Regalen lag, hatte er überhaupt noch nicht zu Gesicht bekommen.

»Was ist das für Schmuck, Frau Göller? Ich habe so etwas noch nie gesehen«, gestand er der Besitzerin, was diese zu einem wohlwollenden Lächeln und einer nachfolgenden ausführlichen Erklärung veranlasste.

»Herr Kommissar, das ist alles handgearbeiteter Schmuck aus Mexiko. Ich glaube, ich sollte Ihnen zum besseren Ver-

ständnis erst einmal etwas Grundsätzliches zu meinem Hei-
matland erzählen«, eröffnete sie ihm und strich sich die langen
schwarzen Haare nach hinten über die Schulter. »Mexiko ist
eine faszinierende Mischung zweier Kulturen, Herr Kommissar.
Und zwar der von indigenen Einwohnern und Spaniern. Die
Ureinwohner Mexikos hinterließen der Nachwelt Pyramiden,
ähnlich wie in Ägypten, und viele weitere kunstvoll gearbeitete
Werke, zum Beispiel Schmuck. Stämme wie Toltec, Mixtec,
Zapoteken, Maya und Azteken dekorierten ihre Körper mit
Schmuckstücken, Farbe, Federn, Piercings und Tattoos, sie
bearbeiteten Jade, Gold, Türkise und Quarze, und das lange
vor der Kolonialisierung. Bei den indigenen Stämmen hatte
der Schmuck sowohl religiöse, astrologische als auch kultu-
relle Funktion. Und als im 16. Jahrhundert mit den Spaniern
die europäische Silber- und Golfschmiedekunst nach Mexiko
kam, angelockt von den reichen Goldvorkommen in Südame-
rika, vermischten sich die Designs genauso, wie Sie es auf den
ganzen Gegenständen hier sehen. Die Vielfalt seiner Herkunft
macht diesen Schmuck einzigartig in der Welt, Herr Schmitt,
und verleiht ihm eine besondere Bedeutung, nicht nur bei den
Einheimischen in Mexiko.«

Lagerfeld, der sich ja schon mit vielen Dingen auf dieser Welt
beschäftigt hatte, eher als mit der Schmuckkunst verschiedener
Länder jedoch mit den jeweiligen Sprachen, war tief beeindruckt.
Was für ein Schatzkästchen, und das inmitten der kleinen Stadt
Ebern. Wieder nahm er eines der außerordentlich fein gearbei-
teten Schmuckstücke, hielt dieses ins Licht und bewegte es fasziniert hin und her. »Ist das auf den Arbeiten eigentlich echtes
Gold oder bloß Fake? Denn wenn das alles echt ist, liegt ja ein
ganz schönes Sümmchen in Ihrem Laden herum.«

Lupita Göller lächelte stolz, denn in ihrem Laden gab es
keine Fakes. »Ja, das ist tatsächlich alles echt, Herr Kommissar.
Was glauben Sie denn, warum ich mich für einen fensterlosen
Raum als Auslage entschieden habe und sehr vorsichtig mit den
Kunden bin, die ich hier hereinlasse? Fenster laden immer zum

Einbrechen ein, egal wie gut gesichert sie auch sein mögen. Und es stimmt, hier liegt einiges an Wert herum, Herr Kommissar.« Lagerfeld mochte das gern glauben. Lupita Göller trat mit ihm an das nächste Regal und ließ ihn die dortige Auslage betrachten, während sie mit ihren Erklärungen fortfuhr.

»Viel von dem originalen Goldschmuck der Maya und Azteken haben die Eroberer Südamerikas leider zu Hause in Europa eingeschmolzen, was zu einem großen Wissensverlust über die handwerklichen Kenntnisse der damaligen Goldschmiede führte. Das ist im Nachhinein wirklich sehr schade, wir hätten viel von denen lernen können. Sie waren engagierte Goldschmiede, die komplexe, mit aufwendigen filigranen Arbeiten versehene Schmuckstücke herstellen konnten. Sie machten auch Edelsteinschmuck und Stücke aus Bergkristallen, Keramik, Knochen, Holz, Korallen, Muscheln und so weiter. Die Stämme arbeiteten mit allen Materialien, die sie finden konnten. Und das moderne Ergebnis dieser traditionellen Kunstfertigkeit in all seinen wunderbaren Ausprägungen können Sie nun hier betrachten, Herr Kommissar.« Lupita Göller beendete ihre verbale Reise durch die mexikanische Schmuckgeschichte mit einer die gesamte Auslage umfassenden Geste.

Lagerfeld legte das soeben betrachtete Stück wieder zurück auf das Regal. Er war jetzt ziemlich erschossen von den ganzen Informationen, die da gerade auf ihn hereingeprasselt waren. »Sie sollten hier Lesungen über die mexikanische Kultur abhalten, Frau Göller, Sie können das wirklich gut«, stellte er anerkennend fest. Aber die Hausherrin wehrte sofort lachend ab.

»Nein, nein, nein, das ist überhaupt nichts für mich. Ich betreibe hier nur mein bescheidenes Geschäft und einen kleinen Onlinehandel, mehr nicht. Das reicht völlig.«

»›Bescheidenes Geschäft‹ ist ja wohl ein wenig untertrieben«, meinte Lagerfeld amüsiert und schaute sich ein letztes Mal um. Er hatte einiges gesehen und erfahren, aber leider nichts, was ihn bezüglich dieser unbekannten Frau weitergebracht hätte. »Noch einmal zurück zu unserer ominösen Unbekannten. Nur fürs Protokoll. Diese Frau hat also überhaupt nichts gekauft, sie hat sich nur alles angeschaut und ist dann wieder zurück an ihren Platz, oder wie?«, versicherte er sich. »Keine besonderen Auffälligkeiten?«

Diese Frage verhalf der inzwischen ziemlich gelöst wirkenden Mixtec-Geschäftsinhaberin dann doch noch zu einer unerwarteten Erinnerung. »Also, doch, wenn Sie jetzt so fragen ... Da war tatsächlich was Komisches, aber erst ganz zum Schluss«, meinte Lupita Göller nachdenklich.

Lagerfeld schaute die Mexikanerin abwartend an. Denkende sollte man nicht aufhalten, alte Bamberger Ermittlerweisheit.

»Ja, das war nämlich so: Als sie hier reinkam, war sie eigentlich total relaxt, auch während der Zeit, als sie sich die Sachen angeschaut hat. Aber dann, ganz plötzlich, hat sie sich ohne ersichtlichen Grund eilig verabschiedet. Nicht unfreundlich, nur so, als wäre ihr etwas Dringendes eingefallen. Sie ist dann relativ schnell gegangen. Ich weiß sogar noch, dass ich das Regal, an dem sie zuletzt stand, sicherheitshalber überprüft habe, nicht dass sie womöglich heimlich was eingesteckt und dann mit dem geklauten Zeug das Weite gesucht hatte. Soll's ja geben. Aber es lag tatsächlich noch alles an seinem Platz, es hat nichts gefehlt. Für ihren plötzlichen Aufbruch musste es wohl einen anderen Grund gegeben haben. Bei ihren nachfolgenden Besuchen wollte sie von dem Schmuck nichts mehr wissen, geschweige denn welchen kaufen.«

Lagerfeld dachte einen kurzen Moment über das soeben Gehörte nach, um dann aus dem Bauch heraus eine Bitte an die Hausherrin zu richten.

»Wissen Sie vielleicht noch, was das war, was sich die Frau zuletzt angesehen hat? Können Sie es mir zeigen?«

Lupita Göller nickte. »Klar weiß ich das. Ich weiß von jedem meiner Stücke genau, wo es liegt«, erklärte sie diensteifrig, dann lief sie, ihn hinter sich herwinkend, an dem Mittelregal im Raum entlang, an dem sich Lagerfeld gerade noch selbst aufgehalten hatte. Am hinteren Ende blieb sie stehen und deutete auf eine kleine Fläche im Regal, auf der einige aus Lagerfelds Sicht sehr seltsame Gegenstände ausgebreitet waren.

»Was ist das nun wieder?«, fragte er ratlos. »Ist das tatsächlich Schmuck? Für mich sieht das eher so aus, als wäre es aus der Steinzeit übrig geblieben.«

Seine leicht zynische Tonlage löste bei Lupita Göller einen neuerlichen Reflex der Aufklärung aus. »Das sind handwerkliche Arbeiten aus Obsidian, Herr Kommissar. Obsidian ist ein sehr spezielles Vulkangestein, mit dem schon die Mayas und Azteken gehandelt haben. Daraus lässt sich Schmuck herstellen, aber auch Messer, Klingen und Rohlinge aus diesem sehr speziellen Material können Sie hier sehen, die teilweise zur eigenen Weiterverarbeitung gedacht sind. Grüner Obsidian beispielsweise ist nur bei uns in Mexiko zu finden und daher sehr selten.«

Der Bamberger Kommissar sah sich ein weiteres Mal mit einem großen Fragezeichen konfrontiert, wollte die Hausherrin jetzt aber endgültig nicht länger belästigen. Was die Unbekannte hier auch gesucht hatte, es würde wohl ihr Geheimnis bleiben müssen. Er nahm eines der Stücke, eine Art Scheibe mit Goldfassung, in die Hand, um es näher zu betrachten. Eine wirklich fein gearbeitete Goldschmiedearbeit. Auf der Unterseite war die Internetadresse des Ladens eingestanzt: »MIXTEC.DE«. Alles schön und gut, aber das brachte ihn auch nicht weiter. Außerdem war sein persönlicher Speicherplatz randvoll mit mexikanischen Volksnamen und Materialien für Schmuck. Er brauchte dringend eine Pause, es war an der Zeit zu gehen.

»Also gut, Frau Göller, das war wirklich hilfreich und vor allem sehr interessant. Sollte ich mich jemals wieder in ein Abenteuer mit dem feindlichen Geschlecht stürzen und ein exklusives Geschenk benötigen, komme ich zu Ihnen, versprochen«, erklärte er und beendete so seinen Besuch in der zum Schmuckladen umfunktionierten Kegelbahn.

Lupita Göller löschte das Licht und schloss, immer noch laut über seine Bemerkung lachend, die Tür zu ihrem Schatzkästchen ab. Dann gingen sie zusammen den Gang entlang nach vorn zur großen Eingangstür, wo Lagerfeld ein Stapel Prospekte auffiel. Er lag auf einem kleinen Tisch neben einer Tür, durch die er heute noch nicht gegangen war. Neben der Tür hing ein großer Sicherungskasten, von dem ein unglaublich dickes Kabel zum Türrahmen führte, neben dem es im Mauerwerk verschwand. Kurz fragte sich der Kommissar, wer denn hier einen so exorbitanten Stromverbrauch hatte, dass ein derart fettes Kabel gebraucht wurde. Aber das ging ihn genau genommen nichts an, und es waren ja auch die Prospekte, die seine Aufmerksamkeit erregten und mit denen er hier, an diesem freundlichen Ort, nicht gerechnet hatte. »HfD, die Wahrheit über Deutschland«, stand in roten Buchstaben auf blauem Hintergrund auf der Vorderseite der Flyer. Fragend schaute Lagerfeld zu Lupita Göllner hinüber, die sogleich abwinkte.

»Schauen Sie nicht so, Herr Kommissar, die Dinger sind nicht von uns. Die gehören zu den Leuten, die den Keller gemietet haben. Wenn Sie wissen wollen, was es damit auf sich hat, müssen Sie die fragen«, stellte sie klar.

»Den Keller hinter dieser Tür mit dem dicken Kabel?«, fragte Bernd Schmitt und bemerkte, dass der guten Frau Göller diese Fragen eher unangenehm waren. Über ihre Untermieter schien sie nicht wirklich etwas sagen zu wollen, und so warf Lagerfeld nur noch schnell einen Blick auf das unscheinbare Aluminiumschildchen, das neben der Kellertür angebracht worden war.

Dem Deutschen Volke
Reichskeller
HfD

Von einem Verein dieses Namens hatte Bernd Schmitt schon gehört und wollte es jetzt auch wirklich nicht mehr genauer wissen. Das klang nach politischer Partei im rechten Spektrum in Berlin, und Politik interessierte ihn so gut wie gar nicht. Wenn er alle vier Jahre irgendwo bei irgendwem ein Kreuz machte, war für ihn schon viel erreicht. Und auf diese Ewiggestrigen war jetzt wirklich geschissen, sein Denkorgan brauchte dringend eine Pause. Er steckte kommentarlos einen der Flyer ein und verabschiedete sich von Lupita Göller und dem »Veracruz« in Ebern, jedoch nicht ohne in Erwägung zu ziehen, hier einmal essenstechnisch einzukehren, dann aber ausschließlich mit privaten Absichten. Vielleicht wäre diese mexikanische Gastwirtschaft ja ein geeigneter Ort, um eine seiner angedachten Cannabisverkostungen abzuhalten. Abgefahren genug war der Schuppen, und thematisch passte Mexiko sowieso wunderbar ins Bild.

Als Bernd Schmitt die Fahrertür seines Cabrios öffnete, traf ihn der vernichtende Blick seines Auszubildenden. Von wegen, »bin gleich wieder da«, schienen die zornigen Äuglein des Miniermittlers sagen zu wollen. Lagerfeld seufzte. So wie Presssack gerade schaute, war an ein friedvolles Miteinander, egal ob dienstlich oder privat, nicht zu denken. Es schien angeraten, die dicke Luft zwischen ihm und seinem beleidigten Schweinchen durch eine Demonstration guten Willens aus dem Weg zu räumen.

»Na, wie schaut's aus, du Niete, Lust auf ein Eis?«, fragte Lagerfeld in rhetorischer Beredsamkeit, und sofort schossen zwei kleine schwarz-rosa gefleckte Ohren senkrecht in die Höhe, und das ganze kleine Ferkel stand von einer Sekunde auf die andere senkrecht auf der Rückbank.

Diese Antwort war nicht misszuverstehen und verlangte nach sofortiger Umsetzung.

»Na dann, du Miesepeter, auf zum Wiedergutmachungsevent!«, rief Lagerfeld lachend und befestigte die Leine am Halsband des kleinen Ermittlerferkels.

Draußen in dem kleinen Vorraum waren auf einmal leise Schritte und die Stimmen sich nähernder männlicher Personen zu hören. Amira fasste den Griff ihres Dolches und versteckte das Messer wieder unter ihrem Hidschab. Einen kurzen Moment lang überlegte sie, ob sie frech genug war, hier auf dem Platz des Hausherrn sitzen zu bleiben, aber dann folgte sie ihrer Intuition und sprang auf, um aufrecht stehend auf die zu warten, die gleich zur Tür hereinkommen würden. Alles in und an ihr bebte, mit schweißnassen Fingern umklammerte sie den Griff ihres Messers, das sie noch nie benutzt, sondern nur ab und an in einem ruhigen Moment betrachtet hatte.

Während sie noch mühsam nach einem sicheren Stand auf dem dicken Teppich suchte, betraten zwei Männer, in ein leises Gespräch vertieft, den Raum. Es handelte sich bei dem einen ohne Zweifel um den greisen Hausherrn Fawad Nimatullah, den sie vor Jahren bei einem Besuch im Hause ihrer Eltern kurz kennengelernt hatte. Der andere Mann schien mindestens genauso alt zu sein, wenn nicht sogar älter, zudem war es mit seiner körperlichen Belastbarkeit offensichtlich nicht mehr so weit her. Der Weg hinauf in den vierten Stock hatte ihm ganz schön zu schaffen gemacht, er atmete schwer und musste sich bei jedem Schritt auf seinen langen Gehstock stützen. So kam es, dass die beiden Männer Amira erst bemerkten, als sie direkt vor ihr standen.

Fawad Nimatullah war nicht etwa erschrocken oder überrascht, sondern verärgert. Wer bist du, Frau, dass du es wagst, dich noch in diesem Zimmer aufzuhalten, wenn zwei Männer anwesend sind?, sagte sein Blick unter hochgezogenen Augenbrauen. Zwar wusste er nicht genau, wer da unter dem Hidschab verhüllt vor ihm stand. Es gab mehrere Frauen hier im Haus, und jeder von ihnen oblagen ganz bestimmte Aufgaben und Zuständigkeiten. Aber welche Aufgabe dieses Weib auch in diesen Raum geführt haben mochte, jetzt hatte sie hier absolut nichts mehr zu suchen.

»Geh dorthin, wo dein Platz ist, Frau«, herrschte er Amira an, doch die rührte sich nicht vom Fleck.

Stattdessen fing sie nun auch noch ohne Aufforderung an zu sprechen. »Nein, das werde ich nicht tun. Ich bin hier, um meine Schwester Sisa mitzunehmen, die du meinem Vater abgekauft hast. Also sag mir lieber gleich, wo sie ist, Fawad Nimatullah, sonst …«

Weiter kam Amira nicht. Zwar hatte sie sich bemüht, entschlossen und drohend zu klingen, es war ihr jedoch nicht gelungen. Unter ihrem Hidschab kämpfte sie mühsam darum, ihre Fassung zu bewahren. Die Situation, die sie ja selbst herbeigeführt hatte, überforderte sie. Irgendwie hoffte sie tatsächlich immer noch, dass dieser Opiumhändler ihr Sisa einfach mitgeben würde, aber Fawad Nimatullah dachte gar nicht daran. Und er war nicht im Geringsten eingeschüchtert. Das, was diese Frau hier gerade veranstaltete, war das mit Abstand Unglaublichste, was er je erlebt hatte. Zwar ahnte er, wer da vor ihm stand, weil von der kleinen Sharafuddin die Rede war, die er in Massur ihrem Vater abgekauft hatte. Aber was bildete sich diese Hure eigentlich ein, hier entgegen den Regeln der Scharia ohne Begleitung in seinem Haus aufzutauchen und sich ihm mit Drohungen zu nähern?

»Sonst was, Weib?«, zischte Fawad Nimatullah aufgebracht, während sich der Mann neben ihm aufrichtete und Amira mit einem dunklen Glitzern in den Augen fixierte. Das Verhalten dieser Unbekannten war vor Allah und vor ihnen nicht zu dulden, es musste sofort geahndet werden. Wo war die Unterwürfigkeit dieser Frau, wo war überhaupt ein zuständiger Mann, der diesem Weib Manieren beibrachte, der es ob ihres sündigen Verhaltens züchtigte? Fawad war seiner Meinung nach viel zu nachgiebig, dem Gesetz Gottes musste auf der Stelle Genüge getan werden.

Ohne jede Vorwarnung hob er den Stock, auf den er sich gerade noch gestützt hatte, um dieser Frau zu zeigen, wo ihr Platz war. Das sündige Verhalten würde er ihr austreiben, und zwar gleich hier, an Ort und Stelle. Wenn sie dann widerstandslos vor ihm auf dem Boden lag und um Vergebung flehte, war dieses Weib auf der Stelle den Taliban zu übergeben, damit sie sie ihrer gerechten Strafe zuführten. Ob Erschießung oder Steinigung, war dabei unerheblich, Hauptsache, diese schreckliche Sünde vor Allah wurde aus der Welt geschafft und die moralische Ordnung wiederhergestellt.

Der lange hölzerne Stock schwang nach unten und zielte direkt auf Amiras Kopf, um sie dort ungebremst und mit voller Wucht zu treffen.

Amira kannte diesen Mann nicht, aber sie hatte in seinen Augen gesehen, was er für ein Mensch war, und wusste, was ihr bevorstand. Sollte sie eben noch zu einem geordneten Gedanken fähig gewesen sein, so regierte ab jetzt nur noch ihr Instinkt. Sie sah den Stock auf sich zukommen und hatte nur noch einen einzigen Gedanken: Nicht noch einmal. Ihre Hand zuckte unter dem Hidschab hervor und beschrieb einen sauberen Halbkreis durch die Luft. Eine instinktive Bewegung, die sie mit aller Kraft führte, begleitet von einem halb unterdrückten Schrei der Verzweiflung.

Das Obsidianmesser, die schärfste Klinge der Welt, durchschnitt ohne große Mühe zuerst den Stoff am Ärmel, dann Fleisch, Sehnen, Muskeln, vor allem aber die blutführenden Adern knapp oberhalb des Handgelenkes. Der Schlag des wütenden alten Mannes verfehlte sein Ziel um Haaresbreite, der hölzerne Stock streifte ihre Schulter, dann landete er mit einem dumpfen Geräusch auf dem dicken Teppich.

Der Mann schaute dem Stock zuerst mit hohlem Blick hinterher, dann sah er auf sein Handgelenk, aus dem in hohem Bogen das Blut spritzte. Er sank auf die Knie und versuchte unter undeutlichem Gestammel, den austretenden Blutschwall mit der freien linken Hand zu stoppen, was ihm aber nicht gelingen wollte. Eine große Blutlache bildete sich, und das Gesicht des Alten wurde blass.

»Khalil, mein Bruder!«, brach es aus dem zutiefst geschockten Fawad Nimatullah heraus. Die aus seiner Sicht vollkommen absurde Handlung dieser Frau hatte ihn komplett überrascht. Dass sich ein Weib der gerechtfertigten Züchtigung durch einen Mann erwehrte, kam in seinem Wertesystem nicht vor. Starr vor Entsetzen hatte er zugesehen, wie sein Bruder blutend auf die Knie sank, und Amira dabei aus den Augen gelassen. Er registrierte erst wieder ihre Anwesenheit, als sich eine scharfe Klinge aus Obsidian an seinen Hals drückte.

»Hinsetzen!«, befahl Amira, dann gab sie dem greisen Opiumhändler mit der Hand einen so starken Stoß vor die Brust, dass
dieser das Gleichgewicht verlor und nach hinten auf die am
Boden liegenden Kissen fiel. Während sein Bruder auf dem Teppich leise vor sich hin winselte, beugte sich Amira über den mit
weit aufgerissenen Augen daliegenden Fawad Nimatullah und
drückte die Spitze der Klinge in die faltige Haut seines Halses.
»Wo ist Sisa?«, zischte sie und ritzte mit der Messerspitze die
oberen Hautschichten.

»Allah wird dich strafen«, tönte der Opiumhändler, der es
nicht fassen konnte, dass er von einer Frau so dermaßen ge-
demütigt und nach seinem Erfahrungshorizont damit auch be-
schmutzt worden war. »Allah wird dich strafen«, wiederholte
er, was die aufkeimende Wut in Amira nur noch verstärkte. Sie
bekam jedoch keine Gelegenheit, ihre Frage noch einmal zu
wiederholen, denn Fawad Nimatullahs knochige Hände legten
sich um ihren Hals und drückten erbarmungslos zu. Die Panik
in seinem Blick war einer wilden Entschlossenheit gewichen,
und seine Hände waren stark wie ein Schraubstock.

Schnell wurde Amira klar, dass sie in puncto Kraft gegen
diesen zwar alten, aber dennoch zähen Mann keine Chance
hatte. Die Alternativen, die ihr zur Verfügung standen, waren
begrenzt. Wieder wollte sie nach ihrer Schwester fragen, aber
sie brachte nur mehr ein unverständliches Röcheln zustande.
Ihre Lunge begann, schmerzhaft zu brennen, und die ersten
schwarzen Punkte tauchten vor ihren Augen auf. Dieser Mann
wollte ihre Frage nicht beantworten, das musste sie sich jetzt
allmählich eingestehen. Sie schloss die Augen, dann stieß sie zu.

Die schwarze Steinklinge drang knapp unterhalb des Kehl-
kopfes in den Hals des Opiumhändlers ein, was seinen harten
Griff um Amiras Hals sofort lockerte. Sie hielt den Griff des
Messers fest in ihrer Hand und näherte sich mit ihrem Mund
einem von Nimatullahs Ohren. Dessen sorgfältig gewickelter
Turban war ihm schon zu Beginn des Angriffs vom Kopf ge-
rutscht.

»Wo ist Sisa, wo ist meine Schwester?«, schrie sie dem röchelnden Alten ins Ohr.

Nimatullah, der ihr jetzt langsam den Blick zuwandte, ohne den Kopf zu bewegen, und ihre Hand, welche das Messer hielt, zitternd umfasste, versuchte zu sprechen. Stockend kamen Worte über seine Lippen, die Amira zwar verstand, aber nicht glauben konnte.

»Nein«, flüsterte sie leise. »Nein!« Sie richtete sich ruckartig auf.

Nimatullah schien zu ahnen, was die Stunde geschlagen hatte, trotzdem legte sich angesichts von Amiras Verzweiflung ein hämischer Zug um seinen Mund. Dieses Weib würde der Rache Gottes nicht entgehen.

Allah wird dich strafen, sagte sein Blick, und mit Amiras Belastungsfähigkeit war es vorbei. Das alles hier musste ein Ende haben, es musste aufhören, sofort. Was Nimatullah da vorgebracht hatte, sprengte ihre Vorstellungskraft. Sie musste das verarbeiten, sie brauchte Zeit, um zu überlegen, was das für sie bedeutete. Amira hatte mit allem gerechnet, aber nicht damit.

Nimatullah hob seine rechte Hand, als wollte er noch ein letztes Mal versuchen, nach Amiras Hals zu greifen, dann stieß sie zu. Tränen der Verzweiflung rannen über ihr Gesicht, während die schwarze Klinge tief im Hals des Opiumhändlers versank und erst an den Knochen der Wirbelsäule stoppte. Als Amira das Messer wieder herauszog, war Fawad Nimatullah bereits tot.

Amira stand vom Boden auf und drehte sich um. Der Bruder des Opiumhändlers, Khalil Nimatullah, lag zur Seite gekippt in seinem eigenen Blut, seine toten, leeren Augen blickten gegen die Wand. In der Tür, die geräuschlos geöffnet worden war, stand der etwa vierzehnjährige Junge mit den schwarzen Haaren, den Amira bereits im Hof gesehen hatte. Sekundenlang starrten sie einander an, beide restlos überfordert mit der Situation. Dann schoss das Adrenalin in Amiras gequälten Körper, und sie begann zu laufen.

Sie rannte an dem immer noch stocksteif dastehenden Jungen vorbei und die Treppe hinunter. Sie schaute nicht nach rechts oder links, die Panik trieb sie weiter, hinaus auf die Straße und quer durch Dschalalabad, ohne auch nur einen einzigen Blick zurückzuwerfen.

Amira hatte keine Ahnung, ob der Junge Alarm geschlagen hatte, ob sie verfolgt wurde, ob womöglich schon jemand dicht hinter ihr war. Sie rannte einfach, so schnell sie konnte. Das Messer hielt sie fest in ihrer Hand, während der Hidschab um ihre Beine flatterte. Irgendwann bog sie in eine kleine Seitenstraße ein und drückte sich dort in die Ecke eines kleinen Hinterhofes. Ihre Gedanken rasten, sie musste sich erst einmal sortieren, denn wenn stimmte, was Fawad Nimatullah ihr gerade erzählt hatte, dann hatte sich ihr Leben auf einen Schlag verändert, und zwar nicht gerade zum Positiven.

Nichts von dem, was sie sich heute vorgenommen hatte, hatte geklappt, nicht im Entferntesten. Der Aufenthaltsort ihrer Schwester lag weiterhin im Dunkeln. Außerdem hatte sie gerade zwei Menschen getötet. Gut, das war im harten Alltag Afghanistans für manch einen nichts Ungewöhnliches mehr, für sie aber schon. Auch wenn Fawud Nimatullah ein verschlagenes Stück Scheiße gewesen war, hätte sie als Frau unter keinen Umständen einen Mann in seinem eigenen Haus töten dürfen. Das hieß, ab jetzt war sie auf der Flucht, vogelfrei. Jeder Mann, der sie erkannte, durfte sie töten. Nicht nur das, er war sogar dazu verpflichtet. Sie musste Afghanistan verlassen, und das so schnell wie möglich. Und es gab nur einen, der ihr dabei helfen konnte. Ausgerechnet die Person, die sie eigentlich aus allem heraushalten wollte, würde durch ihre unüberlegte Aktion noch tiefer in ihr Schlamassel mit hineingezogen werden.

Sie stopfte das blutverschmierte Messer mit zitternden Händen in ihren kleinen Rucksack, fingerte das Mobiltelefon aus der Außentasche und betrachtete verzweifelt die Nummer von Max und die unzähligen Textnachrichten, die er ihr heute geschickt hatte. War ja klar, dass sich der gute Kerl große Sorgen machte, immerhin hätte sie sich schon längst bei ihm melden sollen. Sicher lag die Medikamentenlieferung schon seit Stunden hinter ihm, und er saß jetzt wie auf Kohlen. An seiner Stelle würde sie auch vermuten, dass ihr irgendetwas Schlimmes zugestoßen war. Genau genommen stimmte das ja sogar. Wieder überlegte sie, ob sie auf eigene Faust versuchen sollte, irgendwie über die Grenze zu kommen, verwarf diesen Gedanken aber sofort wieder. Ihr Plan war heute schon einmal schiefgegangen, sie musste einsehen, dass sie es ohne Max' Hilfe niemals schaffen würde, dieses Land zu verlassen. Kurz entschlossen drückte sie seine Nummer und schluchzte erleichtert auf, als er zwei Sekunden später das Gespräch annahm.

»Amira, mein Gott, wo bist du? Ich habe mir schon Sorgen gemacht!«, rüffelte er sie ziemlich angefressen an, verstummte aber sofort, als er bemerkte, wie aufgelöst Amira war.

Weinend schilderte sie ihm ihre fatale Lage.

»Okay, bleib, wo du bist, rühr dich um Gottes willen nicht von der Stelle, Amira, ich komme zu dir!«, redete er auf sie ein, dann legte er auf.

Amira nahm ihr Mobiltelefon und steckte es wieder in eine Außentasche ihres Rucksackes. Dann kauerte sie sich noch dichter an die Wand hinter einer alten Blechtonne, die sie vor den Blicken der Menschen draußen auf der Straße schützte. Sie umschlang ihre angezogenen Beine mit beiden Armen und schluchzte unter ihrem Hidschab leise vor sich hin, allein in dieser trostlosen Umgebung. Auch das Wetter in Dschalalabad schien sich Amiras Stimmung anpassen zu wollen. Ein stürmischer Wind umspielte ihre nackten Fesseln, seit sie fluchtartig Fawad Nimatullahs Haus verlassen hatte. Die Vorboten des Winters kündigten sich an, und dunkle Wolken zogen über den Himmel. Es war kalt geworden in Afghanistan.

Endlich war Franz Haderlein wieder im Büro und saß an seinem Platz, an seinem ordentlich sortierten Tisch; endlich herrschte wieder so etwas wie Ruhe, und zwar sowohl äußerlich als auch innerlich. Außer Honeypenny war niemand mehr hier, und sie wusste es besser, als ihn mit ihrer Anwesenheit zu belästigen. Marina Hoffmann hatte bei seiner Rückkehr sofort gemerkt, dass er mit den Nerven im Parterre angelangt war und erst einmal einen starken Kaffee mit viel Zucker benötigte. Den hatte sie ihm mit einem wissenden Lächeln auf den Tisch gestellt und sich dann schnell wieder zu ihrer Sekretariatsarbeit verdrückt.

Während Haderlein nun erschöpft in seinem Kaffee herumrührte, vollführten die Erlebnisse der letzten Stunde vor seinem geistigen Auge noch einmal einen wilden Tanz. Die Verbringung seines Chefs in das angestammte Zuhause erwies sich im Nachhinein als eine der abgefahrensten Aktionen, die Franz Haderlein in seiner Zeit als Kommissar in Bamberg je erlebt hatte, und das ausgerechnet mit und durch seinen eigenen Vorgesetzten. Zwar dauerte die Fahrt von der Dienststelle bis zu Robert Suckfülls Wohnstatt nur zehn Minuten, die hatten sich aber durch die vom Genuss der Cannabiszigarre ausgelösten ungewöhnlichen Verhaltensweisen seines Chefs, um dessen geistige Ausfälle einmal sehr vorsichtig zu beschreiben, unerwartet in die Länge gezogen. Fidibus zu und dann in seinen Land Rover zu schaffen war eine Sache, ihn dann unfallfrei bis nach Hause zu befördern eine ganz andere.

Kaum dass sie den Parkplatz an der Bamberger Polizeiinspektion verlassen hatten, betrachtete Haderleins Vorgesetzter ihn mit einem ziemlich seltsamen Blick, um kurze Zeit später in hemmungsloses Kichern zu verfallen.

»Hatten Sie schon immer einen so verzogenen Gesichtserker, mein lieber Haderlein? Mit dem Zinken könnte man ja ganze Burgtore einrammen!«, fragte Robert Suckfüll, den die soeben entdeckte Prachtfülle von Haderleins Nase auf das Höchste zu amüsieren schien. Er wollte sie sogar anfassen, quasi händisch überprüfen, aber Haderlein schlug die aufdringliche Hand von Fidibus so oft zur Seite, dass sein Chef irgendwann laut kichernd aufgab.

Die Nasenfrage war aber nur der Auftakt zu einer ganzen Reihe weiterer nervenaufreibender Vorfälle, mit denen der Bamberger Kommissar während der Fahrt zur Suckfüll'schen Wohnstätte zu kämpfen hatte. Nachdem das mit der Nase erst mal geklärt war, begann Fidibus plötzlich, die Scheibe der Beifahrertür abzutasten. Dabei patschte er mit beiden Händen theatralisch gegen die Fensterscheibe, drückte seinen Kopf mit der Backe dagegen und rief mit gespieltem Entsetzen: »Scheiße, eingemauert! Scheiße, eingemauert! Scheiße, eingemauert!«

Das rief Fidibus unentwegt und schlug schließlich noch mehrfach mit der flachen Hand gegen die Scheibe.

»Haderlein, ich bin ein Star, lassen Sie mich hier raus, schnell!«, rief er irgendwann zur Abwechslung, fing wieder mit seinem wilden Kichern an und sabberte dabei zusätzlich noch die Fensterscheibe mit seinen ungehemmt abgesonderten Mundsekreten voll.

Haderlein saß mit dunklem Blick und noch dunkleren Gedanken hinter dem Steuer seines Wagens und versuchte krampfhaft, sich auf den Straßenverkehr zu konzentrieren. Ein Vorhaben, welches bei der momentanen Verfassung seines Beifahrers zum Scheitern verurteilt war. Gerade eben, als Fidibus wie ein Gecko in Übergröße an der Scheibe des Beifahrersitzes klebte und diese mit seinem Speichel beglückte, verspürte Franz Haderlein nicht übel Lust, ebendiese Scheibe mal schnell runterzulassen und seinem bekifften Chef einen kleinen Tritt in den Hintern zu verpassen. Während der Fahrt verloren, ohne dass er es mitbekommen hatte, würde er später berichten. Ein wirklich verlockender Gedanke. Wie früher während der Bundeswehrausbildung würde er einfach eine Verlustmeldung schreiben: »Robert Suckfüll, Leiter der Polizeidienststelle Bamberg, unauffindbar verloren gegangen, bitte demnächst ersetzen.« Dann würde er seinen vollgesabberten Land Rover generalreinigen und einfach weiter ein entspannter Bamberger Kommissar sein.

Aber das war natürlich völlig undenkbar. Und zwar aus moralischen Gründen, aus juristischen sowieso. Man durfte seinen

Chef nicht einfach während der Fahrt im Straßenverkehr entsorgen, egal wie stoned er auch war. Das machte man einfach nicht.

Wenigstens hatte Fidibus zwischenzeitlich damit aufgehört, sich wie ein asiatisches Reptil an der Fensterscheibe des Land Rovers festzusaugen. Leider wühlte er seither wie wild im Handschuhfach des Autos herum. Auf Haderleins knappe Frage, was er denn suche, antwortete sein Chef, dass er gewaltigen Hunger verspüre, und zwar nach etwas Süßem. Deswegen wolle er herausfinden, ob sich in den Untiefen des Handschuhfaches nicht vielleicht eine Tafel Schokolade finden ließe, ein Snickers, Gummibärchen, vielleicht sogar eine Torte oder wenigstens ein Keks.

Haderlein ließ das mal so stehen, während sich der Inhalt des Handschuhfaches durch die Wühlerei seines immer weiter fröhlich kichernden Fahrgastes in Gauß'scher Normalverteilung auf dem Boden des Beifahrersitzes versammelte. Ein auf die Dauer unhaltbarer Zustand für den extrem genervten Besitzer des Wagens. Haderlein war sich sehr sicher, dass in seinem Handschuhfach keinerlei Süßigkeiten zu finden waren, dafür aber auf jeden Fall seine Dienstwaffe. Sollte er vielleicht warten, bis Fidibus die fand und womöglich beschloss, mit der Heckler und Koch irgendetwas Lustiges zu veranstalten? Oder darauf, dass sein cannabisgeschwängerter Chef in seinem Heißhunger damit begann, die Türverkleidung anzuknabbern? Keine Vorstellungen, die er für sich als Stimmungsheber klassifizieren konnte, denn ausschließen mochte Franz Haderlein im Moment erst mal gar nichts. Also fuhr der Kommissar an der nächsten Tankstelle rechts ran und bremste aus pädagogischen Gründen so stark, dass Fidibus mit maximaler Beschleunigung nach vorn in den Sicherheitsgurt geworfen wurde. Für diesen jedoch kein Grund zur Klage, vielmehr schien ihn Haderleins Bremsmanöver nur noch mehr zu amüsieren.

»Was wird das denn, ein Banküberfall oder eine Geiselbefreiung? Scheiße!«, rief Fidibus in einem erneuten exzessiven

Kicheranfall und schlug mit beiden Händen stakkatoartig auf das Leder oberhalb des Handschuhfaches.

Das war zu viel. Ehe Fidibus das Armaturenbrett vollends ruinierte, musste gehandelt werden.

Haderlein aktivierte sicherheitshalber noch schnell die Kindersicherung, bevor er das Auto abschloss. Dann stürmte er in die Tankstelle, um irgendetwas zu kaufen, mit dem er die Heißhungerattacke seines Chefs eindämmen konnte. In Rekordzeit, nämlich eine Minute und elf Sekunden später, kam er mit einer Packung Bounty-Riegel zurück, die er seinem immer noch haltlos kichernden Chef in die Hand drückte, kaum dass er wieder im Auto Platz genommen hatte.

Jetzt konnte er die Fahrt halbwegs ungestört fortsetzen, denn Fidibus war entschlossen, die neun Bounty-Riegel in Weltrekordzeit in sich hineinzustopfen. Dazu fand es der Leiter der Bamberger Kripo ganz besonders lustig, die Papierverpackung eine nach der anderen im Fahrtwind aus dem geöffneten Fenster davonsegeln zu lassen. Ein wirklich lustiges Spielchen, das bis zur Ankunft am Haus der Familie Suckfüll andauerte.

Während Fidibus noch schnell das letzte halb gekaute Bounty hinunterschluckte, stieg Haderlein schon mit hohlem Blick aus dem Land Rover. Eleonore Suckfüll erwartete sie auf der obersten Treppenstufe des Hauseinganges, und Haderlein konnte ihr ansehen, dass sie nicht so recht wusste, was sie von dem Anblick halten sollte, der ihr da gerade geboten wurde. Interessanterweise zog eine gewisse Ernsthaftigkeit in Robert Suckfülls geräucherte Seele ein, als er seiner Ehefrau ansichtig wurde. Diese spontane Reduktion auf das Wesentliche hielt aber nur so lange an, bis sie beide direkt vor Eleonore Suckfüll standen, die ihren Ehemann mit einem vernichtenden Blick bedachte. Aus ehetechnischer Sicht ein durchaus nachvollziehbares Verhalten, das aber im konkreten Fall dazu führte, dass der Magen ihres Ehegatten auf diese emotionale Zäsur hin die hastig einverleibte Nahrung ablehnte und sich Fidibus in unappetitlicher Konsequenz direkt vor seiner Frau auf die unterste Treppenstufe seines Hauseinganges übergab.

»Ich will hier raus«, brabbelte er noch etwas undeutlich vor sich hin, dann sank er auf die Knie, um das süßlich riechende Etwas vor ihm auf dem Boden anzukichern.

Haderlein hatte seinem Vorgesetzten aufmunternd auf die Schulter geklopft und sich höflich, aber ohne weiteren Verzug von Eleonore Suckfüll verabschiedet. Das, was jetzt im Hause unweigerlich folgen musste, war nun wahrlich nicht mehr seine Angelegenheit. »Eleonore, lass den mal richtig ausschlafen, alles Weitere kann er dir danach sicher selbst erklären«, gab er ihr noch mit auf den Weg, dann sah er zu, dass er schleunigst zu seinem Wagen zurückkam.

Von dieser Tortur seiner sämtlichen Kräfte beraubt, war er zurück ins Büro gefahren und zu guter Letzt hier vor seinem Kaffee gelandet. An die Fahrt zurück zum Arbeitsplatz hatte er seltsamerweise null Erinnerung, vermutlich hatte sich sein Bewusstsein in dieser Zeit im Wiederherstellungsmodus befunden, damit er jetzt hier im Büro einen kompletten Neustart für diesen Tag machen konnte. Denn das Erlebte musste Franz Haderlein erst einmal verkraften. Mordfälle selbst der brutalsten Art warfen ihn als gestandenen Kommissar mit reichlich Lebenserfahrung nicht aus der Bahn, niemals. Aber mit so etwas wie dieser surrealen Nummer gerade konnte er nicht umgehen, das überstieg seine sozialen Fähigkeiten. Vielleicht konnte ihm Honeypennys Kaffee ja tatsächlich wieder zu einer Basis für diesen Arbeitstag verhelfen. Das Schlimmste war immerhin geschafft. Aber wenn er jetzt irgendetwas nicht gebrauchen konnte, dann war das Stress jedweder Art.

Das Telefon auf seinem Schreibtisch klingelte, als hätte das Schicksal nur auf einen günstigen Moment gewartet, um Franz Haderlein den nervlichen Todesstoß zu versetzen. Kurz überlegte der Kommissar, ob er überhaupt rangehen sollte, doch dann siegte die jahrelang antrainierte Disziplin, und er nahm das höchst unwillkommene Gespräch entgegen. Vielleicht war es ja nur eine Kleinigkeit, eine einfache Auskunft oder am besten nur ein falscher Alarm.

»Haderlein, Kriminalpolizei Bamberg«, meldete er sich, während er weiter mit dem Löffel in seinem Kaffee herumrührte. Er hörte ein aggressives Schnaufen, dann legte der Anrufer auch schon los.

»Sind Sie jetzt völlig irre geworden, mir eine derart schadhafte Leiche vor die Tür zu legen, Haderlein? Ich bin, mit Verlaub, staatlich geprüfter Rechtsmediziner und habe keine Lust mehr, die abnormalen Totenfunde der Bamberger – nennen wir Ihre Behörde der Einfachheit halber einmal Polizei – auf irgendwelche Indizien zu untersuchen! Nur um das ein für alle Mal klarzustellen, Haderlein, ich bin nicht Ihr Hampelmann, den Sie mit Absurditäten beehren können. Ich glaube, Haderlein, Sie haben Sinn und Zweck meines Berufsstandes etwas missverstanden, Sie Hilfskommissar. Mein Auftrag ist es, Abgelebte daraufhin zu untersuchen, ob der Grund ihres Dahinscheidens natürlicher oder unnatürlicher Art ist, verstehen Sie? Und dann vielleicht noch, die Ursache des Abtritts zu eruieren. Aber dieses Ableben hier ist ja an Unnatürlichkeit nicht mehr zu überbieten! Ehrlich gesagt weiß ich auch gar nicht, was Ihre Bamberger Behörde – nennen wir sie wie gesagt der Einfachheit halber Polizei – von mir wissen will. Etwa die Todesursache dieser – nun, nennen wir sie doch der Einfachheit halber einmal Leiche? Da hätte ich tatsächlich ein paar Optionen anzubieten, Haderlein. Wie könnte dieses arme Schwein wohl zu Tode gekommen sein? Ein Meteorit vielleicht? Der Angriff eines ausgehungerten Tyrannosaurus Rex? Oder hat er beim Teleportieren die zermatschte Fliege in seiner Box übersehen? Na, bin ich gut, war das Richtige dabei, Haderlein? Nein? Ist mir aber auch egal, ich lasse mich von Ihnen doch nicht verarschen, Sie … der Einfachheit halber nenne ich Sie mal Kommissar. Ich weiß gar nicht, was Sie in diesem Fall eigentlich von mir wollen? Ein Archäologe würde sich über so etwas vielleicht freuen und die Knöchelchen Stück für Stück wieder zusammensetzen. Ja, oder Sie finden einen gelangweilten Medizinstudenten im Homeoffice, der sich durch diesen Zustand hier hindurcharbeiten möchte. Ich kann so jedenfalls nicht arbeiten, Haderlein. Wenn das jetzt der Standard sein soll, die Benchmark für angelieferte Leichenzustände, dann muss ich hiermit offiziell protestieren. Das, was gerade vor mir liegt, ist beim besten Willen kein Fall für einen Rechtsmediziner, Haderlein, sondern für die Endrunde der nächsten Puzzle-Weltmeisterschaft! Haben Sie das verstanden, oder soll ich es für Sie noch einmal langsamer wiederholen?«

Kriminalhauptkommissar Franz Haderlein war schon nach der ersten Silbe klar gewesen, wer ihn da angerufen hatte: die Erlanger Rechtsmedizin, und zwar in Person ihres bei ihm und sämtlichen Kollegen höchst unbeliebten Chefs Professor Thomas Siebenstädter. Ganz zweifellos hatte die unbekannte Mähdrescherleiche inzwischen ihren Weg auf den Seziertisch des Professors gefunden. Und auch wenn er es aus Mangel an eigener Erfahrung in dieser Angelegenheit nicht selbst beurteilen konnte, waren Lagerfelds Schilderungen allem Anschein nach nicht übertrieben gewesen, denn diese Formulierungen der zynischen Art waren selbst für Siebenstädters Verhältnisse ziemlich außergewöhnlich.

Seltsamerweise ließen dessen verbale Entgleisungen den Kommissar diesmal völlig kalt. Sonst schaffte es der Leiter der Erlanger Rechtsmedizin mit weit weniger Einlassungen immer wieder, ihn aus der Fassung zu bringen. Aber da diese Aufgabe heute bereits sein benebelter Chef übernommen hatte, lief Siebenstädters Angriff bei ihm ins Leere. Haderleins Nervenkostüm war durch die unentspannte Heimbringung der anderen Art bereits maximal gedehnt und aufgewärmt, da konnten Siebenstädter und sein unnachahmlicher Anruf ihn nicht noch mehr tangieren. Franz Haderlein verspürte sogar – zum ersten Mal seit Jahrzehnten der Demütigung durch spezielle Angestellte der Erlanger Rechtsmedizin – das Bedürfnis, ein wenig von der heute erlangten Wärme auf Professor Siebenstädter zu übertragen. Eine neue, fast evolutionär zu nennende Verhaltensweise, welche dem Kommissar in seinem leicht überdrehten Zustand eine gewisse Euphorie einhauchte.

»Nein, das müssen Sie nicht wiederholen, Herr Professor, ich habe alles mitbekommen. Aber wer war's denn nun? Die Dinos oder der Meteorit? Also ich tippe mal auf das entleibte Insekt. Richtig geraten? Oder ist es tatsächlich so, dass Sie es nicht wissen, Herr Professor? Dabei erweckten Sie doch bisher immer den Eindruck einer regelrechten Unfehlbarkeit. Professor Thomas Siebenstädter, Seiner Heiligkeit im Vatikan praktisch gleichgesetzt, nur eben in den Belangen der Pathologie. Und jetzt wissen Sie nach beinahe vierundzwanzig Stunden immer noch nicht die Todesursache für eine einzige Leiche? Wie lange wird es denn wohl noch dauern, wann soll ich mich wieder melden, Herr Professor? In einer Woche, einem Monat, einem Jahr vielleicht? Also wie schaut's aus, können Sie Ihren Job oder nicht?«

Einen Moment lang war am anderen Ende der Leitung nur ein schweres Atmen zu hören, so als hätte Siebenstädter mit einem akuten Asthmaanfall zu kämpfen. Das hievte die Temperatur von Haderleins aufkeimender Euphorie sogleich noch etwas in die Höhe. Dann schlug seine Garstigkeit Professor Thomas Siebenstädter zurück beziehungsweise holte zum Gegenschlag aus – jedoch hatte er es mit einem jetzt tiefenentspannten, äußerst relaxten und rigorosen Haderlein zu tun, der nun endlich einmal etwas tat, was er noch nie gemacht hatte: Er verschob dieses Gespräch, dieses Problem der pathologischen Art auf einen seiner Mitarbeiter. Einen, der noch zu bestimmen war. Franz Haderlein fand, er war jetzt alt genug und auch zu lange im Amt, als dass er sich die Arbeit noch weiter erschweren musste, er hatte für heute schon genug Last auf sich geladen. Den Siebenstädter und seine Anfälle sollte gefälligst jemand anders übernehmen. Es war an der Zeit, das Geplänkel zu beenden.

»Lassen Sie stecken, Siebenstädter, Ihre Vermutungen und Spekulationen nützen der Bamberger – nennen wir sie der Einfachheit halber Kripo – leider nichts, wir brauchen handfeste Ergebnisse. Ich schicke heute Nachmittag jemanden vorbei, der sich von Ihnen – nennen wir es der Einfachheit halber doch berichten – lässt. Bis dahin erwarte ich erstklassige Arbeit, sonst fahren wir unsere verstorbenen Toten das nächste Mal nach Würzburg, die sollen dort auch nicht so schlecht sein in der Rechtsmedizin.« Sprach's und legte einfach auf.

Haderlein starrte den Telefonhörer an, als stünde zu befürchten, dass dieser gleich von seiner Ablage springen und wild auf dem Schreibtisch herumtanzen würde. Aber nichts geschah, das Telefon blieb stumm, die Erlanger Gerichtsmedizin meldete sich nicht wieder. Einige Minuten lang wartete er noch auf den geharnischten Rückruf Siebenstädters, ohne Ergebnis.

Lächelnd legte Haderlein seinen Löffel zur Seite und führte die Kaffeetasse an den Mund. Sollte doch jemand anders die schlechte Laune des Professors ausbaden, er stand dafür heute jedenfalls definitiv nicht zur Verfügung.

Si vis pacem, para bellum

Die beiden Kommissare standen auf freiem Feld und beobachteten fasziniert, wie der ausgebrannte Mähdrescher von einem gewaltigen Autokran angehoben wurde. Selbst dieser riesige Koloss geriet mit dem schweren landwirtschaftlichen Gerät an die Grenze seiner Leistungsfähigkeit. Anheben konnte die hochmoderne Hydraulik den Claas AVERO 240 E zwar ohne Probleme, aber da der Mähdrescher so tief im halb abgeernteten Maisfeld stand, reichten die Gegengewichte auf dem Kran dafür gerade einmal so. Sollte sich der Kranführer mit seinen Berechnungen vertan haben, würde es nichts werden mit der Bergungsaktion. Stattdessen würde der angeforderte Hebehelfer schnurstracks der Physik Tribut zollen und selbst zu einem technischen Pflegefall mutieren, weil er den Hebelgesetzen folgend kopfüber in das Feld kippte. Aber der Kranführer war ein guter Mann, und so wurde der Mähdrescher Zentimeter für Zentimeter in die Höhe gehoben, bis er circa einen Meter über dem Boden schwebte, ehe er langsam, in einem weiten Kreis, zu dem am Straßenrand stehenden Sattelschlepper geschwenkt wurde. Ein eindrucksvolles Schauspiel menschlicher Ingenieurskunst, das von César Huppendorfer mit skeptischem Blick verfolgt wurde, bis ihn auf einmal der Ellenbogen seiner blonden Kollegin schmerzhaft in die Rippen traf.

»Schau mal, schau doch mal«, zischte Andrea Onello ihm zu und zeigte mit ausgestrecktem Arm auf eine Stelle im Feld, die sich gerade noch direkt unter dem Mähdrescher befunden hatte, jetzt aber urplötzlich dem prallen Sonnenlicht ausgesetzt wurde.

Zuerst konnte César nicht erkennen, was es denn dort so Sensationelles zu beobachten gab, aber dann sah er es auch. Dort, auf der unversehens von Schatten und sonstiger Deckung beraubten Fläche, befand sich zwischen den gekürzten Halmen auf dem Acker ein Nest. Ein unscheinbares Vogelnest, welches hauptsächlich aus unzähligen zusammengesuchten kleinen Feldsteinchen bestand. Darin saß eine von den Ereignissen überrollte Vogelmutter, die ihre Flügel weit ausgebreitet hatte und sie schützend über ihre kleinen, neugierig zwischen den Federn hervorlugenden Vogelkinder hielt.

Der Blick der Mutter war indes weit weniger freundlich, eher als extrem missmutig, fast feindselig zu beschreiben. Das mochte zum einen daran liegen, dass die Federn an ihren Flügelenden reichlich angekokelt aussahen. Die Vogelfamilie schien unter dem brennenden Mähdrescher eisern durchgehalten und das Inferno bis auf die angebrannten Federn der Mutter auch einigermaßen glimpflich überstanden zu haben. Und so mochte der zornige Blick der Vogelmutter zum anderen auch damit zu tun haben, dass ausgerechnet jetzt, wo sie alle dieses gewaltige Feuer überlebt hatten, der schöne Mähdrescher über ihnen einfach fortgehoben wurde. Die menschengemachte Maschine hatte Schutz vor Wetter und Fressfeinden versprochen. Jetzt war die kleine Familie unwillkommenen Gaffern und einer sengenden Mittagshitze ausgesetzt. Es war Zeit zu gehen, wieder einmal.

Diese ungefähren Gedankengänge konnten die beiden Kommissare an dem kleinen Vogelmuttergesicht ablesen, bevor selbige ihre Flügel zusammenfaltete und sich dann erst einmal selbst betrachtete. Jetzt, im Sonnenlicht besehen, war die optische Bestandsaufnahme niederschmetternd. Wie eine gestandene Flussregenpfeiferin sah sie nun wirklich nicht mehr aus. Ihr Federkleid war das eines Kiesläufers gewesen, ausgerichtet auf ein Leben zwischen grauen, einfarbigen Steinen am Fluss. Das gesamte Tarnungsensemble war durch jahrtausendelange Evolution perfektioniert worden. Aber jetzt, mit den verbrannten schwarzen Flügelenden, sah sie eher aus wie ein Kiebitz für Arme im Bonsaiformat, stellte sie voller Entsetzen fest. Nichts, womit man in der Flussregenpfeifer-Szene angeben konnte.

Da muss ich mir wohl etwas einfallen lassen, dachte sich die Pfeiferin und versammelte ihre Kinder um sich. An und für sich kein Problem, Improvisation war praktisch ihr zweiter Vorname. Aber nicht jetzt und nicht hier, zuerst brauchten sie und ihre Familie einen sicheren Platz, ohne Menschen, ohne Sonne und vor allem ohne nächtliche Feuersbrünste. Also pfiff die resolute Vogelmutter einen kurzen Befehl, dann machte sich die kleine Familie im Gänsemarsch auf den Weg und war Sekunden später im dichten Rest des noch nicht abgeernteten Maisfeldes verschwunden.

»Süß«, meinte Andrea Onello verträumt und verfolgte den Abgang der kleinen, tapferen Truppe mit ihren Blicken, bis die Vogelfamilie außer Sichtweite war.

Der Kollege Huppendorfer fand die ganze Vogelshow weit weniger romantisch, er konnte mit Tieren jeglicher Art nichts anfangen. Er war definitiv ein Stadtmensch und hatte auch vor, einer zu bleiben. Ob er auf einem Acker stand oder auf der Marsoberfläche, war für sein persönliches Empfinden im Grunde das Gleiche. In beiden Fällen wollte er nur weg. Hier, nördlich von Bamberg, war für ihn die absolute Pampa, ödes Niemandsland, Lichtjahre von menschlicher Zivilisation entfernt. Gut, er musste und würde heute hier arbeiten, das gehörte nun mal zu seiner Jobbeschreibung. Aber sobald er hier ein Loch sah, war er mit Sicherheit wieder weg.

Entsprechend sah er der verschwindenden Pfeifer'schen Familie ohne große Wehmut hinterher und scannte dann den Ackerboden. Insbesondere der Bereich direkt unter dem Mähdrescher hatte es ihm angetan, da diese Fläche bisher ja nicht so richtig zugänglich gewesen war. Während Andrea, selbst Mutter und emotional wahrscheinlich auf einer Wellenlänge mit ihrem gefiederten Pendant, immer noch darauf zu hoffen schien, dass die süßen kleinen Vögel wieder auftauchten, schritt er lieber an der noch unerforschten Fläche entlang, bevor diese später noch von der Spurensicherung gescannt wurde. Seiner Meinung nach würde das nichts mehr werden mit den gefiederten Freunden. Er kannte sich mit Tieren ja nicht so wirklich aus, aber nach dem zu urteilen, wie diese Vogelmutter geschaut hatte, kam die sicher nicht mehr wieder. Die wirkte eher so, als wollte sie das Land verlassen und irgendwohin emigrieren, wo es keine brennenden Mähdrescher gab. Wo es absolut ruhig zuging, ohne unvorhergesehene Ereignisse. Island, La Palma oder so.

Den Blick am Boden, hatte er den zu untersuchenden Bereich schon fast umrundet, als er tatsächlich etwas am Boden liegen sah. Er bückte sich, um das unbekannte Etwas in Augenschein zu nehmen, als ihn wie ein Blitz auch schon die nackte Erkenntnis traf. Schnell holte er seinen eleganten dünnen Kugelschreiber aus der Jackeninnentasche und schob ihn in die Öffnung seines Fundstückes, um es in die Höhe zu heben. Als er das leicht angerostete Teil auf diese Art und Weise ins Sonnenlicht hielt, trat Andrea Onello neben ihn. Anscheinend hatte sie die bittere Realität bezüglich der erhofften, aber unwahrscheinlichen Wiederkehr ihrer Vögel inzwischen eingesehen.

»Eine Patronenhülse, neun Millimeter!«, rief sie überrascht, derweil Huppendorfer eine kleine Plastiktüte aus den Untiefen seiner dünnen Sommerjacke kramte. Er roch an der Hülse, hob die Augenbrauen und ließ auch seine blonde Kollegin daran schnuppern.

Andrea Onello nickte zustimmend. »Die ist frisch, erst vor Kurzem abgefeuert worden«, stellte sie fest und betrachtete das Fundstück genauer. »Das Material der Hülse sieht aber nicht gerade neu aus. Wenn sie schon länger auf dem Acker gelegen hätte, wäre das Messing oxidiert, das kann also nicht sein, das würde man sehen. Aber wenn nicht, wenn sie gerade erst abgefeuert worden ist, wieso sieht die dann so alt aus, regelrecht verrostet? Außerdem rosten Messinghülsen nicht, die laufen bestenfalls grünlich an. Wenn du mich fragst, César, ist diese Patronenhülse aus Stahl. Aus altem, rostigem Stahl. Und jetzt frage ich dich, César, wer verwendet denn bitte Patronen mit Stahlhülsen? Davon habe ich noch nie gehört.«

Ihr Kollege staunte über die messerscharfen Schlussfolgerungen seiner Kollegin und sah sich die Hülse selbst auch noch einmal genauer an. Ganz ohne Zweifel hatte Andrea recht. Das war definitiv eine Stahlhülse. Aber im Gegensatz zu Andrea wusste er durchaus etwas über solche Patronen zu berichten. Wozu hatte er denn den Ruf, weltbester Internetrechercheur der Dienststelle zu sein?

»*Si vis pacem, para bellum*«, murmelte er halblaut vor sich hin, was Andrea Onello nichts sagte, sie hatte während ihrer Schullaufbahn nicht das Vergnügen eines Lateinunterrichtes genießen dürfen. César klärte sie aber selbstverständlich gern auf. »Wenn du Frieden willst, bereite Krieg vor. Alter lateinischer Spruch. Das hier ist, namentlich davon abgeleitet, eine alte 9-Millimeter-Parabellum. Wenn ich mich recht entsinne, hat man solche Stahlpatronen aus Materialmangel im Zweiten Weltkrieg hergestellt. Sie wurden schon vor Ausbruch des Krieges eingeführt, um die Verwendung von Messing zu verringern. Darum ist das hier, Andrea …«, Huppendorfer wackelte demonstrativ mit seinem Kugelschreiber mit der aufgesteckten Patronenhülse, »… meines Erachtens Munition aus dem Zweiten Weltkrieg. Jetzt stellt sich natürlich die Frage: Wer feuert so alte Munition heute noch ab … und vor allem wozu? Und was hat das mit unserer Mähdrescherleiche zu tun?«

Andrea Onello hatte während des ausführlichen Vortrages ihres Kollegen aufmerksam zugehört und nickte jetzt anerkennend. »Das kann ich dir auch nicht sagen, César, aber ich verneige mich vor deinen profunden Kenntnissen, Respekt«, lobte sie.

Huppendorfer versenkte das Fundstück ohne weiteren Kommentar in dem Tütchen und steckte es weg. Sie suchten noch weitere dreißig Minuten lang den Bereich ab, auf dem der Mähdrescher gestanden hatte, aber außer den verlassenen Resten des angerösteten Vogelgeleges gab es nichts mehr zu finden.

Der Mähdrescher hatte inzwischen seinen Platz auf dem Sattelschlepper eingenommen, und die Ladearbeiten auf der Straße neigten sich ihrem Ende zu, als das Mobiltelefon von Andrea Onello klingelte. Es war der geschätzte Kollege Haderlein, der aus dem Büro anrief und von einer weiteren höchst überraschenden Entwicklung der Dinge berichtete. Andrea Onello bat ihn, ihr die genauen Daten als Textnachricht aufs Handy zu schicken, legte auf und schaute César Huppendorfer mit versteinertem Gesichtsausdruck an. Der wartete gespannt auf die Fakten.

»César, so langsam nimmt das Ganze richtig Fahrt auf. Franz hat uns angerufen, weil wir am nächsten dran sind. Es gibt zwei neue Leichen.«

»Zwei neue Leichen? Mehr weißt du nicht? Und überhaupt, was soll das heißen, ›am nächsten dran‹?« Huppendorfer hatte eigentlich darauf spekuliert, diesen Acker endlich wieder verlassen und die Heimreise antreten zu dürfen. Aber daraus wurde wohl nichts.

»Wenn ich Franz richtig verstanden habe, sind es ziemlich sicher Mordopfer. Ein Mann und eine Frau, auf einem Bauernhof, beide erschossen. Und nahe dran heißt einmal über den Berg Richtung Itzgrund. Nach Ummersberg, um es genau zu sagen. Die Spurensicherung ist schon auf dem Weg. Wird also nix mit Heimfahrt, César, aber dafür kenn ich den Weg, falls dich das ein wenig tröstet«, erklärte ihm Andrea, die ja nur zwei Ortschaften weiter in Oberbrunn geboren war. Sie tätschelte ihm kurz die Backe und ging dann zum Auto voraus, welches direkt neben dem Sattelschlepper an der Straße stand, auf dem gerade der verkohlte Mähdrescher von Bauer Sporath festgezurrt wurde.

Als Max Leisgang an der angegebenen Adresse stoppte, war weit und breit nichts von Amira zu sehen. Leicht verunsichert blickte er noch einmal auf den Zettel, auf dem er sich ihre Angaben notiert hatte, und stellte fest, dass er am richtigen Ort war. Drüben auf der gegenüberliegenden Straßenseite war ein großer Stoffladen, in dem gerade nicht besonders viel los war, und hier, rechter Hand, lag der verdreckte Innenhof einer auf dem Eckgrundstück nach vorn zur Straße rausgehenden Ladenzeile. Von Amira keine Spur. Er wollte eben zum Telefon greifen, um sie anzurufen, als aus dem Hof eine verheulte Stimme zu hören war.

»Ich bin hier, Max …«, rief sie kläglich von irgendwo, aber immer noch konnte Max weit und breit keine Amira sehen.

Erst als er in den Hinterhof trat, nahm er hinter einer großen Blechtonne eine Bewegung war. Hier kauerte Amira unter ihrem blauen Hidschab an der Wand. Max fragte gar nicht erst, was sie hier machte, sondern tat, was getan werden musste. Sie mussten hier weg, und zwar so schnell wie möglich. Dazu zog er ihr den Hidschab vom Kopf, was Amira so erschreckte, dass sie sofort wieder zu weinen anfing, schließlich war das einzig Gute, was so ein Hidschab hatte, dass man sich wunderbar darunter verstecken konnte. Und jetzt konnte sie doch jeder sehen! Aber die Zeit des Hidschabs war vorbei, Max reichte ihr einen braunen Pullover, ein geblümtes Kopftuch und eine Sonnenbrille.

»Zieh das an, Amira, und zwar schnell. Die suchen jetzt nach einer Frau im Hidschab. Da riskieren wir lieber einen Anschiss von den Taliban, als dass sie dich in dem blauen Ding da aufgreifen.«

Als hätten die Gotteskrieger nur auf eine solche Bemerkung gewartet, war draußen auf der anderen Straßenseite auf einmal wildes Geschrei zu hören, und ein Pick-up nach dem anderen, die Ladefläche vollgeladen mit schwer bewaffneten Männern, donnerte die Straße entlang in die Richtung, in der sich in einiger Entfernung das Wohnhaus des getöteten Opiumhändlers befinden musste.

»Was ist mit Sisa, wo ist deine Schwester?«, fragte Max eindringlich, aber Amira brach auf die Frage hin in haltloses Schluchzen aus, was ihn von weiteren Nachfragen absehen ließ und zu größter Eile animierte. Sisa war nicht da, daran konnte er nichts ändern. Um dieses Problem würde er sich zu gegebener Zeit kümmern. Jetzt mussten sie erst einmal ihre eigene Haut retten. »Los jetzt, wir müssen schleunigst hier weg«, raunte er Amira ins Ohr und setzte ihr die große Sonnenbrille auf, um ihre tränennassen, geröteten Augen wenigstens etwas zu verbergen.

Amira folgte willenlos seinen Anweisungen, bis sie neben

Max in dem Kleinlaster der UNO saß, der nur wenige Meter entfernt an der Straße parkte. Dann bekam sie von ihrem Freund ein nachdrücklich und harsch vorgetragenes Briefing, Max war es offenbar verdammt ernst.

»Also noch einmal, Amira, das ist jetzt verdammt wichtig. Du heißt Aisha Klum, und du bist meine Frau, eine Deutsche. Du kannst nur Deutsch, kein Paschtu. Wenn dich jemand anspricht, dann schüttelst du nur den Kopf. Egal, was du gefragt wirst, wer es ist oder was passiert, ich will kein einziges Wort von dir hören. Hast du das verstanden?«

Sie nickte müde und wiederholte das Ganze zum Zeichen ihrer Mitarbeit in Kurzform. »Ich bin Aisha Klum, ich bin Deutsche und deine Frau. Du bist Stefan Klum, mein Mann.«

»In Ordnung. Und jetzt versuch dich zu entspannen und lass mich machen.« Max Leisgang startete den Motor, scherte aus und lenkte den kleinen Laster stadtauswärts. Ab und zu schaute er in den Rückspiegel, ob vielleicht irgendjemand Verdacht geschöpft hatte und sie verfolgte. Aber niemand schien von dem kleinen hellblauen Laster des World-Food-Programms der UN Notiz nehmen zu wollen.

Eine Schrecksekunde gab es, als sie an der Ausfallstraße Richtung Osten an eine Straßensperre der Taliban kamen, die aber gerade erst im Aufbau begriffen war. Einer der bewaffneten Männer warf einen kurzen Blick ins Führerhaus, dann hob er die Plane der Ladefläche an, um zu sehen, was sich darunter befand. Als er dort nichts Besonderes entdecken konnte, wurden sie ohne Nachfragen durchgewinkt. Hinter ihnen wurde die Straße gleich darauf komplett verbarrikadiert, während sie selbst mit flatternden Nerven auf der unebenen Strecke in Richtung Khyber-Pass davonpolterten.

Sehr lange sagten beide nichts, sie saßen nur stumm im Auto und hingen ihren Gedanken nach, bis Amira irgendwann fragte, wo Max denn jetzt überhaupt mit ihr hinfahren wollte.

»Nach Gardi Ghos. Ist ein kleines Kaff nahe dem Khyber-Pass. Dort lebt ein alter Kumpel von mir, der wird uns helfen.

Lehn dich zurück und versuche, ein wenig zu schlafen, Amira, oder ruh dich wenigstens aus. Wenn wir dort sind, sehen wir weiter, okay?«

Amira nickte, allerdings ließen sowohl die Wirkung des Adrenalins in ihrem Körper als auch die der Schmerztabletten allmählich nach, und sie registrierte wieder die Blessuren der Schläge, die ihr heute zugefügt worden waren. Sie wusste nicht, ob es ihr unter diesen Umständen gelingen würde, aber Max hatte recht, sie würde versuchen, ein wenig zu schlafen. Sie brauchte dringend etwas Ruhe, auch wenn das, was ihr der sterbende Nimatullah offenbart hatte, alles andere als Entspannung versprach.

Irgendwann, als Max zu ihr sagte, sie seien gleich da, nickte sie doch noch ein. Als sie die Augen wieder öffnete, bemerkte sie, dass erstens jemand an die Scheibe des Lasters klopfte und zweitens draußen die Dämmerung angebrochen war. Sie richtete sich auf, und die dicke Decke, die Max unbemerkt über ihr ausgebreitet hatte, während sie schlief, rutschte von ihrem Oberkörper. Auch jetzt war es Max, wer sonst, der gerade geklopft hatte und nun die Tür auf der Beifahrerseite öffnete.

»Komm mit, wir müssen etwas mit dir besprechen«, sagte er leise.

»Warum, was ist denn los?«, wollte Amira noch reichlich schlaftrunken wissen.

»Es gibt schlechte Neuigkeiten, aber das erzähle ich dir besser drinnen«, erwiderte er, nahm vorsichtig ihren Arm und half ihr von ihrem Sitz herunter.

Amira stöhnte bei der Berührung laut auf, gewaltige Schmerzen zuckten durch ihren Arm bis in die Schulter. Sie waren so stark und kamen so unverhofft, dass sie sich krümmte, gegen den Wagen stieß, woraufhin sich der Schmerz nur noch weiter ausbreitete, und in sich zusammensinkend auf ihre Knie fiel.

Am liebsten hätte sie laut geschrien. Ihr Rücken brannte wie Feuer, die Beine fühlten sich an wie zusammengekneteter Brotteig, und ihre Lunge wurde gerade von Tausenden scharfen

Schwertern durchbohrt. Egal, was Max für einen Plan hatte, in ihrem Zustand war sie zu nichts mehr fähig. Eigentlich wollte sie nur noch hier im Staub Afghanistans liegen und sterben. Die Situation war doch sowieso total hoffnungslos, was sollte das also alles noch?

Aber da hatte sie die Rechnung ohne einen gewissen Max Leisgang gemacht, der einfach unter sie griff und das stöhnende Bündel, das sie war, auf seine Arme hob.

»Du wirst jetzt nicht aufgeben, Amira. Ich weiß, es geht dir gerade total beschissen. Aber solange wir noch eine Chance haben, und wenn sie noch so klein ist, wird nicht aufgegeben, hörst du?«

Amira sagte nichts dazu, sie war damit beschäftigt, ihre Schmerzensschreie zu unterdrücken. Die Arme um den Hals ihres Freundes gelegt, ergab sie sich willenlos ihrem Schicksal. Sie registrierte nicht, wie sie an einigen Häuserwänden aus Lehm vorbeigetragen wurde, lediglich die abendliche Kälte, die inzwischen hereingebrochen war, bekam sie mit. Trotz aller Schmerzen war sie froh, als Max sie irgendwann in einem kleinen Haus, in das er sie getragen hatte, auf eine Art Matratze bettete. Dort blieb sie einen Moment liegen, bevor Max ihr erneut eine Hand unter den Rücken schob und sie aufrichtete.

Amira wehrte sich dagegen, sie wollte einfach nur noch liegen bleiben, bis die Schmerzen wenigstens etwas nachließen. Aber Max war unerbittlich und ließ nicht locker, bis sie in sitzender Position vor sich hin stöhnte, ihren linken Arm um seinen Hals gelegt, damit sie ihm nicht plötzlich wegkippte. Mit seiner freien Hand hielt er ihr ein Glas Wasser hin.

Amira betrachtete das Glas wie ein Geschenk Allahs und wollte sofort trinken, als er ihr noch etwas reichte. Auf seiner Hand lagen drei etwa erbsengroße, dunkle Kügelchen.

»Nimm das«, befahl er ihr sanft.

Noch vor einem Tag hätte Amira eine Diskussion darüber angefangen, was das denn für Kügelchen seien und warum sie das unbekannte Zeug nehmen solle. Jetzt schob sie sich kommentarlos eine nach der anderen in den Mund und trank das Glas in einem Zug leer.

»Braves Mädchen«, lobte Max, dann half er Amira, sich wieder vorsichtig zurück auf die gepolsterte Unterlage zu legen. »In einer halben Stunde wird es dir besser gehen, Amira, dann müssen wir reden. Aber jetzt versuche dich erst einmal zu entspannen, so gut es geht.«

Amira betrachtete den Raum, in dem sie sich befand. Es war eins von zwei oder drei Zimmern in einem mit einfachsten Mitteln gebauten afghanischen Haus ohne obere Stockwerke, denn sie konnte von ihrem Lager Dachziegel statt einer Zimmerdecke erkennen. Max war aus dem Raum verschwunden, er unterhielt sich leise mit jemandem im benachbarten Zimmer hinter einer dünnen Holztür. Eigentlich wollte sie ihre Augen schließen und noch ein wenig schlafen, aber seltsamerweise war sie jetzt gar nicht mehr müde, bloß erschöpft. Anscheinend hatte sie in dem kleinen Laster länger geschlafen, als sie gedacht hatte. Das Problem war auch nicht der fehlende Schlaf, sondern definitiv diese höllischen Schmerzen.

Aber die Schmerzen ließen nach, je länger sie dalag und über ihre Situation nachdachte. Nach einer Weile konnte sie sich sogar von allein auf die Seite drehen, was noch wenige Minuten zuvor ein absolut undenkbares Unterfangen gewesen wäre. Und sie wusste auch, warum. Max hatte ihr Opium gegeben, das hatte sie sich schon gedacht, als er ihr die Kügelchen präsentierte.

Eigentlich wurde Opium in Afghanistan geraucht, aber man konnte es auch essen. Die Wirkung war die gleiche, eher noch etwas stärker, setzte rasch ein und konnte viele Stunden andauern, weshalb Amira vermutete, dass sie für eine Weile keine stärkeren Schmerzen verspüren würde. Der Hauptwirkstoff des Morphins führte allerdings häufig zu entspannt-hypnotischen oder narkoseähnlichen Zuständen, sodass sie nicht wusste, ob sie allem, was Max ihr gleich womöglich erklärte, noch ausreichend würde folgen können. Sie verspürte jetzt bereits deutlich die stark betäubende und vor allem beruhigende Wirkung des

Opiums, wodurch die depressive Stimmung, die sich ihrer zwischenzeitlich bemächtigt hatte, aufgehoben wurde.

Gerade als sie es endlich wagte, sich allein und ohne fremde Hilfe aufzusetzen, kam Max zurück in den Raum. Hinter ihm trat ein Mann ins Zimmer, den Amira zuvor noch nie gesehen hatte. Weder zu ihrer Zeit als Dolmetscherin bei der Bundeswehr noch in der Zeit danach. Er war einen ganzen Kopf kleiner als Max, überhaupt eher schmal und drahtig gebaut und hatte ein braunes wettergegerbtes Gesicht, das von einem dichten dunkelbraunen Bart eingerahmt wurde. Dazu trug er die traditionelle Kleidung afghanischer Männer, den sogenannten Shalwar Kamiz, einen Zweiteiler, der aus einem weit geschnittenen Hemd und einer Hose bestand. Als Kopfbedeckung trug er eine graue Pakolmütze aus Schafwolle.

Der Mann sah aus wie der berühmte Führer der Nordallianz, Ahmad Schah Massoud. Der »Löwe von Pandschschir«, so Massouds Beiname, hatte das schwer zugängliche Pandschschir-Tal im Norden Afghanistans während des Sowjetisch-Afghanischen Krieges mit brillantem militärischem Widerstand erfolgreich gegen die Sowjetarmee verteidigt. Im Anschluss daran gelang ihm das gleiche Kunststück noch einmal gegen die Taliban. Und mit seinem Habitus, dem eines Nationalhelden, stand der kleine, zähe Kerl jetzt neben Max und betrachtete sie mit ausdruckslosem Gesicht.

»Amira, das ist Mario«, sagte Max. »Er wird uns heute Nacht helfen, über die Grenze zu kommen. Wie das genau vonstattengehen soll, besprechen wir jetzt. Wie geht es dir?«

Amira wollte antworten, bemerkte aber, dass Max in Gedanken bereits ganz woanders war. Ihr lief ein Schauer über den Rücken, denn sie konnte sich keinen Reim auf das eben Gehörte machen. Mario? Also war das gar kein Afghane? Denn kein Afghane, den sie kannte, hieß Mario. Und wieso brauchten sie seine Hilfe? Sie war davon ausgegangen, dass sie zusammen, aber allein versuchen wollten, über die Grenze nach Pakistan zu kommen. Welche Rolle spielte dieser Mario dabei? In einer anderen, normalen Situation hätte sie diese Fragen mit Sicherheit laut gestellt. Aber das Morphin in ihrem Körper unterdrückte jegliche Angst oder gar Panik, sodass sie einfach nur dasaß und mit großen Augen der Dinge harrte, die da folgten. Sie hatte ja sowieso keine andere Wahl.

Die beiden Männer setzten sich im Schneidersitz vor Amira auf den Boden.

»Amira, die Taliban suchen dich«, sagte Max. »Genauer gesagt suchen sie nach einer Doppelmörderin namens Aisha Klum. Also denke jetzt bitte einmal genau nach. Hast du heute diesen Namen benutzt oder jemandem den Pass gezeigt, den ich dir gegeben hatte?«

Amira war geschockt. Die Taliban wussten, wer sie war? Wie in aller Welt waren sie denn auf sie gekommen? Sie hatte doch die ganze Zeit den Hadschib getragen, und gesprochen hatte sie auch mit niemandem. Verzweifelt ließ sie das heute Geschehene in Gedanken Revue passieren – bis zu dem Moment, als sie sich an dem kleinen Teetisch in Fawad Nimatullahs privaten Gemächern niedergelassen hatte. Der Pass, sie hatte ihn auf dem Tisch abgelegt, ehe der Hausherr mit seinem Bruder erschienen war. Bei ihrer Flucht hatte sie ihn in ihrer Aufregung dort liegen lassen, ihn einfach vergessen. Als ihr dieser Umstand bewusst wurde, brach sie in Tränen aus und blickte Max aus verheulten Augen an.

»Ich habe den Pass nicht mehr, die Taliban haben ihn. Ich habe ihn in Nimatullahs Haus vergessen«, gestand sie unter verzweifeltem Schluchzen.

Max Leisgang konnte es nicht glauben. Da hatte er unter größter Gefahr und für ziemlich viel Geld Pässe für sie beide anfertigen lassen, und Amira ließ das Teil einfach irgendwo liegen, das durfte doch wohl nicht wahr sein! Das erklärte natürlich, wieso die Taliban auf ihren falschen Namen gekommen waren und warum er seinen schönen Plan, einfach über den Khyber-Pass zu fahren, vergessen konnte. Jetzt half nur noch Plan B. »B« wie »beschissen«. Einer dieser Pläne für den absoluten Notfall, wenn alle anderen Möglichkeiten ausgeschöpft waren. Geboren aus Verzweiflung und mit geringen Erfolgsaussichten. Aber besser eine kleine Chance als gar keine. Da mussten sie jetzt durch. Zuvor gab es allerdings noch ein wichtiges Detail zu klären.

»Okay, das erklärt, wieso sie nicht nach einer Unbekannten suchen. Aber jetzt sag mir doch mal bitte, was mit deiner Schwester ist? Wo ist Sisa? War sie denn nicht bei diesem Opiumhändler? Wieso war sie nicht bei dir, als ich dich in diesem Hof gefunden habe?«

Er sah, dass Amiras Mundwinkel zuckten, als würde sie gleich wieder in Tränen ausbrechen, aber sie fing sich wieder. Das Opium verhalf ihr tatsächlich zu so viel Entspannung, dass sie endlich darüber reden konnte.

»Nimatullah hat Sisa weiterverkauft. Er hatte gar nicht vor, sie für sich zu behalten. Er hat sie meinem Vater im Auftrag abgehandelt, weil der eigentliche Käufer genau wusste, dass er Sisa auf anderem Weg niemals bekommen würde. Mein Vater hätte sie niemals an dieses perverse Arschloch verkauft, auf keinen Fall!«

Max verstand. Sisa war also noch einmal weiterverkauft worden, und Fawad Nimatullah hatte eine ordentliche Provision eingestrichen. Blieb noch zu klären, an wen. Er schaute Amira fragend an.

»Roland. Sisa ist von deinem Ex-Kollegen Roland gekauft worden. Er hat sie gesehen, als er mich uneingeladen bei meinen Eltern besucht hat. Verstehst du, was das heißt, Max? Ron hat sie, und ich habe keine Ahnung, wo sie jetzt ist und was ich machen soll.«

Dies alles auszusprechen war dann doch zu viel für Amira, und die Gefühle brachen sich trotz des Opiumnebels Bahn. Sie fiel zurück auf ihr Lager und weinte hemmungslos. Max Leisgang und Mario Schober wechselten ungläubige Blicke, ehe Mario sicherheitshalber noch einmal nachhakte.

»Meint sie unseren Ron Schober, den Aushilfsnazi, der unehrenhaft aus der Bundeswehr entlassen worden ist?«

»Genau der ist gemeint, Mario, genau der«, bestätigte Max Leisgang mit düsterer Miene.

»Dann ist der Drecksack die ganze Zeit hier gewesen.«

Auch Max war die Ratlosigkeit ob dieser unerwarteten Nachricht anzumerken. Er beugte sich nach vorn und legte Amira beruhigend eine Hand auf die Schulter. »Eins nach dem anderen, Amira. Ich werde versuchen herauszufinden, wohin Roland verschwunden ist. Jetzt muss ich mich aber zuerst einmal mit Mario besprechen, dann entscheiden wir, was zu tun ist, okay?«

Er wartete keine Antwort ab, sondern erhob sich und verließ zusammen mit Mario Callies den Raum.

Die verzweifelte Amira blieb allein auf ihrem Lager zurück und versuchte in stiller Verzweiflung, die Gedanken an ihre verschollene kleine Schwester zu verdrängen.

Christian Schleichert saß in der Küche von Uwe Kneuers Bauernhof vor einem Bier und wartete. Es ging allmählich auf Mitternacht zu, und zum wiederholten Male sah er auf seine Uhr, denn seine beiden Mitstreiter waren längst überfällig. Nicht, dass er deswegen ärgerlich wäre, nein, er hatte einfach Gesprächsbedarf. So wie sich Soldaten in amerikanischen Kriegsfilmen eine Siegeszigarre anzündeten, saßen sie, Uwe, Franz und er, nachher noch zusammen, um ein Siegerbier zu trinken, die fränkische, artverwandte Vorgehensweise in solchen Fällen. Natürlich nicht sofort nach ihrem jeweiligen »Event«, sondern exakt eine Woche später. Nicht dass sie durch ihr geheimes Zusammentreffen noch irgendeinen Verdacht erregten – und zwar sowohl bei den an und für sich Gleichgesinnten als auch bei den sogenannten Vertretern des sogenannten Staates dieser sogenannten Demokratie.

Ihr Vorgehen war mit den eigenen Leuten nicht abgestimmt und von diesen schon gar nicht befürwortet worden. Das waren ja alles Dampfplauderer und Weicheier. Sie drei, die KBB, waren doch die Einzigen, die Eier in der Hose hatten und das taten, was getan werden musste. Wenn diese Parteiaffen nicht bereit waren, harte Konsequenzen zu ziehen, dann sollten sie halt zu

Hause bleiben. Und die KBB machen lassen, weil sie sich für die Drecksarbeit nicht zu schade waren und ihre Nummer ohne Skrupel durchzogen. Sie hatten alle drei beschlossen, sich nicht einschüchtern zu lassen. Weder von der Bewegung noch von der Öffentlichkeit, von der sie sowieso verteufelt wurden. Sollte sich dieser verkommene grün-gelb-rote Sumpf von Vaterlandsverrätern, der sich Regierung nannte, doch über die ach so schlimmen Terroristen aufregen, die diese scheiß Batterieautos in die Luft sprengten. Das war alles nur der Anfang, bloß die Nagelprobe für die große Idee. Und deswegen gab es heute definitiv etwas zu feiern. Denn beim letzten Mal hatten sie ihr Meisterstück abgeliefert. Gleich fünf Autos auf einmal hatten sie bei diesem Eberner Autoheini in die Luft gejagt. Was für ein geiles Feuerwerk. Das sollte ihnen erst einmal jemand nachmachen. Damit konnten sie es dem grünen Pilz, dieser linken Diktatur, die jetzt in Deutschland herrschte, einmal so richtig zeigen.

Im Grunde setzten sie ja nur das um, was ihre Vorsitzende und Gründerin der oberfränkischen HfD Meike Runzelmann in ihrer großen Grundsatzrede damals in ihrem Sitzungssaal, dem »Kleinen Reichstag«, propagiert hatte. Der Keller war proppenvoll gewesen mit Menschen, welche die gleiche Sorge, die gleiche Frage umtrieb: wie man mit diesem Land weiter verfahren sollte. So konnte das ja nicht weitergehen, so ging Deutschland vor die Hunde, jetzt mussten andere Saiten aufgezogen werden. Genau dafür war die HfD, die »Hoffnung für Deutschland«, gegründet worden. Entsprechend hatte die Vorsitzende in einer großen Rede ebenjene Vorstellungen und Ziele formuliert, die alle Anwesenden vorbehaltlos teilten, wie man an den anerkennenden Zwischenrufen und dem großen Applaus unzweifelhaft hatte erkennen können.

Gleich in ihrem ersten Punkt war Runzelmann auf das leidige Thema Elektroautos zu sprechen gekommen. Sie kündigte an, dass sich ihre Partei gegen eine Bevorzugung des Elektroantriebs durch den Bund aus »ideologischen Gründen« wehren werde. Keine langen Diskussionen, die Verantwortlichen gehörten auf der Stelle erschossen, dann werde sich das mit dieser grünen Scheiße ganz schnell legen, hatte sie unter großem Beifall erklärt. Und mit den Ausländern war es ja so ähnlich. Auch so eine Antifa-Verschwörung, der man den Krieg erklären müsste. Dieses Land wurde ja schon seit Jahren von einer unerträglichen Masse an Flüchtlingen schier erstickt. Immerhin hätten wir jetzt so viele Ausländer im Land, dass sich ein Holocaust mal wieder lohnen würde, erklärte Runzelmann in ihrer Rede zu Recht. Sie würde jedenfalls niemanden verurteilen, der ein bewohntes Asylantenheim anzündete! Wenn jemand käme und den ganz großen Knüppel rausholte, um das Problem zu beseitigen, ihre Unterstützung hätte er. Brennende Flüchtlingsheime seien kein Akt der Aggression, das müsse einmal laut gesagt werden.

Dann hatte Meike Runzelmann sich auf die von der HfD in Thüringen medienwirksam propagierte und von ihren Anhängern dort wie hier zu Recht gefeierte Linie eingeschworen, dass es irgendwann ein groß angelegtes Remigrationsprojekt geben müsse. Die Leute fänden so einen Schwarzen vielleicht als Fußballspieler gut, aber wer wolle denn schon einen Boateng als Nachbarn haben? Deutschlands Flüchtlinge sollten gefälligst dorthin zurück, wo sie hergekommen waren. Dieses Remigrationsprojekt sei aber nur mit Gewalt zu schaffen. Man werde daher um eine »Politik der wohltemperierten Grausamkeit« nicht herumkommen. Dem Flüchtling sei es doch schließlich egal, an welcher Grenze er sterbe. Wir müssten die Grenzen wieder dichtmachen und die grausamen Bilder dann eben aushalten. Und wenn den Anwohnern oder Bewohnern einer Kommune alternativlos – wie immer – eine Einrichtung vor die Nase gesetzt werde, die sie einfach nicht haben wollten, hätten sie als Deutsche das Recht, die Flüchtlingsunterkünfte in Form von zivilem Ungehorsam einfach abzufackeln. Leuchtende Vorbilder für ein solches Vorgehen habe es in Deutschland ja bereits gegeben. Das große Problem sei aber, dass man Hitler als das absolut Böse darstelle, auch das müsse sich irgendwann endlich einmal ändern in diesem Land. Dafür sollten wir auch wieder eine SA gründen und endlich aufräumen!

An diesem Punkt hatte Meike Runzelmann großen und lang anhaltenden Applaus bekommen. Sie hatte dann auch noch konkretisiert, was das denn in der Folge genau heißen würde. Dass sich der linksliberale Dreck in diesem Land damit nämlich wahrscheinlich nicht abfinden werde und mit Widerstand zu rechnen sei. Dafür brauche es eine radikale und endgültige Lösung, wie sie treffend bemerkte. Solche Menschen müssten wir selbstverständlich entsorgen.

»Ich sage diesen linken Gesinnungsterroristen, diesem Parteienfilz ganz klar: Wenn wir kommen, dann wird aufgeräumt, dann wird ausgemistet, dann wird wieder Politik für das Volk und nur für das Volk gemacht – denn wir sind das Volk, liebe Freunde!«, verkündete sie damals unter großem Beifall – ein unter Parteigenossen bis heute gern zitierter Satz aus ihrer Rede, die dann mit einer Anklage und einem sehr persönlichen Versprechen endete: »Unsere einst geachtete deutsche Armee ist von einem Instrument der Landesverteidigung zu einer durchgegenderten multikultiralisierten Eingreiftruppe im Dienste der USA verkommen. Die alten Kräfte, also die Altparteien, aber auch die Gewerkschaften, die Amtskirchen und die immer schneller wachsende Sozialindustrie, die an dieser perversen Politik auch noch prächtig verdient, wie auch die Pharmalobby, die, um Millionen aufrechten Deutschen gegen ihren erklärten Willen Zwangsimpfungen zu verabreichen, die deutsche Politik seit Monaten fernsteuert. All diese Kräfte, die ich gerade genannt habe, lösen unser liebes, deutsches Vaterland auf wie ein Stück Seife unter einem lauwarmen Wasserstrahl. Aber wir Patrioten werden diesen Wasserstrahl jetzt zudrehen! Wir werden unser Deutschland Stück für Stück zurückholen! Unsere Volksgemeinschaft ist krank. Sie leidet an besagten Altparteien, Diarrhö, Gutmenscheritis, links-grün-versifften 68ern und durch Merkel und Scholz versiffte, aufgelöste Außenhaut. Unser geliebtes Deutschland leidet unter einem Befall von Schmarotzern und

Parasiten, welche dem deutschen Volk das Fleisch von den Knochen fressen wollen. Aber der Tag wird kommen, an dem wir alle Ignoranten, Unterstützer, Beschwichtiger, Befürworter und Aktivisten der Willkommenskultur, Zwangsimpfer und Batteriefetischisten im Namen der unschuldigen Opfer zur Rechenschaft ziehen werden! Dafür lebe und arbeite ich. So wahr mir Gott helfe!«

Was für eine wunderbare Rede, erinnerte sich Christian Schleichert mit wiederkehrender Begeisterung, vor allem den begeisternden Schluss hatte er sich eingeprägt wie nichts Vergleichbares zuvor. Nach ihrem aufwühlenden Bekenntnis hatte sie, kurz vor dem Ende ihres grandiosen Vortrages, eine kurze, überaus bedeutungsvolle Pause eingelegt, um schließlich vor versammelter Mannschaft im »Kleinen Reichstag« mit glühendem Blick und fester Stimme die allumfassende Botschaft ihrer Partei, der HfD, zu verkünden: »Ich wünsche mir so sehr einen Bürgerkrieg, liebe Freunde, und Millionen Tote. Frauen, Kinder – mir egal, es wäre so schön. Ich will auf Leichen pissen und auf Gräbern tanzen. Sieg Heil!«

Damit verließ sie das Podium, und es folgte nicht enden wollender, tosender Applaus.

Mit zitternder Hand führte Christian Schleichert sein Bier zum Mund, weil diese Rede, selbst wenn sie nur in seinen Gedanken widerhallte, ein solches Maß an Emotionen in ihm auslöste, dass er am liebsten sofort wieder losgezogen wäre, um eine Revolution anzuzetteln. *Ich wünsche mir so sehr einen Bürgerkrieg ...* Wie hatte ihm Meike Runzelmann aus Lichtenfels da aus der Seele gesprochen! Das hatte etwas bei ihm ausgelöst. Gut, die Frau war in der Tat keine, die er sich nackt auf den Bauch binden würde. Sie hatte vom Auftreten her mehr von einem Mann als so mancher Kerl, aber reden konnte sie. Die Runzelmann war radikal, sie war ehrlich, und sie sprach offen aus, was alle in der Partei sowieso dachten. Und das mit dem Bürgerkrieg, das hatte sich seit diesem Tag bei ihm festgesetzt. Bei Uwe und Franz auch, so kamen sie dann zu der Idee, endlich etwas gegen die gefährlichen Machenschaften der neuen Regierung zu unternehmen. Es traute sich ja sonst niemand, dabei war es ihre verdammte Pflicht und Schuldigkeit!

Irgendjemand musste ihr geliebtes Deutschland endlich gegen diesen ganzen Wahnsinn verteidigen. Flüchtlinge, Impfpflicht, Elektromobilität – weg damit. Wenn es dafür radikaler Lösungen bedurfte, dann eben her damit. Wieso das jetzt ausgerechnet der Partei nicht passte, konnten und wollten sie nicht verstehen. Wenn diese Weicheier ihre Aktionen übertrieben fanden, bitte schön, das war deren Problem. Sie begriffen sich jedenfalls als der militante Arm der HfD, und eigentlich sollten die anderen ihnen dankbar sein, dass sie sich opferten und die Drecksarbeit für sie erledigten. Dazu würden sie jetzt auch bald einen Gang höher schalten, sich nicht mehr nur mit Fahrzeugen beschäftigen. Es wurde langsam Zeit, sich Personen zu greifen, und zwar diese grünen Drahtzieher, die …

Christian Schleicherts Gedankengang wurde rüde unterbrochen, als auf einmal ein Mann in der Küchentür stand. In der Hand hielt er eine seltsam aussehende Pistole, mit der er direkt auf seinen Kopf zielte, während er langsam näher kam. Christian Schleichert schaute ziemlich perplex, er hatte keine Ahnung, wie er sich verhalten sollte, weshalb er wie eingefroren dasaß, den Bierkrug kurz vor seinen Lippen, hatte er doch beabsichtigt, daraus zu trinken.

Die Mündung der Schusswaffe auf seine Stirn gerichtet, kam der unbekannte Mann näher, bis er den Tisch erreichte und sich ihm gegenüber auf einen Stuhl setzte, den Arm, welcher die Schusswaffe hielt, mit dem Ellenbogen auf den Küchentisch gestützt. Er musterte ihn kalt und teilnahmslos, dann fing er plötzlich an zu sprechen.

»Wo ist Uwe?«

Christian Schleichert war fast erleichtert, dass der Typ endlich etwas sagte. Das entspannte die absurde Situation ein wenig. Er setzte seinen Krug langsam auf dem Küchentisch ab, dann beantwortete er die ihm gestellte Frage.

»Uwe und Franz kommen gleich. Ich weiß auch nicht, wo die bleiben«, platzte er heraus. »Franz hat gesagt, dass es bei ihm wahrscheinlich später wird, und Uwe hatte noch irgendetwas zu erledigen, einen Anruf oder so ähnlich.« Er räusperte sich. »Worum geht's denn eigentlich?«, schob er nach und stellte fest, dass ihm jetzt doch allmählich die Hände zitterten, weshalb er sie flach vor sich auf den Tisch legte.

Den Unbekannten vor ihm interessierten Schleicherts Befindlichkeiten aber überhaupt nicht, im Gegenteil. Ein spöttischer Zug lag um seinen Mund, als er sagte: »Franz wird nicht mehr kommen, so viel kann ich dir schon mal verraten.«

Schleichert brauchte ein paar Sekunden, um zu begreifen, was diese Aussage womöglich zu bedeuten hatte. Glauben konnte er es trotzdem nicht. »Wieso? Natürlich kommt er. Wir hatten einen festen Zeitpunkt ausgemacht, und Franz ist in der Regel sehr zuverlässig.«

Der Mann lächelte mitleidig, so als müsste er einem kleinen Kind erklären, dass es den Klapperstorch leider nicht gab. »Nein, wird er nicht, du Hohlkopf. Ich habe ihm gesagt, dass er nicht mehr zu kommen braucht. Und was soll ich sagen, er hat es doch tatsächlich verstanden. Aus dem gleichen Grund bin ich jetzt bei dir, Christian. Damit auch du es kapierst …«

Christian Schleichert wurde blass. Was sollte das alles? Wer war der Typ, und warum tauchte der hier mit einer Waffe auf und bedrohte ihn? Panik und Ratlosigkeit machten sich in ihm breit. Gerade noch voll der inneren Euphorie über die gewaltigen Ziele, die er zusammen mit seinen beiden Kumpanen verfolgte, stand ihm jetzt die Verzweiflung ins Gesicht geschrieben.

»Warum …?«, brachte Schleichert nur hilflos hervor und deutete mit seinem Finger auf die vor ihm in der Luft schwebende Waffe.

»Warum?«, äffte der Mann ihn spöttisch nach. »Weil ihr mit euren dämlichen Aktionen die Organisation gefährdet. Unsere Sache ist so wichtig, dass wir sie nicht mit eurem bescheuerten Ku-Klux-Klan-Getue gefährden dürfen. Wir sind hier nicht im

Kindergarten. Wer einmal im ›Kleinen Reichstag‹ gesessen hat, gehört zu den Erwachsenen, kapiert? Und bevor du jetzt irgendetwas sagst, Christian Schleichert: Ihr wurdet gewarnt, alle drei. Und wenn ihr tatsächlich zu blöd seid, um zu begreifen, wann es vorbei ist, müsst ihr eben die Konsequenzen tragen. Ende der Durchsage.«

Fast unmerklich bewegte sich der Lauf der alten Pistole ein paar Millimeter nach oben, was Christian Schleichert zu einem letzten Verteidigungsversuch animierte.

»Ja, aber ich wusste nicht –«, stieß er hastig hervor, was allerdings zu keiner kompletten grammatikalisch korrekten Satzbildung mehr führte, denn sein Gegenüber zeigte kein Interesse an einer weiterführenden Konversation.

»Genau, du wusstest nicht. Du kapierst gar nichts, du blöder Arsch. Genau das ist ja das Problem mit euch hirnamputierten Freizeit-Nazis. Ihr seid einfach zu blöde, in einen Eimer zu scheißen, wenn ihr drinsteht!«

Das Lächeln auf dem Gesicht des Mannes verschwand, dann krümmte sich der Zeigefinger seiner rechten Hand, und er zog den Abzug entschlossen durch. Die Kugel durchdrang zielgenau die Stirn des Widerstandskämpfers Christian Schleichert. Sein Kopf wurde nach hinten geschleudert, als sich weite Teile seines Gehirns blutig auf der dahinterliegenden Wand verteilten. Im selben Moment ertönte von der Küchentür her ein lauter, erschrockener Schrei. Die kleine, dickliche Frau von Uwe Kneuer stand in der Türöffnung und hielt sich erschrocken die Hand vor den Mund.

Sofort schwenkte die Hand des Fremden herum, aber bevor er einen Schuss abfeuern konnte, war die Bauersfrau mit erstaunlicher Behändigkeit verschwunden. Er hörte nur noch, wie eine Holztür laut in ihr Schloss geschlagen wurde und sich ein Schlüssel quietschend drehte. Als er wenig später vor der Tür stand, machte er angesichts des unerwarteten Hindernisses einen Versuch, das Ganze gütlich zu regeln.

»Mach auf, Beate, das hat doch keinen Sinn«, rief er und

klopfte mit dem Knauf seiner Waffe an die Tür. Er bekam keine Antwort, konnte die Hausherrin im Zimmer aber verzweifelt wimmern hören. »Aufmachen, sonst läuft das auf die harte Tour!«, wiederholte er.

Wieder passierte nichts, lediglich das Wimmern der Frau legte etwas an Lautstärke zu. Also trat er einen Schritt zurück und schoss zweimal auf das alte Kastenschloss, das sofort seinen Geist aufgab. Ein kurzer Tritt gegen das zersplitterte Türblatt, und er stand im Schlafzimmer des Ehepaares Kneuer. Dort kniete Beate Kneuer heulend auf ihrem Ehebett und hämmerte mit hochrotem Gesicht hektisch etwas in ihr Mobiltelefon.

Der Mann schüttelte entnervt den Kopf, dann hob er seine Waffe und schoss. Beate Kneuer wurde rücklings gegen die Stirnseite ihres Ehebettes geworfen, und ein großer, roter Blutfleck breitete sich in Brusthöhe auf ihrer geblümten Schürze aus. Erstaunt und mit großen Augen blickte sie nach oben an die Decke, während ihr Mobiltelefon der erschlaffenden Hand entglitt.

Das Leben verließ den sterbenden Körper der tödlich getroffenen Frau, als sich der Unbekannte bereits das Mobiltelefon von Beate Kneuer griff. »Komm nicht heim, hier schießt einer, komm bloß nicht heim!!!!!!« lautete die Textnachricht an ihren Mann. Nichts, was den Unbekannten wirklich beunruhigt hätte, denn die Nachricht hatte sie nicht mehr abschicken können.

Er löschte die sinnlos gewordenen Zeilen. Dann warf er das Handy mit einem schmalen Lächeln neben die Tote auf das Bett und machte noch einen kurzen Rundgang durchs Haus, um die leeren Patronenhülsen aufzusammeln. Jede hinterlassene Spur war eine zu viel. Vorhin auf dem Acker hatte er seine Hülse leider nicht mehr gefunden. Was soll's, die würde auf dem staubigen Acker wahrscheinlich eh niemandem auffallen.

Er erledigte noch ein paar Arbeiten, um das Bild abzurunden, das er der Polizei hinterlassen wollte. Dann verließ er das Haupthaus des Aussiedlerhofes genauso unbemerkt, wie er gekommen war. Aber nicht, um schleunigst das Weite zu suchen.

Stattdessen setzte er sich draußen in dem kleinen, parkähnlichen Areal auf eine Bank unter einer alten Linde. Dieses Gehöft lag so weit abseits, kein Mensch hätte etwas hören können, selbst wenn er eine Stunde lang ein Zielschießen auf leere Blechdosen veranstaltet hätte.

Endlich einmal Zeit für eine Pause, dachte sich der Mann und holte eine angebrochene Packung französischer Zigaretten plus Feuerzeug aus der Jacke. Er tat den ersten tiefen Atemzug und blickte in die Ferne des Itzgrundes. Irgendwann musste Uwe hier auftauchen. Wo auch immer der Mistkerl gerade steckte, an welchem idiotischen Plan er auch gerade tüftelte. Es würde sein letzter gewesen sein. Der Lauf der Dinge hatte sich nun mal geändert. Die Zeiten, in denen große Reden geschwungen wurden, die Revolution gefordert, der gesellschaftliche Umsturz lautstark angemahnt wurde, die waren vorbei. Zwar war es erst recht von gestern, dieses Vorhaben in der Theorie zu belassen, auf Erfolge in der demokratischen Entscheidungsfindung zu vertrauen. Das funktionierte nicht, dazu waren die Deutschen einfach zu träge, eine willenlose Herde Schafe, unfähig, sich Ideen zu eigen zu machen. Um etwas zu bewirken, brauchte man heute ein intelligentes Vorgehen und Organisationen im Rücken, die sowohl die finanziellen Mittel als auch die technischen Fähigkeiten besaßen, entsprechende Überzeugungsarbeit zu leisten. So etwas passierte aber am wirkungsvollsten im Stillen, im Internet, in den sozialen Medien aller Art. Agitation auf moderne Art und Weise.

Einmal hatte es in Deutschland ja schon geklappt, warum also nicht ein weiteres Mal die Demokratie mit ihren eigenen Mitteln schlagen? Aber nicht mit brachialer Gewalt, nicht durch das sinnlose Sprengen von E-Fahrzeugen. Man hatte die drei gewarnt, sie erst durch die Blume, dann direkt auf die Konsequenzen hingewiesen, die ihr zwar nachvollziehbares, aber dennoch unbedachtes Handeln nach sich ziehen würde. Sie hatten es nicht glauben wollen. Uwe, Christian und Franz waren wahrscheinlich auch zu schlicht, um die Dämlichkeit ihres Vorhabens zu begreifen. Also mussten sie von der Bildfläche verschwinden, endgültig. Dazu war das große Ganze viel zu wichtig.

Der Mann nahm einen weiteren tiefen Zug, blies den Rauch aus und ließ versonnen den Blick über den nächtlichen Itzgrund schweifen. Nicht mehr lange, und ein weiteres Problem auf dem langen Weg zu einem großen Ziel wäre erledigt.

Die Leine war so straff gespannt, dass Lagerfeld alle Kraft aufwenden musste, um Presssack zu halten. Es war doch immer wieder erstaunlich, welche Energie dieser schwarz-rosa gefleckte Knirps entwickelte, wenn er ein Ziel vor Augen hatte. In diesem Fall hieß die Destination Eisdiele »Alpi« in Ebern. Bei seinem gestrigen Besuch hatten er und Presssack einen reichlich verstörten Eisdielenbetreiber zurückgelassen, aber an solche Reaktionen war Lagerfeld inzwischen wirklich gewöhnt, er war schließlich schon seit Jahren bevorzugt mit schweinischen Hilfskräften unterwegs. Und so hielt sich sein Mitgefühl in Grenzen, als der Inhaber der Eisdiele, der ihnen gestern den Gipfel der italienischen Speiseeiskunst kredenzt hatte, fast einen Herzinfarkt bekam, als er sah, wer da gerade auf einen Tisch in seinem Gourmettempel zusteuerte. Das Gesicht von Salvo di Maria nahm zuerst eine sehr blasse, dann tiefrote Farbe an, bevor der wie angewachsen dastehende Mann seine starre Körperhaltung aufgab, eine halbe Pirouette hinlegte und geradezu fluchtartig das Innere seiner Eisdiele aufsuchte.

Dessen unbeschadet begab sich der Bamberger Kommissar zielsicher zu demselben Sitzensemble, an dem er gestern schon gesessen hatte. Ein kleiner Tisch mit zwei Stühlen, direkt neben dem uralten hüfthohen Brunnen aus Sandstein, der mit einem eisernen Gitter umrandet war, damit nicht etwa ein neugieriges Kind hineinfallen konnte. Presssack nahm erneut im Schatten unter der Tischplatte seinen Platz ein, jedoch nicht ohne die Ohren steil aufzustellen und permanent mit dem kleinen Rüssel in der Gegend herumzuschnuppern, ob diese leckere kalte Süßspeise nicht vielleicht schon im Anmarsch war. Aber er musste sich noch gedulden, denn sein Herrchen machte keinerlei Anstalten, die Bestellung zu forcieren. Nein, Kommissar Bernd Schmitt hatte sich in seinem Stuhl niedergelassen, den Blick auf eine Werbetafel an der Hauswand der Eisdiele gerichtet, und dachte nach.

Diese Sache mit der unbekannten Frau wurde immer mysteriöser. Irgendetwas schien sie ins »Veracruz« getrieben zu haben, aber was das sein sollte, erschloss sich ihm nicht. Das mexikanische Essen allein konnte es ja wohl nicht gewesen sein, so viel sagte ihm sein kriminalistischer Instinkt. Und dann war da ja noch der mexikanische Schmuck, für den sie sich so interessiert hatte. Das machte alles nur noch undurchschaubarer. Was für eine seltsame Faktenlage.

Realistisch betrachtet, war dieser Fall für die Polizei ja auch nur relevant, weil hier ein Delikt der schweren Körperverletzung, eventuell sogar versuchter Totschlag vorlag. Dem musste man polizeilicherseits natürlich nachgehen, dazu waren sie verpflichtet. Ansonsten hätte man den jüngsten Vorgang vielleicht gar nicht aktenkundig gemacht. Unbekannte Personen, die einfach verschwanden, gab es in Deutschland dutzendfach. Und nicht selten kam die Wahrheit über ihr Verschwinden nie ans Licht, so viel musste sich die Polizei schon eingestehen. Allerdings erwachten die meisten nicht nach sechs Monaten im gewaltsam verursachten Koma in irgendeinem Krankenhaus, ehe sie abtauchten.

Er musste zugeben, dass er so langsam wirklich wissen wollte, was es mit dieser Frau auf sich hatte. Immerhin gehörte ja schon etwas dazu, erst auf brutalste Art und Weise verletzt zu werden, sich so im tiefsten Winter auf einen fränkischen Acker zu schleppen und kurz darauf dem Tod im Krankenhaus gerade noch von der Schippe zu springen, um dann sechs Monate später aus dem Koma zu erwachen und sich direkt wieder aus dem Staub zu machen. Entweder war diese Frau unglaublich zäh oder in einer besonderen Mission unterwegs oder verrückt oder alles zusammen.

Vielleicht hatte sie ja inzwischen längst das Weite gesucht, und er würde diesen Fall irgendwann ungelöst zu den Akten legen müssen. Bis dahin tat er aber erst einmal sein Menschenmöglichstes, um ein wenig Licht ins Dunkel dieser Angelegenheit zu bringen.

Lagerfeld hatte seine innere Inventur eben beendet, da rührte sich endlich etwas im »Alpi«, und eine Person erschien, mutmaßlich um sich um die eishungrigen Gäste zu kümmern. Allerdings hatte diese Aufgabe heute jemand anders übernommen beziehungsweise übernehmen müssen, denn der Inhaber, der sich als Salvo di Maria vorgestellt hatte, war das definitiv nicht. Der Mann, der jetzt auf Lagerfeld und Presssack zugeschritten kam, war älter, etwa in Franz Haderleins Alter, leicht übergewichtig und hatte dunkle, grau melierte Haare. Überraschenderweise fragte er nicht nach Lagerfelds Bestellung, sondern griff sich ungefragt den Stuhl auf der anderen Seite des kleinen Bistrotischs und ließ sich darauf nieder. Mit einem leichten Schmunzeln betrachtete er das angeleinte Schwein unter dem Tisch, dann bedachte er Lagerfeld mit einem kurzen taxierenden Blick.

»Sind Sie wirklich von der Polizei?«, fragte er mit leichtem italienischem Akzent, ohne dass er sich vorgestellt oder sonst wie bekannt gemacht hätte.

Aha, der italienische Papa, dachte Lagerfeld, ließ sich seine Erheiterung über den erzwungenen Personalwechsel aber nicht anmerken, sondern reichte dem reifen Herrn bereitwillig seinen Dienstausweis hinüber. Der überflog die Angaben nur kurz und ohne wirklich misstrauisch zu wirken, dann gab er ihm den Ausweis wieder zurück.

»Vielen Dank, Herr Kommissar. Vittorio di Maria mein Name, ich habe den Laden hier vor vielen Jahren gegründet. Gestern hatten Sie ja schon das Glück, meinen Sohn kennenzulernen, aber der ist gerade, na, sagen wir mal, verhindert«, erklärte Vittorio di Maria, dann richtete er seinen Blick auf Presssack, der ihn von der untersten Etage aus neugierig anschaute. »Ein schönes Schweinchen haben Sie da mitgebracht, Herr Schmitt.«

Lagerfeld entgegnete nichts darauf, sondern wartete lächelnd ab. Er hatte den Eindruck, dass di Maria etwas loswerden wollte, aber noch überlegte, wie er es formulieren sollte, und damit lag er auch goldrichtig.

»Wissen Sie, Herr Kommissar, ich hatte auch einmal ein Schwein. Nein, das stimmt nicht ganz, eigentlich war es das Schwein meines Vaters, der es in meiner italienischen Heimat zum Trüffelsuchen ausgebildet hatte. Dieses Schwein begleitete mich während meiner ganzen Kindheit, es war das schmutzigste Geschöpf auf Gottes Erdboden und hieß Salvatore. Salvatore hatte eine unglaubliche Nase und fand mit seinem Riecher damals so ziemlich jeder Trüffel im Umkreis von zehn Kilometern um unser Haus herum.«

Ach, schau an, dachte Lagerfeld, ein Schweineliebhaber. Na, das konnte ja lustig werden. In froher Erwartung setzte er sich zurecht, gespannt, was dieser italienische Einwanderer ihm mit seiner Geschichte sagen wollte.

»Sie müssen wissen, Herr Schmitt, als Salvatore geboren wurde, hat mein Vater sofort mit seiner Ausbildung angefangen, und ich durfte ihm dabei helfen. Da Schweine einen Großteil ihrer Nahrung unterirdisch suchen und finden, verfügen sie über einen ausgeprägten, sehr feinen Geruchssinn und sind damit geradezu prädestiniert zum Trüffelsuchen. Aber bei Weitem nicht jedes Schwein interessiert sich für den Geruch von Trüffeln, daher muss eine genaue Auswahl bei den Ferkeln vorgenommen werden. Auf diese Art werden nur die talentierten Ferkel für die Trüffelsuche ausgewählt, angelernt und eben trainiert. Mein Vater suchte sich damals Salvatore aus und bildete ihn mit mir zusammen aus. Ein Trick meines Vaters war zum Beispiel, die Zitzen von Salvatores Mutter mit Trüffeln einzureiben, damit Salvatore frühzeitig auf den Geruch konditioniert wird und ihn nicht mehr vergisst«, erzählte Vittorio di Maria mit einem fast sehnsuchtsvollen Leuchten in den Augen und so engagiert, als wäre das alles erst gestern gewesen. »Mit zunehmendem Alter wurde Salvatore erfahrener, aber auch immer eigenwilliger, und es wurde aufgrund seiner Größe zudem immer schwieriger, Salvatore zum Einsatzort zu transportieren. So ein Trüffel wächst ja gerne einmal viele Kilometer entfernt, da bedarf es eines fahrbaren Untersatzes. Mein Vater transportierte Salvatore auf einem separaten Autoanhänger, es soll aber in der Vergangenheit auch Nachbarn gegeben haben, die ihr Trüffelschwein auf der Ladefläche ihrer Ape zur Suche mitgenommen haben. Salvatore wurde mit dem Alter aber irgendwann recht ungeduldig, launisch, gefräßig und deswegen schwer zu führen. Es bedurfte einer ständig höheren Konzentration meines Vaters, um ihn halbwegs unter Kontrolle zu halten. Irgendwann blieb nur noch eine unangenehme Mischung aus Altersstarrsinn und hinterhältiger Durchtriebenheit. Schweine sind nämlich unheimlich intelligent, Herr Kommissar, und haben ihren eigenen Kopf, aber ich denke, das werden Sie selbst schon gemerkt haben«, meinte Vittorio lachend und zwinkerte Presssack aufmunternd zu, der immer noch in froher Erwartung seiner gefrorenen, süßen Entschädigung unter dem Tisch saß.

Lagerfeld nickte zustimmend, da konnte er tatsächlich ein Lied von singen. Aber ehe er eine Anekdote aus seinem eigenen Leben als Schweineführer zum Besten geben konnte, fuhr Vittorio mit seinen Schilderungen fort.

»Am Ende seiner Zeit als Trüffelschwein bekam Salvatore von meinem Vater einen Maulkorb verpasst, der die Such- und Wühlarbeit in der Erde ermöglichte, aber die Aufnahme der Trüffel verhindern sollte, da Salvatore das, was er fand, nicht mehr abgeben wollte, sondern lieber selber fraß. Aber das klappte nicht so richtig, da er sich von nun an weigerte, Trüffel zu suchen, sobald er den Maulkorb tragen musste. Also hat Papa es irgendwann aufgegeben, und Salvatore erwies unserer Familie einen letzten Dienst in der Schlachtschüssel.«

Lagerfeld hatte sich die durchaus interessante Geschichte, wenn auch ohne klassisches Happy End, gern angehört, denn aus Retrospektiven der Jugend erfahrener Menschen konnte man durchaus auch manchmal etwas fürs eigene Leben lernen. Allerdings kam er nicht so ganz dahinter, was der Italiener da vor ihm mit dieser Story eigentlich bezweckte. Wollte er ihm jetzt womöglich Presssack abkaufen, weil er Sehnsucht nach einem Trüffelschwein hatte? Bernd Schmitt hegte keinerlei Zweifel daran, dass Presssack einer solchen Aufgabe mehr als gewachsen wäre, allerdings war sein Schweinchen jetzt im Polizeidienst und somit unverkäuflich, von persönlichen unzerstörbaren Beziehungsbanden einmal ganz abgesehen.

Während er noch rätselte, tauchte auf einmal doch noch der Sohn von Vittorio di Maria in der Tür auf, ein großes Tablett in den Händen, das er jetzt vorsichtig zu ihrem Tisch balancierte. Presssack würdigte er dabei keines Blickes. Er stellte das Tablett mit der Kante auf dem kleinen Tisch ab, um mit der freien Hand seine Mitbringsel auf dem Bistrotisch zu platzieren. Einen frischen Cappuccino für seinen Vater und für den Kommissar, gefolgt von zwei großen Eisportionen, die sich aber gänzlich von dem gestrigen Eiskonstrukt unterschieden. Dieses Eis hier sah in Größe und Form aus wie ein halbes Straußenei, auf das von der Spitze bis zum Teller eine dicke, dunkelbraune Schokoladenschicht aufgepudert worden war.

Kaum hatte der Sohnemann seine Fracht abgeliefert, machte er sich ziemlich eilig auf den Rückweg. Natürlich nicht, ohne einen letzten verächtlichen Blick auf das eigentümliche kleine Schwein zu Füßen seines Vaters zu werfen, für das er gestern völlig unabsichtlich die ganze Palette seiner eishandwerklichen Fertigkeiten aktiviert hatte.

»Probieren Sie, Commissario«, ermunterte Vittorio di Maria Lagerfeld, von dem kalten braunen Kegel zu kosten. »Das ist Tartufoeis. Allerdings sieht dieses Eis nicht nur aus wie ein Trüffel, da ist auch richtiger Trüffel drin. Eine meiner ersten Kreationen, nachdem ich diese Eisdiele hier in Ebern vor vielen Jahren eröffnet hatte.«

Vittorio di Maria wies auffordernd auf den Löffel, der neben Lagerfelds Teller lag, dann nahm er zur Verblüffung des Kommissars die zweite Portion des Trüffeleises und stellte sie nach unten auf das Pflaster, Presssack direkt vor die Nase. Der fackelte nicht lange, schnupperte und beurteilte die dargebotene Leckerei als außerordentlich akzeptabel. Ein lautes Schmatzen signalisierte den eine Etage höher befindlichen menschlichen Ohren Presssacks absolute Zufriedenheit mit seiner momentanen Allgemeinsituation.

»Wissen Sie, Commissario, die Generation meines Sohnes kann mit Tieren im Allgemeinen nicht mehr viel anfangen. Als Salvo mir das mit Ihrem Schwein und dem Eis erzählte, dachte er wohl, ich würde Sie und Ihren kleinen Begleiter ebenfalls verurteilen. Ich versuchte, ihm zu erklären, dass er sich eher geehrt fühlen sollte, wenn ein Schwein sein Eis für gut befindet. Es ist ein altes Vorurteil, dass diese Tiere einfach alles fressen, was man ihnen vorsetzt. Im Prinzip stimmt das zwar, aber Schweine haben ein sehr feines Riechorgan. Wenn etwas mit der Nahrung nicht stimmt, wenn das Essen also beispielsweise giftig wäre, rühren Schweine so etwas gar nicht erst an. Das macht das Verhalten Ihres kleinen Begleiters gestern zu einer Art Auszeichnung, ein Michelin-Stern von tierischen Gnaden sozusagen.« Vittorio di Mario legte den Löffel, mit dem er die ganze Zeit in seinem Cappuccino gerührt hatte, zur Seite.

»Und hat Ihr Sohn das verstanden?«, fragte Lagerfeld, der auch endlich etwas zu dem Gespräch beitragen wollte.

»Nein«, antwortete Vittorio di Maria mit einem resignierten Seufzer. »Hat er nicht. Er hat sogar geschworen, Sie nicht mehr zu bedienen, wenn Sie noch einmal mit Ihrem Schwein hier auftauchen. Also übernehme ich das, wenn Sie erlauben, Herr Schmitt, und gebe Ihnen einen Cappuccino und ein Trüffeleis aus. Sagen wir mal, aus nostalgischen Gründen.«

Lagerfeld hatte sich di Marias Erklärungen mit wachsendem Vergnügen angehört. Er fand die ganze Konversation außerordentlich unterhaltsam. Mal was anderes, als ständig fränkische Wirte nach dem Alkoholgehalt ihres Starkbieres auszufragen. Also probierte der so aufgeklärte Kommissar das angebotene

Eis und war tatsächlich entzückt ob des eigenartigen und doch genialen Aromas der italienischen Spezialität, was der Seniorchef des Hauses mit großer Befriedigung zur Kenntnis nahm. Bernd Schmitt beschloss, wenn er hier schon so einen alteingesessenen und noch dazu auskunftsfreudigen Eberner vor sich hatte, di Maria ein wenig über den aktuellen Fall zu befragen. Der ältere Herr wirkte genau so, wie er sich einen gut gelaunten italienischen Dorfmafioso vorstellte. Einen Don, in dessen Gemeinde nichts Wichtiges passieren konnte, ohne dass er irgendwann Wind davon bekäme.

»Das Eis ist wirklich hervorragend, Herr di Maria –«

»Vittorio bitte«, unterbrach ihn der Seniorchef und reichte ihm lächelnd die Hand, immer noch mit einem begeisterten Leuchten in den Augen.

»Gern, ich bin Commissario Bernd«, entgegnete Lagerfeld, ergriff die dargebotene Hand und bestätigte so das etikettarische Abkommen. Ihm war das auch viel lieber, jetzt konnte er endlich auf gleichberechtigtem fränkischen Umgangsniveau mit dem Mann kommunizieren, was sein Anliegen der polizeilichen Auskunft sehr erleichterte. »Vittorio, was weißt du eigentlich über diese mexikanische Gaststätte dort vorn, das ›Veracruz‹?«, führte Lagerfeld seine Aktion »Stochern im Eberner Nebel« fort, während er nebenbei weiter dieses phantastische Eis in sich hineinlöffelte.

Vittorio di Maria schaute kurz verdutzt, machte den inhaltlichen Schwenk aber ohne Widerrede mit. Er wäre ja kein wirklicher Italiener, wenn ihm plötzliche Richtungsänderungen, in welcher Hinsicht auch immer, Probleme bereiteten. Da hatte er in der italienischen Politik, neuerdings auch in der bayerischen Staatsregierung, glänzende Vorbilder. Und was ein guter Dorfmafioso ist, der weiß auch etwas über seinen Machtbereich zu berichten.

»Das ›Veracruz‹? Das gibt's noch gar nicht so lange, ein paar Jahre vielleicht. Das war ja früher kein Mexikaner, sondern eine alte fränkische Wirtschaft. Soweit ich weiß, ist das Haus das älteste von ganz Ebern, Mittelalter oder so, aber da muss dir jemand anders mehr drüber erzählen, Commissario, da kenne ich mich nicht aus. Der neue Pächter, Klaus, hat jedenfalls mit seiner mexikanischen Frau Lupita das ›Veracruz‹ daraus gemacht. Ich war dort selbst noch nicht essen, soll aber gut sein, was man so hört.«

Na gut, das waren jetzt noch keine weltbewegenden Neuigkeiten, dachte Lagerfeld unzufrieden, während er nebenbei weiter dieses phantastische Eis in sich hineinlöffelte. Dann fiel ihm der Flyer ein, den er vorhin in dem Restaurant gefunden und mitgenommen hatte, und er reichte ihn Vittorio, der das Faltblatt zwar kurz betrachtete, es dann aber mit angewidertem Gesicht direkt wieder weglegte.

»*Vaffanculo a tutti!*«, rief er regelrecht erbost, woraufhin sich Bernd Schmitt vor Schreck fast an seinem Eis verschluckt hätte. »*Vaffanculo a tutti*«, wiederholte er in einem gemäßigteren Ton, seine entgleisten Gesichtszüge behielt di Maria aber bei. »Ich weiß, wer das ist, das ist dieses braune Gesindel, Mussolinis verlogene Enkel«, entrüstete er sich.

Lagerfeld, der gerade seinen letzten Rest Eis in sich hineinschleckte, legte den Löffel weg, um dem sichtlich aufgebrachten di Maria zuzuhören.

»Das sind doch die, die dort vorn im Keller hocken, direkt unter dem ›Veracruz‹. Seit das mit diesen Spaziergängern, diesen Impfspinnern in Ebern losgegangen ist, sitzen die da und kochen ihre braune Suppe. Und Geld scheinen die auch zu haben«, fauchte er im Ton der absoluten Verachtung.

»Äh, Moment, Geld? Woher willst du das denn wissen?«, hakte Lagerfeld nach, der die Sache jetzt langsam interessant fand.

»Warum die Geld haben, Commissario?« Vittorios Augen wurden immer größer. Ob vor Aufregung oder Verachtung, war Lagerfeld gerade nicht so ganz klar. »Weil diese kleinen Mussolinis für den Keller unter dem ›Veracruz‹ eine schier unglaubliche Summe pro Monat bezahlen. Wahrscheinlich bräuchten Klaus und Lupita oben im Restaurant gar nicht mehr zu arbeiten, um über die Runden zu kommen, die könnten allein von der Kellermiete leben«, regte sich Vittorio di Maria auf.

Bernd Schmitt war nicht ganz klar, ob Vittorios Ärger von dem Umstand herrührte, dass dort eine anscheinend rechtsradikale Vereinigung hauste, oder dem, dass Klaus und Lupita Göller dieser Gruppierung eine erkleckliche Summe Geldes abknöpften. Er fragte sich, woher Vittorio überhaupt wusste, was diese Leute als Kellermiete abdrücken mussten, aber der italienische Don fiel ihm wieder ein, der natürlich wusste, was in seiner direkten Nachbarschaft so abging, da brauchte er gar nicht zu fragen. Und eine ehrliche Antwort würde er wahrscheinlich eh nicht bekommen. Aber was hatten denn bitte diese sogenannten »Spaziergänge« der Impfdemonstranten vom Winter damit zu tun? Die Erklärung folgte prompt, ohne dass Lagerfeld danach fragen musste.

»Immer wenn diese bekloppten Corona-Spaziergänger am Marktplatz unterwegs waren, kamen auch die HfDler aus ihrem Loch, stellten ihre Schilder und ihre Fahnen auf und laberten drauflos. Und nachdem die dann fertig waren mit ihrem schwachsinnigen Gerede, sind die Spaziergänger wieder nach Hause und die zurück in ihren Keller. *Vaffanculo a tutti!* Ich sage dir was, Commissario!«, rief Vittorio und beugte sich wild gestikulierend zu Lagerfeld hinüber. »Diese kleinen Mussolinis interessiert das ganze Impfthema doch überhaupt nicht. Die wollen auf solchen Veranstaltungen doch nur Stimmung machen. So ein Mussolini, der hat keine Idee, kein Rückgrat, keine Überzeugung. Der stellt sich einfach nur auf einen Stuhl und überlegt, was er den Leuten jetzt erzählen soll, damit ihm möglichst viele zuhören. Das war beim echten Mussolini so, bei Hitler und jetzt hier. Und diese armseligen Impfgegner lassen sich auch noch dafür instrumentalisieren. Genau wie neuerdings die Putin-Versteher. Seit dieses russische Arschloch die Ukraine überfallen hat, sind die sich für gar nichts mehr zu blöd! *Vaffanculo!* Einsperren sollte man das ganze Pack oder gleich alle nach Russland schicken. Da sollten die mal eine Demonstration abhalten und laut rufen: ›Diktatur!‹ Nach zehn Minuten wären die nicht mehr da, wären vermisst, und zwar für immer!«, brach es aus Vittorio di Maria heraus. Hektisch zupfte er sich am Hemd, an der Hose und schließlich an den Haaren, als brauchte er diese hektischen Übersprunghandlungen, um sich emotional wieder einzukriegen. Lagerfeld ließ dem Mann einen kurzen Moment, um sein Innenleben wieder einigermaßen zu ordnen.

Von di Marias Gefühlsausbruch einmal abgesehen, waren das für Lagerfeld durchaus interessante Hintergrundinformationen, aber am Ende wohl doch eher Eberner Interna, die ihm in seinem Fall nicht wirklich weiterhalfen. Wenn die Göllers ihren Keller an rechtslastige Mieter vergeben wollten, konnte er den Unmut der Nachbarn darüber zwar verstehen, das war aber ausschließlich ihre Sache.

Die Sonne stach inzwischen erbarmungslos vom Himmel, und trotz des großen Sonnenschirmes, der die Gäste der Eisdiele »Alpi« vor der direkten Sonneneinstrahlung schützte, war ein glorreiches Indiz für die fortschreitende Klimaerwärmung auf dieser Welt auch in diesem Sommer wieder die vermehrte Schweißbildung des sich in dienstlicher Unterhaltung befindlichen Kommissarenkörpers. Sollte heißen, Bernd Schmitt transpirierte und hatte das dringende Verlangen, gekühlte Räume aufzusuchen. Für einen Polizeibeamten, der das ganze Jahr mit Sonnenbrille herumlief, war er nämlich erstaunlich sonnenscheu. Vor allem tropisches, schwüles Wetter machte ihm doch sehr zu schaffen. Ganz besonders, wenn sein Kopf von Erkenntnissen aus mexikanischen Restaurants sowie Informationen über italienische Trüffelschweine gefüllt und sein Magen zudem mit der Eisverarbeitung beschäftigt war.

Ihm kam sogar die aberwitzige Idee, einfach mal auf Verdacht hin mit einem Durchsuchungsbeschluss diesen Keller im ›Veracruz‹ zu durchsuchen. Dass er dort etwas Sachdienliches finden würde, glaubte er nicht, aber es war ganz sicher kühl dort unten, und das bedeutete eine klimatische Pause im momentan überhitzten Arbeitsalltag. Danach konnte man sich ja entschuldigen und wieder abziehen, der Körper wäre wenigstens wieder auf Normaltemperatur.

Eine höchst schwachsinnige Idee, das wusste er selbst, aber auf was kam man nicht alles, wenn einem die Hitze zu schaffen machte.

Es war höchste Zeit für einen letzten seriösen Versuch, bevor die Sommerschwüle seinem Verstand vollends den Garaus machte. Er nahm das Foto von der unbekannten Frau, das er bereits den Göllers gezeigt hatte, und legte es nun auch Vittorio zur Begutachtung vor. Da er sich mit den Vorgängen in Ebern so gut auskannte, war ihm diese Frau ja vielleicht auch schon einmal über den Weg gelaufen.

Die Stange, mit der er hier im Eberner Nebel stocherte, wurde zwar immer länger, so viel war Lagerfeld klar, aber was blieb ihm anderes übrig, als auf die Brotkrumen zu hoffen, die ihm das Schicksal zuwerfen mochte? Wenn man nichts anderes vorzuweisen hatte, hielt man sich einfach an handfeste Vorgehensweisen der Polizeiarbeit, wie sie vor langer Zeit in der Grundausbildung zum Kommissar erlernt worden waren, nämlich an systematisches Befragen und daran, Schritt für Schritt Hinweise zu sammeln. In genau diesem Zusammenhang bewährten sich auch Fotos von Vermissten, die man so oft wie möglich in der Gegend herumzeigte, in der Hoffnung, irgendwann einen Treffer zu landen.

Vittorio di Maria schaute sich erst das Foto an, dann den Kommissar. Sein Blick schien für einen Moment an Lagerfeld vorbei in weite Fernen zu schweifen, bis er ihn wieder auf die Fotografie richtete. Noch einmal hob sich sein Blick, dann gab er Lagerfeld mit einem schiefen Grinsen das Foto zurück. Sein Ärger über das Mussolini-Gesindel war verflogen, die gute Laune vom Anfang ihres Gesprächs zurückgekehrt. Er verschränkte die Arme vor der Brust, lehnte sich in seinem Stuhl zurück und trank einen Schluck von seinem inzwischen erkalteten Cappuccino, den er mitsamt der Untertasse in der Hand hielt.

»Du willst mich verarschen, Commissario Bernd, kann das sein?«, stellte er mit einem wissenden Lächeln fest. Dann süffelte er weiter genüsslich an seinem Cappuccino herum, ohne seine steile These irgendwie näher zu begründen. Die Verarschungsbehauptung stand im Raum wie ein Axiom, also eine Wahrheit, die nicht mehr bewiesen werden musste, da ihre Gültigkeit bereits im Vorhinein feststand.

Lagerfeld war so etwas nicht gewohnt, da kam er jetzt nicht mehr ganz mit. Er war so verunsichert, dass er sogar überlegte, ob er vielleicht etwas Falsches gesagt hatte. War Vittorio womöglich wegen irgendwas beleidigt? Angesichts der oft etwas sensiblen italienischen Psyche hätte ihn das nicht einmal verwundert. Allerdings war er sich wirklich keiner Schuld bewusst. Das war doch nur ein ganz normales Foto, eine einfache Frage, verdammt noch mal. Vittorio musste doch nur mit »Nein« oder idealerweise »Ja« antworten, aber doch nicht mit so einem Vorwurf, das zerstörte glatt das fast freundschaftliche Verhältnis, das sie bezüglich der Haltung von Schweinen zueinander aufgebaut hatten.

Er wusste gar nicht so recht, wie er sich jetzt verhalten sollte, was bei dem gebürtigen Oberfranken wirklich nicht oft zu beobachten war.

Vittorio di Maria schien Lagerfelds Gedanken von dessen Gesicht ablesen zu können, denn er formulierte eine Erklärung, die Lagerfeld aus seiner Hilflosigkeit erlöste.

»Ich frage dich deshalb, Commissario Bernd, weil diese Frau von deinem Foto schon seit einer Viertelstunde da drüben auf der anderen Straßenseite steht.« Er streckte den Arm aus und zeigte mit seinem Finger zur katholischen Pfarrkirche St. Laurentius hinüber, die seit dem 15. Jahrhundert dort stand.

Lagerfeld gab wohl einen selten dämlichen Anblick ab, denn Vittorio di Maria brach in lautes Lachen aus, was den Kommissar endgültig aus seiner Verhaltensstarre befreite. Wie von der Tarantel gestochen sprang er von seinem Stuhl auf und drehte sich hektisch, förmlich auf dem Absatz seiner Cowboystiefel um. Er schaute über die Straße zu der großen Kirche und einer schwarzhaarigen jungen Frau direkt ins Gesicht, das ihm von diversen Fotos und neuerdings auch aus einer Videoaufzeichnung des Eberner Krankenhauses bekannt war. Zwar hatte sie eine ziemlich fette Sonnenbrille auf der Nase, aber das war sie, definitiv.

Lagerfeld konnte es nicht fassen. Da saß er hier die ganze Zeit mit diesem Italiener zusammen, zog sich genüsslich dessen Eis hinter die Kiemen und hörte sich in aller Seelenruhe seine Geschichten an, während die von ihm gesuchte Frau die ganze Zeit hinter ihm stand?

Sein Blick krallte sich förmlich an der Unbekannten fest, die sofort bemerkte, dass der fremde Mann in der Eisdiele sie nicht nur einfach so beobachtete. Unschlüssig, ob sie bleiben oder besser gehen sollte, stand sie vor der Kirche.

Lagerfeld schätzte die Frau auf um die zwanzig Jahre. Sie hielt eine Art Opernglas in ihren Händen und fixierte ihn jetzt genauso, wie er sie mit seinem Blick fixierte. Dann, ganz plötzlich, wandte sie sich um und begann, nach links die Straße hinunterzulaufen.

Lagerfeld fiel auf, dass die Frau nicht die Allerschnellste war, weil sie ziemlich eindeutig humpelte. Ein weiteres Indiz für ihre Identität, war dieses Humpeln doch bestimmt auf ihre erlittenen Verletzungen beziehungsweise die sechs Monate im Koma zurückzuführen. Wie auch immer, jetzt würde er sie endlich kriegen, und dann würde er sehr gespannt sein, was für eine Geschichte diese Frau zu erzählen hatte.

»He, halt, stehen bleiben!«, rief Lagerfeld laut und winkte der schwarzhaarigen Schönheit hinterher.

Sie nahm ihre Sonnenbrille ab, warf ihm über ihre Schulter hinweg einen letzten intensiven Blick zu, dann begann sie zu rennen. Er wollte ihr folgen, denn die Chance, dieser Frau endlich habhaft zu werden, durfte er sich keinesfalls entgehen lassen. Der erste entschlossene Schritt führte ihn direkt in Presssacks Leine. Das kleine Ferkel wurde äußerst unsanft rückwärts von seiner Süßspeise entfernt und dann laut quiekend um Lagerfelds rechtes Bein geschleudert.

Von der Hundeleine mit daran hängendem Kleinstferkel derart gehandicapt, endete Lagerfelds wilde Verfolgungsjagd, noch bevor sie richtig begonnen hatte. Er stürzte mit beiden Armen rudernd nach vorn, wo sich der alte steinerne Brunnen befand, der seinen ungeplanten Fall bremste. Er hörte noch Presssacks lautes Quieken, dann jagte ein stechender Schmerz durch seinen Kopf, und vor seinen Augen wurde es stockdunkel.

Das Boot

Amira hatte keine Ahnung, wie lange sie allein im Zimmer gelegen hatte, sie hatte inzwischen jegliches Zeitgefühl verloren. Aber nicht nur das war ihr abhandengekommen, auch jegliche Hoffnung, ihre Schwester jemals wiederzufinden, war dahin. Davon abgesehen musste sie sich jetzt sowieso um sich selbst kümmern, denn die Taliban waren hinter ihr her. Nachdem wirklich alles schiefgelaufen war, was schiefgehen konnte, hatte sie als glanzvollen Höhepunkt dieses desaströsen Tages auch noch den teuer erkauften Pass, den Max organisiert hatte, bei Fawad Nimatullah liegen lassen. Wie blöd konnte man denn eigentlich sein? Dieser Umstand belastete sie fast mehr als alles andere. Ohne Max wäre sie zweifelsohne längst tot, von den Taliban umgebracht und in der Wüste verscharrt. Dass sie Nimatullah und seinen Bruder getötet hatte, ließ sie zu ihrem eigenen Erstaunen relativ kalt. Die beiden hatten das verdient. Diese geldgeilen Verbrecher hatten ihre Schwester verkauft wie ein Stück Vieh, noch dazu an einen absoluten Widerling, der sie seither wer weiß wohin verschleppt hatte. Den alten Geldsäcken war es wahrscheinlich einerlei, ob sie mit Opium handelten oder mit Frauen. Das waren in Afghanistan alles Waren auf dem freien Markt, der moderne Sklavenhandel feierte hier fröhliche Urständ. In ihrem Land herrschte ohne Zweifel wieder tiefstes Mittelalter.

Mitten in ihre düsteren Gedankengänge hinein öffnete sich die Tür, und Max kam mit diesem Mario Callies ins Zimmer. Sie setzten sich mit ernsten, aber entschlossenen Gesichtern vor sie auf den Bodenteppich.

»Hör zu, Amira, Mario und ich haben jetzt lange diskutiert und sind zu einer Lösung gekommen, wie wir aus dem Land fliehen könnten. Es wird nicht einfach werden, aber es ist möglich. Dafür müssen wir aber sofort los, und jeder von uns muss absolut diszipliniert vorgehen. Das heißt keine Extratouren mehr, keine spontanen Alleingänge. Du musst versprechen, ab jetzt exakt das zu machen, was man dir sagt. Sonst gehen wir bei der Aktion alle miteinander drauf, verstehst du das, Amira?«

Max Leisgang machte eine kurze Pause, um Amira, die mit großen, verängstigten Augen auf ihrem Lager saß, zu beobachten. Sie sah wirklich fix und fertig aus, und Max hatte große Bedenken, ob er ihr dieses Vorhaben wirklich zumuten durfte. Aber es gab keine Alternative. Entweder schafften sie es, das Land heute noch zu verlassen, oder aber sie würden die nächsten Tage nicht überleben.

Über kurz oder lang würden die Taliban, die nach ihr suchten, auch die Truppe befragen, von der sie in Shahidan kontrolliert worden waren. Spätestens dann würden sie wissen, dass er, dieser rotblonde Deutsche von der UN, ihr geholfen hatte. Wenn sie nicht sogar schon ihre wahre Identität herausgefunden hatten und Amiras Vater zum Reden brachten. Es gab einfach keinen anderen Ausweg, sie mussten es mit dem Notfallplan versuchen, den Mario und er vor langer Zeit festgelegt hatten und den sie eigentlich niemals in die Tat hatten umsetzen wollen. Dieser Plan war eine letzte Chance, wenn alle anderen Wege versperrt waren. Mit dem Ergebnis, dass keiner von ihnen, sollte der Fluchtplan tatsächlich gelingen, jemals nach Afghanistan zurückkehren konnte.

Aber das war, ehrlich gesagt, im Moment ihr allerkleinstes Problem. Das weitaus größere war der Grenzübertritt nach Pakistan. Der war kaum zu schaffen, ohne dabei von den neuen Herrschern in diesem Land aufgegriffen und getötet zu werden. Denn genau das würde hundertprozentig passieren, wenn man sie heute Nacht erwischte.

Max Leisgang holte noch einmal tief Luft, denn es fiel ihm nicht leicht, Amira mit den Konsequenzen von seiner und Marios Entscheidung zu konfrontieren. »Das Ganze wird wie folgt ablaufen: Wir drei werden zusammen nach Lalpurah fahren, das ist ein kleiner Ort nicht weit von hier. Er liegt direkt am Kabul. Dort wirst du mit Mario in ein Boot steigen und versuchen, über den Kabul nach Pakistan zu gelangen. Ich selbst werde probieren, ganz legal als Mitarbeiter der UN mit meinem Laster über den Khyber-Pass nach Pakistan einzureisen. So Gott will und wenn alles klappt, wie geplant, hole ich dich und Mario dann an unserem Treffpunkt in Pakistan ab, und wir können überlegen, wie wir alle zusammen in ein Flugzeug nach Deutschland kommen. Aber wenn ich ehrlich bin, Amira, wirklich gefährlich ist der erste Abschnitt der Reise. Eure Flucht auf dem Kabul und meine Fahrt über den Khyber-Pass.«

Das war's, mehr hatte er nicht zu sagen, das war das ganze gewagte Vorhaben in wenigen dürren Worten. Was dabei im Einzelnen alles passieren konnte, behielt Max lieber für sich, damit hätte er Amira nur noch nervöser gemacht, als gut für sie war.

Amira hatte sich den Plan ohne Regung angehört. Das Opium in ihrem Körper nahm ihr jeden Antrieb, sodass sie zum Schluss gar nicht mehr richtig hingehört hatte. Sie hatte sich und ihr Leben ohnehin fast aufgegeben, hatte jeglichen Aspekt ihres kleinen, unwichtigen Daseins in Allahs Hand gelegt. Vielleicht war Max ja auch ein Werkzeug Gottes, das Allah gebrauchte, um ihren Weg zu bestimmen. Also würde sie einfach alles tun, was er von ihr wollte, nie mehr würde sie ihm widersprechen, egal was er vorhatte. Lediglich eine Sache war bei ihr hängen geblieben, die sie zu einer Nachfrage anregte.

»Ein Boot? Was denn für ein Boot? Ich wusste gar nicht, dass auf dem Kabul Passagierboote nach Pakistan verkehren«, sagte sie mit leiser Stimme und müden Augen.

Mario Callies und Max Leisgang wechselten einen betroffenen Blick, aber keiner von beiden wagte es, dieser armen gequälten, völlig überforderten Seele reinen Wein einzuschenken. Also räusperte sich Mario, ohne etwas dazu zu sagen, und griff mit geschäftigem Gesichtsausdruck in einen kleinen Plastikbeutel, den er um den Hals hängen hatte. Max hingegen schaute Amira tief in die Augen und rang sich schließlich zu einer Antwort durch.

»Amira, es gibt keine Passagierschiffe auf dem Kabul, von so etwas reden wir hier nicht. Ein Boot ist gemeint, welcher Art genau, wirst du sehen, wenn wir vor Ort sind.«

Amira verstand kein einziges Wort von den nebulösen Andeutungen, die Max da machte. Ehe sie die Informationen aber besser verarbeiten konnte, hielt ihr dieser Mario erneut drei Opiumkügelchen unter die Nase und reichte ihr ein frisches Glas Wasser dazu.

»Hier, nimm das, du kannst es brauchen. Das wird, hoffe ich, bis morgen früh reichen«, erklärte er ihr.

Wenn sie es nicht schon allein wegen seines Namens besser wüsste, hätte sie diesen Mario Callies mit seinen dunklen Haaren und Augen ganz sicher für einen Afghanen gehalten, der dieses geschundene Land noch nie verlassen hatte. Aber der Mann sprach astreines Deutsch, wenn auch mit einer seltsamen Sprachfärbung. Wahrscheinlich war es einer dieser seltsamen Dialekte, von denen die deutsche Sprache einige aufzuweisen hatte. Ein paar davon hatte sie während ihrer Arbeit als Dolmetscherin bei der Bundeswehr kennengelernt. Diese Art von Deutsch hatte sie jedoch noch niemals gehört. Widerspruchslos nahm sie das Opium entgegen und spülte die Kügelchen mit reichlich Wasser hinunter. Irgendwann morgen würde die Droge aufhören zu wirken, dann kehrten die Schmerzen zurück. Das würde für ihren Körper ein fürchterliches Erwachen geben. Aber bis dahin war es ja noch lange hin, damit wollte sie sich jetzt nicht beschäftigen, sondern erst dann, wenn es so weit war.

»Hier, zieh das an, das müsste dir passen«, konnte sie jetzt wieder von diesem Mario hören, der ihr ein ziemlich seltsames Kleidungsstück reichte. Sie betrachtete das dunkle Teil von allen Seiten, hatte aber absolut keine Idee, was das sein sollte. Es war einem Hidschab gar nicht unähnlich, eine Art elastischer Ganzkörperanzug, in tiefem Schwarz und eng anliegend. Aber wozu sollte so etwas gut sein?

Max erkannte an ihrem skeptischen Blick, dass sie nichts damit anzufangen wusste. »Das ist ein Neoprenanzug, Amira.

Mit dem frierst du nicht, solltest du ins Wasser fallen, außerdem sorgt er für einiges an Auftrieb, falls du schwimmen musst.«

Amiras Augen weiteten sich. Ins Wasser fallen? Schwimmen? Was sollte das denn bitte werden? Nahm dieser fürchterliche Tag denn überhaupt kein Ende?

»Das ist doch nur eine Vorsichtsmaßnahme, Amira. Wenn alles glattläuft, bleibst du selbstverständlich im Trockenen. Außerdem hält Neopren schön warm. Es ist nämlich draußen ziemlich kalt, und bis morgen früh sollen die Temperaturen noch weiter sinken.«

Allmählich verstand Amira, wovon Max da redete. »Bis morgen früh? Wir werden bis morgen früh auf diesem Boot unterwegs sein?«, fragte sie ungläubig. »Und wann bitte soll das ganze Unternehmen starten, wenn ich fragen darf?«

Die Frage wurde von Mario Callies umgehend beantwortet, und das mit ziemlich ungeduldigem Unterton. »Jetzt, wir starten genau jetzt. Wir fahren los, sobald du den Neoprenanzug angezogen hast. Bis wir in Lalpurah ankommen, trägst du darüber den Hidschab, falls wir unterwegs von den Taliban angehalten werden. Also zieh dich jetzt endlich um und hör auf, dauernd sinnloses Zeug zu fragen, das können wir alles noch unterwegs klären. Uns läuft die Zeit davon, verstehst du?«

Amira blickte erschrocken zu Max, der aber nur zustimmend nickte und mit strengem Blick auf diesen schwarzen Anzug deutete. Also verkniff sich Amira weitere Fragen und begann damit, sich wie befohlen in das enge Neopren zu zwängen.

Der Rest des Tages war ja mal wieder überhaupt nicht so gelaufen, wie sich Franz Haderlein das ausgemalt hatte. Anstatt den Kollegen Huppendorfer nach Erlangen in die Gerichtsmedizin zu beordern – dazu wäre er nach dem ungeplanten Abflug seines Chefs ja durchaus in der Lage gewesen –, musste er jetzt wohl oder übel selbst ran. Das missfiel Haderlein zutiefst. Eigentlich hatte er es sich im Büro bequem machen wollen, denn solange Fidibus zum Ausnüchtern zu Hause war, vertrat er diesen als

Dienststellenleiter. Nur waren ganz in der Nähe des Tatortes, an dem César und Andrea gerade ermittelten, zwei weitere Mordopfer gefunden worden, und dieses für ihn so praktische Vorhaben hatte leider nicht geklappt. Nun waren die beiden in den nächsten Stunden dienstlich beschäftigt. Und vom Kollegen Schmitt hatte er jetzt schon länger nichts mehr gehört, auf Anrufe reagierte er nicht.

Wahrscheinlich kroch sein jüngerer Kollege gerade in irgendwelchen Eberner Spelunken herum und ging deshalb nicht ans Telefon. So weit kannte Haderlein seinen Pappenheimer und dessen persönliche Probleme als unfreiwilliger Single, die er seit geraumer Zeit mit sich herumschleppte. Wie dem auch sei, der Job in der Erlanger Rechtsmedizin musste von irgendwem erledigt werden, da biss die Maus keinen Faden ab.

Nach dem Telefonat vorhin machte Haderlein sich keinerlei Illusionen über den zu erwartenden Gesprächsverlauf. Professor Siebenstädter war sicher auf Krawall gebürstet. Allerdings wähnte Haderlein sich nach dem heutigen Tiefpunkt mit seinem bekifften Chef gestählt genug für die nächste harte Prüfung, die dort mit absoluter Sicherheit auf ihn wartete. Holzauge, sei wachsam.

Mit solchen und ähnlichen Gedanken beschwert, betrat Kriminalhauptkommissar Franz Haderlein die Erlanger Rechtsmedizin durch den Haupteingang und durchschritt die nüchternen Flure des Institutes, ehe er vor dem berüchtigten Allerheiligsten, dem Tabernakel Siebenstädters, seinem Hochaltar, haltmachte. Entschlossen klopfte er an die Tür des Sezierraumes, jedoch rührte sich absolut nichts auf der anderen Seite. Auch nach mehrmaligem energischem Klopfen wurde vonseiten der Raumbewohner, zumindest der lebenden, nicht reagiert. Leicht irritiert drückte Franz Haderlein die Klinke der schweren, weiß gestrichenen Metalltür hinunter und trat ein. Was Siebenstädter auch für eine Hinterhältigkeit vorbereitet hatte, heute würde der ihm nichts ans Bein schmieren, heute nicht. Heute war er, Franz Haderlein, charakterlich wie emotional vorbereitet.

»Hallo, Herr Haderlein, immer herein in die gute Stube«, tönte es freundlich von einem Seziertisch in der Raummitte, an dem sich der Leiter der Erlanger Rechtsmedizin aufgebaut hatte.

Mit einem breiten Lächeln garniert, winkte Professor Siebenstädter den Bamberger Kommissar zu sich, der sich auf seinem Weg durch den Raum misstrauisch umsah. Diese unerwartete und gänzlich untypische Freundlichkeit des Professors ihm gegenüber war himmelschreiend verdächtig, weshalb Franz Haderlein dahinter instinktiv einen Hinterhalt, eine Falle vermutete. Diese netten Worte mussten einen doppelten Boden haben, der ihm zum Verhängnis werden konnte, wenn er nicht schnellstens dahinterkam, was Siebenstädter beabsichtigte. Haderlein kannte doch seinen verschlagenen und missgünstigen Herrscher aus dem Totenreich. Aber so wachsam er sich auch umsah, die Ohren aufsperrte und alle verfügbaren Sinne auf hinterrücks lauernde Gefahren ausrichtete, er erreichte unbehelligt und bar jeglichen missgünstigen Anwurfes sein Ziel in der Mitte des Raumes, wo er an besagtem Seziertisch gegenüber von Professor Thomas Siebenstädter stehen blieb.

»Hallo«, grüßte Haderlein knapp, da er sich in dieser seltsam wohlwollenden, fröhlichen Grundstimmung, die neuerdings in diesen Hallen herrschte, überaus unwohl fühlte. Er hatte mit dem Schlimmsten gerechnet, und nun das. Sein schöner Plan des eiskalten Widerstands gegen jedwede Anfeindung war dahin. Das war für ihn ungefähr so, wie wenn man sich gegen eine Tür warf, um sie aufzubrechen, die Tür sich aber gar nicht dagegen wehrte. Weil sie nämlich unerwarteterweise gar nicht verriegelt, sondern offen war. Weshalb sie ergo ohne fühlbaren Widerstand sofort nachgab und man, dem heiligen Gesetz der Masse und ihrer Beschleunigung folgend, quer durch den Raum flog, Albert Einstein sei Dank.

So ungefähr kam sich der Bamberger Kommissar gerade vor. Da hatte er dieses Institut in der couragierten Stimmung betreten, mit der man Geiseln befreite, und nun saß nur eine lächelnde

Oma im Sessel, in Gestalt eines gezähmten Haifisches namens Siebenstädter.

»Schön, dass Sie sich hierherbemüht haben, Herr Haderlein, das weiß ich wirklich zu schätzen«, empfing ihn Siebenstädter aufgeräumt. »Ich ahne, wie schwierig es für Sie ist, sich zwischen der wertvollen Arbeit, die Sie als pflichtbewusster Kriminalbeamter für die Allgemeinheit leisten, auch noch Zeit für die Fahrt ins ferne Erlangen und mein unwichtiges Institut zu nehmen.« Haderlein hörte die freundlichen Worte wohl, er hatte aber genau deswegen Mühe, die Fassung zu bewahren. Und dann wurde ihm auch noch schlecht. Aber er riss sich zusammen, ließ sich nichts anmerken. Seinen instabilen Zustand durfte der Professor keinesfalls bemerken. Was für eine unglaubliche Teufelei hatte Siebenstädter mit ihm vor? War diese ausgesuchte Höflichkeit nur die Ouvertüre, der Anlauf zum vernichtenden Hauptakt, dem grandiosen Finale, das sich der Professor zum Zwecke seiner, Franz Haderleins Vernichtung ausgedacht hatte?

»Nun, da ich Ihre Zeit nicht unnötig verschwenden möchte, gehen wir doch am besten gleich in medias res und besprechen das, was es bezüglich Ihrer Leiche zu besprechen gibt, Herr Kommissar«, säuselte Siebenstädter, und zwei Reihen gründlich gepflegter Haifischzähne lächelten den Bamberger Kommissar euphemistisch an. »Möchten Sie vorher vielleicht noch ein Wasser, Herr Hauptkommissar? Oder einen Kaffee, eine Hafermilch, einen Tee?«

Abwartend, aber weiter freundlich lächelnd, stand Siebenstädter mit weißer Gummischürze an seiner Leiche, und Franz Haderlein wusste nicht, wie ihm geschah. War das wirklich Professor Thomas Siebenstädter, oder hatten mitleidige Aliens vom Jupitermond Ganymed den Institutsleiter abgeholt und durch ein gehirngewaschenes Duplikat ersetzt? Zu einer verbalen Entgegnung momentan nicht fähig, schüttelte Haderlein nur stumm den Kopf, was Siebenstädter so aber nicht akzeptieren wollte.

»Dann vielleicht einen fränkischen Obstler, Herr Haderlein, einen Single Malt oder einen frisch gebackenen Keks?«

»Nein danke, wirklich nicht, wir können gern mit Ihren Erkenntnissen beginnen, ich möchte Ihre Zeit nicht über Gebühr in Anspruch nehmen«, wehrte Haderlein Siebenstädters für ihn wirklich nicht einfach zu händelnden Freundlichkeitstsunami ab. Was im Namen aller existierenden Götter sollte das bedeuten? Konnte es tatsächlich sein, dass dieser Menschenhasser, dieser zynische Stimmungstöter, dieses Megaarschloch mit Diplom zum ersten Mal in seinem Leben einen guten Tag erwischt hatte? Selbst wenn ja, musste das doch irgendeinen Grund haben.

In seiner hilflosen Verzweiflung kam dem an sich eher konservativ strukturierten Kriminalhauptkommissar auf einmal eine höchst plausible Eingebung in den Sinn. Hatte der Professor etwa Sex gehabt? Könnte sich tatsächlich eine geopfert haben? Oder hatte, mal ganz anders gedacht, Lagerfeld vielleicht gestern in aller Stille dem Professor eine seiner spezialgewickelten Zigarren geschenkt, ohne ihnen etwas davon zu erzählen? Das würde auch einiges erklären. Aber wenn Haderlein ehrlich war, muteten beide Möglichkeiten etwa so wahrscheinlich an wie die zeitnahe Abschaffung des Zölibats. Vor allem die Version mit dem Sex war beim besten Willen nicht vorstellbar.

»Gut, Ihr Wunsch ist mir natürlich Befehl, dann wollen wir uns doch einfach schön langsam durch den Körper dieses Dahingeschiedenen arbeiten, Herr Kommissar«, entgegnete Siebenstädter und begann seinen Vortrag über seine Erkenntnisse hinsichtlich des gestern frisch angelieferten Mordopfers.

Was Kriminalhauptkommissar Franz Haderlein dazu veranlasste, sich auf die direkt vor ihm liegende Leiche zu konzentrieren, was allerdings auch nicht wirklich zur Hebung seiner momentanen Stimmung beitrug. Lagerfeld hatte weiß Gott nicht übertrieben. Einen derart verunstalteten menschlichen Körper hatte Haderlein in seiner ganzen langen Dienstlaufbahn noch nicht gesehen. Wie musste jemand drauf sein, um sich zu so einer fürchterlichen Tat hinreißen zu lassen?

Siebenstädter griff in seinen Besteckkasten und nahm sich eine Nierenschale aus Edelstahl.

»Herr Haderlein, ich erspare mir jetzt einfach einmal die Aufzählung der verschiedenen Verletzungen innen wie außen sowie der diversen Knochenbrüche, das würde ja viel zu lange dauern. Es nimmt bei Weitem weniger Zeit in Anspruch, im Gegensatz dazu zu betrachten, was an diesem Körper noch halbwegs intakt beziehungsweise rechtsmedizinisch verwertbar ist.«

Zum Job eines beruflich aktiven Pathologen schien des Professors unvermindertes Lächeln jetzt nicht mehr so richtig zu passen, es wirkte ein wenig aufgesetzt. Andererseits dauerte seine Tätigkeit am Korpus des so unsanft Verstorbenen nur ein paar Sekunden, dann hielt der Institutsleiter mit einer Edelstahlzange etwas in die Höhe. Der Kommissar brauchte keine grundlegende Ausbildung in Pathologie, um zu erkennen, worum es sich handelte. Das war ganz ohne Zweifel ein Teil der Schädeldecke ihres Opfers. Wie die gezackten Bruchkanten entstanden waren, konnte sich Haderlein ungefähr denken. Den Weg durch das Innenleben eines Mähdreschers konnte der dünnwandige Schädel eines Menschen nun einmal nicht unbeschadet zurücklegen. So weit, so klar. Trotzdem sollte er sich augenscheinlich mit dem gewölbten Schädelfragment beschäftigen, sonst würde Siebenstädter es ja wohl nicht so demonstrativ in die Luft halten.

»Ich will es einmal so sagen, Herr Kommissar. Ich könnte Ihnen einige hundert Diagnosen und Gründe auflisten, warum dieser arme Mann hier verstorben ist, alle hervorgerufen durch den gewaltsamen Transport durch die Maschinerie eines landwirtschaftlichen Gerätes, kein Problem. Allerdings glaube ich, dass der zweifelhafte Genuss, die Wirkungsweise eines Mähdreschers von innen erleben zu dürfen, nicht ursächlich für den Tod dieses armen Mannes gewesen ist, sondern, Achtung, das hier.«

Haderlein war fast ein wenig erleichtert, hörte sich der Professor doch fast wieder so sarkastisch an wie gewohnt. Aber nur kurz, denn da war immer noch dieses überfreundliche Lächeln in seinem Gesicht, und der Schädeldeckenrest schwebte nun direkt vor Haderleins Nase. Jetzt sah der Kommissar auch den

Grund, warum der Professor diesem Knochenfragment so viel Aufmerksamkeit schenkte. Das Bruchstück einer menschlichen Schädeldecke wies ein absolut symmetrisches Loch auf. Dergleichen hatte Haderlein in seinem Berufsleben schon zuhauf gesehen. Das war die Einschussöffnung einer 9-Millimeter-Kugel, die sich ihren Weg durch den Kopf des Opfers gebahnt hatte.

»Alles klar, Herr Kommissar?«, fragte Professor Siebenstädter und legte das Knochenstück vorsichtig in die blutige Schale aus Edelstahl zurück.

Er klang so freundlich wie zuvor, doch ihm war anzumerken, dass es in ihm rumorte. Siebenstädter kämpfte mit sich. Ging dem Institutsleiter etwa gerade die euphorische Luft aus? Da wollten wohl endlich ein paar sarkastische, zynische, vielleicht auch brachial aggressive oder gar obszöne Kommentare an die frische Luft, die der Professor bisher mit großer Disziplin unterdrücken konnte. Im nächsten Moment hatte Siebenstädter sich aber wieder im Griff, denn der Professor lächelte wieder, wenn auch etwas gequält.

»Also wenn ich Sie richtig verstehe, ist dieser Mann durch einen Kopfschuss getötet und erst danach dem Mähdrescher übergeben worden. Ist es das, was Sie mir sagen wollen, Herr Professor? Das war's? Das ist Ihre abschließende Diagnose?«, fragte Haderlein.

»Das war's«, bestätigte der Professor, dessen Lächeln jetzt wie eingefroren wirkte. »Schuss in den Kopf, dann tot, dann Mähdrescher. Meinen Gesamtbericht über die Autopsie schicke ich Ihnen morgen, genau wie das Bild einer Ganzkörpertomografie. Da können Sie dann das ganze Desaster in all seinen Einzelteilen begutachten, wenn Sie das möchten. Aber zur Todesursache dieses Mannes wissen Sie jetzt, was Sie wissen müssen. Ich hoffe, ich konnte Ihnen helfen.«

Haderlein mochte es nicht glauben. Er durfte jetzt tatsächlich hier rausgehen, ohne belästigt, beleidigt oder anderweitig erniedrigt worden zu sein?

»Ja, vielen Dank, dann wünsche ich noch einen schönen Tag«,

verabschiedete sich der Kommissar erleichtert, aber auch irgendwie hilflos. Die Situation war einfach zu surreal.

»*Slán leat*«, erwiderte der Professor. Als Haderlein ihn leicht verstört anblickte, ergänzte er freundlich: »Das ist irisch-gälisch und heißt ›auf Wiedersehen‹. Vielleicht doch noch einen Tee?«

Franz Haderlein wurde es jetzt zu viel. Er drehte sich ohne weiteren Gesprächsbeitrag um und eilte, so schnell es ging, zur Tür. Als er diese hinter sich geschlossen hatte, lehnte er sich schwer atmend mit dem Rücken gegen das beruhigend kühle Türblatt. Er musste das soeben Erlebte erst einmal verarbeiten.

Aber kaum dass seine Schultern das Metall berührten, brach im Inneren des Sezierraumes ein Höllenlärm los. Haderlein hörte metallene Gegenstände gegen Wände krachen, laute Wutschreie einer völlig entfesselten Psyche drangen durch die an sich schallhemmende Tür, und das Klirren von zersplitterndem Porzellan und Glas untermalte alles. Statt abzunehmen, steigerte sich der Lärm nach und nach zu einem klanglichen Inferno, das in bürgerlichen Wohnsiedlungen zweifellos zum sofortigen Herbeirufen der Polizei geführt hätte.

Kriminalhauptkommissar Haderlein beschloss indes, sehr zügig zu seinem Auto zurückzukehren. Ungefähr so zügig wie damals, als er als kleiner Ministrant nach der ersten kindlichen Mutprobe vom stockdunklen Friedhof seines Heimatdorfes geflohen war.

Zuerst waren da diese hellen, halb durchsichtigen Figuren, von denen er nicht genau wusste, ob das jetzt menschliche Wesen sein sollten oder nur perfekt menschenähnlich gefertigte Puppen in Lebensgröße, die, einem Mobile gleich, vor ihm auf und ab schwebten. Er betrachtete sie eine Weile, bis irgendwer das Licht ausknipste und Lagerfeld andauernde Dunkelheit umfing. Es war nun nichts und niemand mehr zu sehen, dafür konnte er Stimmen hören. Seltsamerweise waren es hauptsächlich die Stimmen von Frauen, mit denen er in seinem Leben mehr oder weniger intensive Beziehungen gepflegt hatte. Angefangen bei seiner Mutter, gefolgt von diversen Mädchen aus seiner Sand-kasten- beziehungsweise Schulzeit bis hin zu Liebschaften unterschiedlicher Ernsthaftigkeit, die sich im Laufe seines Lebens alle in Wohlgefallen aufgelöst hatten. Zum Schluss hörte er die zarte, süße Stimme seiner Tochter Lena, die ihm aufgeregt Geschichten und Erlebnisse aus dem Kindergarten erzählte. Danach herrschte Stille, bis sich eine weite, grüne Wiese vor ihm öffnete, die von fränkischen Kühen, dem sogenannten Gelben Frankenvieh, bevölkert wurde.

Jetzt erkannte er auch den Ort, es war die Wiese seines verstorbenen Onkels Edgar und seiner Frau Roswitha, die er in seiner Kindheit des Öfteren auf ihrem Hof bei Naisa besucht hatte. Seither kannte er sich auch in fränkischer Kuhhaltung aus, da Onkel Edgar nicht müde geworden war, ihn in dieser Materie zu unterweisen. Vielleicht hatte er ja die stille Hoffnung gehegt, dass der kleine Bernd sich irgendwann für die Landwirtschaft begeistern würde, aber daraus war ja bekanntermaßen nichts geworden. Der kleine Bernd war für körperliche Arbeit nicht zu begeistern, auch wenn er das Drumherum auf einem Bauernhof durchaus interessant fand. Vor allem die Tiere und die einzelnen Rassen konnte er bald auswendig runterbeten, was ihm am Mittagstisch immer ein Extrakotelett von seiner begeisterten Tante Roswitha einbrachte. Und das hier auf der Wiese waren ganz klar die Gelbviehrinder von Onkel Edgar.

Die Rasse stammte ab von dem kleinen roten altfränkischen Vieh, das aus dem in ganz Süd- und Mitteldeutschland verbreiteten, ursprünglichen germanisch-keltischen roten Rindvieh hervorgegangen war. Über die Zucht des altfränkischen Viehs ist bis in die Neuzeit hinein wenig bekannt, nach dem Ende des Dreißigjährigen Krieges 1648 sollen die Rinderbestände Frankens durch ausländisches Vieh wieder aufgefüllt worden sein. Das Gelbvieh war ein einfarbiges, genetisch hornloses Rind mit Farbvariationen von Hellgelb bis Rotgelb, und genau solche reinrassigen Viecher standen auf dieser Wiese herum und stopften sich mit frischem Gras voll. Dem Sonnenstand nach war es jetzt bald Zeit zum Melken, eine Tätigkeit, zu der sich Bernd Schmitt noch nie richtig hingezogen fühlte. Als nun Tante Roswitha mit ihrem Melkschemel und dem verzinkten Melkeimer die Wiese betrat und ihm zuwinkte, tat der kleine Bernd einfach so, als ob er sie nicht bemerkte. Wozu gab es denn Walkmänner der Firma Sony, deren Kopfhörer er sich demonstrativ auf die Ohren drückte. Dieses glasklare Zeichen, dass er beim Musikhören bitte nicht gestört werden wollte, interessierte seine Tante jedoch einen Scheiß, sie kam weiter mit ihren Melkutensilien und strengem Blick auf ihn zu, stellte alles, was sie bei sich hatte, vor ihm ins Gras und fing mit erhobenem Zeigefinger an, irgendetwas zu schimpfen.

Der kleine Bernd bedeutete ihr, dass er kein Wort verstand, indem er mit beiden Händen unmissverständlich auf die Kopfhörer zeigte, die ein Musikstück der Rockgruppe Queen in seine Gehörgänge plärrten.

Da war er bei Roswitha Schmitt aber an die Richtige geraten. Mit einer entschlossenen Bewegung griff sie nach dem dünnen, gebogenen Metall des Kopfhörers und rupfte ihm das Teil von den Ohren. Jetzt konnte er laut und deutlich ihre Stimme vernehmen, die ihm sehr streng mitteilte, dass das alles ein großer Blödsinn sei, denn der Walkman werde erst etwa zehn Jahre später erfunden werden, er solle sich also nicht mit widersinnigen Details abgeben und Musikhören vortäuschen, wenn das noch gar nicht gehe. Außerdem sei es Zeit zu melken. Er solle endlich aus seiner faulen Welt aufwachen und sich in die Welt der Arbeit begeben. »Ohne Fleiß kein Preis«, sagte Tante Roswitha und tätschelte ihm auffordernd die Wange.

»Also, Bernd, auf geht's, die Pflicht ruft«, vernahm er jetzt wieder und wieder von seiner Tante, die einfach nicht damit aufhörte, ihm die Wange zu tätscheln. Das nervte ziemlich, und zwar so lange, bis der kleine Bernd sich nicht mehr anders zu helfen wusste, als tatsächlich aufzuwachen. Er öffnete die Augen und schaute verdutzt in ein wunderschönes weibliches Augenpaar. Allerdings gehörte es nicht zu seiner Tante Roswitha, sondern zu Intensivschwester Gaby Dremmel, die ihn jetzt sehr zufrieden anblickte.

»Da ist er ja wieder, unser verunfallter Kommissar. Herzlich willkommen im richtigen Leben, Herr Schmitt. Ich hoffe, Sie erkennen mich wieder und wissen, wo Sie sind?«

Bernd Schmitt wusste sehr wohl, wo er sich befand, nämlich in einem Krankenzimmer der Haßberg-Kliniken in Ebern. Kurz überlegte er, ob es nicht besser wäre, melkenderweise bei Tante Roswitha und ihren Kühen zu bleiben, aber dann dämmerte ihm, dass er im vorliegenden Fall gar keine Wahlmöglichkeit hatte. Dieses Krankenbett hier war real, brummender Kopf plus Verband inklusive, Tante Roswitha und ihre Kühe eher nicht.

»Was ist passiert?«, fragte er, während er mit der rechten Hand vorsichtig seinen verbundenen Kopf abtastete. Er richtete sich ein wenig auf und bemerkte Presssack, der neben dem Bett auf dem Fußboden saß und mit sorgenvollem Blick zu ihm herauf-schaute.

»Eigentlich sind Tiere hier nicht erlaubt, Herr Kommissar, aber da die Sanitäter bereits ein Auge zugedrückt hatten, machen wir das auch. Ihre Dienststelle ist übrigens informiert, eine Frau Hoffmann hat mir versichert, dass sich demnächst jemand hier einfinden wird, um Sie abzuholen. Es könnte nur noch etwas dauern, meinte sie, im Moment seien alle Kollegen beschäftigt.«

Lagerfeld nickte nur, er war gerade anderweitig beschäftigt, denn allmählich kehrte die Erinnerung wieder zurück. Ebern, Marktplatz, Eisdiele, Frau, Brunnen. Der Brunnen, er war gegen den Brunnen gestürzt. Gott, nein, die Frau, er hatte die Frau gesehen und wegen Presssacks Leine grandios verpasst. So ein blöder Mist.

»Ich Vollidiot!«, rief er laut und schlug sich in seiner Frustra-tion die Hand vor die Stirn. Sein Kopf reagierte auf diesen neu-erlichen tätlichen Angriff mit heftigen Signalen des Schmerzes, und der Kommissar sackte unter lautem Stöhnen zurück in die Kissen.

»Ich kann das nicht bewerten, neige aber dazu, Ihnen nicht

zu widersprechen«, erklärte Schwester Dremmel trocken. »Sie haben eine Riesenbeule an Ihrer Stirn und dazu eine fette Gehirnerschütterung. Ich würde davon Abstand nehmen, auch noch selbst auf Ihrem Kopf herumzuschlagen, Herr Kommissar. Was die Überprüfung motorischer Fähigkeiten anbelangt, wären Schläge auf den Kopf zwar zweckdienlich, aber nicht jetzt, etwas später vielleicht. Ich kann das auch gern für Sie übernehmen, gar kein Problem. Gerne auch in der Freizeit. Im Moment ist so ein Kopfschlagen dem Heilungsprozess eher abträglich, falls Sie verstehen, was ich meine.«

Lagerfeld ließ die sarkastische Belehrung einfach mal so stehen. Hübsch war sie ja, diese Schwester Gaby, sehr sogar, aber auch ziemlich frech. Er wusste ja, dass sie recht hatte, nur mit der Einsicht haperte es.

»Ich kann hier nicht bleiben, ich muss ermitteln«, sagte er und betastete stöhnend seinen deutlich ausgebeulten Kopfverband.

»Was denn, etwa wegen dieser unbekannten Frau? Haben Sie die immer noch nicht gefunden?«, wunderte sich Gaby Dremmel, was bei ihrem Patienten aktiven Widerstand hervorrief.

»Sehr witzig, Frau Schwester. Das ist jetzt gerade mal einen Tag her! Finden Sie doch mal jemanden, von dem Sie keinen Namen, keine Adresse, keine Freunde und keine Verwandten haben. Einfach niemanden, der sich für die Frau interessiert«, bemerkte Lagerfeld knurrig und war jetzt an den Ausläufern seiner verbundenen Beule angekommen. Noch nie in seinem ganzen Leben, nicht einmal als Kind, hatte er sich so ein Horn auf seinem Kopf eingefangen.

»Na ja, das stimmt ja so nicht. Es hat sich schon jemand für die Frau interessiert, als sie hier so im Koma lag«, stellte Schwester Dremmel fest, während sie das Nachtkästchen neben Lagerfelds Bett ordnete.

Dessen Hand verließ blitzschnell seinen Kopf und packte die Intensivschwester am Handgelenk. »Wie bitte, was haben Sie da gerade gesagt? Wer? Wer hat sich für die Frau interessiert?«

Gaby Dremmel entwand ihre Hand vorsichtig, aber mit

Nachdruck der kommissarischen und präzisierte ihre Worte. »Ich sagte, dass sich sehr wohl jemand für diese Frau interessiert hat. Da kam immer mal wieder so ein Kerl und fragte nach ihr. Er sagte, er sei von der Polizei, und wollte wissen, wie es ihr gehe, ob sie schon aufgewacht sei und so.«

Lagerfeld richtete sich ruckartig auf, was sofort wieder zu erheblichen Kopfschmerzen führte. »Und das sagen Sie mir erst jetzt?«

»Mich hat ja niemand gefragt«, erwiderte Gaby Dremmel schnippisch und drückte ihn vorsichtig zurück in die Kissen. Der Mann war ja mehr als unvernünftig. »Außerdem wollte ich keinen Ärger mit dem Chef, Besucher hätte ich nämlich eigentlich melden müssen. Aber der Mann hat mir seinen Ausweis gezeigt, also dachte ich, das wird schon seine Ordnung haben. Er hat ja auch nur gefragt, wie der Stand der Dinge ist und ob wir inzwischen wüssten, wer da liegt, ob wir einen Namen hätten. Auf mich hat er genauso gewirkt wie ein Polizist, aber zu Ihnen gehörte er dann ja anscheinend nicht.«

»Gibt es von dem Mann vielleicht eine Videoaufzeichnung von der Kamera dort oben?«, fragte Lagerfeld jetzt ganz aufgeregt und wies auf das Gerät über der Tür.

»Nein, sicher nicht. Er ist immer vorn in der Tür stehen geblieben, als ob er genau wüsste, wo sich die Kamera in dem Raum befindet. Er hat aber ja auch bloß kurz nach der Frau fragen wollen und ist dann auch gleich wieder gegangen.«

Lagerfeld verzichtete darauf, ihre Überlegungen zu kommentieren. Diese Information warf ein völlig neues Licht auf den Fall. Es stellte sich nämlich die spannende Frage, was für ein Polizist das gewesen war. Und vor allem: von welcher Polizei? Er war doch die Polizei, das war sein Fall, verdammt!

»Beschreiben Sie mir doch bitte einmal, wie der Mann ausgesehen hat, Frau Dremmel«, bat er.

Die Stationsschwester legte den Kopf in den Nacken und blickte mit geschürzten Lippen zur Decke hinauf, während sie kurz überlegte. »Groß, sehr gepflegte Erscheinung, sportliche

Figur, glatt rasiert. Er trug eine Wollmütze, schließlich war das ja im Winter, deswegen konnte ich die Haarfarbe nicht erkennen. Aber er hatte schöne grüne Augen, die ziemlich gefährlich geschaut haben. Gaby, habe ich mir damals gesagt, Gaby, das ist ein interessanter Mann. Er nannte mir auch seinen Namen, aber den weiß ich jetzt natürlich nicht mehr. Insgesamt war er so drei bis vier Mal hier, schätze ich. Aber wie gesagt immer nur kurz … Was schauen Sie denn so, Herr Kommissar?«

»Ich muss gehen«, erklärte Lagerfeld entschlossen und schlug unter dem entsetzten Blick der Krankenschwester seine Bettdecke zurück.

»Das dürfen Sie nicht, Sie sind noch nicht einsatzfähig, Herr Kommissar. Sie haben eine schwere Gehirnerschütterung, mit der können Sie nicht einfach …« Gaby Dremmel verstummte, als auf einmal zwei Männer in Uniform durch die Tür des Krankenzimmers traten.

»Webhan, grüß Gott. Mir ham hier einen dringenden Krankentransport, einen Herrn Schmitt?«, erklärte der eine der beiden diensteifrig mit seinem Polizistenkäppi unter dem Arm und blickte die verdutzte Krankenschwester erwartungsvoll an.

Das Antworten übernahm Lagerfeld für sie. Die Frau würde ihm sowieso wieder alles verbieten.

»Ja, das bin ich, Webhan. Ich bin der Transport«, verkündete er und warf schwungvoll beide Beine aus dem Bett. Sekundenlang hatte er mit spontanem Schwindel zu kämpfen, dann war Lagerfeld wieder betriebsbereit.

Der Bereitschaftspolizist zeigte sich unterdessen wenig begeistert, ausgerechnet den schnoddrigen Kommissar von gestern Nacht durch die Gegend fahren zu müssen, das war ihm deutlich anzusehen.

»Weit ist es nicht, ich muss nur nach Ebern, Marktplatz, da steht mein Auto«, erklärte Bernd Schmitt den beiden Streifenpolizisten, dann griff er sich auch schon Presssacks Leine, um das Klinikum so schnell wie möglich zu verlassen.

Als er seine Sonnenbrille vom Nachttisch nahm, stellte er

zu seinem Entsetzen fest, dass das heiß geliebte Accessoire, das er jetzt seit über einem Jahrzehnt sein Eigen nannte, den Geist beziehungsweise ein Brillenglas aufgegeben hatte. Lagerfeld bog sich die Restbrille irgendwie wieder zurecht und steckte das Teil an seinen angestammten Platz.

»Sieht scheiße aus«, bekam er von Webhan zu hören, und Stationsschwester Dremmel nahm ihm die verunfallte Augenblende sanft, aber bestimmt von der Nase.

»Besser nicht, Herr Kommissar, die ist hin. Sie sind ja eigentlich ein Hübscher, aber damit und mit Ihrem Kopfverband sehen Sie aus wie nach einer Wirtshausschlägerei. Kaufen Sie sich eine neue Brille und lassen Sie dieses Wrack da in Frieden gehen, ist besser so, glauben Sie mir.«

Lagerfeld wusste, dass Gaby Dremmel recht hatte, auch wenn es ihm, inhaltlich betrachtet, überhaupt nicht passte. Aber kaum dass Mann etwas von einer gut aussehenden Frau gesagt bekam, fiel das Nachgeben doch gleich leichter. Also steckte er den optischen Totalschaden in seine Gesäßtasche, ergriff Presssacks Leine und verabschiedete sich mit Kusshand von der Intensivschwester, die diese Geste mit einem breiten Lächeln quittierte.

Unten am Ausgang hatte Lagerfeld das Klinikum fast verlassen, als er von einem spontanen Einfall übermannt wurde. Daher bog er noch einmal scharf nach links ab, dorthin, wo sich die Dame befand, die den Ein- und Ausgangsverkehr hier im Klinikum überwachte.

»Schmitt, Kriminalpolizei Bamberg. Kennen Sie mich noch?«

Was für eine blöde Frage, dachte Elfi Müller, der war doch erst heute Morgen da, noch dazu beim Chef. Hielt dieser Polizist sie für blöd oder dement oder blind, oder was? Wie sah der überhaupt aus? Hatte der 'ne Wirtshausschlägerei hinter sich? Heute Morgen sah er jedenfalls noch wesentlich fitter aus. Aber die unausgesprochene Frage sollte ungeklärt bleiben, denn der verunstaltete Kommissar kam sofort zum Punkt seines Anliegens.

»Hören Sie, im vergangenen Winter ist laut Aussage einer Krankenschwester mehrmals ein Mann von der Polizei hier gewesen, um einen Krankenbesuch zu machen. Können Sie sich vielleicht an den erinnern? Der hat sich doch wegen Corona sicher bei Ihnen anmelden und ausweisen müssen.« Er schaute Elfi Müller erwartungsvoll an, die aber nicht sofort reagierte, weshalb er sich bemüßigt fühlte, ihrer Erinnerung auf die Sprünge zu helfen. »Groß, sportliche Figur, Wollmütze, glatt rasiert … klingelt da was bei Ihnen?«

Aber die Pfortenfrau setzte nur eine angestrengte Miene auf und verneinte. Lagerfeld weigerte sich, seine Idee einfach wieder zu beerdigen. Die Frau musste doch in ihrem Kopf ein Gedächtnis besitzen und kein Sieb.

»Gefährlicher Blick, schöne grüne Augen …«, schob er nach, und siehe da, jetzt hatte er weiblicherseits einen Knopf gedrückt. Einen grünen, um es genau zu sagen.

»Ach der, ach ja, sagen Sie das doch gleich. Ja, klar kann ich mich an den erinnern«, platzte Elfi Müller heraus, und in ihren bisher so streng dreinblickenden Augen loderte auf einmal ein so wildes Feuer, dass der Kommissar unwillkürlich einige Zentimeter zurückwich. »Der war ein paarmal da, das stimmt. Er war aber nicht direkt von der Polizei, da stand was ganz anderes auf seinem Ausweis.«

»Ach, und was, wenn ich fragen darf?«

»Bundesnachrichtendienst oder so ähnlich. Ja, genau, der Mann war vom Bundesnachrichtendienst. Das ist doch quasi auch Polizei, oder? Außerdem war er zweimal geimpft und geboostert, das hatte also alles seine Richtigkeit, Herr Kommissar. Sonst hätte er ja auch gar nicht reingedurft, Besuchsverkehr gab's ja im Winter wegen Corona nicht. Aber wie gesagt, er war geimpft und von der Polizei, alles okay.«

Daran, dass der Mann geimpft gewesen war, zweifelte Lagerfeld nicht. An seinen Absichten aber schon. Bundesnachrichtendienst? Was hatte die Spionage-Bundesbehörde für ein Interesse an dieser Frau? Wenn die ihre Finger im Spiel hatten, nahm die Angelegenheit auf einen Schlag ganz andere Dimensionen an. Er musste zurück in die Dienststelle, und zwar sofort.

»Webhan, Abgang!«, befahl Lagerfeld barsch und verabschiedete sich mit einem Nicken von Elfi Müller. Der Streifenwagen stand direkt vor der Tür, sodass sie binnen Minuten ein- und an Lagerfelds Honda Cabriolet wieder aussteigen konnten.

Bernd Schmitt hatte seinen schweinischen Auszubildenden gerade auf der Rückbank platziert, als sein Blick auf den Kollegen Elias Webhan fiel. Der hielt eine Packung Streichhölzer in der Hand, aus der er eines der Zündhölzer herausgezogen hatte. Es befand sich eine ganze Reihe kleiner schwarzer Striche darauf, deren Bedeutung und Funktion Lagerfeld Rätsel aufgaben. Allerdings verkniff er sich, den Mann danach zu fragen, denn der fast freudig erregt zu nennende Blick des Streifenpolizisten Webhan war auf den rechten Hinterreifen des Hondas gerichtet, und der Polizeibeamte machte tatsächlich Anstalten, sich mit seinem seltsamen Streichholz unter Lagerfelds Cabrio zu begeben. Als Webhan, bereits auf dem Rücken liegend, die Hand mit dem Zündhölzchen in Richtung Hinterrad ausstreckte, schritt der Besitzer des automobilen Schmuckstückes ein.

»Moment mal, Webhan, was soll denn des werden, wenn ich fragen darf? Was willst du unner meinem Auto, und was hast denn du da überhaupt für a Hölzla in der Hand?«, giftete Lagerfeld den uniformierten Rückenrutscher an.

Der giftete entschlossen zurück: »Das ist kein Hölzchen, Schmitt, das ist ein geeichtes Messinstrument, wenn es recht ist. Und mit diesem Messinstrument werde ich jetzt die quasi nur noch andeutungsweise vorhandene Profiltiefe dieses Fahrzeuges ...«

Weiter kam er nicht, denn Lagerfeld war nun vollkommen klar, warum sich dieser Polizeibeamte aus Bad Staffelstein den wunderbaren Spitznamen »Profil-Webhan« eingefangen hatte.

»Nein, ist mir nicht recht, Webhan, und jetzt sieh zu, dass du widder in die Senkrechte kommst!«, fauchte Bernd Schmitt genervt. Seine Geduld für den heutigen Tag war komplett aufgebraucht. Das Letzte, was er jetzt noch brauchte, war eine Ordnungswidrigkeitsanzeige im Dienst wegen abgefahrener Reifen.

Aber Polizeioberwachtmeister Elias Webhan rührte sich nicht. Anscheinend war er unschlüssig, ob er die Nummer wirklich durchziehen oder lieber nachgeben sollte. Lagerfeld blickte zum Kollegen Schieler hinüber, der allerdings einen Teufel tun würde, sich hier einzumischen, und mit größter Aufmerksamkeit die Beschaffenheit der einzelnen Pflastersteine zu seinen Füßen überprüfte. Eine wichtige Aufgabe, die ihn derzeit unabkömmlich machte. Lagerfeld war allein mit dem Profilneurotiker unter dem Auto, auf sich gestellt. Mit einem laut hörbaren »Zong« riss sein an und für sich dicker Geduldsfaden, und er entschied sich endgültig für die rustikal-fränkische Methode.

»Ey, Webhan, amal so von Kolleche zu Kolleche. Wann hat denn dir des letzte Mal aaner dienstlich so richtich nei die Eier gsappt? Also wenn du etzerd ned sofort Land gewinnst, Bruder der Sonne, und dein bolizeilichen Luxuskörber auf der Stelln aus meim Sichtfeld bewechsd, grichd dei Gemächd gleich an Besuch vo meim Cowboystiefel. Dann kannste für die nächsde Zeit zwische dei Baa a Baustellnschild hänga, ›Außer Betrieb‹. Hab ich mich etzerd glar und deudlich ausgedrüggd, du Kaschber?«

Drei Minuten und einundfünfzig Sekunden später ließ Bernd Schmitt Eberns mittelalterliche Stadtmauer hinter sich und fuhr in seinem profillosen Honda Cabriolet auf direktem Weg zurück in die Dienststelle, während in seinem Kopf die Überlegungen zu einer unbekannten Frau und einem ebenso unbekannten Mann vom Bundesnachrichtendienst Purzelbäume schlugen.

Amira hatte trotz ihrer durch das Opium hervorgerufenen Gelassenheit die Gefährlichkeit ihres Vorhabens inzwischen begriffen und entschieden, einfach innerlich alles loszulassen, worüber sie sich jetzt schon seit Tagen Gedanken machte. Sie handelte im Leben zu oft emotional und dachte erst anschließend darüber nach, ob das gerade auch wirklich die beste Lösung gewesen war. Nüchtern betrachtet, war sie mit dieser Methode dem Tod bereits mehrfach nur knapp entronnen. Vielleicht sollte sie ihr Glück nicht noch weiter strapazieren, sondern lieber einmal genau das tun, was ihr gesagt wurde. Opium war diesbezüglich ein wirklich guter Regulator, und so saß sie relativ entspannt in dem Kleinlaster zwischen Mario Callies und Max. Um kurz vor Mitternacht erreichten sie die kleine afghanische Ortschaft Lalpurah, von der Amira bisher noch nie etwas gehört hatte. Wie auch, das kleine Örtchen mit seinen einstöckigen Bauten war weit entfernt von ihrem Heimatdorf und lag auch nicht mehr direkt an der Straße zum Khyber-Pass, weshalb sie vielleicht früher einmal im Schulunterricht davon gehört haben könnte. Jetzt gab es für Mädchen ohnehin keinen Schulunterricht mehr in Afghanistan, nur noch der männliche Teil der Bevölkerung erfuhr etwas über die große weite Welt, und zwar hauptsächlich aus dem Koran.

Bevor sie die ersten Häuser von Lalpurah erreichten, holte Mario Callies ein in ein Tuch eingewickeltes Etwas aus seiner traditionellen afghanischen Kleidung und legte es sich auf die Oberschenkel. Er hatte sich für ihr Vorhaben wie ein waschechter Talibankämpfer hergerichtet, sowohl von seiner Kleidung her als auch die Mimik betreffend. Sogar den typischen dunklen Lidstrich der Taliban hatte er aufgelegt, und wenn Amira ihn nicht bereits gekannt hätte, wäre sie niemals auf die Idee gekommen, neben einem waschechten Deutschen zu sitzen.

Es wurde im Ausland viel darüber spekuliert, welche Bedeutung die schwarze Umrandung der Augen bei den Taliban hatte. Die dunkle Schminke bestand hauptsächlich aus Antimonpulver, einem Mineral, dessen Farbe zwischen Grau und Schwarz variierte und dem eine heilende Wirkung nachgesagt wurde. Dieses Pulver war in Afghanistan auch als Kohl, Surma oder Ithmid bekannt und wurde ähnlich wie Kajal auf die Augenlider aufgetragen. Der Lidstrich der Taliban war ein Brauch, den Mohammed eingeführt hatte. Gemäß der Überlieferung hatte er das Pulver auch selbst verwendet. Er soll es dreimal auf sein rechtes und zweimal auf sein linkes Auge aufgetragen haben, damit es die Sehkraft schärfe und das Haar wachsen lasse. Vor allem die islamistischen Kämpfer aus ländlichen Regionen verwendeten das Pulver, wodurch sie recht eindringliche Bilder in den Medien erzeugen konnten. Amira glaubte, dass das Pulver von den Gotteskriegern Afghanistans nur aufgetragen wurde, um ihre Gegner einzuschüchtern. Denn in der Tat wirkte Mario Callies' Blick durch den dunklen Lidstrich jetzt wirklich durchdringend, regelrecht gefährlich und entschlossen.

»Da runter.« Mario deutete nach rechts, also steuerte Max den kleinen Laster, ohne zu zögern, über einen staubigen Weg eine Böschung hinab, bis zu einem breiten Flussbett etwas abseits der ersten Häuser von Lalpurah.

Sie waren an ihrem Zwischenziel angekommen, dem großen Fluss Kabul, der ab hier seinen Weg ins benachbarte Pakistan nahm. Amira suchte das Ufer im fahlen Schein des Sternenlichtes mit zusammengekniffenen Augen intensiv nach dem Boot ab, das sie von hier wegbringen sollte, aber da war beim besten Willen nichts Bootsähnliches zu sehen. Weder an diesem noch am anderen Ufer.

»Alles aussteigen«, murmelte Mario Callies, öffnete die Tür auf der Beifahrerseite, stieg aus und winkte Amira nach draußen.

Es war eine sternenklare Nacht und eine kalte noch dazu. Amira konnte sich nicht vorstellen, dass sich die Temperaturen hier am Fluss noch im zweistelligen Plusbereich bewegten. Andererseits trug sie ja jetzt diesen seltsamen schwarzen Neoprenanzug, der unglaublich gut wärmte. Sogar ihr Kopf war von einer schwarzen Haube aus diesem Material bedeckt, und gerade streckte ihr Mario Callies noch zusätzlich zwei Handschuhe aus Neopren entgegen, die sie anziehen sollte. Bevor sie das tat, entledigte sie sich des Hidschabs und warf ihn achtlos in den Staub.

In der Zwischenzeit hatten Mario und Max zwei große schwarze Säcke aus dem Laster gehoben und sie neben das Flussbett gelegt. Amira hatte keine Ahnung, was die beiden damit vorhatten, und sie wusste auch nicht, wie sie hier wegkommen sollten. Mit einem Boot jedenfalls nicht, wie es schien.

Mario Callies machte sich daran, die Verschlüsse an der gummierten Verpackung der beiden Pakete zu lösen. Max nahm Amira am Arm und führte sie zur Rückseite des Lasters, wo sie weder vom Fluss noch von der Ortschaft aus gesehen werden konnten. Amira wusste, was jetzt kam. Ihre Wege würden sich trennen. Während sie mit Mario allein zurückblieb, würde Max wieder in den Wagen steigen und versuchen, über den Khyber-Pass nach Pakistan zu gelangen. Ein dicker Kloß bildete sich in Amiras Hals. Selbst das Opium konnte nicht ganz verhindern, dass sie ob der bevorstehenden Trennung ein ziemlich ungutes Gefühl beschlich. Ohne Max wäre sie niemals so weit gekommen, ohne ihn wäre sie sicher längst tot. Am liebsten hätte sie einen Rückzieher gemacht. Aber die Hände ihres treuen Freundes nahmen nun ihr Gesicht, und seine Augen versenkten sich fast beschwörend in die ihren.

»Amira, glaube mir, du bist bei Mario in den besten Händen. Ich würde ihm jederzeit mein Leben anvertrauen. Wenn er es nicht schafft, dich über den Kabul zu bringen, dann schafft es keiner. Ich will dir nichts vormachen, Amira, die Fahrt wird extrem gefährlich werden. Aber Mario und ich haben alles zigmal durchgespielt, wir sind gut vorbereitet. Es könnte klappen, nein, es wird klappen. Mario wird dich beschützen, so gut er kann, Amira. Er war jahrelang mit mir zusammen bei der Bundeswehr, wir waren in einer Einheit und haben uns gegenseitig schon mehrfach das Leben gerettet. Ich kenne wirklich niemanden, der hierfür besser geeignet wäre. Also, vertraust du mir, vertraust du Mario?«

Amira überlegte nicht lange, sondern nickte. Dann breitete sie ihre Arme aus und drückte sich ganz eng an den großen, starken Freund, der sie während der letzten Monate so aufopferungsvoll und gut beschützt hatte, wie er nur konnte. Und jetzt setzten er und sein Freund Mario auch noch ihr Leben für sie aufs Spiel. Im Grunde hatte sie ihn gar nicht verdient.

»Max!«, hörten sie Mario halblaut rufen, seine Stimme klang alarmiert. Dann war auch schon das unverwechselbare Geräusch eines sich nähernden Motorrades zu vernehmen. Als Max hinter dem Lastwagen hervorlugte, machte Mario eine abwehrende Handbewegung und zischte: »Bleibt, wo ihr seid, ich regele das!«

Er richtete sich zu voller Größe auf und ging dem Motorrad einige Schritte entgegen wie ein Sohn Afghanistans, der seine Besucher willkommen heißen wollte. Amira und Max legten sich hinter dem Lastwagen flach auf den Boden und beobachteten aus der Deckung heraus, was sich ein paar Meter vor ihnen abspielte. Amira sah, wie Mario irgendetwas Dunkles aus einem Tuch wickelte und unter seiner weiten Kleidung verbarg. Kurz darauf erreichte ihn das Motorrad, und er stand im grellen Scheinwerferlicht. Zwei schwer bewaffnete Taliban sprangen von der Sitzfläche, und Amira hörte, wie auf Afghanisch ein heftiger Wortwechsel geführt wurde. Um zu verstehen, was gesagt wurde, waren die Männer zu weit entfernt, doch die Tonlage verlagerte sich immer mehr ins Aggressive. Dann steuerte einer der beiden Taliban auf einmal mit der Kalaschnikow im Anschlag auf den Kleinlaster zu.

Amira blieb fast das Herz stehen. War ihre Flucht womöglich schon zu Ende, bevor sie überhaupt begonnen hatte? Wieder einmal wollte sich ein spontaner Reflex ihres Körpers bemächtigen, diesmal der, einfach aufzuspringen und wegzulaufen. Fortzurennen und in der schützenden Dunkelheit der Nacht zu verschwinden. Aber Max, der intuitiv erfasste, was sie vorhatte, drückte sie mit seiner Hand auf ihrem Rücken unbarmherzig zu Boden, während sich seine andere Hand wie ein Schraubstock über ihren Mund legte. Sie konnte jetzt weder weglaufen noch schreien, obwohl sie am liebsten beides zugleich gemacht hätte. Dann, kurz bevor der Talibankämpfer den Laster erreichte, war ein trockenes »Plopp, plopp« zu hören, und dann noch einmal: »Plopp, plopp«. Ein erstaunter Ausdruck legte sich auf das Gesicht des Mannes, und er kippte mit aufgerissenen Augen nach vorn in den Staub des schmalen Weges, wo er regungslos liegen blieb.

Max nahm seine Hände von Amira, erhob sich und klopfte sich den Sand von den Klamotten. »Entschuldige, aber das war nötig«, gab er völlig unaufgeregt zum Besten und erweckte nicht den Eindruck, dass es noch nötig wäre, leise und vorsichtig zu sein.

Amira erhob sich nun ebenfalls und schaute vorsichtig um den Lastwagen herum, dorthin, wo sich Mario Callies, das Motorrad und der zweite Taliban befinden mussten. Das Motorrad stand in der Tat noch da, mit laufendem Motor, daneben Mario, der eine ziemlich große Pistole mit Schalldämpfer in der Hand hielt. Zu Marios Füßen lag der Talibankämpfer, die Arme weit von sich gestreckt und die Kalaschnikow halb unter dem leblosen Körper vergraben.

»Max, komm, du musst mir helfen«, rief Mario leise.

Während Max sich in Bewegung setzte, begann Mario Callies damit, seine afghanische Kleidung auszuziehen. Amira wollte Max hinterher, aber da hatte er etwas dagegen.

»Du bleibst hier beim Laster, Amira«, knurrte er streng, und sein Blick unterband jedwede Widerrede.

Amira nickte nur mit offenem Mund. Das waren jetzt Vorgänge, die sie in ihrem Kopf nicht mehr so richtig auf die Reihe brachte. Was war das für eine Waffe? Und dieses kaltblütige Handeln. Mario hatte die beiden Taliban, ohne mit der Wimper zu zucken, einfach erschossen, und Max tat gerade so, als wäre das alles vollkommen selbstverständlich. Ihr dämmerte allmählich, dass die beiden so etwas wie das hier nicht zum ersten Mal durchzogen. Max und Mario hatten schon früher getötet, so viel war ihr nun klar. Sie hatte Max Leisgang bisher eigentlich fast nur privat erlebt, jetzt lernte sie einen Soldaten im Einsatz kennen, stellte sie ernüchtert fest.

Sie sah ohne jegliche Regung zu, wie Max den Motor des Motorrades abschaltete und es bis ans Ufer des Flusses schob. Mario Callies, der jetzt ebenfalls einen schwarzen Neoprenanzug trug, hatte unterdessen die Leichen der beiden Taliban dorthin gezerrt. Gemeinsam hievten sie ihre Körper auf die Sitzfläche und banden sie gründlich mit je einem Fuß und einer Hand an Lenker und Sattel des Motorrades fest. Dann schoben sie das

Motorrad über die Böschung, und das beladene Gefährt rollte die etwa drei Meter hinunter zum Fluss selbstständig weiter, um schließlich mit seiner leblosen Fracht leise gluckernd im Kabul zu verschwinden. Die beiden Kalaschnikows warfen sie in hohem Bogen den Toten hinterher, sodass nun alle Spuren mit einem leisen Platschen aus der Welt geschafft worden waren.

Auf Max' Zeichen hin nahm Amira ihren kleinen grünen Rucksack vom Beifahrersitz des Lasters und ging zu ihnen. Am Ufer angekommen, erstarrte sie, denn sie traute ihren Augen nicht. Auf dem Wasser schaukelte ein Boot. Ein Boot, wie sie noch nie eins gesehen hatte. Lang, schwarz und mit Sitzplätzen für zwei Personen.

»Was ist das?«, fragte sie verblüfft. Sie hatte keinen Schimmer, wo dieses schwarze Boot so plötzlich hergekommen war. Dafür waren die beiden langen Säcke verschwunden, die hier gelegen hatten.

Mario Callies kam auf sie zu, drückte ihr ein langes, ebenfalls schwarzes Doppelpaddel in die Hand und nahm ihr den kleinen Rucksack ab. »Das ist ein deutsches Faltboot der Marke Klepper, Amira. Und zwar in der Militärausführung. Ich war früher mal in einer Spezialeinheit, von der stammt dieses Boot. Wir werden damit über die Grenze fahren.«

Sprach's und steckte ihren Rucksack in einen schwarzen Beutel aus einem gummiartigen Material, den er mit einigen Wicklungen am Kopfende verschloss und in die Spitze des Faltbootes stopfte.

Amira konnte es nicht glauben. In diesem kleinen Boot, das anscheinend nur aus einem Holzgestell und einer Gummihaut bestand, sollten sie den Kabul hinunterfahren? Soweit sie wusste, gab es im Fluss viele Stromschnellen und Steine.

»Aber das ist doch sicher gefährlich?« Es war mehr eine Feststellung, als dass sie fragte.

Zu ihrem Entsetzen nickte Mario. »Ja, ist es, definitiv«, bestätigte er, ohne mit der Wimper zu zucken, was nicht gerade zu ihrer Beruhigung beitrug.

»Ja, hast du das denn schon mal gemacht, bist du die Strecke wenigstens schon einmal gefahren?«, hakte Amira nach.

»Wildwasser ja, diese Strecke noch nicht. Eigentlich wollte ich die Tour unter anderen Umständen machen. Aber die Bedingungen heute sind gar nicht so schlecht. Wir haben einen relativ hohen Wasserstand, jedenfalls für diese Jahreszeit. Die Steine im Fluss dürften also weniger das Problem sein. Ich schätze unsere Chancen auf fifty-fifty. Je nachdem, ob uns die Taliban bemerken oder nicht. Das ist eigentlich eine gute Quote.«

Amira schluckte weitere Fragen hinunter, sie glaubte nicht, dass sich ihre Stimmung dadurch würde heben lassen. Mario Callies achtete auch gar nicht weiter auf sie, sondern wandte sich wieder dem Faltboot zu. Wenig später war es dann so weit, Mario hatte seine letzten Vorbereitungen getroffen, es wurde Zeit für die Abfahrt. Amira schaute so grenzenlos verzweifelt auf das Boot, dass Max Leisgang sie noch einmal fest in die Arme nahm und ein paar Sekunden hielt.

»Du musst daran glauben, Amira, dann werdet ihr es auch schaffen«, sprach er ihr Mut zu. »Glaube mir, wenn es einer schafft, dich über den Kabul nach Pakistan zu bringen, dann Mario. Tu einfach, was er sagt, dann habt ihr eine echte Chance, okay?«

Amira nickte, und Max löste sich von ihr, um zu Mario Callies zu gehen, der neben dem Faltboot stand. Er legte eine Hand auf die Schulter seines alten Kampfgefährten und blickte ihm ernst in die Augen.

»Morgen früh bei Sonnenaufgang am Warsak-Damm. Und wehe, du kommst nicht«, sagte Max.

Das waren die letzten Worte, die gewechselt wurden. Ohne weiteren Kommentar wandte sich Max Leisgang um und ging zu dem kleinen Lastwagen mit dem blauen UNO-Emblem. Wenig später war der Lastwagen in der Dunkelheit verschwunden, und Mario Callies und Amira Sharafuddin standen allein am Ufer des Kabul.

Mario reichte seiner Mitfahrerin eine Schwimmweste, die ge-

239

nauso schwarz war wie der Rest der Bootsausrüstung. »Hier, zieh das an, dann steigst du vorn ins Boot. Ich werde dich ins Wasser schieben und anschließend selbst hinten einsteigen. Dann fahren wir ein Stück auf dem Fluss, damit wir vom Ort aus nicht mehr zu sehen sind. Sobald das der Fall ist, werden wir zusammen ein paar Übungen machen, damit du weißt, was zu tun ist, wenn ich dir Anweisungen gebe. Du wirst unterwegs etliche Handlungen ausführen müssen, also ist es besser, wenn wir das vorher ein wenig trainieren.« Er half ihr mit der Schwimmweste und drückte ihr dann das Paddel wieder in die Hand. »Leg das quer vor dich aufs Boot, und dann nichts wie weg hier. Es wird nicht mehr lange dauern, bis die Taliban nach ihren verschollenen Kumpels suchen.«

Amira nickte, packte das schwarze Paddel mit einer Hand und setzte sich wie befohlen vorn in das Boot. Mario stellte sich neben sie und schob die schwarze Spritzdecke über den Süllrand der vorderen Einstiegsluke, sodass Amira nur noch mit dem Oberkörper aus dem Boot herausragte und das Paddel vor sich ablegen konnte, ihre untere Körperhälfte war nun im Inneren des Bootes verschwunden.

»Bleib einfach so sitzen. Ich werde uns allein außer Sichtweite bringen, du machst erst einmal gar nichts, alles klar?«

Wieder nickte Amira. Mario packte das Faltboot am Heck und schob es ins Wasser, bis es schwamm, dann stieg er selbst hinten ins Boot und schloss seine Spritzdecke, damit während der Fahrt kein Wasser ins Boot dringen konnte. Mit geübten Griffen überprüfte er seine eigene Weste. Die war weniger als Schwimmhilfe für den Notfall gedacht denn als Kampfausrüstung im Falle einer Begegnung mit dem Feind, der überall am Ufer Kontrollposten hatte. Wenn sie mit dem Boot kenterten, würde eine Schwimmweste auch nicht mehr viel helfen.

Mario Callies wusste, was ihnen im schlimmsten Fall bevorstehen konnte, deswegen hatte er Amira auch nur ansatzweise davon erzählt. Das Mädchen war schon verängstigt genug. Seiner Ansicht nach lagen die Chancen nicht bei fünfzig Prozent, sondern weitaus niedriger. Allerdings war der Kabul ihr Verbündeter, denn der vergleichsweise hohe Wasserstand verursachte eine höhere Strömungsgeschwindigkeit, wodurch sie weitaus schneller vorankommen würden, als er ursprünglich geplant hatte. Weniger gefährlich wurde der Weg zum Warsak-Staudamm auf der pakistanischen Seite dadurch allerdings nicht, und niemand konnte sagen, ob sie es schaffen würden, unbeschadet dort anzukommen. *Inschallah.*

Als Andrea Onello und César Huppendorfer in Ummersberg eintrafen, war die Spurensicherung bereits vor Ort und der komplette Einsiedlerhof abgesperrt. Für den Kommissar konnte der Tag kaum schlimmer werden, hatte er doch bereits auf dem freien Feld bei Unterbrunn agrarphobische Zustände bekommen. Dieses Landgut, auf einer Anhöhe gelegen, war der Inbegriff dessen, wo er niemals enden wollte. Und zwar weder beruflich noch privat. In so einer Einöde mochte leben, wer das für richtig hielt, aber er selbst wollte hier nicht tot über dem Zaun hängen, bitte nicht. Dabei tat César Huppendorfer dem Anwesen eigentlich bitter unrecht.

Der Gutshof lag, umgeben von alten Baumbeständen, ein paar Kilometer westlich von Ebensfeld auf einem Höhenzug zwischen dem Maintal und dem Itzgrund. Der Landstrich gehörte zum sogenannten Banzgau, einem lang gezogenen Dreieck zwischen der Itz und dem Main südlich des Klosters Banz, das durch die dortigen konspirativen Treffen der CSU überregionale Bekanntheit erlangte. 1872 hatte ein Arzt namens August Swaine auf dem Areal ein schlossähnliches Wohnhaus mit dazugehörigem Park errichten lassen. Knapp hundert Jahre später ging das gesamte Anwesen in den Besitz der Familie Kneuer über, die hier seitdem konventionelle Landwirtschaft betrieb. Ummersberg selbst wurde erstmals im 9. Jahrhundert erwähnt. Im Jahr 1871 umfasste die ländliche Einöde gerade einmal sieben Einwohner und sieben Gebäude. 1950 waren es fünfundzwanzig Einwohner und drei Wohngebäude.

Es gab ja vielleicht Menschen, vor allem aus größeren Städten wie Erlangen, Nürnberg oder München, die genau solche Anwesen mit quasi nichts drum herum suchten, um der Hektik und dem Stress ihres Alltags zu entfliehen. César Huppendorfer tickte da auf einer ganz anderen Frequenz. Im Grunde war ihm Bamberg schon zu klein. Seit er mit seiner Mutter São Paulo besucht hatte, wo sie ihn vor langer Zeit einmal geboren hatte, vermisste er das pulsierende Leben dieser großen, lebendigen Stadt. Er hatte in der Vergangenheit des Öfteren mit dem Gedanken gespielt, Deutschland zu verlassen und sich in Brasilien, dem Land seiner Mutter, niederzulassen. Bei nüchterner Betrachtung gefiel ihm das, was in Brasilien gerade abging, jedoch überhaupt nicht. Sowohl politisch als auch umwelttechnisch. Außerdem gab es doch einiges, was er vermissen würde, wenn er sein Bamberger Umfeld verlassen müsste. Vielleicht nicht das trübe Wetter im Winter, aber ganz sicher die Menschen mit ihrer fröhlichen, warmen Art, die knuddelige, alte Stadt mit ihren unzähligen Winkeln, Ecken und Gastwirtschaften. Und nicht zuletzt das Bier. Er mochte es ja selbst kaum glauben, aber ein Monat mit brasilianischem Bier, und das Heimweh nach einem Bamberger Keller feierte bei César Huppendorfer fröhliche Urständ.

Das war seine Lebenslage, damit hatte er sich arrangiert und die Situation letztendlich für gut befunden. Bamberg war für ihn »the place to be«. Aber ein Gut Ummersberg? Als Platz im Leben, um dort zu wohnen? Da konnte er auch gleich im brasilianischen Urwald mit Pfeilen aus Blasrohren auf Affen schießen. Dass auf so einem Gut Leute umgebracht wurden, war seiner Meinung nach unwiderlegbar eine Folge der fränkischen Evolution, quasi natürliche Auslese, aber das durfte er hier natürlich nicht so laut sagen.

»César, komm doch einmal her!«, rief Andrea Onello und riss den Kommissar aus der kulturellen Düsternis seiner Gedanken.

Er warf noch einen letzten Blick auf den Ermordeten, der tot vor ihm auf einem Stuhl saß. Mit einem Kopfschuss hingerichtet, anders konnte er die Situation nicht deuten. Das war weder ein

Unfall noch ein Suizid. Christian Schleichert aus Breitengü-ßenbach – seinen Ausweis hatten sie praktischerweise in seiner Gesäßtasche gefunden – war aus nächster Nähe und mit voller Absicht erschossen worden. Das einzig Seltsame war die heruntergelassene Hose des Mordopfers, die mitsamt der Unterhose um dessen Knie schlotterte. Was das sollte, darüber hatte sich der Kommissar bereits seine Gedanken gemacht, jedoch ohne nennenswertes Ergebnis. An diesem Mordopfer gab es vorerst nichts weiter zu erkunden, und Andrea schien seine Hilfe zu brauchen, also ließ César den halb nackten Toten einen halb nackten Toten sein und begab sich zu seiner Kollegin.

Andrea Onello stand mit dem Leiter der Spurensicherung einen Raum weiter an einem Doppelbett, auf dem die Leiche einer Frau lag. Auch bei ihr fehlte die Hose, die achtlos weggeworfen auf dem Fußboden vor dem Bett lag, gleich daneben ihre schwarzen Strümpfe.

»Mutmaßlich die Ehefrau des Bauern, Beate Kneuer.« Andrea zeigte auf ein Bild, das säuberlich gerahmt auf dem Nachtkästchen des Ehebettes stand.

Darauf war die Tote neben einem Mann zu sehen, der auf keinen Fall jener Christian Schleichert sein konnte, der eine Tür weiter erschossen in der Küche saß. César Huppendorfer nahm das Bild und betrachtete es genauer. Das war also der Besitzer des Hofes, ein gewisser Uwe Kneuer. Ihn hatten sie bisher noch nirgends gefunden, weder tot noch lebendig.

»Todeszeitpunkt für alle beide gestern gegen Mitternacht, plus/minus zwei Stunden«, erläuterte Heribert Ruckdeschl. »Erschossen aus nächster Nähe. Neun Millimeter, jedoch mit einer äußerst eigenartigen Patrone.«

Huppendorfer schaute Ruckdeschl ratlos an. Für ihn roch dieser Fall ganz eindeutig nach einer Beziehungstat. Frau tot im Bett, Lover tot in der Küche, Ehemann verschwunden, wahrscheinlich auf der Flucht. Uwe Kneuer hatte seine Frau mit einem anderen Mann zu Hause erwischt und war ausgetickt. Das war so klar wie nur was, den Fall konnten sie zeitnah abschließen. Und dann nichts wie zurück in die Dienststelle nach Bamberg. Aber was sollte jetzt das Geschwafel von der Patrone?

»Hä?«, quetschte er nur ungeduldig heraus, was Heribert Ruckdeschl in seinem Erklärungsdrang aber nicht weiter störte.

Er reichte César bereitwillig das zusammengequetschte Geschoss, das sie mühsam aus dem Mauerwerk in der Küche gepopelt hatten. Für den Kommissar sah diese Kugel auf den ersten Blick nicht anders aus als andere Projektile, die aus irgendwelchen Wänden gekratzt worden waren. Auf den zweiten Blick bemerkte er jedoch, dass die Patrone bei Weitem nicht so sehr zusammengedrückt worden war, wie es normalerweise der Fall war, außerdem sah sie tatsächlich irgendwie eigenartig aus. Das war kein Blei, nie im Leben, das war irgendetwas anderes.

Ruckdeschl registrierte das Erkennen in Huppendorfers Augen und nahm das Projektil mit zufriedener Miene wieder an sich. »Das ist kein Blei«, stellte er fest. »So ein Material habe ich noch nie gesehen. Jede Wette, dass die andere Kugel, die noch in der Wand steckt«, er deutete auf das Einschussloch in der Blümchentapete über dem Kopfende des Ehebettes, »mit dieser identisch ist.«

Und wenn schon, dachte Huppendorfer, dann hat der Ehemann eben ungewöhnliche Patronen benutzt, als er seine Frau und ihren Liebhaber erschoss, das ist doch nicht verboten. Kein Grund, sich hier länger aufzuhalten als nötig.

»Sieht nach einer Beziehungstat aus, oder nicht?«, versuchte er, seine Theorie an den Mann beziehungsweise die Frau zu bringen. Aber seine Kollegin hatte so ihre Zweifel.

»Kann schon sein, César, kann schon sein. Vor allem der nicht vorhandene Ehemann deutet ja in genau diese Richtung. Außerdem habe ich da noch etwas für dich, das diese Theorie durchaus untermauert.« Mit diesen kryptischen Worten reichte sie Huppendorfer ein Smartphone, das von einer rosafarbenen Kunstlederhülle eingefasst war. »Das ist Beate Kneuers Handy, es lag neben ihr auf dem Bett. Und diese Nachricht war auf dem Sperrbildschirm.«

»Ich weiß, was du gerade treibst, du Schlampe. Ich bring dich um!!!«, las Huppendorfer, dahinter prangten noch drei Totenkopf-Emojis. Als Absender stand »Uwe« in der Statusleiste auf dem Display. Die Telegram-Nachricht war gestern kurz nach Mitternacht empfangen worden, angeschaut hatte Beate Kneuer sie nach Andreas Angaben jedoch nicht. Wahrscheinlich war sie mit ihrem Liebhaber beschäftigt gewesen. Würde zeitlich haargenau passen. Ein weiterer Grund, immer zeitnah seine Textnachrichten zu lesen, dachte César und nahm sich selbiges eisern vor.

»Das ist die einzige Nachricht, die sie gestern nach neunzehn Uhr erhalten hat«, erklärte Andrea Onello, »und sie war später zwar noch mal online, hat selbst aber auch nichts mehr verschickt. Das Handy war ungesichert, also konnte ich in ihren Nachrichten stöbern.«

»Na, dann ist ja wohl alles klar«, meinte César Huppendorfer fast ein wenig erfreut. Der Fall schien sich in ungeahnter Schnelligkeit seiner Aufklärung zu nähern, was er nicht zwingend als negativ empfand.

Nur wollte sich die Kollegin Onello noch nicht so richtig von der Offensichtlichkeit dieses Umstands überzeugen lassen. »Du hast ja recht, César, es sieht wirklich alles danach aus. Der Halbnackte in der Küche, die Halbnackte im Bett, die Nachricht auf dem Handy … Andererseits habe ich nichts Anzügliches bei ihrer Kommunikation mit diesem Christian Schleichert finden können. Keine Säuselei, nichts Perverses, kein Geflirte, nichts. Und nirgends sind Patronenhülsen zu finden. Welcher Beziehungstäter sammelt denn seine Patronenhülsen ein? Das machen doch normalerweise nur Profikiller und keine wutentbrannten Ehemänner.«

César Huppendorfer nickte nachdenklich, aber nicht wirklich überzeugt. »Okay, Einwand verstanden, Andrea. Ich bleib trotzdem dabei. Wir müssen natürlich noch das private Umfeld des Ehepaares Kneuer befragen, ob die was von einer Affäre mitgekriegt haben. Zuerst geben wir aber mal eine Fahndung nach

Uwe Kneuer raus. Wenn wir den haben, kann er uns ja selbst erzählen, was er mit dem Satz gemeint hat, ›ich bring dich um‹.« Andrea Onello konnte sich ein Lächeln nicht verbeißen, César hatte sicher recht. Also würden sie jetzt einfach ihre Arbeit hier am Tatort machen, und der Rest würde sich ergeben, mit hoher Wahrscheinlichkeit in Césars Sinne. Sie diskutierten noch eine ganze Weile die Indizien, bis auf einmal einer der Beamten von der Bereitschaftspolizei in der Tür stand und ihnen mit bleichem Gesicht aufgeregt zuwinkte. César Huppendorfer und Andrea Onello sahen sich an, dann folgten sie dem Polizeibeamten nach draußen.

»Was ist los? Ist irgendwas passiert?« Andrea Onello legte dem Bereitschaftspolizisten mitfühlend eine Hand auf die Schulter, denn der noch junge Kerl sah aus, als ginge ihm gerade etwas ziemlich zu Herzen.

»Ich sollte doch das ganze Areal hier mit meinen Kollegen absuchen«, sagte er, »um zu sehen, ob uns noch etwas Sachdienliches auffällt …«

Er unterbrach seinen Bericht, weil ihm augenscheinlich die Worte fehlten. Dann deutete er mit der rechten Hand in Richtung einer hölzernen Scheune auf dem hinteren Teil des Grundstückes.

»Dahinten. Das müssen Sie sich selbst ansehen«, verlangte er und atmete erst einmal tief durch.

Warsak

Amira saß stumm im vorderen Sitz, während Mario Callies hinter ihr mit leisen Paddelschlägen das Boot vorantrieb. Nahezu lautlos glitten sie flussabwärts durch die Nacht und ließen die kleine Siedlung Lalpurah allmählich hinter sich. Mario sprach kein Wort, und Amira versank unversehens in eine schwermütige Nachdenklichkeit. Der schwarze Ganzkörperanzug wärmte zwar ordentlich, aber er war eng und unbequem. Außerdem roch er nicht besonders gut, was im Übrigen auch für die Schwimmweste galt, die sie hatte anziehen müssen. Gegen die hatte Amira im Prinzip nichts einzuwenden, denn sie konnte nicht schwimmen. Wann, wie und wo hätte sie es denn auch lernen sollen? Afghanistan war im Großen und Ganzen ein Wüsten- und Steppenstaat. Seen oder gar öffentliche Schwimmbäder gab es so gut wie gar nicht. Beziehungsweise wenn es sie gab, waren sie den Vermögenden in den großen Städten vorbehalten. Für sie hätte sich höchstens der Kabul als Trainingselement angeboten, aber in diesem Fluss wollte niemand baden. Ab dem Punkt, an dem er die gleichnamige Hauptstadt des Landes erreichte und bald darauf hinter sich ließ, war er eigentlich nur noch ein einziger kilometerlanger Transporteur für städtische Abfälle aller Art. Aus diesen und anderen Gründen hatte Amira in ihrem Leben zwar einiges gelernt, Schwimmen gehörte jedoch nicht dazu.

Während sie so auf dem Fluss dahinglitten, sickerte bei Amira nach und nach die Erkenntnis durch, dass sie gerade dabei war, ihr Heimatland für immer zu verlassen. Afghanistan, das Land ihrer Geburt, ihrer Kindheit und ihrer Eltern, die sie womöglich nie mehr wiedersehen würde. Und obwohl sie genau wusste, dass es für sie keine Alternative zu dieser Flucht gab, überkam sie Trauer angesichts dieser Unerbittlichkeit des Schicksals. Wieso hatte Allah ihr eine solche Prüfung auferlegt? Warum ausgerechnet ihr? Ein Gefühl grenzenloser Hoffnungslosigkeit bemächtigte sich ihrer, und erneut rollten stille Tränen über ihre Wangen. Nur der dämpfenden Wirkung der Droge war es zu verdanken, dass die Depression nicht vollends Besitz von ihr ergriff.

Amira wusste nicht, was vor ihr lag, was an Prüfungen noch alles auf sie zukommen würde. Weder für die nächsten Stunden noch für den Rest ihres Lebens. Sie hatte die letzten Tage mit Angst und Kampf verbracht und war davon in jeder Hinsicht erschöpft. Wo sie die Kraft hernehmen sollte, um allein diese Nacht zu überstehen, war ihr ein Rätsel. Sie hatte keine Lust mehr, und zwar auf gar nichts.

Sie hätte wohl noch Stunden in ihre Trauer und Hoffnungs-losigkeit versunken vor sich hingestarrt, wenn Mario Callies, der sie beide die ganze Zeit unermüdlich voranpaddelte, nicht inne-gehalten hätte. Er schien die Entfernung von ihrem Startpunkt nun für ausreichend zu halten, um mit Amira den angedachten Crashkurs bezüglich des Kajakfahrens abzuhalten. Er hob sein Paddel aus dem Wasser und legte es nun ebenfalls quer vor sich über das Boot. Die Strömung des Kabul bewegte sie auch ohne Vortrieb weiter flussabwärts, allerdings nur noch sehr langsam, und ohne Richtungsgeber begann das Faltboot, sich zögerlich im Kreis zu drehen.

»Also gut, Amira, dann machen wir jetzt einmal ein paar einfache Übungen, damit du weißt, was du zu tun hast, wenn es ernst werden sollte«, sagte Mario leise.

Amira hörte die Worte wohl, hatte aber weder ausreichend Motivation noch Lust, sich jetzt mit irgendwelchen Übungsauf-gaben zu beschäftigen. Andererseits hatte sie Max versprochen, die Anweisungen seines Freundes zu befolgen. Max, der gerade völlig auf sich allein gestellt versuchte, über den berühmten Khy-ber-Pass nach Pakistan zu gelangen, damit er sie beide morgen früh treffen konnte. Der Gedanke, dass Max, ihr unermüdlicher Freund und Lebensretter, mit Sicherheit alles dafür tun würde, seinen Teil des Planes zu erfüllen, ließ sie neue Kraft schöpfen.

Amira richtete sich auf und packte entschlossen das Paddel, das vor ihr lag.

»Was muss ich tun?«, fragte sie so laut, dass Mario erschrocken zusammenzuckte.

»Nicht so laut, Amira, nicht so laut, um Gottes willen. Die Nacht hat Ohren. Selbst wenn uns die Wächter am Ufer nicht sehen können, der kleinste Pieps auf dem Wasser ist meilenweit zu hören. Wenn wir also überhaupt reden müssen, dann tun wir das leise und beschränken uns auf das Allernötigste, alles klar?«

»Ja«, flüsterte Amira kurz und knapp, so wie es ihr befohlen worden war. Mario Callies sagte nichts mehr dazu, sondern begann leise mit seinen Erklärungen. Was ein Faltboot überhaupt war, wie man ein Paddel hielt, welche Bewegungen man in einem Kajak vermeiden sollte und zum Schluss die beiden wichtigsten Befehle, die Amira unbedingt verinnerlichen sollte.

»Wenn ich sage, Paddel hoch, dann nimmst du dein Paddel sofort aus dem Wasser, hältst es auf Brusthöhe und versuchst, in der Hüfte beweglich zu bleiben. Von da an kümmerst du dich nur noch um dein Gleichgewicht, um nichts sonst. Das ist extrem wichtig. Auf gar keinen Fall darfst du dich irgendwo am Boot festhalten. Das bringt dir keine Sicherheit, im Gegenteil, dann kentern wir auf jeden Fall. Also einfach Paddel nach oben und in der Hüfte kreisen, als wolltest du einen Hula-Hoop-Reifen schwingen, verstanden?«

»Ja«, antwortete Amira brav und übte diese Stellung, bis Mario wieder zu sprechen begann.

»Wenn wir in schweres Wasser kommen, muss ich allein steuern. Egal was passiert, du bleibst dann in genau dieser Stellung, bis ich was anderes sage, okay?«

»Ja.«

»Gut, dann zum zweiten elementaren Kommando: Wenn ich rufe, rechts, und das werde ich dann sehr laut tun, fängst du an zu paddeln, und zwar so intensiv und kraftvoll, wie du nur kannst. Rechts deswegen, weil dein erster Paddelschlag auf der rechten Seite des Bootes sein wird. Das ist wichtig, da wir synchron paddeln müssen. Wenn wir da nicht absolut diszipliniert arbeiten, schlagen die Paddel gegeneinander. Das macht einen Heidenlärm, und vorwärts kommen wir so auch nicht mehr. Also noch mal: Bei ›rechts‹ paddelst du wie wild los, und zwar mit Beginn auf der rechten Seite. Hast du das so weit verstanden?«

»Ja.«

»Gut, dann üben wir das jetzt«, erklärte Mario Callies. Er wartete ein paar Sekunden, dann gab er das besprochene Kommando. »Rechts!«, zischte er leise, und Amira tat, was ihr soeben erklärt worden war. Sie tauchte ihr Paddel auf der rechten Seite des Bootes in den Fluss und legte los wie die Feuerwehr.

Ihr Lehrer im Hinterboot war vom Antritt seiner Schülerin so überrascht, dass er fast seinen Einsatz verpasst hätte. Dann glitten sie mit ungeahnter Geschwindigkeit über den Kabul.

»Paddel hoch«, rief Mario Callies leise, und sofort nahm Amira ihr Paddel aus dem Wasser und hielt es vor sich.

Das Faltboot wurde langsamer und trudelte wenig später wieder kreiselnd über die Wasseroberfläche.

»Das war gut, Amira, das war wirklich sehr gut!«, lobte Mario seine junge Schülerin, beugte sich nach vorn und klopfte ihr anerkennend auf den Rücken, was bei Amira zum ersten Mal an diesem Tag ein positives Gefühl auslöste. Endlich klappte einmal etwas, und das tat ihr richtig gut.

Sie führten das Manöver noch genau drei Mal durch, bis Mario den Eindruck hatte, dass Amira sich alles genügend zu eigen machen konnte, um im Ernstfall das Richtige zu tun. Die Übungsstunde war vorbei, es wurde Zeit, Fahrt aufzunehmen und sich auf den Grenzübertritt vorzubereiten. Von jetzt an waren es noch etwa drei Kilometer auf dem Kabul, der ab hier in der Flussmitte die Grenze zwischen Afghanistan und Pakistan bildete. Aber sie konnten leider noch nicht ans Ufer, und das gleich aus mehreren Gründen. Auch wenn sie sich hier an der rechten Uferseite bereits auf pakistanischem Hoheitsgebiet

befanden, wimmelte es entlang des Flusses dennoch von Taliban-
kämpfern, die die Grenze bewachten. Denen war es völlig egal,
in welchem Land sie sich gerade befanden. Und selbst wenn
sie unentdeckt an den Gotteskriegern vorbeigekommen wären,
würden ihnen hier immer noch hohe Bergketten im Weg stehen,
die sie zu Fuß überwinden müssten. Keine gute Idee.

Nein, der einzig sinnvolle Weg war es, auf dem Kabul noch ein
paar Kilometer zu fahren, bis sie eine kleine Landzunge erreichten, an der der Fluss einen großen Rechtsbogen Richtung Pakistan machte. Auf dieser Halbinsel lag die kleine Siedlung Salalah.
Sie war der Anlegepunkt für kleinere Boote und gleichzeitig der
letzte bewachte Grenzposten der Taliban in Afghanistan. Hier
würden sie endgültig die Grenze ins Nachbarland überqueren,
und hier lag auch die vorläufig letzte Chance für etwaige Verfolger, sie aufzuhalten, da der Kabul anschließend in einer für
Fahrzeuge nicht zugänglichen Felsschlucht verschwand. Ein
Flusstal, in dem es keine Uferstraße mehr gab, auf der man sie
hätte verfolgen können. Dafür drohten dann irgendwann die
Stromschnellen des Kabul, über die Mario Callies nur theo-
retische Informationen besaß, denn er hatte noch niemanden
getroffen, der die Strecke mit einem Kajak oder einem weitaus
empfindlicheren Faltboot gefahren war und ihm über die was-
sertechnischen Schwierigkeiten hätte Auskunft erteilen können.
Seiner Meinung nach war er gut genug, um das Wildwasser des
Kabul zu bezwingen, aber das war nur graue Theorie. Trotzdem
mussten sie da durch, wenn sie den Warsak-Staudamm erreichen
wollten, an dem Max sie morgen früh abholen wollte.

Zuerst aber galt es, sich heimlich, still und leise mit ihrem
Boot am Grenzpunkt Salalah und den dortigen Wächtern der
Taliban vorbeizumogeln. Wenn die Stromschnellen auftauchten,
musste er sowieso spontan entscheiden, was zu tun war.

Und so glitt das Faltboot der ehrwürdigen Firma Klepper aus
Rosenheim weiter leise über den Fluss, an Bord zwei Passagiere,
die nur andeutungsweise wissen konnten, was da auf sie zukam.

Es kämpften zwei Seelen in Max Leisgangs Brust, als er seinen kleinen UN-Laster die Straße zum Khyber-Pass hinaufsteuerte. Einerseits machte er sich natürlich große Sorgen um Mario und Amira, die er allein auf ihre Flussfahrt hatte schicken müssen. Er konnte nun nichts anderes mehr tun, als zu hoffen, dass die beiden morgen früh unversehrt am vereinbarten Treffpunkt erschienen. Andererseits spürte er aber auch eine ziemliche Erleichterung darüber, die Verantwortung, seine schützende Hand über Amira zu halten, abgegeben zu haben. Diese Aufgabe hatte jetzt sein Freund Mario übernommen, wofür Max ihm unendlich dankbar war.

Mario hatte die Tour zwar seit Langem geplant, aber eigentlich nicht vorgehabt, auf seiner Fahrt durch die Wildwasser des Kabul einen unerfahrenen Passagier mitzunehmen. Der zweite Platz im Boot war ursprünglich für ihn, Max Leisgang, reserviert gewesen. Zusammen hatten sie in ihrer Jugend schon etliche Wildwassertouren mit dem Faltboot gemeistert. Erst aus Spaß, dann im Ausbildungsprogramm für ihre Spezialeinheit bei der Bundeswehr. Faltboote wurden für militärische Zwecke genutzt, weil sie konstruktionsbedingt auf dem Wasser so gut wie nicht zu orten waren. Außerdem ließen sie sich an Land wunderbar transportieren und leicht vor neugierigen Augen verstecken. Zusammen hätten sie eine wirklich gute Chance gehabt, die Wasser des Kabul zu bezwingen. Aber jetzt musste Mario es allein schaffen, mit einer absoluten Anfängerin an Bord. Keiner konnte sagen, wie dieses Unternehmen ausgehen würde.

Max Leisgang richtete seine ganze Aufmerksamkeit auf die Straße. Er kannte die Strecke über den Pass nur theoretisch, und auch sein Wissen über den Grenzübergang bezog er vom Hörensagen. Mit entsprechend spärlichen Informationen ausgestattet, hatte er sich einen groben Plan zurechtgelegt, wie er mit den Taliban verhandeln wollte, falls sie ihn tatsächlich anhalten würden.

Es wäre einfacher für ihn, über die Grenze zu kommen, wenn er in Pakistan nicht seinen Lastwagen brauchte. Den könnte er sonst nämlich einfach irgendwo vor der Grenze abstellen und per pedes über den Khyber trampen. Als Mitfahrer ließ sich die Grenze weitaus unkomplizierter passieren als mit einem offiziellen Laster der UN, für den er noch nicht einmal Auftragspapiere vorzuweisen hatte, die ihn berechtigten, mit dem Laster nach Pakistan zu fahren. Zumal er auch noch eine ziemlich gefährliche Fracht mit sich führte. Zwar hatte er in den Laster schon vor längerer Zeit für einen Fall wie heute ein ziemlich gutes Versteck einbauen lassen, aber kein Versteck, egal wie gut, hielt jemandem stand, der Erfahrung mit so was hatte und wusste, wonach er suchen musste.

Genau das würden die Taliban an der Grenze aber hoffentlich nicht wissen, zumindest baute Max darauf. Denn wenn sie fanden, was er mit sich führte, war er so richtig am Arsch – und in der Folge Mario und Amira ebenso. Bis jetzt hatte er allerdings noch immer die richtigen Worte gefunden, um die Taliban zu bequatschen und das zu bekommen, was er wollte. Darin war er geschult worden, und er hatte, was weitaus wichtiger war, über die Jahre ein Gefühl für die Mentalität und die Denke dieser Gotteskrieger entwickelt.

Von derlei Überlegungen beseelt, folgte er der stetig steiler und schmaler werdenden Passstraße, die wenigstens durchgehend geteert war. Ab und an konnte er in der Dunkelheit neben der Fahrbahn die Reste der alten Bahnstrecke erkennen, die einstmals von den Briten über den Khyber gebaut worden war. Schnellere Truppenbewegungen waren der Hauptgrund für den Bau gewesen, jetzt waren nur noch die zerfallenen Reste zu besichtigen.

Der Khyber-Pass war seit ewigen Zeiten ein wichtiger Punkt des Übergangs. Hier rückten zum Beispiel schon die Krieger Alexanders des Großen vor, nachdem sie das Perserreich überwältigt hatten, unzählige andere Eroberer folgten im Laufe der Jahrhunderte. Wenn man in Europa eine Passhöhe von ähnlicher strategischer Bedeutung suchte, käme allein der Brenner in Frage. Nördlich und südlich der Passhöhe am Khyber erstreckten sich unwegsame Gebirge, auf beiden Seiten der Grenze bewohnt von Bergstämmen der Paschtunen. Die sogenannte Durand-Line, welche die britischen Kolonialherren der Region nach zwei Britisch-Afghanischen Kriegen hinterließen, um ihre Besitzungen in Britisch-Indien gegen das Emirat Afghanistan abzugrenzen, war zwecks Gebietsvergrößerung bewusst durch die Siedlungsgebiete der Paschtunen gelegt worden, wodurch einige Stämme entzweit und Hunderte afghanische Dörfer voneinander getrennt wurden. Ihre kriegerischen Traditionen hatten die Paschtunen zuvor über Jahrtausende bewahrt und auch weiter erfolgreich verteidigt. Sie waren stolz darauf, sich selbst das Gesetz zu geben, Befehle nahmen sie nicht entgegen. Allenfalls Geld konnte sie überzeugen, bar und in Dollar oder Euro, ebenso Gold. Entsprechend war es nicht verwunderlich, dass sich die Gründung der Taliban hier im Grenzgebiet zwischen Afghanistan und Pakistan vollzogen hatte und sie ihre Kämpfer hauptsächlich aus den eigenen Reihen, sprich den paschtunischen Volksstämmen, rekrutierten.

Max Leisgang war auf alles gefasst. Aber bis jetzt hatte sich noch keiner der Gotteskrieger blicken lassen, weder im Rückspiegel noch voraus in Form einer Straßensperre oder auf ähnliche Weise. So wähnte er sich in relativer Sicherheit, als er schließlich das Ende des afghanischen Teils des Khyber-Passes bei Torkham erreichte. Rechts und links der Straße waren nun Hütten und kleinere Gebäude zu sehen, die wahrscheinlich den unterschiedlichsten Zwecken dienten. Max' Augenmerk lag gerade auf einem riesigen Busparkplatz zu seiner Linken, als hinter ihm ein alter Pick-up aus einer Nebenstraße schoss und sich hinter seinen Lastwagen klemmte. Einhundert Meter weiter überholte ihn das Fahrzeug und beschleunigte, um noch einmal einhundert Meter weiter vor ihm anzuhalten. Auf der Ladefläche des Pick-ups saßen vier bewaffnete Männer, die sofort vom Wagen sprangen und ihm heftig zuwinkten. Es handelte sich unverkennbar um eine Art fliegendes Grenzkontrollkommando. Just als Max Leisgang glaubte, ungeschoren über den

Pass nach Pakistan zu kommen, hatten sie ihn doch noch für eine Kontrolle ausgemacht. So eine Art Schleierfahndung auf Afghanisch.

Er hielt hinter dem Pick-up der Taliban am Straßenrand und stellte vorsorglich seinen Motor ab. Drei Männer der Truppe positionierten sich in kürzester Zeit rund um den Kleinlaster und bewachten ihn mit wachsamem Blick und geladener Kalaschnikow, während ein etwas kleinerer Talibankämpfer Max in harschem Paschtu ansprach. Max antwortete auf Englisch, um dem Mann damit zu signalisieren, dass er in internationaler Mission unterwegs war. Außerdem übergab er ihm zwei Dokumente, seinen Reisepass mit dem Visumsstempel der Talibanregierung in Kabul für die Fahrt nach Pakistan, ohne den die pakistanischen Behörden niemanden in ihr Land ließen, auch keinen Mitarbeiter von der UN. Und den Schrieb, den ihm die nächtliche Patrouille in Shahidan ausgestellt hatte, als er dort vor ein paar Tagen mit Amira am UN-Lager angekommen war.

Das handgeschriebene Dokument war ein Wagnis. Es besagte eigentlich nur, dass seine Fahrt nach Dschalalabad und zum dortigen Krankenhaus genehmigt war. Diese Destination lag aber direkt hinter ihm, und er fuhr so gesehen in die falsche, nämlich exakt entgegengesetzte Richtung.

Der Taliban las sich das Dokument seiner Gesinnungsgenossen aus Shahidan durch, dann gab er einem anderen, der die ganze Zeit bei ihm gestanden hatte, einen kurzen Befehl. Der Talibankämpfer wies Max an, mit ihm zu kommen, ging um den Laster herum und bedeutete Max, dass er die Plane auf der Rückseite der Ladefläche aufschnüren und zurückschlagen sollte. Nachdem das geschehen war, nahm er sorgfältig alle Fracht auf der Ladefläche unter die Lupe, vor allem die leeren Kartons, die in vorwiegend englischer Sprache bedruckt waren. Max hatte am Krankenhaus in Dschalalabad vorsorglich einige der leeren Medikamentenkartons mit Firmenlogos bekannter Firmen der internationalen Pharmaindustrie auf die Ladefläche geworfen: Merck, Roche, Bayer, Pfizer und wie sie alle hießen.

Der Kontrolleur, ein jüngerer Afghane mit intelligenten, wachen Augen, schien die englische Sprache zu beherrschen, denn er las sich die Aufschrift auf jedem einzelnen Karton genauestens durch, ehe er nach minutenlanger Kontrolle schließlich seinen Anführer zur Seite nahm und ihm etwas ins Ohr raunte. Es folgte eine kurze, aber heftige Diskussion, dann kam der Anführer der Truppe erneut auf Max zu und herrschte ihn barsch an, wieder in seinen Laster zu steigen und ihnen zu folgen. Max beschlich sofort ein ungutes Gefühl, denn dass er nicht mehr weiterfahren durfte, sondern einer Sonderbehandlung unterzogen wurde, bedeutete, dass aus Sicht der Taliban irgendetwas nicht stimmte.

Einen Moment lang war er unsicher, ob er nicht einfach in seinen Lastwagen steigen und mit Vollgas die nur wenige hundert Meter entfernte Grenze durchbrechen sollte, aber die Gefahr war viel zu groß, dass ihn entweder die Taliban oder nach seiner Flucht auf der anderen Seite die Pakistanis erschießen würden. Also verwarf er diesen Gedanken schleunigst wieder und folgte brav dem vorausfahrenden Pick-up. Das mulmige Gefühl verstärkte sich noch, da zwei der Taliban auf der Ladefläche des Pick-ups ihn während der Fahrt permanent im Auge behielten und die Mündungen ihrer Waffen direkt auf ihn richteten.

Rechts und links der engen, völlig verdreckten zweispurigen Straße Richtung Grenzübergang befand sich ein hoher Maschendrahtzaun, der noch zusätzlich mit Brettern gesichert war. Vermutlich waren schon zu viele mit dem Seitenspiegel oder über die Ladeflächen ragender Fracht in den Maschen des Zaunes hängen geblieben. Kurz bevor sie das große Schild »Torkham Checkpoint« erreichten, bog der Pick-up scharf nach links ab und steuerte auf ein größeres Gebäude zu, das direkt neben dem Checkpoint lag.

Max wurde immer seltsamer zumute, denn die Taliban, die hier herumstanden, waren von einem ganz besonderen Kaliber. Sie waren allesamt schwer bewaffnet, trugen teilweise noch zusätzlich Schlagringe an ihren Händen. Einer hatte sogar

Handgranaten an seinem Gürtel befestigt, in der rechten Hand schwang er lässig eine Peitsche. Eine Wache ging bedrohlich neben der kleinen Menschenmenge, die sich zum Überqueren des Checkpoints versammelt hatte, auf und ab.

Max begriff, dass sich hier der Grenzübergang für die Fußgänger befand und die Taliban bereitstanden, um die Menschen ihres Landes mit körperlicher Gewalt am Grenzübertritt zu hindern, sollten sie kein Visum vorweisen können. Wer die Grenze überqueren wollte, brauchte zwingend eines, doch die meisten Afghanen gingen dieser Tage diesbezüglich leer aus. Tragisch, denn für viele Afghanen war Pakistan der einzige Ort, an dem sie sich noch medizinisch behandeln lassen konnten.

Aber wieso hatte Max den Taliban hierher folgen sollen? Er wollte doch nicht zu Fuß über die Grenze, im Gegenteil, er brauchte unbedingt seinen Lastwagen. Er parkte auf Anweisung der Taliban vor dem Gebäude und wartete in seinem Fahrzeug, während sein kleiner Kontrolleur mit zügigem Schritt im Inneren des Kontrollgebäudes verschwand. Minutenlang war nichts mehr von ihm zu sehen, dafür wurde Max in seinem UN-Fahrzeug von den umstehenden, ziemlich düster wirkenden Kämpfern argwöhnisch gemustert, was sein ungutes Gefühl nicht eben beseitigte.

Als der Patrouillenführer wieder aus dem Gebäude trat, hatte er einen weiteren Mann mit schwarzem Turban im Schlepptau. Die anwesenden Talibankämpfer reagierten nervös, sie betrachteten den Mann mit höchster Ehrfurcht, wie Max überrascht registrierte. Also hatte er es jetzt mit einem hochrangigen, wenn nicht sogar dem wichtigsten Mann an diesem Grenzposten zu tun.

Die beiden Männer blieben neben dem Führerhaus des Lastwagens stehen.

Dann öffnete der hochrangige Taliban höchstselbst die Fahrertür und erklärte in holprigem Deutsch: »Ich glaube, es sein besser, du steigen jetzt aus!«

Max schaute erst einmal ziemlich verblüfft, denn mit einer

heimatlichen Ansprache hatte er jetzt wirklich nicht gerechnet. Ein Grund zum Aufatmen war das aber nicht. Als er den strengen Blick bemerkte, mit dem der Mann ihn musterte, im Hintergrund die Mündungen unzähliger auf ihn gerichteter Maschinengewehre, schloss er instinktiv mit seinem Leben ab.

Der Taliban trat noch einen Schritt auf ihn zu, dann hielt er ein zusammengefaltetes Papier in die Höhe und meinte: »Papier, Genehmigung nicht sein richtig. Sein falsch.«

Max wusste, dass er aufgeflogen war. Sie hatten geschnallt, dass er mit den falschen Papieren unterwegs war, und dieser clevere Typ hier wollte offenbar direkt vor seinen Leuten ein Exempel an ihm statuieren. Quasi als Anschauungsunterricht, wie man in Afghanistan mit Betrügern wie ihm umzugehen hatte.

Der Mann griff mit seiner freien Hand in die Falten seiner Kleidung, um etwas hervorzuholen. Viel zu spekulieren, was das wohl sein konnte, gab es nicht mehr. Wahrscheinlich ein Messer oder eine Schusswaffe. Max tippte auf Ersteres und schloss ergeben die Augen.

Sie waren gleichmäßig und so leise wie möglich durch die Nacht gepaddelt, bis rechts voraus ein fahler Lichtschein am Ufer zu erkennen war, der mit jedem Meter, den sie näher kamen, heller wurde. Mario Callies befahl Amira flüsternd, das Paddeln einzustellen, woraufhin sie mit der langsamen Fließgeschwindigkeit des Kabul auf die kleine Halbinsel zutrieben, auf der sich der letzte offizielle Posten der Taliban befand. Der kleine Ort Salalah war vom Ufer etwas nach hinten versetzt gebaut worden, lag also nicht direkt auf der Landzunge. An sich ein glücklicher Umstand, und normalerweise hätte man mit einem Boot wie dem ihren auf dem Wasser relativ unerkannt durchschlüpfen können. Heute jedoch nicht, denn an der vordersten Spitze der kleinen Halbinsel saßen fatalerweise drei Männer um ein hell loderndes Feuer und unterhielten sich.

»Scheiße«, hörte Amira Mario leise fluchen, anscheinend hatte er mit so einer Situation überhaupt nicht gerechnet. Einen Befehl äußerte er aber nicht, sodass sie immer weiter auf die Landzunge zutrieben. »Ruhig«, beschwor er sie flüsternd.

Amira gehorchte, sie bewegte sich nicht und wartete ab, was Mario jetzt tun würde, auch wenn ihr das Herz bis zum Hals schlug. Sie wurde immer nervöser, denn die Unterhaltung der drei Männer war bereits zu hören und wurde deutlicher, je näher sie der Landzunge kamen. Dann sah Amira auch die Kalaschnikows der drei Taliban, die wie eine Strohgarbe aufrecht aneinandergelehnt neben dem Feuer standen. Das Herz rutschte ihr nun vollends in die Hose, zumal der Lichtschein des Feuers weit über das Wasser leuchtete. Niemals würden sie hier unentdeckt vorbeikommen können, egal wie leise das Boot fuhr, wie schwarz sie auch angezogen waren, egal wie ruhig sie sich verhielten. Und Mario schien auch gar nicht vorzuhaben, sie unentdeckt an den Männern vorbeizulotsen, denn er ließ das Faltboot einfach immer weiter auf die kleine Halbinsel zutreiben.

»Ganz ruhig«, wiederholte Mario noch einmal leise flüsternd, dann schlitterte das Boot mit dem Kiel leicht über den Sand des Strandes, der flach in den Kabul abfiel.

Sie waren noch bestenfalls sechs bis acht Meter von den Männern entfernt, als sich der erste der Taliban zu ihnen umdrehte und Amira direkt in die Augen blickte.

»*Māqām paqīr*«, hörte sie Mario Callies in lockerem Plauderton sagen, der paschtunische Ausdruck für »guten Abend«.

Nun drehten sich auch die anderen Männer überrascht zu ihnen um, und Amira hörte einen bekannten Laut, nämlich das halblaute »Plopp«, mit dem heute schon einmal Männer am Ufer des Kabul getötet worden waren.

Die Kugel fand treffsicher ihr Ziel, und der erste Mann kippte mit einem Loch in seinem Kopf nach hinten, direkt in das funkensprühende Feuer. Nach einem weiteren »Plopp« kippte auch der zweite Flusswächter, in die Brust getroffen, mit ausgebreiteten Armen nach hinten und landete rücklings im Sand. Der dritte Taliban schaffte es unterdessen, die Flucht zu ergreifen und ein paar Meter wegzurennen. Auch er wurde zwar von Marios Kugel getroffen, rutschte jedoch aus, als dieser abdrückte. Die Kugel traf ihn im linken Schulterblatt, woraufhin er schreiend zu Boden stürzte und lauthals um Hilfe rief. Mario Callies brachte den Mann in Sekundenschnelle mit zwei weiteren gezielten Schüssen zum Schweigen, aber da war das Kind schon in den Brunnen gefallen.

Amira hatte die Geschehnisse mit versteinertem Blick und in völlig erstarrter Haltung verfolgt, erwachte aber sofort zu neuem Leben, als sie von hinten einen sehr gründlich geübten, jetzt aber ungewohnt lautstark vorgebrachten Befehl zu hören bekam.

»Rechts!«, brüllte Mario Callies, der seine leer geschossene Waffe einfach in den Fluss geworfen hatte. Im nächsten Moment wühlten zwei Paddel das Wasser des Kabul auf. Das Faltboot wurde von den schnellen, brachialen Paddelschlägen so abrupt in Bewegung gesetzt, dass es auf dem Wasser förmlich nach vorn sprang. Mit maximaler Geschwindigkeit glitt es über das Wasser und wurde kurz darauf von der Dunkelheit verschluckt.

Hinter ihnen wurde das Licht des Kontrollpunktes Salalah blasser und verschwand in der Nacht, das wütende Geschrei der Taliban hallte aber noch lange über den Fluss. Irgendwann, endlich, verstummte auch dieses Geräusch, und der Kabul verließ Afghanistan, indem er seinen weiten Fließbogen um die Halbinsel Salalah vollendete und sich auf pakistanischem Gebiet durch eine enge, steile Schlucht zwängte.

Mario Callies wusste, sie waren jetzt zwar in Pakistan, aber noch lange nicht in Sicherheit. Vor ihnen lagen die Stromschnellen, und die Taliban in Salalah fragten sich in heller Aufregung, wer die drei Männer getötet hatte. Sie würden – vielleicht nicht sofort, aber bald – die richtigen Schlüsse ziehen und todsicher versuchen, ihnen über die Berge in Richtung Warsak-Damm zu folgen. Aber erst einmal waren sie im Vorteil, denn die Wege über das Gebirge waren schmal, steil, kurvenreich und insgesamt eine viel längere Strecke als die ihre über den Fluss.

Amira hatte ihren anfänglichen Schock überwunden, dem

Opium und dem Paddeln sei Dank. Außerdem hatte sich bestätigt, was Max ihr zum Abschied gesagt hatte. Mario würde sie beide schon beschützen können, er hatte es gerade eben bewiesen. Was Mario und Max als Soldaten auch gemacht hatten, es hatte sie auf Unwägbarkeiten wie diese bestens vorbereitet. Und Amira war heilfroh, dass er bei ihr war. Ihr Wunsch, die kleine Schwester Sisa wieder nach Hause zu holen, hatte zu Ereignissen in ihrem Leben geführt, die sie sich nicht im Traum hätte ausmalen können. Vor zwei Tagen noch hatte sie weinend und völlig zerstört im Staub ihrer heimatlichen Dorfstraße gelegen und an nichts anderes mehr denken können, und jetzt waren so viele Menschen deswegen gestorben. Und sie fuhr mitten in der Nacht mit einem fremden Mann in einem kleinen schwarzen Boot aus Holz und Gummi auf dem Kabul nach Pakistan. Es war inzwischen arschkalt und die Nacht noch lange nicht zu Ende. Was hatte sich Allah, der Gesegnete, wohl noch alles für sie, Amira Sharafuddin, Tochter von Xatar und Dilem, ausgedacht?

So sei standhaft in Bezug auf das Urteil deines Herrn und sei nicht wie der Gefährte des großen Fisches, als er voller Gram zu Allah rief, betete Amira stumm. Ein Vers aus dem Koran, der ihr ein wenig Mut verleihen sollte für das, was in dieser Nacht noch alles zu bewältigen sein würde.

Schweigend paddelten Amira und Mario über den Kabul, der still zwischen den steil aufragenden Bergen dahinfloss. Mario meldete sich lediglich ab und an mit weiteren Paddelübungen. Aber Amira beschwerte sich nicht. Wenn Mario diese Übungen für richtig hielt, würde sie sie mit ihm durchführen. Die Erlebnisse der letzten Stunden hatten sie gelehrt, besser das zu machen, was ihr geraten wurde. Ansonsten war Mario eher wortkarg, nicht wirklich an Gesprächen interessiert. Nur wenn sie Fragen hatte, bei denen es ums Paddeln ging, taute er ein wenig auf. Aber eine wirkliche Konversation kam dadurch nicht zustande. Dafür hatte er sich bereits mehrfach lobend über ihre Fähigkeiten als Paddlerin geäußert, und das schien er auch wirklich ernst zu meinen.

Zwar taten ihr jetzt, nach einigen Stunden der Paddelei, schon ziemlich die Arme und Schultern weh. Marios Mitleid hielt sich allerdings in Grenzen, er erwiderte auf ihr Jammern, dass sie das Tempo kaum halten könne, es gebe beim Paddeln nicht schnell oder langsam, sondern nur trainiert oder untrainiert. Dann baute er gleich wieder eine Übung mit ihr ein. Dabei hatte sie doch nur wissen wollen, wie weit sie denn noch paddeln mussten, aber auf solche Fragen bekam sie von Mario keine Antwort. Also gab sie den Versuch, ein Gespräch über das Paddeln zu führen, irgendwann auf und widmete sich ihren Gedanken. Bis sich, als ob Allah ihr seine weiteren Pläne höchstselbst offenbaren wollte, aus der Ferne die nächste Prüfung für ihre Fahrt ankündigte. Ein Geräusch war zu hören, wie Amira es früher schon mal beim Besuch eines Wasserkraftwerks bei Kabul vernommen hatte. Das markante Rauschen, das entstand, wenn viel Wasser sehr steil über eine Kante nach unten donnerte. Und es kam von einer Stelle flussabwärts, die nicht mehr weit von ihnen entfernt war.

»Wir erreichen jetzt den Abschnitt mit dem Wildwasser«, lautete Marios lakonische Auskunft. Was der Begriff »Wildwasser« genau zu bedeuten hatte, war Amira nicht so ganz klar, allerdings flößte ihr die Wortzusammensetzung nicht gerade das allergrößte Vertrauen ein. »Mach dich bereit, Amira«, befahl er, als das Getöse immer lauter wurde und ein gutes Stück voraus über die ganze Flussbreite hinweg helle Gischtkronen auftauchten. Was auch immer dort vorn auf sie lauerte, Mario hatte allergrößten Respekt davor, das spürte Amira. Seine Stimme klang jetzt wirklich angespannt, und sie konnte ihm seine aufkommende Nervosität ansehen, auch wenn er sich redlich bemühte, sich nichts anmerken zu lassen.

»Wird es gefährlich werden?«, fragte Amira, ohne die Schaumkronen aus dem Blick zu lassen.

»Ja«, bekam sie kurz und knapp zur Antwort.

»Aber du kannst uns doch sicher da durchfahren, oder?«, versuchte sie es erneut, doch Mario Callies blieb wortkarg.

»Wahrscheinlich.«

»Wahrscheinlich?«, wiederholte sie hilflos. Ihr Versuch, sich selbst ein wenig Zuversicht einzureden, schlug bei solchen Antworten natürlich fehl.

»Ja.«

Das war das letzte Wort, das sie im ruhigen Wasser miteinander wechselten, dann hatten sie die Schaumkronen erreicht.

»Paddel hoch und in der Hüfte locker bleiben!«, rief ihr Bootsführer, dann wurde das Gebrüll des Wassers ohrenbetäubend laut, und Amira tauchte mit erhobenem Paddel in die im Sternenlicht glitzernde, kalte Gischt über der wild tobenden Flut ein.

Uwe Kneuer stand mit zusammengebundenen Händen auf einer hölzernen Kiste, um seinen Hals lagen die kühlen Glieder einer rostigen alten Kette, die ihrerseits an einem über ihm befindlichen Scheunenbalken befestigt war. Warum und weshalb der Mann das getan hatte, war ihm völlig schleierhaft. Er konnte sich nur noch daran erinnern, wie er spät in der Nacht nach Hause gekommen war und sein Auto abgestellt hatte. Dann, nachdem er ausgestiegen war: Dunkelheit. Ab diesem Moment hatte er keine Erinnerung mehr und war erst hier in dieser Scheune am Balken hängend wieder aufgewacht. Er war sich nicht ganz sicher, aber es kam ihm so vor, als handelte es sich dabei um das zweite Stockwerk seiner eigenen Scheune in Ummersberg. Sein Kopf tat ihm höllisch weh, und da war dieser unbekannte Typ, der im Schein einer Taschenlampe irgendetwas in ein Handy tippte.

Als Uwe Kneuer genauer hinschaute, glaubte er zu erkennen, dass das sein Handy war; der Fremde musste es ihm abgenommen haben. Was der auf seinem Mobiltelefon zu schreiben hatte, wusste er nicht, genauso wenig, warum man ihm den Mund zugeklebt hatte. Was war hier los, was sollte das, verdammt?

Der Mann war anscheinend mit seinem Getippe fertig, denn er schickte die Nachricht, an wen auch immer, weg. Dann nahm er einen Papierausdruck im DIN-A4-Format zur Hand und faltete ihn mit seinen schwarz behandschuhten Händen mehrfach zusammen.

Der Fremde hatte bislang kein Wort gesprochen, jetzt steuerte er in der Dunkelheit auf Uwe Kneuer zu. Verzweifelt versuchte der, seine Hände von den Kabelbindern zu befreien – ein vergebliches Unterfangen. Die Kabelbinder waren so eng zusammengezogen, dass sich sein Blut bereits schmerzhaft in den Händen staute. Außerdem scheuerte die rostige Kette unangenehm an seinem Hals, weshalb er sich hütete, auch nur eine einzige unbedachte Bewegung auf der wackeligen Holzkiste zu machen.

Der Fremde ignorierte Uwe Kneuers Versuche, die Kabelbinder zu lösen, und steckte ihm zuerst sein Handy zurück in die Hosentasche, dann reichte er ihm den zusammengefalteten Zettel.

»Aufmachen«, befahl er, und Uwe Kneuer kam die Stimme des Unbekannten seltsam bekannt vor. Nur einordnen konnte er sie nicht.

Was das Ganze sollte, begriff Uwe Kneuer erst recht nicht, aber er tat, was man ihm befohlen hatte. Mühsam entfaltete er mit seinen zusammengebundenen Händen den Zettel, ohne in der Dunkelheit auch nur andeutungsweise erkennen zu können, was darauf geschrieben stand.

Wenn der Fremde mit seiner Taschenlampe einmal kurz auf das Papier leuchten würde … Aber so blieb die Botschaft führ ihn wortwörtlich im Dunkeln.

»Zusammenfalten«, wies ihn der Unbekannte im Plauderton an.

Am liebsten hätte Uwe Kneuer den Mann so richtig zusammengestaucht, was der Blödsinn denn eigentlich sollte, aber mit zugeklebtem Mund brachte er nur ein hektisches Atmen und gepresstes Stöhnen zustande. Der Typ ignorierte auch das, er stand nur da und wartete.

Als Uwe Kneuer merkte, dass er machen konnte, was er wollte, es würde an seiner Situation keinen Deut ändern, faltete er dieses seltsame Stück Papier einfach wieder zusammen und streckte es dem Mann entgegen.

»Sehr schön«, lobte ihn der Unbekannte, »gut gemacht, Uwe.« Er nahm das zusammengefaltete Papier, und das war dann wohl auch endlich das Ende von dem seltsamen Affentheater, denn der Unbekannte riss ihm mit einem schnellen Ruck den Klebestreifen aus dem Gesicht und durchtrennte mit einem Messer die Kabelbinder an seinen Händen.

Erleichtert rieb sich Uwe Kneuer die angeschwollenen Handgelenke und atmete erst einmal tief durch. Dann fuhren seine Hände nach oben zur Kette, die immer noch unbarmherzig eng um seinen Hals lag.

»Mach die Kette weg, ich hab keinen Bock mehr auf diesen Scheiß! Was soll das, verdammt?«, rief Kneuer erbost, während er vergeblich versuchte, das am Balken befestigte Ende der Kette zu erreichen. Die Holzkiste unter ihm wackelte bedenklich, was seine Bemühungen bremste.

Der Fremde antwortete nicht, sondern trat vor ihn und leuchtete sich mit der Taschenlampe selbst ins Gesicht. Jetzt wusste Uwe Kneuer, wer vor ihm stand und ihn auf diese Kiste gestellt und mit einer Kette an den Balken geknüpft hatte. Nur glauben konnte er es nicht. Was sollte das, sie kämpften doch eigentlich für dieselbe Sache, im selben Team, das musste ihm doch klar sein?

»Du weißt, warum ich hier bin?«, fragte der bekannte Unbekannte. Eine dämliche Frage, denn natürlich wusste Uwe Kneuer das nicht, sonst hätte er ihn ja nicht gerade eben genau deswegen so angeschissen.

»Wegen der KBB, unserer gesprengten Elektrokarren vielleicht?«, riet er. »Ist es das, geht euch das immer noch auf den Wecker?«

In die Augen des Besuchers trat ein kaltes Glitzern. »Nein, nicht doch, die paar Explosionen. War doch klar, dass ihr sturen Böcke euch nicht um unsere Ansagen schert. Kein Problem, super Aktion. Nein, Uwe, ich bin hier, weil du eifersüchtiger

Schuft deine Frau umgebracht hast. Das hättest du besser nicht tun sollen.«

Kneuers Hände schnellten vor und packten den Mann am Kragen seiner Jacke. »Meine Frau, was ist mit ihr? Was hast du mit Beate gemacht?«, schrie er und wechselte vom Kragen zum Hals des Mannes. Der antwortete jedoch nicht mehr, sondern trat mit einem kräftigen Stoß seines Fußes ohne weiteren Kommentar die hölzerne Kiste weg.

Kneuers Hände fuhren nach oben und packten die Kette in dem hilflosen Versuch, seinen Hals von ebendieser zu befreien. Seine heftigen Bewegungen führten jedoch nur dazu, dass ihm die Schlinge aus Kettengliedern immer mehr die Luft abpresste, bis nach wenigen Minuten jegliche Bewegung des Körpers erstarb. Uwe Kneuer, Besitzer des landwirtschaftlichen Gutes zu Ummersberg, war tot.

Der Mann hatte geduldig gewartet, bis das Leben aus Uwe Kneuer gewichen war. Jetzt trat er an den hängenden Leichnam und steckte den zusammengefalteten Zettel in Kneuers Hemdtasche. Zufrieden tätschelte er die Außenseite, dann drehte er sich um und beleuchtete mit seiner Lampe den Weg nach unten und aus der Scheune.

Das Problem mit dieser dämlichen KBB war endlich erledigt. Ab jetzt galt es wieder, sich den großen Aufgaben zu widmen.

Max wartete ergeben auf den Schuss, den Stich oder was auch immer dieser Kriegerfürst für ihn als Tötungsmethode auserkoren hatte. Eine Hinrichtung durch die Taliban konnte mit einer erstaunlichen Kreativität einhergehen. Ging es ums Töten, ersannen die ansonsten so engstirnig und verbohrt wirkenden Männer Allahs unerwartet vielfältige Methoden. Aber der erwartete Schmerz blieb aus, und als Max die Augen wieder öffnete, hatte der höchste der Taliban am Grenzübergang Torkham keine Waffe, sondern eine kleine Pappschachtel aus den Tiefen seines schwarzen Gewandes geholt, die er Max jetzt auffordernd hinhielt. Es handelte sich allem Anschein nach um die leere Verpackung eines Arzneipräparates internationaler Herkunft.

Max Leisgang nahm die Schachtel zögernd an sich und las, was darauf stand. Er war zwar kein ausgebildeter Arzt, aber als lang gedienter UN-Mitarbeiter wusste er aus Erfahrung, um was für ein Medikament es sich handelte. Ethambutol (EMB) war ein Arzneistoff aus der Gruppe der Antibiotika, der bevorzugt zur Behandlung von Tuberkulosepatienten, aber auch bei anderen durch Mykobakterien hervorgerufenen Infektionen eingesetzt wurde. Tuberkulose war in Nordafghanistan sehr verbreitet, entsprechend hoch war der Bedarf an entsprechenden Medikamenten. Ethambutol durfte aber eigentlich nur in Kombination mit anderen antimykobakteriellen Mitteln angewendet werden. Aufgrund von erheblichen Nebenwirkungen musste die Anwendung zudem augenärztlich überwacht werden, was in Afghanistan in der Regel ein völlig illusorisches Ansinnen war. Man durfte im Krankheitsfall schon froh sein, überhaupt einen Arzt zu finden.

Abhängig von der verabreichten Dosis und der Dauer der Behandlung kam es bei diesem Medikament nicht selten zu einer Entzündung der Sehnerven, die sich zunächst durch Störung des Farbensehens bemerkbar machte und später zu Gesichtsfeldausfällen bis hin zum kompletten Verlust der Sehfähigkeit führte. Auch Schädigungen des zentralen und peripheren Nervensystems mit Schwindel oder Kopfschmerzen waren nicht selten.

Jetzt bemerkte Max auch das Problem des vor ihm stehenden Mannes. Dessen Blick war sichtlich eingeschränkt, das konnte er an den irrlichternden Bewegungen seiner Augen erkennen. Der Mann hatte definitiv Tuberkulose und behandelte sich vermutlich schon seit Längerem selbst mit ebendiesem Medikament, daher die Einschränkung der Sehfähigkeit. Und jetzt war ihm offenbar das Ethambutol ausgegangen, und er brauchte dringend Nachschub.

Dass diese Form der Eigenmedikation ziemlich böse enden

würde, hatte ihm anscheinend noch keiner gesagt. Oder aber es war ihm egal. Jedenfalls war ziemlich klar, dass Max, der nach Deutung der Taliban gerade auf dem Weg nach Pakistan war, um eine frische Ladung von Medikamenten zu beschaffen, ihm auf dem Rückweg nach Dschalalabad das Antibiotikum vorbeibringen sollte.

»Wie lange?«, fragte der Talibanführer und deutete auf die Medikamentenpackung. Max, der genau diese Frage hatte kommen sehen, antwortete ihm wie aus der Pistole geschossen.

»Drei Tage, dann bin ich wieder hier«, erklärte er ruhig und mit fester Stimme, obwohl alles in ihm gerade ein Volksfest der Erleichterung feierte.

»Guter Mann«, meinte der Taliban und lächelte jetzt zum allerersten Mal. Dann klopfte er Max auch noch für alle Umstehenden sichtbar auf die Schulter, was diverse Taliban dazu veranlasste, ihre Gewehre zu senken. »Bei zurück nach Muhammad fragen. Du merken, Muhammad«, erklärte ihm der Taliban nachdrücklich mit erhobenem Zeigefinger, drehte sich um, schrie seinen Leuten irgendetwas Strenges zu und verschwand wieder in seinem Wachhaus.

Der Führer der Straßenpatrouille setzte sich zu Max auf den Beifahrersitz und bedeutete ihm, den beiden Taliban zu folgen, die mit Schnellfeuergewehr und Peitsche bewaffnet dem Kleinlaster bis zum Grenzübergang vorausschritten. Dort nötigten sie einen Ankömmling aus Afghanistan, ein Stück vor dem Grenzübergang mit seinem Laster zu warten, damit Max sich vor ihm einreihen konnte. Max' ungebetener Begleiter stieg aus und wandte sich mit seinen Männern zum Gehen, jedoch nicht ohne ihn mit strengem Blick an seine Aufgabe zu erinnern.

»Drei Tage, Muhammad, Torkham«, wiederholte er, dann schlug er die Beifahrertür des Lasters mit Schwung zu.

Von den Taliban nunmehr unbehelligt, überquerte Max Leisgang mit seinem kleinen UN-Lastwagen wenige Minuten später die Grenze nach Pakistan. Doch erst, als er auf der anderen Seite bei Landi Kotal und seinem alten englischen Fort den höchsten

Punkt der Passstraße erreicht hatte, fiel langsam die Anspannung von ihm ab.

Der Weg war frei, den schwierigsten Teil seiner Reise hatte er hinter sich. Jetzt musste er nur noch so schnell wie möglich den Staudamm erreichen, wo er Mario und Amira hoffentlich gesund und munter würde aufsammeln können. Dazu mussten sie aber erst einmal ihre nächtliche Fahrt durch die wilden Schluchten des Kabul überstehen, was eine weit schwierigere Aufgabe war als sein gerade absolvierter Grenzübertritt hier am Khyber-Pass.

Bernd Schmitt, ohne Sonnenbrille, dafür mit einem Turban aus Mullbinden auf dem Kopf, hatte die Stadt Ebern gerade verlassen, als ihn ein Anruf des Kollegen Huppendorfer erreichte. Wie sich herausstellte, hatte dieser an unliebsamen Überraschungen wirklich nicht arme Tag noch Möglichkeiten der dramaturgischen Steigerung in petto.

»Ja, César, was gibt's?«, raunzte Lagerfeld Huppendorfer an, der die offensichtliche Missstimmung aber einfach ignorierte.

»Es gibt, dass Andrea und ich gerade an einem Tatort namens Gut Ummersberg ermitteln, wo wir inzwischen die dritte Leiche gefunden haben. Zwei sind auf jeden Fall Mordopfer, bei dem dritten Toten gehen wir von Selbstmord aus, wissen es aber noch nicht mit Sicherheit. Jedenfalls deutet alles auf eine Beziehungstat hin: Ehefrau erschossen, Lover erschossen, der eifersüchtige Ehemann nimmt sich danach das Leben. Die Spurensicherung sagt das auch!«

Lagerfeld war Huppendorfers Vortrag aufmerksam gefolgt, verstand aber nicht so ganz, was er in dem Fall für eine Rolle spielen sollte. »Sehr schön, ein Familiendrama der üblichen Art also. Dann seid ihr doch eigentlich fast fertig mit eurem Fall, was geht mich das jetzt noch an? Ehrlich gesagt langt's mir für heute, und wenn's nicht ultradringend ist, würde ich jetzt echt gern zurück in die Dienststelle fahren«, nörgelte er ins Mikrofon.

Sein Kopf begann bereits bei normalen Gesprächen, ein deutliches Dröhnen in sein Gehirn abzusondern. Außerdem hatte er überhaupt keine Lust, mit Turban und ohne Sonnenbrille an einem Tatort aufzutauchen, wie sah denn das aus. Auf der Anruferliste seines Mobiltelefons hatte er kurz vor Césars Anruf gesehen, dass sich sowohl die Dienststelle als auch der Kollege Haderlein mehrfach um telefonische Kontaktaufnahme bemüht hatten, während er sich im Land der absoluten Abwesenheit befand, hervorgerufen durch einen unliebsamen Sturz über eine Schweineleine. Das nachher in der Dienststelle vor versammelter Mannschaft erklären zu müssen war schon schlimm genug und nicht gerade oben auf seiner To-do-Liste.

Aber Huppendorfer ließ nicht locker. »Du ermittelst doch gerade in Ebern wegen dieser unbekannten Frau, oder?«

»Ja, wieso?«, gab Lagerfeld kurz angebunden zurück, denn über die ganzen Vorkommnisse, die es heute in Ebern gegeben hatte, wollte er sich jetzt am Telefon wirklich nicht auslassen.

»Ist dir ein mexikanisches Restaurant namens ›Veracruz‹ in Ebern ein Begriff?«

Lagerfeld war so dermaßen sprachlos, dass er zu antworten vergaß. Wie kam César denn bitte auf einmal auf dieses Restaurant? Das hatte mit seinem Fall doch überhaupt nichts zu tun. Die Rechenleistung in Lagerfelds Gehirn war aufgrund gewalttätiger Beeinträchtigung durch ein uraltes Brunnengemäuer aus Eberner Sandstein stark reduziert, er konnte sich keinen Reim darauf machen.

»Oder Reichskeller, Runzelmann, sagt dir das vielleicht was?«, setzte Huppendorfer noch einen drauf, was Lagerfelds Beschlusslage endgültig änderte.

»Ja, das sagt mir was. Ich komm vorbei. Bis Ummersberg sind's ja bloß ein paar Minuten«

»Du kennst das, du kennst Ummersberg?«, hörte Bernd Schmitt den jetzt seinerseits perplexen Kommissar Huppendorfer fragen, der sich ab Stadtgrenze Bamberg ja nur noch mit Autobahnen beschäftigte, keinesfalls jedoch mit Landstraßen und deren abwegigen Verzweigungen.

»Wenn du das kleine Gut oben auf dem Berg Richtung Ebensfeld meinst, dann kenn ich das vom Vorbeifahren. Da hat's 'ne geile Sicht, wenn man ein Cabrio hat«, fügte Lagerfeld noch süffisant hinzu, dann legte er auf.

Als Lagerfeld sein Cabrio vor dem Gut Ummersberg abgestellt hatte, schloss er das Dach und verbannte Presssack ein weiteres Mal auf die Rückbank. Eine zum Schutz seines Auszubildenden nachvollziehbare Maßnahme, die das Schweinchen aber erneut als Missachtung seiner Persönlichkeit interpretierte. Andererseits hatte es in seinem kleinen, jedoch intelligenten Hinterkopf abgespeichert, dass böse schauen um halb zwölf im Zweifel zu einer großen Portion extrem schmackhaften Eises führen konnte. Entsprechend bemühte sich Riemenschneiders begabter Sohnemann nach Kräften, auszusehen wie Hannibal Lecter kurz nach seiner Einkerkerung.

Lagerfeld verstand die Botschaft seines Schützlings wohl, ließ sich aber nicht erweichen, da er nicht wusste, was bei dem ganzen Trubel hier für Gefahren lauerten. Außerdem wurde ein Ermittlerferkel gar nicht mehr gebraucht, der Fall hier schien ja sowieso schon gelöst zu sein.

Andrea Onello holte ihn an den Absperrbändern des Tatortes ab und führte ihn zunächst durchs Haus, um ihn leichentechnisch auf Stand zu bringen. Die sonst so diskussionsfreudige Blondine sagte überraschenderweise nichts zu seinem Turban und der fehlenden Sonnenbrille, sondern schüttelte nur kurz, jedoch kommentarlos den Kopf. Schließlich verließen sie das Hauptgebäude wieder und begaben sich ans hintere Ende des Grundstückes, wo ein altes, mehrstöckiges Gebäude stand, das wie eine Mischung aus Lagerhalle und Scheune aussah. Auch hier war das Gelände abgesperrt und die Spurensicherung zugange.

Andrea Onello führte Bernd Schmitt in die Scheune, dann mehrere Treppen nach oben, bis sie im Giebel des Gebäudes angekommen waren. Die Stockwerke der Scheune wurden von den Strahlern der Spurensicherung bestens ausgeleuchtet, sodass der Tatort dem polizeilichen Betrachter in allen Einzelheiten vor

Augen lag. Lagerfelds Kopf pochte durch die zurückgelegten Höhenmeter bereits wieder erheblich, die Gehirnerschütterung forderte halt doch irgendwann ihren Tribut. Das schmälerte jedoch nicht Lagerfelds Aufmerksamkeit, als er den Grund für sein Hiersein zu Gesicht bekam. Ein etwa fünfzigjähriger Mann hing tot an einem der Scheunenbalken, erdrosselt von einer alten, verrosteten Kette, die ihm jemand um den Hals gelegt hatte.

Bernd Schmitt erschütterte dieser Anblick nicht wirklich in seinen Grundfesten, war das doch bei Weitem nicht der erste Erhängte, den er in seiner Polizeilaufbahn zu Gesicht bekommen hatte. Dieser an sich traurige Erfahrungshorizont erstreckte sich auch auf seine beiden Kollegen, also musste in diesem Fall noch etwas Spezielles aufgetaucht sein, was Huppendorfer bewogen hatte, ihn hierherzuzitieren.

»Was ist denn mit dir passiert? Bist du zum Islam übergetreten?« César Huppendorfer, der sich ein Stück abseits mit einem Mann von der Spurensicherung unterhalten hatte, kam mit leicht verzogenem Grinsen auf ihn zu und betrachtete Bernd Schmitt lässig von oben bis unten. »Jesus Maria, deine heiß geliebte Sonnenbrille hat wohl auch das Zeitliche gesegnet. Bist du in eine Querdenkerdemo geraten, oder war's ganz normaler Beziehungsstress? Jetzt kapier ich jedenfalls, wieso du zuerst unbedingt nach Bamberg zurückwolltest.«

Das Objekt von Césars Schmähungen sagte nichts dazu; Lagerfeld hatte nach dem, was ihm im Laufe des Tages alles passiert war, schlicht keine Lust auf anzügliche Plaudereien mit seinem gestylten, sich an seinem desolaten Erscheinungsbild ergötzenden Kollegen, dessen zumeist einzige Sorge darin bestand, sich an den oft ziemlich verunreinigten Tatorten nicht schmutzig zu machen. Rein intuitiv griff Bernd Schmitt daher zu der gleichen mimischen Hannibal-Methode wie sein schweinischer Auszubildender Presssack, was bei César Huppendorfer auch auf Anhieb Wirkung zeigte.

»Gut, lassen wir das, kannst du mir auch später erzählen,

Bernd.« Der Halbbrasilianer reichte ihm eine kleine, zusammengefaltete Broschüre. »Wir haben in der Brusttasche des Erhängten einen Abschiedsbrief gefunden, die Echtheit prüfen wir noch, und in der Gesäßtasche das hier. Deswegen hatte ich dich auch angerufen, Bernd.«

Als Lagerfeld das zerknitterte Etwas auseinanderklappte, entpuppte sich die Broschüre als Speisekarte eines gewissen mexikanischen Restaurants namens »Veracruz« in Ebern. Auf der Innenseite hatte jemand mit blauem Kugelschreiber in ziemlich fliegender Handschrift eine Notiz verewigt.

Reichskeller / Runzelmann / heute 20 Uhr.

Reichskeller? Hatte das nicht auf der Tür zu den Räumlichkeiten im »Veracruz« gestanden, die das halb mexikanische Ehepaar Göller so lukrativ weitervermietet hatte? Da Lagerfeld nicht an Zufälle glaubte, schon gar nicht im Zusammenhang mit Mordermittlungen, gingen bei ihm sofort die Warnlampen an. Dass sich der Typ, der hier in der Scheune am Balken baumelte, umgebracht haben sollte, obwohl er heute noch einen wichtigen Termin hatte, war seltsam. Noch seltsamer war der Umstand, dass dieser Mordfall sich offenbar mit seiner Vermisstensuche überlappte. Irgendetwas war da faul.

»Ja, den Laden kenn ich. Mit den Besitzern des ›Veracruz‹ hab ich heute Morgen gesprochen, wegen meiner unbekannten Frau. Und das mit dem Reichskeller stand dort auf einer Kellertür. Die vermieten die Räume an die HfD, das sind die Kaschber von dieser rechtsradikalen Partei, die jetzt mit den Russen sympathisiert, seit sich das Impfthema erledigt hat. Und jetzt frag ich euch: Was hat euer Erhängter hier mit diesen Rechten zu tun? Seid ihr euch auch wirklich ganz sicher, dass ihr es hier mit einer Beziehungstat zu tun habt?«

»Also wenn du mich fragst, ich bin mir nicht so sicher«, antwortete Andrea Onello prompt. »Ich fand das schon von Anfang an verdächtig. Irgendwie erscheinen mir die Beweise zu offensichtlich. Aber Genaueres wissen wir logischerweise erst, wenn wir das Umfeld der Toten überprüft haben.«

»Und bis dahin ist das eine Beziehungstat, alles spricht nämlich dafür«, relativierte der Kollege Huppendorfer. »Machen wir es doch nicht komplizierter, als es ist. Zumal die Tatwaffe auch noch hier herumlag. Was bitte wollt ihr denn noch? Jede Wette, dass wir darauf die Fingerabdrücke unseres eifersüchtigen toten Ehemanns finden«, ereiferte er sich und hielt mit seinen behandschuhten Händen die Waffe hoch, die die Spurensicherung vor wenigen Minuten im Scheunenstroh gefunden hatte.

Lagerfeld stutzte, als er die altertümliche 9-Millimeter-Pistole sah. »Was ist das denn? Das sieht ja aus wie eine Armeepistole aus dem Zweiten Weltkrieg. Hat unser Bauer die vom Opa geerbt, oder wie?«

César Huppendorfer sah ihn verdutzt an, dann überlegte er und griff sich in die rechte Jackentasche. »Jetzt, wo du es sagst, Bernd. Wo du recht hast, hast du recht. Warte mal.«

Zu Lagerfelds Verwunderung hatte er plötzlich eine leere Patronenhülse in der Hand, die aber ganz und gar nicht so aussah, wie Patronenhülsen gemeinhin aussahen. Das war nicht das typische messingfarbene Metall, das man von Patronenhülsen her kannte. Nein, das war definitiv etwas anderes. Die Hülse sah aus wie aus diesem billigen Ersatzmetall gefertigt, das die deutsche Waffenindustrie im Zweiten Weltkrieg verwendet hatte, als ihnen die Rohstoffe ausgingen. César Huppendorfer hantierte ein wenig umständlich an der alten Pistole herum, und das verschrammte Magazin rutschte nach unten heraus. Zum Vorschein kamen die restlichen Patronen, die von der Feder des Magazins nach oben gedrückt wurden. Huppendorfer hielt die leere Patronenhülse daneben, und alle konnten sehen, dass sie den noch nicht abgefeuerten Patronen im Magazin zum Verwechseln ähnelte. Mit hoher Wahrscheinlichkeit war sie mit einer solchen Waffe, wenn nicht sogar mit genau dieser Pistole, abgefeuert worden.

»Das is ja blöd«, entfuhr es Huppendorfer, der die Hülse anschaute, als stammte sie vom Mond.

Lagerfeld für seinen Teil verstand nur noch Bahnhof. Was war das für eine Patronenhülse, und wo hatte Huppendorfer die überhaupt her?

»Äh, kann mich mal jemand wegen dieses alten Patronendings aufklären? Mein Denkapparat ist gerade nicht mehr der schnellste«, bat er ziemlich genervt. »Habt ihr die irgendwo im Haus neben einem der Mordopfer gefunden? Das wäre für mich jetzt nichts wirklich Sensationelles.«

Andrea Onello schüttelte mit angestrengtem Blick den Kopf, in seiner Kollegin schien es gerade mächtig zu arbeiten. Und auch César wirkte auf einmal ziemlich in sich gekehrt.

»Nee, Bernd, die Hülse hab ich heute bei unserem Besuch drüben auf dem Ebensfelder Acker unter deinem Mähdrescher gefunden«, antwortete er. »Ich hab sie halt mal mitgenommen, ohne sie zwingend mit einem unserer Fälle in Verbindung zu bringen.«

Jetzt kam der Kollege Schmitt endgültig nicht mehr hinterher, das ging ja alles komplett durcheinander.

»Äh, Moment. Du meinst, mit dieser Pistole ist drüben bei meinem Mähdrescher geschossen worden, seh ich das richtig?«

César nickte nur leicht verzweifelt, und Andrea Onello sprach aus, was außerdem zu erwähnen war.

»Ja, und damit nicht genug. Franz hat sich geopfert und ist wegen deiner Mähdrescherleiche nach Erlangen gefahren. Seine Eminenz Professor Siebenstädter ist der felsenfesten Überzeugung, dass der Typ erschossen wurde. Kopfschuss mit 'ner 9-Millimeter. Das mit dem Mähdrescher kam erst danach. Ganz ehrlich, das mit der Beziehungstat stinkt doch zum Himmel, da will uns doch jemand verarschen. Hier läuft eine ganz andere Nummer ab, wenn ihr mich fragt. So eine Affäre lässt sich doch normalerweise im Handy nachlesen. Aber da war nichts, überhaupt nichts. Glaubt da einer von euch wirklich noch an die Eifersuchtstheorie?«

Niemand widersprach, nicht einmal Huppendorfer.

»Das heißt, es gibt eine Verbindung von dem Mähdreschertoten zu eurem Erhängten und den beiden Leichen im Haus, die weiter nach Ebern in diese mexikanische Kneipe führt, wo im Keller mit Breitbandkabelanschluss die blaue Partei mit ihren rechtsradikalen Theorien hockt«, fasste Lagerfeld das Gehörte zusammen. »Bei diesen Hitlerfreunden passt eine Armeepistole aus dem Zweiten Weltkrieg doch ziemlich gut ins Bild, findet ihr nicht? Für mich klingt das völlig irre, aber in sich schlüssig. Bloß meine unbekannte Komapatientin passt nicht so richtig ins Bild. Aber ich komm schon noch dahinter. Ist natürlich blöd für euch, das mit der Beziehungstat könnt ihr jetzt, glaube ich, vergessen.«

Eine wirklich hochkomplex ausgearbeitete Analyse, die Huppendorfer noch zu verfeinern wusste.

»Ja, saublöd«, presste er heraus, dann setzte er sich mit der alten Pistole frustriert auf eine Holzkiste, die gleich neben dem Erhängten auf dem Scheunenboden lag.

Lagerfeld hatte jetzt genug nachgedacht und folgte wie so oft seinem Bauchgefühl.

»Kann ich den Schuh haben?«, fragte er einen in der Nähe stehenden Kriminaltechniker und deutete auf den linken Fuß von Uwe Kneuer. Der Spurensicherer, der gerade eine frische Plastiktüte für eventuelle Beweisstücke herausgekramt hatte, schaute ihn entgeistert an. So eine bescheuerte Frage hatte ihm bisher noch kein Polizeibeamter gestellt.

»Mit Verlaub, das ist ein Tatort, Herr Schmitt. Das sind alles Beweismittel, auch wenn sie leblos von der Decke hängen. Am Schuhwerk könnten sich verdächtige Fasern oder sonstige Stoffe befinden, die für die Ermittlungen relevant sind. Der Schuh bleibt also hier. Weit unproblematischer wäre es, wenn überhaupt, Unterwäsche, einen Strumpf oder Ähnliches herauszugeben, das wahrscheinlich keinen direkten Kontakt zum Täter hatte. Aber selbst dann müssten wir das Beweisstück vorsichtig in so eine Plastiktüte ...«

Weiter kam er nicht, denn Lagerfeld rupfte ihm die Plastiktüte einfach aus der Hand, zog mit einer raschen Bewegung den linken Schuh vom Fuß des Verstorbenen und drückte ihn dem entsetzten Spurensicherer in die Hand.

»Hier, halten Sie mal. Aber Vorsicht, ist ein Beweisstück«, warnte er den Sprachlosen, ehe er mit spitzen Fingern Kneuers Fuß von seinem Strumpf befreite. Das graue, unangenehm riechende Teil stopfte er in die Plastiktüte, die er sorgfältig verschloss. Er klopfte dem Kriminaltechniker, der ihn immer noch fassungslos ansah, aufmunternd auf die Schulter und meinte kumpelhaft:»Das ist jetzt mein Strumpf, aber am anderen Bein haben Sie ja noch einen. Ich bringe ihn zurück, versprochen, ich brauche ihn für eine Weiterbildungsmaßnahme.«

Sprach's, drehte sich um, winkte seinen beiden ratlosen Kollegen zum Abschied zu und stieg entschlossenen Schrittes die schmale Scheunentreppe hinunter.

Die Fahrt auf der pakistanischen Seite des Khyber-Passes war auf dem letzten Teilstück hinunter in die Ebene vor Peschawar fast idyllisch zu nennen. In großen, langen Kehren wand sich die Passstraße den Berg hinab, und man konnte schon vom höchsten Punkt das Glitzern der Städte unten im Tal erkennen. Selbst das Leuchten der noch relativ weit entfernt liegenden Stadt Peschawar war in der Ferne zu sehen. So beging Max Leisgang die Fahrt in angemessenem Tempo, einen gebührenden Abstand zu den vorausfahrenden Fahrzeugen einhaltend.

Man konnte in Pakistan nicht und in Afghanistan schon gar nicht darauf bauen, dass die Autofahrer, die meist in Fahrzeugen unterwegs waren, bei deren Anblick ein deutscher TÜV-Prüfer vor Begeisterung in orgastische Zustände versetzt worden wäre, mit der nötigen Sorgfalt und erforderlichen sicherheitstechnischen Ausrüstung diese steile Straße hinunterfuhren. Bremsanlage – optisch vorhanden. Bremsbeläge – vielleicht. Bremsleitungen – schon mal gehört. Bremsflüssigkeit – was ist das?

Bei seinem UN-Fahrzeug konnte Max einigermaßen sicher sein, dass die technischen Voraussetzungen zumindest grundsätzlich erfüllt waren, um die Abfahrt auf dem Khyber-Pass unfallfrei zu absolvieren. Dass dies nicht zwingend jedem hier gelang, bezeugten die zahlreichen Autowracks, die sich abseits der Straße in das dürre Gelände gebohrt hatten. Den Fabrikaten und Nummernschildern nach reichten die Verluste viele Jahrzehnte zurück, und die diversen zurückgelassenen Transportmittel der Automobilindustrie bildeten somit eine lückenlose Dokumentation, die Historie motorisierter Technik in Südasien betreffend.

Als Max die letzte Kurve hinter sich gelassen hatte, verbreiterte sich die Straße, und auch der Verkehr entspannte sich in der Ebene auf angenehme Art und Weise. Auf halber Strecke nach Peschawar begannen die ersten größeren Ansiedlungen, den Straßenrand zu säumen. Dann, endlich, entdeckte Max das ersehnte Verkehrsschild: »Warsak Dam Road«. Er bog nach Norden ab und folgte der Straße, die ihn jetzt direkt zu seinem Ziel führen sollte. Erfreulicherweise hatte er es jetzt mit einem relativ neuen Straßenbelag zu tun, der ein weitaus höheres Tempo zuließ als die viel befahrene staubige Piste, über die er hergekommen war.

Kurz nach der Abzweigung schaute Max auf die Leuchtziffern seiner Uhr und nickte zufrieden. Durch die unerwartete Begegnung mit Muhammad und seiner Talibantruppe hatte er doch tatsächlich Zeit gutmachen können, die er in der Warteschlange in Torkham verloren hätte. Das hieß, er konnte sein Vorhaben wie geplant durchführen, sich bei der Umsetzung sogar etwas Zeit lassen. Ein Umstand, der sich in den letzten Tagen rar gemacht hatte, eigentlich völlig absent gewesen war, wenn er es recht bedachte. Der Trip mit Amira bestand aus Hektik, Stress und nicht selten schlichter Improvisation. Da war ein kleiner Zeitvorsprung ein absolut luxuriöser Umstand, den er hoffentlich zu ihrer aller Gunsten nutzen konnte.

Von solcherlei Gedanken beseelt, legte er in grenzwertiger Geschwindigkeit die Strecke bis zu den Ufern des Kabul zurück, der den Warsak-Damm an dieser Stelle bereits hinter sich gelassen hatte und in gemächlicher Breite Peschawar entgegenstrebte.

Sein Blick auf die Armaturen zeigte Max eine drohende Unterzuckerung seines Benzintanks an, aber das Tanken musste auf dem Rückweg beziehungsweise der Weiterfahrt nach Peschawar erledigt werden. Dafür hatte er weiß Gott keine Zeit.

Vor dem Damm überquerte er den Fluss Richtung Norden, nach der Brücke bog er dann wieder nach links ab und konnte das riesige Stauwerk des Dammes bereits vor sich sehen.

Mit mehr als einunddreißig Kubikmetern Fassungsvermögen, zehn Komma drei Quadratkilometern Größe, sechs Wasserturbinen und einer maximalen Leistung von zweihundertdreiundvierzig Megawatt war der 1960 fertiggestellte Warsak-Damm der derzeit drittgrößte Staudamm in Pakistan. Pläne der pakistanischen Wasser- und Energieentwicklungsbehörde sahen vor, Warsak noch um ein Dreihundertfünfundsiebzig-Megawatt-Kraftwerk zu erweitern, um die gesamte Stromerzeugungskapazität auf fünfhundertfünfundzwanzig Megawatt zu erhöhen. Zunächst musste das Wasserkraftwerk nach Kapazitätsverlusten aber erst einmal grundsaniert werden. Die Gesamtkosten in Höhe von hundertzweiundsechzig Millionen Euro trugen Deutschland, Frankreich und die EU, Deutschland allein steuerte vierzig Millionen Euro bei. Aus diesem Grund waren am Warsak-Damm auch fast ununterbrochen europäische Ingenieure der unterschiedlichsten Firmen zugegen, und Max konnte sich ziemlich sicher sein, dass er als Deutscher an dem Bauwerk keine ungewöhnliche Erscheinung sein würde. Da er aber ohnehin nicht in das Kraftwerk hineinwollte, rechnete er nicht mit irgendwelchen Schwierigkeiten.

Er parkte seinen Lastwagen am hintersten Ende des halb leeren Parkplatzes vor dem Kraftwerk, stieg aus und stretchte seinen verkrampften Körper erst einmal von oben bis unten durch, während er seinen Blick über die riesige Staumauer gleiten ließ. Der Warsak-Damm war ein sogenanntes Massenbetonbauwerk. Zur Zeit seiner Erbauung hatte man an allem gespart, ganz sicher jedoch nicht am Beton, weswegen die Dimensionen des Damms ziemlich üppig ausfielen. Mit einhundertvierzig

Metern Breite und gut fünfundsiebzig Metern Höhe war die Staumauer ein absolut beeindruckendes Konstrukt, vor allem wenn man sie wie Max von unten betrachtete. Aber er war ja nicht zum Sightseeing hier, daher wandte er sich im Anschluss an seine Übungen ab und widmete sich ohne Verzug seinem eigentlichen Vorhaben.

Wenn die Taliban in Torkham gewusst hätten, was er in seinem UN-Laster gut versteckt mit sich führte, vor allem, was er damit vorhatte, hätten sie ihn wahrscheinlich in einer sehr unfreundlichen Zeremonie in kleine Stücke geschnitten und an die Hunde verfüttert. Aber das Schicksal war ihm Gott sei Dank in Form eines fehlenden Tuberkulosemittels beigesprungen. Hinter der Rückbank kramte Max eine Ratsche mit siebzehner Nuss hervor und sprang mit dieser auf die Ladefläche.

Dass der Stauraum unter der Plane einen doppelten Boden besaß, konnte man wirklich nur dann herausfinden, wenn man genau wusste, wonach man suchen musste. Bei einem ganz normalen Grenzübertritt würde Max Leisgang in neunundneunzig Prozent der Fälle darauf wetten, dass keiner der Grenzwächter dieses Versteck bemerkte.

Als die acht Schrauben gelöst waren, konnte er die große Aluminiumplatte, die sich über die gesamte Länge der Ladefläche erstreckte, einfach zur Seite legen. Darunter kam ein lang gezogener Kunststoffkoffer zum Vorschein. Seit über einem Jahr lag dieser Koffer nun schon versteckt in dem Lastwagen. Max nahm den Koffer heraus und platzierte die Platte wieder an ihrem ursprünglichen Ort, allerdings ohne sie zu verschrauben. Dann sprang er vom Wagen, schlug die Plane wieder nach unten und schaute sich um.

Er musste nicht lange suchen. Der schmale Pfad, den Mario ihm beschrieben hatte, führte rechts am Kraftwerk vorbei steil nach oben ins Gebirge. Max zog sich eine alte Bundeswehrjacke über sein Hemd, denn es war wirklich kalt geworden. Wenigstens würde er bei seinem Aufstieg nicht so sehr schwitzen wie in den Sommermonaten, wo es hier im Gebirge brütend heiß werden konnte. Er schloss seinen Laster ab, schulterte den langen, schmalen Plastikkoffer und machte sich auf den Weg.

Amira hatte keinerlei Erfahrung mit Wasser, Flüssen, geschweige denn Booten. So war ihre Vorstellung dessen, was sie flussabwärts erwartete, begrenzt. Ungefähr so begrenzt wie die Kraftreserven, die sie noch zur Verfügung hatte. Die stundenlange Paddelei hatte sie erschöpft, einige Muskelgruppen, die dafür benötigt wurden, hatte sie in ihrem Leben noch nie so sehr beansprucht. Dabei war sie sehr sportlich, aber dieses Kajakfahren ging ihr an die Substanz. Zudem hatten sich an ihren Handinnenflächen trotz der Neoprenhandschuhe Blasen gebildet, auch wenn sie diese an ihren nassen, aufgeweichten Händen nicht spürte. Mit einer solchen Urgewalt hätte sie jedoch in ihren schlimmsten Alpträumen nicht gerechnet. Das Boot schaukelte und tanzte durch die Gischt, mit der der Kabul zu Beginn der Wildwasserstrecke aufwartete. Anfangs versuchte Amira noch mitzupaddeln, was sie aber ziemlich schnell aufgab. Schon nach wenigen Minuten nahm sie ihr Paddel nach oben und versuchte von da an nur noch, den Oberkörper gerade und den Hüftbereich beweglich zu halten. Mario hingegen bewegte sich hinter ihr wie eine Maschine; ohne jegliches Anzeichen von Müdigkeit oder gar Erschöpfung steuerte er das empfindliche Faltboot durch die Wellen.

Amira starb tausend Tode, während sie von Mario Callies außer angestrengtem Atmen nichts hörte. Sobald die erste Schwallstrecke bewältigt war und sie in einen ruhigeren Wasserbereich einfuhren, steuerte Mario ans Ufer und parkte das Boot gegen die Fahrtrichtung im »Kehrwasser«, wie er es nannte, um für einige Minuten verschnaufen zu können. Dann ging es weiter, und auch Amira paddelte wieder einige Minuten mit, ehe sie das Paddel aus dem Wasser nahm und vor die Brust hielt, bis sie die nächste Schwallstrecke durchfahren hatten und am Ufer pausieren konnten. Aber es waren jedes Mal wirklich nur wenige Minuten, ehe Mario die Ansage machte, dass sie wieder weitermüssten. Irgendwann spürte Amira keine Hände, keine Arme, keine Schultern mehr. Sie konnte nicht begreifen, was sie ihrem geschundenen Körper noch alles zumuten sollte. Noch vor gar nicht langer Zeit war sie in Dschalalabad von einem religiösen Eiferer böse verprügelt worden und stand seitdem eigentlich dauerhaft unter Opiumeinfluss, doch die Wirkung ließ spürbar nach. Und jetzt war sie schon seit Stunden mit Mario im kalten Wasser des Kabul unterwegs, ohne zu wissen, wann sie endlich an ihrem Ziel ankommen würden. Sie hatte zudem nicht den Eindruck, dass die Wildwasser des Flusses irgendwann einmal nachließen.

Wieder waren sie in einem Kehrwasser gelandet, und Mario hielt sich und das Boot mit der rechten Hand am Ufer fest. Amira betrachtete apathisch die heftigen Wellen, durch die sie gerade gekommen waren, und wünschte sich nur noch, dass das alles hier endlich enden möge.

»Scheiße«, hörte sie da Mario hinter sich fluchen.

Als sie sich umsah, deutete er wortlos mit dem Paddel nach links oben, wo sich die Gipfel der steilen Berge gegen den Sternenhimmel abzeichneten. Aber dort oben am Berg waren nicht nur Sterne zu sehen, sondern auch die Scheinwerfer eines Fahrzeuges, das mit heulendem Motor über eine Bergstraße raste, die auf diesem Streckenabschnitt offenbar an der Kabul-Schlucht entlangführte. Das Fahrzeug kam aus Richtung der afghanischen Grenze.

»Sie sind hinter uns her«, knurrte Mario Callies. »Es hilft nichts, Amira, wir müssen weiter, sofort. Vor uns liegt der längste und schwierigste Teil der Strecke. Wenn wir da durch sind, haben wir es geschafft.«

Schon an seinem Tonfall merkte Amira, dass Mario vor dem »schwierigsten Teil«, wie er es nannte, gehörigen Respekt hatte. Es waren nur Nuancen, die seine Stimme von der gewohnt nüchternen Art zu reden abwich, aber die reichten, um Amiras Hoffnung auf ein gutes Ende ihrer Fahrt tief nach unten sinken zu lassen. Mario hatte nicht nur enormen Respekt, sondern vielleicht sogar so etwas Ähnliches wie Angst vor diesem Abschnitt, auch wenn er das wohl niemals zugeben würde. Das konnte sie jetzt mit jeder Faser ihres Körpers spüren. Auch wenn sie sonst nichts mehr spürte, das aber schon.

»Paddel hoch«, kam zum letzten Mal das Kommando, dann drehte sich das Boot in die Strömung und steuerte auf die meterhohen Schaumkronen zu.

Dieser Scheiß-Pfad war doch tatsächlich wesentlich steiler, als er gedacht hatte. Mario hatte es ihm zwar genauso prophezeit, aber wenn man dann selbst vor so einer Steigung stand, noch dazu mit einem viele Kilogramm schweren Koffer, sah man die Sache doch noch einmal ganz anders. Außerdem musste sich Max Leisgang eingestehen, dass es mit seiner Kondition nicht mehr so weit her war. Seine letzte sportliche Dauerleistung lag Monate zurück. Da wäre eine Trainingseinheit vorher durchaus angebracht gewesen. Stattdessen hatte er die letzten zwei Wochen fast ausschließlich im Auto gesessen und afghanische respektive pakistanische Straßenbeläge strapaziert. Es konnte ja nicht jeder Mario Callies heißen, der an jedem Berg ging und ging und ging, als hätte er den Großteil seiner Gene von einer Bergziege geerbt. Egal welche Übung sein Freund privat oder bei der Bundeswehr absolviert hatte, er war immer als Erster ins Ziel gekommen. Und wenn Max sagte, immer, dann meinte er auch immer.

Als Max den Gipfel des kleinen Berges über dem Kraftwerk erreicht hatte, ging im Osten gerade die Sonne auf. Ein kräftiger, orangefarbener Lichtschein hatte den Sonnenaufgang bereits angekündigt, jetzt schob sich das Gestirn über den Horizont. Fasziniert beobachtete er das wunderschöne Schauspiel, dann machte er sich an den zweiten Teil seiner Tour, und zwar auf der anderen, von der Sonne abgewandten Seite des Berges. Hier gab es keine wärmenden Sonnenstrahlen, dafür ging es jetzt bergab. Der Abstieg erwies sich allerdings als fast noch gefährlicher als die Tortur zuvor, da die flachen Steine auf dem Pfad fast keinen

Halt boten und sich unter seinen Füßen regelmäßig selbstständig machten. So brauchte er für die Strecke bergab fast genauso viel Zeit, wie er auf der anderen Seite nach oben verbraten hatte. Dann hatte er sein Ziel erreicht, und es gestaltete sich genauso, wie Mario es ihm beschrieben hatte.

Ein Felsvorsprung, ein kleines Plateau, auf dem er sicheren Halt für sein Vorhaben finden würde, lag vor ihm. Direkt darunter, etwa siebzig Meter tiefer, befand sich das Kraftwerk, hinter dem sich der Stausee des Damms in einer langen Schlucht einen knappen Kilometer weit streckte, bevor er auf der rechten Seite hinter hohen Bergen entschwand. Max blickte fast ehrfürchtig auf dieses wirklich erhabene Panorama, das von der noch tief stehenden Morgensonne beleuchtet wurde. Ihre Strahlen beleckten die steilen Felswände, hatten das Wasser hinter dem Damm aber noch nicht erreicht. Dann legte er seinen Koffer vor sich auf den felsigen Boden.

Es wurde Zeit.

Eigentlich hatte Lagerfeld weder Zeit noch Lust und schon gar nicht die körperliche Verfassung, um noch einmal nach Ebern zurückzufahren, aber die seltsame Indizienlage ließ ihm keine Ruhe. Was um alles in der Welt hatte eine erschossene Mähdrescherleiche mit einem erhängten Bauern und einer frisch verschwundenen Komapatientin zu tun? Und was sollte die Speisekarte des »Veracruz« in der Hosentasche des Erhängten bedeuten?

Vor dem Verlassen des Anwesens hatte er noch kurz in der Ummersberger Küche vorbeigeschaut und tatsächlich ein paar gekochte Kartoffeln für seinen Auszubildenden gefunden. Die Reaktionen der Spurensicherer in der Küche waren ähnlich begeistert gewesen wie die des Kollegen in der Scheune, aber das war Lagerfeld nun wirklich egal. In dem Haus hatten alle, aus welchen Gründen auch immer, den Löffel abgegeben, wer bitte sollte sich da noch für den Klau frisch gekochter Kartoffeln interessieren? Außerdem war es um seinen Allgemeinzustand nicht

annähernd so gut bestellt, dass er für dieses kleinkarierte, forma-
listische Spurensicherer-Getue viel übriggehabt hätte. Presssack
jedenfalls hatte sich über die Kartoffeln, wenn sie auch schon
längst erkaltet waren, ziemlich gefreut, und seine Arbeitsbereit-
schaft war nun wieder einigermaßen auf Betriebstemperatur.

Zum Glück waren es von Ummersberg bis nach Ebern nur
ein paar Kilometer, sodass der Honda mit seinen polizeilichen
Insassen nach gut zehn Minuten wieder am Eberner Marktplatz
vor der Sparkasse stand. Presssack wurde diesmal jedoch nicht
auf den Rücksitz verbannt, sondern zum Entzücken des Ermittlerferkels an die Leine genommen und von seinem Herrchen
auf Arbeit eingestimmt.

»So, mein Lieber, jetzt darfst du endlich wieder ran. Du musst
jetzt etwas beschnuppern, das riecht richtig scheiße, ist aber
extrem wichtig. Kriegst du das hin?«

Presssack hatte aufmerksam zugehört, verstand aber logischerweise kein Wort von dem, was sein Herr und Meister ihm
erzählte. Die Stimme klang jedoch spannend, es musste wohl
eine anspruchsvolle Aufgabe sein, die Herrchen für ihn auserkoren hatte. Dagegen hatte Presssack überhaupt gar nichts, denn
je anspruchsvoller die Aufgabe, desto üppiger die Belohnung,
so viel hatte er schon mitbekommen. Also ruckelte er sicherheitshalber etwas mit seinem gekringelten Schwänzchen, was
so viel heißen sollte wie: Hör auf zu labern, sag mir lieber, was
ich tun soll.

Lagerfeld deutete die Zeichen richtig und nahm den be-
strumpften Plastikbeutel vom Beifahrersitz. Er öffnete und legte
ihn samt dem alten, ziemlich durchgetretenen Strumpf, den bis
vor Kurzem noch ein Erhängter getragen hatte, vor seinen Auszubildenden auf den Boden.

Während Presssack sich mit seiner kleinen Nase laut schnau-
fend durch den Plastikbeutel wühlte, sah Kommissar Schmitt mit
vorwurfsvollem Blick über den Platz zu dem wasserführenden
Stück Sandstein, an dem er sich heute so wunderbar die Birne
angeschlagen hatte. Scheiß Brunnen, dachte er, ohne dieses mit-

telalterliche Bauwerk hätte ich die Frau heute dingfest machen können.

Apropos Birne, es war wirklich langsam an der Zeit, diesen dämlichen Verband abzunehmen. Mit so einem Turban fiel er nur auf, und richtig Sinn hatte der jetzt auch nicht mehr. Bernd Schmitt wickelte also die dicke Mullbinde von seinem Kopf und warf sie in den vergitterten Mülleimer der Stadt, der einen Meter weiter an einem Pfosten angebracht war. Vorsichtig befühlte er die blutverkrustete Stelle an seiner Stirn, wo sich eine gewaltige Beule gebildet hatte. Lagerfeld mochte sich gar nicht vorstellen, was er für ein Bild zu sehen bekommen würde, wenn er morgen früh in den Spiegel schaute. Wahrscheinlich sah er gerade aus wie Frankensteins Gesellenstück auf dem Weg zur Ausstellung. Ihm fehlte seine Sonnenbrille, mit der er wenigstens ein Mindestmaß an Kaschierung hätte erreichen können. Aber im Moment war er, was das betraf, völlig blank; jeder, der wollte, konnte sehen, wie ihn ein Brunnen geschafft hatte. Egal, er hatte ja nicht vor, ewig hier zu verweilen. Er wollte nur eine ganz bestimmte Sache herausfinden.

»So, das langt jetzt, so langsam müsstest du wissen, wie ein vergammelter Strumpf riecht, mein Lieber«, meinte Herrchen Schmitt streng und nahm Presssack den Tütenstrumpf wieder weg. Mit spitzen Fingern legte er ihn zurück ins Auto, nicht dass so ein wertvolles Beweisstück noch von der Spurensicherung vermisst wurde. Dann verschloss er seinen Honda und richtete seinen erwartungsvollen Blick auf das Ermittlerschwein zu seinen Füßen. »Such, Presssack, such!«

Sofort streckte sein kleiner Auszubildender den hochbegabten Rüssel in alle Richtungen und fing an, die Luft um sich herum in regelmäßigen Abständen leicht pfeifend einzusaugen. Es dauerte nur wenige Sekunden, dann lief der polizeiliche Ermittler in Ausbildung los und trippelte im Zickzack über die Straße. Lagerfeld hielt die Leine so locker, wie er es sich erlauben konnte, während er die Straße im Auge behielt, nicht dass Presssack in seinem Eifer von einem motorisierten unterfränkischen Gefährt überfahren wurde. Immerhin war hier in Ebern die Demarkationslinie zum Landkreis Haßberge überschritten, wo man bekanntermaßen fuhr wie die Sau. Eine allgemein anerkannte Tatsache, weshalb Ebern ja auch einen leibhaftigen Eberkopf, den sogenannten »Lützel«, im Stadtwappen trug – um die fahrtechnische Unfähigkeit seiner Einwohner optisch zu dokumentieren. Umstände, die sich auf ein kleines Ferkel, das gerade mitten im Eberner Stadtzentrum auf einer Straße seiner Ermittlertätigkeit nachging, tödlich auswirken konnten.

Presssack musste wohl eine Spur aufgenommen haben, denn er zog Lagerfeld jetzt ziemlich zielsicher zur anderen Straßenseite hinüber, und zwar genau auf den Eingang des Restaurants »Veracruz« zu. Warum überrascht mich das jetzt nicht?, überlegte Lagerfeld grimmig und folgte seinem Schützling mit großen Schritten, bis sie beide vor dem Restaurant standen. Er warf einen kurzen Blick durch eines der Fenster in die Gaststube, die hell erleuchtet und komplett gefüllt war, es war kein Platz unbesetzt. Entsprechend eilig war der Hausherr, Klaus Göller, mit einem Tablett unterwegs, um seine Gäste mit dem Bestellten zu versorgen. Hinter der Theke schien seine mexikanische Ehefrau ziemlich routiniert den Laden zu schmeißen. Zum Plaudern hatte sie bei dem Betrieb aber sicherlich ebenfalls keine Zeit.

Lagerfeld beabsichtigte auch gar nicht, die beiden mit seiner Anwesenheit und irgendwelchen polizeilichen Fragen zu belästigen. Er ließ das Fenster Fenster sein und seinem Lehrling wieder freien Lauf. Der stürmte durch das offene, halbrunde Tor in das Halbdunkel des Ganges, wo er sich zielstrebig seinen weiteren Weg erschnüffelte und just vor der Tür mit der Aufschrift »Reichskeller« erneut stehen blieb. Hier blickte er Lagerfeld zuerst ungeduldig an, dann stellte er sich auf seine Hinterfüße und begann, mit den Vorderbeinen an der Tür zu kratzen.

Das war's, mehr hatte Lagerfeld gar nicht wissen wollen. Tatsächlich war dieses Ergebnis genau das, was er sich schon gedacht hatte. Die Scheunenleiche Uwe Kneuer hatte sich kürzlich hier aufgehalten, genauer gesagt in dem Keller hinter dieser Tür. Damit war der Auftritt seines schweinischen Lehrlings schon wieder beendet. Für das, was er jetzt vorhatte, konnte er Presssack wirklich nicht gebrauchen. Also hob er ihn hoch und brachte sein kleines Ferkel, das er die ganze Strecke bis zum Auto heftig lobte, zurück zu seinem altbekannten Warteplatz auf dem Rücksitz und servierte ihm zur Belohnung den Rest der kalten Ummersberger Kartoffeln, was bei seinem Schützling jedoch keine große Begeisterung auslöste. Nach so einer Glanzleistung hatte sich Presssack nun wirklich mehr erhofft. Aber Lagerfeld erklärte ihm mit warmen Worten, dass die Belohnung, also die wirklich große, erst dann erfolgen konnte, wenn sie wieder zurück in Bamberg in der Dienststelle waren.

Nach endlosen einseitigen Diskussionen und gutem Zureden fügte sich Presssack in sein unvermeidliches Schicksal und kapitulierte. Kartoffeln waren ja immerhin auch was.

Bevor Lagerfeld den Wagen erneut abschloss, holte er noch ein kleines Kästchen aus dem Handschuhfach und steckte es in seine Gesäßtasche. Dann ging er zurück ins »Veracruz«, zu der Kellertür, an der sich sein Ferkel so abgearbeitet hatte. Wieder betrachtete er kopfschüttelnd die Worte auf dem Türblatt. »Dem deutschen Volke«. Auf so einen Schwachsinn konnten ja auch wirklich nur die rechtslastigen Idioten von der HfD kommen. Die Inschrift des deutschen Reichstags als Motto auf einer Kellertür, super.

Auf der Ablage, auf der immer noch die Parteibroschüren der HfD herumlagen, konnte Bernd Schmitt jetzt auch noch ein weiteres Papier entdecken, das wohl jemand dort vergessen hatte. Als er es genauer betrachtete, entpuppte es sich als Einladungspamphlet mit integrierter Tagesordnung für eine Versammlung, die schon vorbei war. Zumindest legten das Datum, Ort und Uhrzeit nahe, die oben auf dem Zettel vermerkt waren. Ort und Uhrzeit entsprachen den Angaben, die sich der erhängte Kneuer auf der Speisekarte des »Veracruz« notiert hatte. Demzufolge hatte die Veranstaltung wohl bereits gestern Abend stattgefunden, und Kneuer war vermutlich hier gewesen, bevor er in seiner Scheune an den Balken gebunden worden war.

Lagerfeld las sich die Tagesordnungspunkte durch, und sofort wurde ihm schlecht.

Begrüßung:
Meike Runzelmann, Vorsitzende HfD Oberfranken

Tagesordnungspunkte:
– Austritt Deutschlands aus der EU
– Kampf gegen die deutsche Diktatur
– Flüchtlingspolitik (Grenzzäune, Abschiebeoffensive)
– Kampf gegen das Impfregime in Deutschland
– Ukraine (Argumentationshilfen für die Lügenpresse;
  Begriffskatalog Überfall vs. militärische Operation, An-
  griffskrieg vs. defensive Verteidigungsmaßnahme etc.)
– Telegram und andere soziale Medien
– Waffenkunde Teil 2
– geselliger Ausklang

Am oberen rechten Rand der Einladung war noch das Konterfei der Vorsitzenden Meike Runzelmann abgebildet, wohl um den miesen Inhalt optisch abzurunden. Großer Gott, dachte Lagerfeld, Runzelmann. Bei der ist der Name offenbar Programm. Dazu ein strenger, verbitterter Gesichtsausdruck, eigentlich genau so, wie man sich die Hexe aus Hänsel und Gretel vorstellte. Na, mir zwaa heiern amal ned, war Lagerfelds nüchterne Analyse nach drei Sekunden Bildbetrachtung. Allerdings würde die Frau im Moment rein optisch sogar ziemlich gut zu ihm und seinem demolierten Schädeloutfit passen. Quasimodo und die verknitterte HfD-Hexe. Was für eine gruselige Vorstellung. Oder war der Gedanke etwa frauenfeindlich? Eigentlich nicht. Wenn jemand solche menschenfeindlichen Botschaften verbreitete wie die Vorsitzende der oberfränkischen HfD und dann auch noch optisch den Charme eines Leopard-Panzers versprühte, konnte man ruhig dem alten fränkischen Spruch vertrauen: »Wie der Herr, so des Gscherr«, das war seine feste Überzeugung. Davon einmal abgesehen, war das ja nun wirklich nicht sein Problem.

Lagerfeld legte das Pamphlet auf die Ablage zurück und nahm sich den großen grauen Kasten neben der Kellertür zur Brust, der ihm heute Morgen schon aufgefallen war. Die Klappe ließ sich widerstandslos öffnen und gab dem Kommissar das dahinter befindliche Innenleben preis. Lagerfeld staunte nicht schlecht, als er sah, was sich hier so alles tummelte. Es schien sich, kurz gesagt, um eine Art industriellen Schaltschrank zu handeln, angefüllt mit fetten Stromkabeln. Und zwar sowohl eingehend wie auch abgehend. Daneben ein Stromzähler, dessen Zählscheibe sich wie ein Propeller drehte. Lagerfeld checkte den momentanen Stromverbrauch, der so horrend hoch war, dass man annehmen konnte, die Mieter würden den Keller dort unten mitten im Sommer mit Dutzenden Heizlüftern aufwärmen wollen. Aber es war Hochsommer, da brauchte man definitiv keine Heizlüfter.

Im unteren Teil des Schaltschrankes endete ein Glasfaserkabel, von dessen Verteiler eine ebenfalls reichlich überdimensionierte Telefonleitung in das Untergeschoss abzweigte. Alles ziemlich neu und hochmodern. Da hatte jemand richtig Geld in die Hand genommen, so viel war klar. Das war zwar kein Straftatbestand, aber doch höchst ungewöhnlich. Hier zahlte also jemand eine ausgesprochen üppige Miete für diese Kellerräume und hatte noch dazu nagelneue Leitungen jedweder Nutzungsart für die Kellerräume installiert. Lagerfeld konnte sich darauf noch keinen Reim machen, aber um ebendieses Problem ein wenig zu erleuchten, war er ja jetzt hier.

Er drückte versuchsweise die Klinke der Tür, doch sie öffnete sich nicht. Natürlich verschlossen, war aber zu erwarten gewesen. Er öffnete das mitgebrachte Kästchen und holte seine kleinen, aber feinen Werkzeuge heraus. Was er jetzt tun würde, war komplett illegal, deswegen hatte er Presssack auch ins Auto verbannt. Das war nichts, was ein Polizeiferkel in Ausbildung mitbekommen musste. Und wenn ihn jemand erwischte? Dann würde er sich ganz sicher irgendwie herausreden können.

Es dauerte nicht einmal zwei Minuten, dann war das Schloss geknackt. Lagerfeld legte sein Werkzeugkästchen oben auf den Schaltschrank und öffnete die Tür. Absolute Dunkelheit sprang ihm entgegen, was ihn aber erst einmal nicht störte. Er ging die steinerne Kellertreppe zwei Stufen hinunter, dann schloss er leise die Tür hinter sich. In seiner Jacke fingerte er nach dem Handy, das er jetzt als Lampe benutzen wollte. Wahrscheinlich wurden Handys auf der ganzen Welt hauptsächlich zum Leuchten benutzt und erst an zweiter Stelle zum Telefonieren.

Er hatte das Mobiltelefon schon in der Hand, da ging auf einmal das Licht an, und er musste geblendet die Augen schließen. Abwehrend hob er beide Hände gegen das grelle Licht. Da traf ihn ein brutaler Schlag an der Schläfe, und Kriminalkommissar Bernd Schmitt fiel zum zweiten Mal an diesem Tag zu Boden beziehungsweise auf die Treppe und rollte die steinernen Stufen hinab. Am Kellerboden angekommen, blieb er bewusstlos liegen.

Der Kabul war nach Kräften bemüht, dieses seltsame kleine Boot loszuwerden. War das Wildwasser in den vorherigen Streckenabschnitten schon kein Spaß gewesen, so wurde die Reise für Amira jetzt regelrecht zur Höllenfahrt. Das Gefälle des Flusses steigerte sich, die Strömung wurde immer stärker. Sie konnte und wollte nicht mehr unterscheiden, ob sie noch durch einen großen Schwall oder schon einen kleinen Wasserfall fuhren. Längst hatte sie es aufgegeben, in diesem brutalen Getöse der Fluten auch noch Paddelarbeit zu verrichten. Sie war genug damit beschäftigt, sich aufrecht im Boot zu halten und ihr Paddel nicht zu verlieren, das permanent gegen im Wasser verborgene Steine und nicht selten auch Felsen schlug, die unvermutet mannshoch aus den Wellen ragten. Mario hinter ihr stöhnte laut vor Anstrengung in seinem tapferen Bemühen, das Boot irgendwie durch die entfesselte Flut zu steuern. Und auch das Boot ächzte unter den immensen Kräften, die auf den filigran konstruierten

Rumpf wirkten, der im Grunde nur aus einem mit einer Gummihaut überzogenen Skelett aus zusammengesteckten Holzstäben bestand. Einfache, aber stabile Ingenieurtechnik aus Rosenheim, die im Laufe der Jahrzehnte bis in den letzten Beschlag verfeinert worden war. Trotzdem wurde das Boot aus Holz, Gummi und imprägniertem Baumwollstoff bis an die Grenzen des Erträglichen belastet.

So kämpften sie sich, immer am Rande des Scheiterns, durch die Fluten, bis er schließlich kam, der schreckliche Moment, als Amira unversehens in einen tiefen, schäumenden Abgrund blickte. Ein Katarakt ungeahnten Ausmaßes öffnete sich direkt vor ihnen. Die Wassermassen des Flusses stürzten nach unten und bildeten viele Meter tiefer einen schäumenden Topf aus wild kochendem Wasser. Für einen fürchterlich langen, beängstigenden Moment hing der vordere Teil des Bootes frei über der Absturzkante, dann neigte es sich nach unten und stürzte mit dem Bug voraus in die Tiefe. Es war ein Gefühl des Ausgeliefertseins, der absoluten Hilflosigkeit, und Amira konnte nur noch schreien. Sie schrie sich nach Leibeskräften ihren Schmerz, ihre Verzweiflung von der Seele, dann kam der Moment des Auftreffens im Tosbecken der Wassermassen, das Boot schlug hart auf, und es war trotz des Gebrülls der Natur um sie herum ein deutliches Krachen und Knirschen zu hören. Das Faltboot erzitterte unter der Gewalt, die auf es einwirkte, und wurde anschließend komplett unter Wasser gedrückt.

Amira schluckte Wasser, dann tauchten sie plötzlich wieder auf, inmitten schäumender, brüllender Gischt, jedoch hilflos in Seitenlage treibend. Zum wiederholten Mal schloss Amira mit ihrem Leben ab, und zwar richtig, denn jetzt war ihr klar, dass sie und Mario in den Wassern des Kabul ertrinken würden. Niemand konnte einer solchen Gewalt entrinnen, *inschallah*. Sie holte noch einmal tief Luft, dann kippten ihr Oberkörper und ihr Kopf unter die Wasserlinie, es war vorbei.

Das laute Gebrüll der Wellenberge wich unter Wasser schlagartig einem bösartigen, dumpfen Gurgeln, der letzte Abgesang auf ein kurzes, leidvolles Leben als Mädchen in Afghanistan. Amira ergab sich willenlos ihrem Schicksal, das Ende ihres Daseins kopfüber in einem kleinen, klapprigen Boot hängend erfahren zu müssen. Da drehte sich das Boot auf einmal wieder nach oben, hievte sich wie von Zauberhand bewegt aus dem Wasser, richtete sich komplett auf. Sie saß tropfnass da und konnte wieder Luft atmen, verstand aber nicht, was soeben geschehen war. Sie glaubte an ein Wunder, Allahs allmächtige Fügung, und begann in ihrer Hilflosigkeit, tonlos eine Sure aus dem Koran zu murmeln. Eine Lobpreisung an ihren Gott und Schöpfer, der sie an einem seiner leibhaftigen Wunder hatte teilhaben lassen. Ihr Gebetsversuch wurde jedoch rüde von einem laut gebrüllten Kommando unterbrochen.

»Rechts!«, hörte sie Mario schreien, und erst jetzt wurde ihr klar, dass sie immer noch, mit tauben Fingern und Armen, ihr Paddel in den Händen hielt. Sie spürte es nicht, sie fühlte gar nichts mehr, ihre Arme bewegten sich wie in einem surrealen Film. Das Boot bewegte sich nach vorn, hinaus aus dem Tosbecken in dem großen Stausee des Warsak-Dammes, in das sich der Kabul ergossen hatte. Eine Minute später war das lärmende Rauschen hinter ihnen kaum noch zu hören, und sie paddelten auf ruhigem Wasser in einen riesigen, lang gezogenen See hinaus.

Die Ruhe währte aber nur kurz, denn hinter Amira ertönte Gebrüll, ein Schrei der grenzenlosen Erleichterung, ein Schrei des Triumphes über die Natur und über sich selbst. Der sonst so wortkarge und in sich gekehrte Mario Callies führte sich in seinem Faltboot auf wie Sitting Bull nach seinem Sieg über General Custer. Wildes Siegesgeheul war von ihm zu hören, ebenso ein irres Lachen, als ob er eine Extraportion Marihuana geraucht hätte. Dazu hüpfte er hinten auf seinem Sitz herum, dass Amira Angst bekam, sie könnten am Ende wegen Marios ungebändigter Euphorie doch noch umkippen und ertrinken.

Amira wäre auch gern begeistert gewesen, hätte auch gern gelacht. Sie wusste ja, dass sie es, nach Marios Gefühlsausbruch zu urteilen, offenbar geschafft hatten. Das Unmögliche war möglich geworden, sie hatten diesen Wahnsinn tatsächlich überlebt. Aber sie war zu keiner Freude fähig, sondern einfach nur fix und fertig. Während Mario frohlockte, liefen ihr die Tränen über das Gesicht. Tränen der Erschöpfung und der Selbstoffenbarung, jetzt wirklich am Ende zu sein. Es ging endgültig nichts mehr, gar nichts. Sie saß vornübergebeugt auf ihrem Platz und hatte nicht einmal mehr die Kraft, sich zu freuen.

Auch das Boot hatte seinen Teil abbekommen, pfiff quasi aus dem letzten Loch. Die dünne Bootshaut hatte dem Druck erstaunlicherweise standgehalten, aber das hölzerne Gerüst des Bootes war an mehreren Stellen gebrochen. Der Bug zeigte nicht mehr geradeaus, sondern leicht nach rechts unten, und auch die Bootshaut war nicht mehr so straff gespannt wie bei ihrer Abfahrt. Dieses Faltboot war nur noch eingeschränkt fahrtüchtig, das konnte sie selbst als unerfahrene Paddlerin sehen. Aber der Umstand, dass es überhaupt noch schwamm, war ein absolutes Wunder, wenn man bedachte, was es alles hatte aushalten müssen.

Ein gutes Stück voraus machte der See eine Biegung nach links, und erste Strahlen der aufgehenden Sonne leckten romantisch an den entfernten Bergwänden entlang. Der Anblick berührte Amira. Diese Fahrt hatte ihr glückliches Ende gefunden, und auch die längste Nacht ihres Lebens sah einen neuen Morgen. Ein Gefühl der Entspannung stellte sich ein, das noch einige Zeit anhielt, in der ihr Mario unentwegt höchste Anerkennung zollte und wortreich lobte, wie tapfer und gekonnt sie diese wilde, ihre erste Fahrt doch bewältigt hatte. Der verstockte Kerl kannte plötzlich kein Halten mehr. Und obwohl sie fix und fertig war, konnte Amira irgendwann wenigstens innerlich lachen. Ein leises Hochgefühl begann, zaghaft durch ihren geschundenen Körper zu kriechen.

Mario hatte, während er noch fröhlich euphorische Nettigkeiten zu ihr nach vorn schickte, wieder angefangen zu paddeln. Allerdings merkte er bald, dass das Boot wohl größeren Schaden genommen hatte, als zunächst zu erkennen war. Es zog massiv nach rechts, weshalb er auf dieser Seite einen glatten Paddelschlag mehr machen musste als auf der linken. Eine normale Reisegeschwindigkeit war mit diesem Handicap nicht mehr möglich, und es war ein bisschen nervig, gleich mit einem rechtsdrehenden Boot durch eine Linkskurve fahren zu müssen. Aber wenn der heranbrechende Tag nichts Schlimmeres zu bieten hatte als solcherlei Problemchen, wollte Mario Callies die zusätzliche Plackerei gern in Kauf nehmen. Inzwischen hatte er auch seine euphorischen Ausbrüche etwas heruntergefahren, weil ihm klar wurde, dass Amira sich nicht so wirklich mitfreuen konnte.

Sie hatten ihre Flussfahrt fast hinter sich, gleich würden sie nach einer weiteren Linkskurve das Ende ihrer Reise, den Warsak-Damm, vor sich sehen können. So weit der Plan. Das Schicksal hielt für Mario Callies und Amira Sharafuddin jedoch etwas anderes bereit. Statt ihnen den verdienten Frieden und ein Happy End zu gönnen, wurde die Stille von plötzlichem heftigem Gewehrfeuer unterbrochen. Schüsse peitschten über den See, und rings um sie herum durchschlugen Kugeln die Wasseroberfläche. Amira erwachte aus ihrer lethargischen Erschöpfung und schrie erschrocken auf. Marios Kopf fuhr herum. Auf der rechten Uferseite, etwa zweihundert Meter entfernt, war zunächst nur das Mündungsfeuer einer Kalaschnikow zu sehen, dann erkannte er am Endpunkt einer schmalen Gebirgsstraße, was dort am Seeufer abgeladen worden war. Ein grünes Schlauchboot, wie es die Russen in den Achtzigern in Afghanistan verwendet hatten.

Verdammt noch mal, wie hatten die Taliban es so schnell aus Lalpurah hierherschaffen können? Die mussten ja in einer irrwitzigen Fahrt über die Bergstraße gerast sein. Und wenn sie nicht nur das Boot besaßen, sondern auch noch den dazugehörigen Außenborder, hatten die Gotteskrieger eine reelle Chance, sie noch vor dem Warsak-Damm einzuholen.

Eigentlich hatte Mario Callies gehofft, die Taliban hätten die Suche nach ihnen längst aufgegeben, denn die Fahrt über die Berge war nicht nur lang und beschwerlich, sondern auch scheißgefährlich, besonders in der Nacht. Aber sie hatten es tatsächlich gewagt, mit ihrem Auto über die Grenze zu fahren und über die Berge zu heizen, um sie hier in Pakistan mit diesem Schlauchboot zu verfolgen. Sicher, er hatte diese Möglichkeit einkalkuliert, er rechnete immer mit dem Schlimmsten, aber so richtig daran geglaubt hatte er nicht. Er hatte diese Flussfahrt für sein größtes Problem gehalten, jetzt waren es die Taliban.

»Rechts!«, schrie er laut, aber Amira, die mit apathischem Blick dem Geschehen folgte, hatte keine Kraft mehr für die Ausführung seiner Befehle.

Die Arme versagten ihr den Dienst. Kaum nahm sie das Paddel in die Höhe, begannen ihre Oberarme, heftig zu zittern, und die Schultern verkrampften sich zu einem Klumpen Fleisch und Knochen. Sie stöhnte laut und mühte sich verzweifelt, bremste ihre Fahrt mit ihren verzweifelten Bewegungen jedoch fast mehr, als dass sie zum Vortrieb beitragen konnte.

Das ungezielte Gewehrfeuer hatten die Taliban inzwischen eingestellt, was für Mario Callies kein wirklich gutes Zeichen war. Denn es bedeute nur, dass ihre Verfolger das Schlauchboot ins Wasser beförderten; dazu brauchte man freie Hände. Sie hatten einen kleinen Zeitvorsprung, doch der wäre dahin, sollten die Verfolger einen Außenborder ihr Eigen nennen. Erst recht, wenn es nur noch eine Person gab, die in der Lage war, diesen angeschlagenen Kahn vorwärtszubewegen. Mario paddelte nach Leibeskräften, aber er kam nicht so schnell voran, wie es nötig gewesen wäre. Sie waren zu langsam.

Dann hörte er das Geräusch eines Außenborders, und ein Schauer jagte über seinen Rücken. Damit war klar, dass sie nicht entkommen konnten, der Warsak-Damm war noch viel zu weit weg. Aber ein Mario Callies gab nicht auf, niemals. Wenn er diese eiserne Regel nur ein einziges Mal in seinem Leben nicht befolgt hätte, wäre er schon längst tot. Ein Plan B musste her.

Mario wusste, dass er mit Amira nicht mehr rechnen konnte, das Mädchen war völlig am Ende. Es war sowieso ein absolutes

Wunder, dass sie so lange durchgehalten hatte. Und sollte diese tapfere Haltung, diese unglaubliche Leistung, die sie heute Nacht vollbracht hatten, jetzt etwa nicht den wohlverdienten Lohn erfahren? Niemals. Es gab noch Hoffnung, eine wirkliche Chance, wenn sie es nur bis zum nächsten Felsen schafften, um die nächste Ecke. Ab da würden sie der aufgehenden Sonne entgegenfahren und wären vom Kraftwerk aus deutlich zu sehen.

Nur noch um die Ecke, dachte Mario Callies entschlossen und raffte alle Kraft zusammen, die noch in ihm steckte. Zwei rechts, eins links, so sein eisern befolgter Paddelplan. Das typische Brummen des sich nähernden Außenborders war immer deutlicher zu hören, doch es trieb Mario nur noch mehr an. Der Felsen, der den Übergang zum letzten Seestück markierte, kam quälend langsam näher. Dann fielen die ersten Schüsse, aber die Kugeln peitschten noch weitab von ihnen ins Wasser. Tja, aus einem fahrenden Boot heraus zu schießen war eine besondere Übung, wie der gelernte Bundeswehrsoldat aus eigener Erfahrung wusste.

Endlich hatten sie den Felsen erreicht, und Mario Callis zwang das Faltboot mit dem gebrochenen Skelett um die Kurve, hinein ins Licht. Unter anderen Umständen ein Grund, innezuhalten, um Sonnenaufgang und Landschaft zu bewundern. Doch weder Amira noch Mario hatten Augen für die Sensationen der kargen Natur, sie kämpften zum wiederholten Mal um ihr Leben. Immerhin hatten sie es geradeso in diesen Seeabschnitt geschafft, damit waren sie für ihre Verfolger kurzzeitig nicht mehr zu sehen, ein Umstand, den Mario Callies nutzen wollte. Er steuerte das Boot nicht etwa auf den See hinaus, direkt auf das Warsak-Kraftwerk zu, sondern blieb nah am Ufer und stoppte gleich darauf an einem dürren Ufergesträuch, wo er sich und das Boot fixierte.

»Was machst du denn?«, fragte Amira leise, aber Mario antwortete ihr nicht mehr, sondern wartete einfach ab, was passierte. Nach wenigen Sekunden schoss das Schlauchboot ihrer Verfolger mit aufheulendem Motor um die Ecke und hinaus auf den See. Vorn im Boot kniete ein Talibankrieger mit seiner Kalaschnikow, ein anderer steuerte das wild schaukelnde Boot. Zuerst bemerkten sie gar nicht, dass sie gerade an ihrer Beute vorbeigefahren waren. Der See war groß, und die niedrig stehende, blendende Morgensonne tat ihr Übriges. Dieser Umstand währte aber nur ein paar Sekunden, dann stellten die beiden Männer fest, dass vor ihnen niemand mehr war, und kehrten um. Schon hatten sie das Boot am Ufer ausgemacht und rasten mit Vollgas auf sie zu.

Der Taliban vorne im Boot fing an, mit der Kalaschnikow auf sie zu feuern. Kugeln klatschten in unmittelbarer Nähe ins Wasser, ein Krachen ertönte, dazu ein Schrei, und Amiras Paddel wurde ihr aus der verkrampften Hand gerissen. Es flog, von einer Kugel getroffen, durch die Luft und gegen die Felswand. Dann erstarb von einem Moment auf den anderen das Bellen des Gewehres, und der Schütze, der sie gerade noch im Visier gehabt hatte, kippte nach vorn über den Bug des Schlauchbootes ins Wasser.

Der Mann dahinter schaute überrascht über seine Schulter, stieß einen lauten afghanischen Fluch aus und gab Vollgas. Mit wutverzerrtem Gesicht steuerte er auf Mario und Amira zu, um mit dem Schlauchboot wieder zurück in den anderen Seeabschnitt zu flüchten, da kippte auch er nach vorn und verschwand, Kopf voraus, im Inneren des Schlauchbootes russischen Fabrikats. Das jetzt führerlose Boot trieb leise tuckernd an Mario und Amira vorbei und beschrieb mit langsamer Fahrt einen weiten Halbkreis hinaus auf den See.

Amira konnte das, was gerade vorgefallen war, nicht fassen. Sie begriff die Welt nicht mehr, oder aber sie war gerade Zeugin eines weiteren Wunders geworden. Am liebsten würde sie schreien, weinen oder alles gleichzeitig, aber jeglicher Gefühlsausbruch blieb ihr im Halse stecken. Und obwohl sie jeden Moment erwartete, dass doch noch ein Lebenszeichen von einem ihrer Verfolger käme und man erneut beginnen würde, auf sie zu schießen, blieb alles ruhig. Kein Taliban war mehr zu sehen, nur ein führerloses Schlauchboot drehte langsam seine Kreise auf dem See. Dann ertönte ein kurzes, trockenes Geräusch, gefolgt von einem scharfen Zischen, und die runden Formen des russischen Schlauchbootes fielen allmählich in sich zusammen, bis es schließlich mitsamt seinem ersterbenden Außenbordmotor lautlos im See versank.

Amira stützte sich auf den Süllrand des Faltbootes und drehte sich halb zu Mario um, der sie mit einem gefährlichen, aber triumphierenden Glitzern in den Augen anlächelte.

»Es ist vorbei, Amira. Wir haben es geschafft, endgültig. Wir haben es geschafft«, hörte sie ihn sagen. Es war für die nächste Zeit das Letzte, was Amira mitbekam, denn der Punkt, den ein Mensch in ihrer Situation ertragen konnte, war überschritten, und es umfing sie eine erlösende, erschöpfte Ohnmacht.

Mario Callies sah, wie Amiras Oberkörper nach vorn fiel und sie regelrecht in sich zusammensackte. Allem Anschein nach war sie ohnmächtig geworden, was Mario wirklich nicht verwunderte. Ein paarmal versuchte er noch, sie anzusprechen, aber sie reagierte auf gar nichts mehr. Amira hing schlaff und leicht schief in ihrem Sitz, die schwarz behandschuhten Hände baumelten im Wasser des Sees. Also zögerte er nicht länger, sondern schob das Boot mit einem kräftigen Stoß hinaus auf den See, um Amira und sich endlich an ihr wohlverdientes Ziel zu bringen.

Max Leisgang richtete sich auf. Es war nicht seine Art, sich selbst zu belügen, also betrachtete er das leichte Zittern seiner Hände und akzeptierte, dass er gerade doch etwas nervös gewesen war. Es war die Angst. Nicht um sich selbst, sondern um Mario und Amira, deren Leben für eine ganz kurze Zeit allein in seinen Händen gelegen hatte. Anonyme Ziele auszuschalten war eine Sache; wenn emotional verbandelte Personen beteiligt waren, gestaltete sich das etwas anders. Aber davon abgesehen war es das häufige Schicksal eines Scharfschützen, zuerst sehr lange warten zu müssen, um dann in kürzester Zeit extrem präzise zu arbeiten. Und genau das hatte er soeben getan, extrem präzise gearbeitet.

Mario hatte ihn darauf vorbereitet, ihm die unwahrscheinliche, aber bestehende Möglichkeit vor Augen geführt, dass die Taliban hartnäckig genug sein könnten, ihn und Amira über die Berge bis nach Pakistan zu verfolgen. Sollte das der Fall sein, wäre es gut, einen Back-up-Plan zu haben. Und bevor Max untätig wartend am Kraftwerk herumsaß, konnte er doch genauso gut als ihre Rückversicherung herhalten. Stellten sich Marios Bedenken als übervorsichtig heraus, auch gut, dann war nichts verloren und verschwendet. Aber falls nicht, konnte ihr Leben davon abhängen.

Eine Behauptung, die sich gerade bewahrheitet hatte. Ernsthaft damit gerechnet, dass er ihren Plan B in die Tat würde umsetzen müssen, hatte Max eigentlich nicht. Er dachte, Mario wäre wieder einmal zu penibel in seinen Planungen. Aber diese Vorsicht hatte ihnen beiden schon einmal das Leben gerettet, also hatte Max sich einverstanden erklärt und sein G22A2 hier heraufgeschleppt. 2020 war dieses Scharfschützengewehr bei der Bundeswehr eingeführt worden, und er, Max Leisgang, hatte als einer der Ersten auf dem modernsten Schießplatz der Truppe, Wildflecken in der Rhön, seine Ausbildung an der neuen Waffe erhalten. Und gelernt war gelernt, er hatte auch nach der langen Zeit ohne Spezialtraining alles wieder abrufen können, was er in Wildflecken gelernt hatte. Zielen und treffen, am besten gleich beim ersten Mal. Auch wenn das G22A2 durch seine neuartige Rückstoßdämpfung einen sofortigen zweiten Schuss zuließ, war Max doch ziemlich stolz darauf, im Einsatz noch nie einen solchen gebraucht zu haben.

In regelmäßigen Abständen hatte Max durch sein Zielfernrohr geblickt, aber von dem Faltboot war lange nichts zu sehen gewesen. Dann hatte er die Schüsse gehört, und wenig später war das kleine schwarze Boot hinter der Biegung zum Vorschein gekommen. Als kurz danach das Schlauchboot um die Ecke raste, lag er schon auf dem Bauch und betrachtete die Ereignisse durch sein Zielfernrohr. Kurz wurde es noch mal gefährlich für seine beiden Freunde, dann hatte er die idealen Voraussetzungen für sein Vorhaben. Circa siebenhundert Meter Entfernung, nahezu Windstille, perfektes Licht, und sein Ziel bewegte sich auf gerader Linie von ihm weg. Da hatte er schon ganz andere Aufgaben gemeistert.

Als die beiden Taliban erledigt waren, hatte er mit der restlichen Munition noch drei Löcher in das Schlauchboot geschossen und durch die fünfundzwanzigfache Vergrößerung seines Zielfernrohres gesehen, wie Mario ihm den erhobenen Daumen zeigte und dankbar lächelte. Das Talibanproblem war endgültig gelöst, nur Amira schien sich in keinem guten Allgemeinzustand zu befinden. Es war Zeit, die knapp zwölf Kilogramm Material wieder zusammenzupacken, schleunigst nach unten zu steigen und die beiden am Kraftwerk einzusammeln.

Es war geschafft, Marios irrwitziger Plan hatte tatsächlich funktioniert. Alles Weitere würde zwar mühselig werden, war aber kein Vergleich zu dieser Nacht. Sein Grenzübertritt war schon nicht von schlechten Eltern gewesen, aber ziemlich sicher ein Pappenstiel verglichen mit dem, was Mario und Amira durchgemacht haben mussten.

Das schwarze Faltboot landete an der linken Seite des Warsak-Kraftwerkes an, wo erstens eine Treppe zum Ausstieg und zweitens zwei Männer warteten. Der eine war Max Leisgang, der andere ein Franzose, der unentwegt mit erschrockenem Gesicht auf die bewusstlose Amira deutete und in seiner Muttersprache auf Max einredete.

»Das ist Luis, er ist der leitende Ingenieur hier im Kraftwerk«, erklärte Max, als er die bewusstlose Amira zusammen mit seinem Helfer vorsichtig aus dem Boot zog. »Ich hatte ihn vorab informiert, dass jemand von der deutschen Regierung kommt. Von deinem Boot, der Schießerei und einer bewusstlosen afghanischen Frau hat er aber eben erst erfahren. Wir lassen Amira auf die Krankenstation des Kraftwerks bringen, dort bekommt sie ärztliche Hilfe, das habe ich schon organisiert«, ergänzte er und machte den Weg frei, damit Mario aus dem Boot steigen konnte.

Er hatte den Satz kaum ausgesprochen, da kamen auch schon zwei Pakistanis mit einer Trage und einer jungen Ärztin im Schlepptau angelaufen, die Amira sofort untersuchte und eine Behandlung anordnete. Sie sprach kurz mit Max Leisgang und eilte dann den Männern mit der Trage hinterher.

»Sie sagt, Amira ist erschöpft und unterkühlt, aber stabil. Sie braucht jetzt vor allem Ruhe. Das wird schon wieder, da bin ich mir sicher. Äh, davon mal abgesehen, wie war's denn eigentlich so unterwegs? Ihr wart spät dran, Alter, bin fast eingeschlafen auf meinem Ausguck da oben.«

Mario Callies, der gerade die beiden wasserdichten Packsäcke aus dem Boot holte, drehte sich zu ihm um.

»Ganz ehrlich, du Klugscheißer, das willst du gar nicht wissen. Es war nass unterwegs, ziemlich nass sogar. Von Eskimorolle bis Stevenbruch war alles dabei. Und so viel besser drauf als Amira bin ich auch nicht mehr, ich bin kaputt, mir langt's. Ich brauch jetzt 'ne heiße Dusche, ein Bier und ein Bett.«

Max Leisgang sagte nichts, gar nichts. Solche Worte aus dem Mund seines langjährigen Freundes? Kaputt, Dusche, Bett? Er brauchte Mario aber eigentlich nur anzusehen, um zu wissen, dass es stimmte. Sein alter, zäher Freund war durch, niedergerungen von den Wildwassern des Kabul. Dass Max das noch erleben durfte, befriedigte ihn fast ein wenig. Also war Mario auch nur ein Mensch, selbst er stieß irgendwann an seine Grenzen.

Das kurze Schweigen wurde von Mario beendet, der Max eine Hand auf die Schulter legte, ihm in die Augen blickte und sagte: »Das waren ein paar richtig gute Treffer, Alter, ein paar richtig gute. Ohne die wären Amira und ich aber so richtig am Arsch gewesen.«

Max erwiderte seinen Blick. »Sind wir jetzt quitt, wir beide?«

So lange hatte er sich mit dieser Schuld herumgetragen, auch wenn Mario das nie so empfunden und sich schon gar nicht dementsprechend geäußert hatte.

»Ja, jetzt sind wir quitt, Max.«

Mario lächelte breit und nickte, Max lächelte noch breiter zurück. Dann holte er aus einem kleinen Plastikbeutel, der die ganze Zeit unbeachtet neben ihnen gestanden hatte, zwei Flaschen und reichte eine davon seinem Freund.

»Das ist belgisches Bier, mit Schraubverschluss. Schmeckt scheiße, aber mehr konnte ich auf die Schnelle nicht auftreiben«, erklärte er feixend. »Immer noch besser als pakistanischer Milchtee«, schob er nach, aber Mario hatte schon gar nicht mehr zugehört, sondern drehte bereits ungeduldig an dem Verschluss.

Der Keller

Ein weiterer Sommertag hatte begonnen, genauer gesagt war es der erste Tag im neuen Monat, Montag, der 1. August. Ein denkwürdiges Datum, wie sich herausstellen sollte, aber noch lief in der Dienststelle der Bamberger Kriminalpolizei alles in halbwegs geordneten Bahnen. Als Erste erschien wie gewohnt Marina Hoffmann bei der Arbeit, da sie für den organisatorischen Ablauf des Dienstbetriebes zuständig war. Ganze Generationen von Kriminalbeamten waren daran gewöhnt, vor Dienstantritt ein dick mit Honig beschmiertes Brot inklusive Kaffee vorzufinden. Ohne eine solch fundamentale Vorbereitung war in der Bamberger Verbrechensbekämpfung ein erfolgreiches Arbeiten schlicht unmöglich. Motivationsprobleme, Desorientierung und chronischer Unterzucker wären die unausweichlichen Folgen, alles in Ermangelung der süßen Tagesgrundlage. Also tat Honeypenny auch heute ihre schmierige Pflicht und begann mit ihrer honigsüßen Arbeit.

Wenig später, ausnahmsweise etwas früher als sonst, erschien ihr ältester Mitstreiter in der Dienststelle, Kriminalhauptkommissar Franz Haderlein. Die Sekretärin schaute ihn etwas verblüfft an, brauchte aber gar nicht erst zu fragen; Haderlein erklärte sich bereitwillig von selbst.

»Ich weiß, ich weiß, Marina, du wartest eigentlich auf Herrn Robert Suckfüll, aber unser Chef ist noch nicht auf dem Damm. Zumindest ist das die Version, die ich vorhin von Eleonore gehört habe. Ich glaube allerdings, Fidibus geniert sich ein wenig wegen seines Verhaltens gestern in meinem Auto. Seine Frau hat so was durchblicken lassen. Er wollte sich auch nicht offiziell krankschreiben lassen, wohl um sich und seiner Frau die Untersuchungsergebnisse beim Arzt zu ersparen. Ich glaube tatsächlich, unser Chef sitzt gerade völlig bestürzt über sein eigenes Verhalten daheim und schämt sich in Grund und Boden. Soll heißen, der Boss bin heute ich, jedenfalls bis auf Weiteres.« Sprach's und griff sich mit verschmitztem Lächeln das erste fertig geschmierte Honigbrot.

Honeypenny schüttelte nur den Kopf über so viel männliche Unvernunft. Irgendwie hatte sie den Eindruck, dass es richtige Männer in dieser Welt überhaupt nicht gab, sondern nur große Kinder. Hauptsache, sie konnten saufen, schnell Auto fahren, Fußball spielen und rauchen.

So ging das Gespräch über die Unzulänglichkeiten der Geschlechter hin und her, bevor in kurzen Abständen sowohl Andrea Onello als auch ihr Kollege César Huppendorfer in der Dienststelle eintrafen. Da war es dann endgültig vorbei mit dem lockeren Geplauder, denn die beiden klärten Haderlein über die Ermittlungen des gestrigen Tages auf, die in Ummersberg bis in die späte Nacht hinein angedauert hatten.

Auch Franz Haderlein hielt nach Anhörung der Faktenlage nicht sonderlich viel von der Theorie der Beziehungstat, dazu waren die Umstände viel zu verdächtig und, wie sich inzwischen herausgestellt hatte, ohne wichtige Parameter. Keinerlei Hinweis in den Mobiltelefonen auf eine amouröse Verbindung, und auch im Freundes- beziehungsweise Familienkreis wusste niemand überhaupt nur andeutungsweise etwas von irgendwelchen Affären. Dafür wurden die Ummersberger Leichen von diversen Menschen im näheren Umfeld mit der rechtsradikalen Szene in Oberfranken in Verbindung gebracht, genauer der Partei Hoffnung für Deutschland. Angeblich hatten sich die Toten bei den Radikalinskis dieser Partei ziemlich engagiert gezeigt. Das war dann aber auch schon alles, was darüber herauszufinden war. Die Mähdrescherleiche war immer noch nicht identifiziert, da die Fingerabdrücke im Kriminalarchiv nichts ergeben hatten und ein Zahnabdruck aufgrund der gründlichen Deformationen im Kieferbereich nicht möglich war. Auch schien der Mann von niemandem vermisst zu werden, was ihn auf interessante Weise mit der unbekannten Frau im Eberner Krankenhaus verband.

Blieb noch Lagerfeld mit seinen Ermittlungen, vielleicht hatte sich ja aus dem Hinweis auf diese mexikanische Gaststätte gestern Abend noch etwas ergeben. Aber bisher hatte sich Lagerfeld noch nicht gemeldet.

»Wo bleibt denn der Kerl eigentlich, Bernd müsste doch schon längst mit seinem Auszubildenden hier sein?«, fragte Haderlein ungeduldig und schaute auf die Uhr.

»Du, vielleicht dröhnt ihm noch der Kopf, immerhin hat er ja eine schwere Gehirnerschütterung, da kann man schon mal länger schlafen«, mutmaßte Andrea Onello lachend, und auch César Huppendorfer nickte, immer noch ein wenig geknickt, dass seine Beziehungstat womöglich gar keine war.

»Trotzdem, ohne Bernd kommen wir da nicht weiter. Gehirnerschütterung ... Wenn ich böse wäre, würde ich jetzt sagen, bei dem gibt es im Kopf doch gar nichts zu erschüttern, da sind nur Beziehungsprobleme drin. Ich ruf das Weichei jetzt mal an. Schließlich bin ich ja jetzt der Chef, da kann man nicht alles durchgehen lassen«, erklärte Haderlein und griff rigoros zum Mobiltelefon.

Allein sein Vorhaben war nicht von Erfolg gekrönt. Nach kurzem Warten steckte er sein Handy mit ratlosem Blick wieder zurück in seine Wildlederjacke.

»Das is ja toll, Bernd ist nicht erreichbar. Entweder ist der Akku vom Handy leer, oder der Heini schläft in einem Luftschutzbunker«, knurrte Haderlein, der sich in seine Rolle als Chef noch nicht so richtig hineingefunden hatte. Aber es half alles nichts, dann mussten sie wohl warten. Unterdessen konnte er ja den Anwesenden sein Erlebnis in der Erlanger Rechtsmedizin schildern, von dem er nicht so genau wusste, was er davon halten sollte. Leider kam er jedoch nicht mehr dazu, die spannende Geschichte vom ultrafreundlichen Siebenstädter zu erzählen, denn es klopfte laut und vernehmlich an der Dienststellentür.

Honeypenny öffnete und betrachtete erstaunt den großen Kerl mit den rotblonden Haaren, dann fragte sie ihn nach Namen und Begehr, worüber er ihr auch bereitwillig Auskunft gab, während er ihr gleichzeitig einen Ausweis entgegenstreckte. »Max Leisgang, Bundesnachrichtendienst. Ich müsste dringend die Dienststellenleitung sprechen.«

Marina Hoffmann betrachtete ihn verdutzt, denn mit dem Bundesnachrichtendienst hatte sie in ihrer gesamten Laufbahn bei der Bamberger Kripo noch nichts zu tun gehabt. Sie gab ihm den Ausweis wieder zurück und bat den Mann herein. Da Fidibus nicht da war und sowieso alle versammelt um Haderleins Tisch saßen, führte sie den Besucher direkt zu der kleinen Gruppe von Kommissaren, die dem Ankömmling fragend entgegenblickten.

»Max Leisgang, Bundesnachrichtendienst. Ich möchte bitte den Dienststellenleiter sprechen, es ist dringend«, stellte er sich ein weiteres Mal vor, diesmal zur allgemeinen Überraschung.

»Der Dienststellenleiter ist, äh, leider verhindert, also müssen Sie vorerst mit mir vorliebnehmen. Worum geht's denn?«, fragte Haderlein neugierig und stellte noch einen zusätzlichen Stuhl in die Runde. »Franz Haderlein mein Name, bitte setzen Sie sich, Herr Leisgang. Und dann erzählen Sie uns, was uns die Ehre Ihres Besuches verschafft.«

Statt einer Antwort griff der Mitarbeiter des Bundesnachrichtendienstes in seine Jacke und förderte ein unscheinbares kleines schwarzes Kästchen zutage, das er kommentarlos in die Mitte des Tisches legte.

Ratlos betrachteten alle anwesenden Bamberger Kommissare das unbekannte Utensil, bis Franz Haderlein sich das Kästchen griff und es öffnete. Den Inhalt erkannte er auf der Stelle, so etwas hatte er schon oft genug sichergestellt.

»Das ist Einbrecherwerkzeug, ganz eindeutig. So eine Art Grundausstattung zum Öffnen von Schlössern. Was ist damit?«, fragte der kommissarische Dienststellenleiter und legte das Kästchen wieder auf den Tisch zurück. Max Leisgang erkannte, dass er ein Mindestmaß an Aufklärung betreiben musste, sonst würde hier zu viel Zeit verloren.

»Nun, nach meinen Recherchen gehört dieses Werkzeug einem Ihrer polizeilichen Mitarbeiter, Herr Haderlein, und zwar einem gewissen Bernd Schmitt, den ich gestern bei einer Gebäudeobservation beobachten konnte. Ich habe es in Ebern auf einem Schaltschrank am Eingang zu den Kellerräumen des beobachteten Gebäudes gefunden. Kommissar Schmitt, Fahrer eines roten Honda Cabriolet mit Bamberger Kennzeichen, ist seit gestern Abend verschwunden und wird heute sicher nicht zum Dienst erscheinen.«

Explosive Worte, die völlig ratlose Gesichter zur Folge hatten. Auch Haderlein sagte nichts, in der sicheren Vermutung, dass der Mann gleich mit dem Kern seiner Geschichte herausrücken würde.

»Ihr Kollege hat gestern Abend einen Fehler gemacht, als er versuchte, in die Kellerräume des Hauses einzubrechen. Ich vermute mal, dass er einem ganz bestimmten Verdacht nachgehen wollte. Und seien Sie versichert, dieser Verdacht ist zu einhundert Prozent gerechtfertigt. Leider ist er, und damit die Bamberger Kriminalpolizei, in eine Sache hineingeraten, deren Dimension die normaler Mordermittlungen bei Weitem übersteigt.«

Den anwesenden Kommissaren wurde jetzt ziemlich mulmig zumute, denn was dieser Nachrichtendienstler gerade erzählte, weckte ungute Ahnungen von international operierenden Verbrechergruppen, deren illegale Handlungen in der nationalen wie internationalen Medienlandschaft Widerhall fanden. Und da war Lagerfeld hineingeraten?

Franz Haderlein war der Erste, der seine Sprache wiederfand. »Was? In was für eine Sache soll Bernd da bitte hineingeraten sein, und warum genau sind Sie hier?«

Haderlein fragte das sehr ruhig, sachlich und ernst. Innerhalb weniger Sekunden hatte er von Plauderton auf Alarmzustand umgestellt, denn alles deutete darauf hin, dass dieser Mann sie, die Bamberger Kriminalpolizei, auf irgendetwas Dramatisches vorbereiten wollte. Und genau das hatte Max Leisgang auch vor, allerdings mit den besten Absichten.

»Ich kann jetzt wirklich nicht alles erklären, dazu fehlt uns die Zeit. Nur so viel: Ich habe ein Stürmen der Kellerräume in Ebern, in denen Ihr Kollege mutmaßlich festgehalten wird, angeordnet und auch genehmigt bekommen. Hier, der Durchsuchungsbeschluss.« Ein weiteres Mal griff Max Leisgang in seine Jacke, dieses Mal holte er ein zusammengefaltetes Papier im DIN-A4-Format heraus, das er Franz Haderlein zuschob.

Als der Kriminalhauptkommissar den Papierbogen entfaltete, staunte er nicht schlecht, denn es war ein Schreiben der Generalbundesanwaltschaft. Das bedeutete, dass es sich hier um Straftatbestände höchsten Ausmaßes handeln musste. Wenn der Generalbundesanwalt die Sache an sich zog, ging es meist um Terrorismus, Spionage oder sonstige Angelegenheiten von nationaler Tragweite, die den Staatsschutz betrafen. Dieser Durchsuchungsbeschluss war im Grunde die Anweisung, das Anwesen »Veracruz« in Ebern zu stürmen; die Anwendung von Waffengewalt zur Durchsetzung war ausdrücklich erlaubt. Damit einher ging eine Reihe von Haftbefehlen, ebenfalls ausgestellt von der Bundesanwaltschaft. Die Namen sagten Haderlein allerdings auch nach gründlicher Musterung alle überhaupt nichts. Sie klangen eindeutig russisch, was Haderlein, im Lichte der Ukraine-Krise betrachtet, noch mehr alarmierte und beunruhigte.

Ein Name auf einem der Haftbefehle klang jedoch ziemlich deutsch.

»Wer ist denn dieser Roland Schober?«, fragte Haderlein spontan, was bei seinem Gegenüber vom BND sofort zu einer angespannteren Körperhaltung führte.

»Roland Schober ist ein radikales Mitglied der rechten Gruppierung ›Freie Sachsen‹ aus Dresden. Sie besteht in erster Linie aus Querdenkern und Rechtsextremisten. Schon seit Längerem befeuert diese Gruppierung Corona-Demonstrationen, unterwandert Bürgerproteste und phantasiert von einem SÄXIT, dem Austritt Sachsens aus der Bundesrepublik. Der Überfall Russlands auf die Ukraine wird von diesen Leuten regelmäßig relativiert und das Vorgehen Putins und des russischen Militärs kritiklos unterstützt. Roland ›Ron‹ Schober war und ist eines der militanten Führungsmitglieder dieser Gruppierung, er arbeitet inzwischen mit Menschen zusammen, die gleichfalls radikale Ansichten vertreten und wie er der Idee nachhängen, Deutschland in eine von ihnen definierte ›Freiheit‹ zu führen. Denn ihrer Meinung nach befinden sie sich momentan in einer Diktatur. Als ehemaliger Bundeswehrsoldat war Schober zuletzt in Afghanistan eingesetzt, wurde aber wegen extremistischer rechtsradikaler Entgleisungen unehrenhaft aus der Truppe entfernt. Bereits während seiner Bundeswehrzeit in Afghanistan wurde er vom BND nachrichtendienstlich überwacht, nach dem überstürzten Abzug der Truppe verlor sich jedoch seine Spur. Gestern haben wir ihn wiedergefunden, allerdings aufgrund von ganz anderen Recherchen, deren Schilderung hier zu weit führen würde. Ich bin hier, um die Bamberger Polizei von unserem Einsatz in Kenntnis zu setzen, da dieser ja auch einen Ihrer Kollegen betrifft. Und als Kollegen der Kriminalpolizei bitte ich Sie, uns jetzt bei diesem Einsatz zu unterstützen.«

»Was denn, jetzt gleich?«, fragte Andrea Onello ungläubig.

Max Leisgang erhob sich. »Ja, jetzt sofort. Vergessen Sie bitte nicht Ihre Dienstwaffen und die schusssicheren Westen. Das Briefing, den Ablauf des Einsatzes betreffend, gibt es unterwegs.«

»Also dann, holen wir Lagerfeld da raus, worauf wartet ihr noch!«, rief Haderlein und erhob sich ebenfalls von seinem Stuhl.

Innerhalb kürzester Zeit war die Dienststelle menschenleer, nur eine völlig verunsicherte Marina Hoffmann stand mit bleichem Gesicht und einem Tablett vereinsamter Honigbrote verloren und verlassen mitten im Raum.

Sie standen neben dem internen Abfertigungsbereich des Flughafens von Islamabad, draußen neben den Rollwagen, welche die Koffer der abzufertigenden Flugzeuge hin und her transportierten. Amira wusste nicht genau, was sie davon halten sollte, denn sie waren nicht durch den normalen Abfertigungsbereich des Flughafens gegangen. Für einen regulären Flug hätte sie einen Reisepass gebraucht, aber den hatten die Taliban. Daher war sie zusammen mit Max und Mario von einem Mitarbeiter der pakistanischen Regierung abgeholt, durch eine Nebentür des Abfertigungsbereiches nach draußen geführt und schlussendlich hierhergebracht worden. Eine Sonderbehandlung, zu der sich Max und Mario nicht äußern wollten, da konnte sie bohren, wie sie wollte.

Nicht weit von ihnen entfernt stand eine Maschine der Bundeswehr, die gerade noch betankt wurde. Mit diesem Flugzeug sollten sie auf direktem Wege nach Deutschland, genauer gesagt nach Leipzig gebracht werden. Max telefonierte in diesem Moment mit irgendeiner Stelle in Deutschland, mit wem genau, wollte er ihr aber auch nicht sagen. Amira war zwar sehr froh, die Bootsfahrt über die Grenze lebend überstanden zu haben und jetzt in Sicherheit zu sein. Trotzdem ließ sie der Gedanke an ihre Schwester, die von Roland Schober irgendwohin verschleppt worden war, nicht los. Amira war von ihrer Familie getrennt, womöglich für immer, und hatte Sisa trotz aller Bemühungen ihrem Schicksal überlassen müssen. Eigentlich hatte sie nichts Positives erreicht, außer ihrer eigenen Flucht aus Afghanistan.

Natürlich war sie Max und Mario unendlich dankbar, dass sie ihr bei der Flucht geholfen und den Flug nach Deutschland organisiert hatten, aber diese grundsätzliche Niedergeschlagenheit kriegte sie trotzdem nicht in den Griff. Mario war die ganze Zeit in ihrer Nähe und ließ sie nicht aus den Augen. Er hatte sich inzwischen zu einer Art persönlichem Bodyguard entwickelt, wofür sie ihm wirklich zu Dank verpflichtet war. Überhaupt hatte sie eigentlich keinen Grund, über ihr Schicksal zu klagen, aber Gefühl war eben Gefühl, dagegen konnte sie nichts machen.

Max hatte endlich fertig telefoniert und kam jetzt wieder

zu ihnen zurück, während auf dem Rollfeld eine Maschine der Qatar Airways lautstark startete und abhob. Als das Dröhnen der sich entfernenden Triebwerke verstummt war, verkündete Max Leisgang seinen beiden Gefährten die neuesten Erkenntnisse.

»Ich glaube, ich habe gute Nachrichten«, meinte er und sah Amira mit einem triumphierenden Lächeln an. »Ein gewisser Roland Schober ist gestern mit seiner Tochter von Islamabad nach Moskau geflogen und von dort sofort weiter nach Minsk, Weißrussland. So viel konnte ich herausfinden. Hat eine Weile gedauert, aber immerhin.«

Den euphorischen Ton in seiner Stimme konnte Amira aber überhaupt nicht nachvollziehen.

»Was? Weißrussland? Da finde ich Sisa doch nie, was ist denn daran eine gute Nachricht?«

In einem Land wie Weißrussland konnte man nicht einfach loslaufen und nach Menschen suchen, so viel wusste sie. Das war keine Demokratie, das war wie in Russland, da durfte man sich nicht frei bewegen.

Aber jetzt schaltete sich Mario, der sich ansonsten zu gar nichts äußerte, in das Gespräch ein. »Doch, das ist eine gute Nachricht, Amira. Ron benutzt offenbar die für den Menschenhandel aus dem asiatischen Raum übliche Schmugglerroute, um mit deiner Schwester nach Deutschland zu gelangen. Von Belarus kann er ohne größere Probleme mit Sisa nach Polen einreisen und ist damit bereits in der EU. Dann wird er sich nach Deutschland weiterbewegen, wir müssen nur noch herausfinden, wohin.«

Amira starrte Mario Callies an, bis sie begriff, was er ihr damit sagen wollte. Sisa war also auf dem Weg nach Deutschland, es wusste nur keiner, an welchen Ort Roland Schober sie bringen würde. Aber was dieses Problem anging, hatte sie eine Idee. Kurz entschlossen bückte sie sich und holte etwas aus ihrem Rucksack. Es war das goldverzierte Messer mit der Obsidianklinge, die Schober ihr geschenkt hatte. Mit ihrem Zeigefinger deutete sie auf eine fein gearbeitete Gravur, die in dem Knauf des Schaftes eingraviert war.

mixtec.de

»Das da müssen wir finden. Ron hat bestimmt nicht die Welt bereist, um ein Geschenk für mich zu besorgen. Wenn wir diesen Laden finden, dann ist Ron Schober ganz in der Nähe, da geh ich jede Wette ein. Selbst wenn er es im Internet gekauft hat, haben die dann ja auch eine Lieferadresse«, erklärte sie den Männern im Brustton der Überzeugung.

Max und Mario schauten sich an, dann erklärte Max mit einem dünnen Lächeln: »Nicht blöd, unsere kleine Übersetzerin, wirklich nicht blöd. Das wäre zumindest ein Anfang, geb ich zu. Aber jetzt ab in das Flugzeug, die warten nicht ewig auf uns, Amira.«

Er klopfte ihr aufmunternd auf die Schulter, was bei Amira aber nur stechende Schmerzen auslöste, die immer noch von den Stockschlägen der Taliban herrührten. Aber sie versuchte, sich vor den beiden Männern nichts anmerken zu lassen. Außerdem freute sie sich jetzt doch über die Neuigkeiten, was Sisas Schicksal anbelangte, weil sie durch diese doch endlich wieder ein Ziel und damit ein wenig Hoffnung vor Augen hatte.

Lagerfeld wachte allmählich auf und wünschte sich auf der Stelle, sofort wieder bewusstlos zu werden. Sein Kopf dröhnte wie eine südafrikanische Buschtrommel, und ihm war schwindelig wie nur was. Außerdem war er reichlich desorientiert und musste sich in seiner Umgebung erst einmal zurechtfinden. Eine Umgebung, die sich bei näherer Betrachtung als fensterloses Zimmer herausstellte, in dem er auf dem Boden sitzend mit Handschellen an ein eisernes Bettgestell gefesselt war. Das war witzigerweise der erste Umstand, der ihn störte, denn er selbst hatte gar keine Handschellen dabeigehabt. Trotzdem war er quasi mit Polizeiausrüstung an dieses Bett gekettet worden. An dessen Fußende stand aus irgendeinem Grund ein dreibeiniges Stativ, auf dem eine Videokamera angebracht war. Eine frei hängende Glühbirne ohne Lampenschirm erleuchtete den Raum, aber rechts, links und über dem Bett waren große LED-Strahler angebracht, die jetzt allerdings ausgeschaltet waren.

Mühsam und unter Aufbietung all seiner Kräfte versuchte sich Lagerfeld umzudrehen, was aber nichts wirklich Erhellendes in sein Sichtfeld brachte außer ein paar flauschigen Stofftieren, die wahllos auf dem weißen Bettlaken verstreut lagen. Er hatte sich eben wieder in seine Normalposition zurückgedreht, da öffnete sich die Tür, und ein Mann trat ein. Mittelgroß, schwarzhaarig und wie Lagerfeld in schwarze Klamotten gekleidet. Der Mann kam schnurstracks auf Lagerfeld zu und setzte sich eine halbe Etage höher neben ihm auf das Bett.

»Soso, ein leibhaftiger Kommissar von der Bamberger Polizei. Sie wissen schon, dass Einbrechen eine illegale Handlung darstellt, und von einem Bullen gleich ganz und gar.«

Lagerfeld hörte zu, hatte aber überhaupt keine Ahnung, was der Typ da von ihm wollte. Einbruch oder nicht, was gar nicht ging, war, dass er als Polizist mit Handschellen an ein Bett gefesselt worden war.

»Hör zu, du Heini, ich –« Das war alles, was Bernd Schmitt äußern konnte, dann traf ihn ein weiterer Schlag am Hinterkopf, dummerweise genau an der Stelle, die es vor noch nicht allzu langer Zeit schon einmal erwischt hatte, nachdem er, zugegebenermaßen illegal, die Stufen betreten hatte, die in den dunklen Keller führten. »Verdammte Scheiße!«, schrie er auf und krümmte sich vor Schmerz neben dem Bett, während der Unbekannte sich drohend über ihn beugte.

»Kein Wort mehr, Bullenarschloch. Du darfst froh sein, dass du noch lebst. Wenn's nach mir ginge, hätte ich dich längst in einem sehr tiefen Loch entsorgt, nur damit das klar ist«, zischte der Mann und sah Lagerfeld jetzt direkt in die Augen.

»Oder in einem Mähdrescher«, erwiderte der Kommissar bissig.

Das schien den Mann zu belustigen, denn er richtete sich mit einem breiten Grinsen auf. »Oder in einem Mähdrescher, genau. Was haben wir denn da für ein schlaues Kerlchen?«, spöttelte er, konnte die Konversation jedoch nicht weiterführen, da in diesem Moment eine weitere Person den Raum betrat.

Der zweite Mann nahm den Schwarzhaarigen zur Seite und unterhielt sich leise mit ihm. So richtig bekam Lagerfeld nicht mit, was das für eine Sprache war, es hörte sich aber verdammt nach Russisch an, vielleicht auch Ukrainisch, wer wusste das schon in diesen Zeiten. Was ihm aber auffiel, war die große Narbe, die quer über der Stirn des Neulings verlief. Da scheint er sich aber mal einen fetten Stich eingefangen zu haben, dachte Lagerfeld. Die beiden Männer diskutierten eine Weile, ohne dass Lagerfeld auch nur ein einziges Wort verstand, obwohl er ja anerkanntermaßen ein sprachbegabter Mensch war. Dann verließen beide den Raum, ohne ihn eines Blickes zu würdigen, und Lagerfeld war wieder mit sich, seinen Kopfschmerzen und dem Bett allein.

Die Erkenntnis, dass er mit seinen Schlussfolgerungen die Leiche im Mähdrescher betreffend recht gehabt hatte, half ihm im Moment leider nur wenig weiter. Er hatte zwei gewaltige Beulen am Kopf, seine Hände waren an ein Bett gefesselt und er zum Nichtstun verdammt. Er rüttelte mit all seiner Kraft an dem Bettgestell, aber man hatte das eiserne Teil vorsorglich am Boden festgeschraubt, was auch immer das für einen Sinn ergeben sollte. Er musste sich wohl oder übel seinem Schicksal fügen. Oder doch nicht?

Siedend heiß fiel ihm ein, dass er ja für genau solche Zwecke Vorkehrungen getroffen hatte, als er vor ein paar Jahren nach einem reißerischen Film aus dem Kino in Bamberg gekommen war. Und jetzt war eventuell die Gelegenheit gekommen, seine grandiose Idee in die Tat umzusetzen. Dazu musste er aber irgendwie an das Innenfutter seines rechten Cowboystiefels gelangen, sonst würde daraus nichts werden. Also rutschte Lagerfeld nach unten, bis er auf dem Rücken lag, zog die Oberschenkel an und versuchte, das rechte Bein irgendwie zu seiner gefesselten Hand zu bringen. Das war leichter gesagt als getan, denn erstens war diese Bettfesselung eine wirklich bescheuerte Stellung für so eine Übung, und zweitens war Bernd Schmitt nicht der sportlichste Mitarbeiter im Bamberger Polizeidienst, noch nie gewesen. Trotzdem hatte er nach mehreren Versuchen und Verrenkungen den Stiefel endlich dort, wo er ihn haben wollte, und fuhr mit der rechten behandschellten Hand in den Stiefel hinein.

Da war sie, die Büroklammer, die er damals im Innenfutter seines Stiefels deponiert hatte. Vorsichtig zog er sie heraus und musste feststellen, dass das edle Büroutensil mittlerweile total verrostet war. Fußschweiß war kein geeignetes Konservierungsmittel für Metallgegenstände. Für seine Zwecke spielte das äußere Erscheinungsbild jedoch eine untergeordnete Rolle, also entwickelte er die verrostete Büroklammer und bastelte sich daraus einen Dietrich. Genauso, wie er es seinerzeit in diesem Gangsterfilm im Kino gesehen hatte. Er musste damit auch gar nicht lange an dem Schloss hantieren, dann waren die Handschellen gelöst.

»Ha!«, entfuhr es ihm triumphierend, und er sprang erleichtert auf. Ihm war egal, ob ihn jemand gehört hatte oder nicht. Er ging aber trotzdem sicherheitshalber zur Tür und lauschte, ob auf der anderen Seite irgendeine Reaktion zu vernehmen war.

Doch statt irgendwelcher Regungen hinter der Tür hörte er auf einmal ein dumpfes »Hallo«, das aus dem schmalen, mannshohen Schrank zu kommen schien, der auf der anderen Seite des Bettes an der Wand stand. Lagerfeld starrte ihn an, als hätte sich plötzlich eine Statue im Bamberger Hain bewegt, an der er seit zwanzig Jahren vorbeilief, ohne dass sich je etwas getan hätte. Aber dann hörte er es wieder.

»Hallo, Hunger«, flehte eine leise, dumpfe Stimme, die ohne jeden Zweifel aus diesem Schrank kam.

Leicht verunsichert ging er zu dem Möbel, öffnete die beiden Türen, und dann verschlug es ihm aber so richtig die Sprache. Fein säuberlich an einer Regalstange aufgereiht hingen Lederriemen, Lederpeitschen, Masken und sonstiges Zeugs, wie es eine gestandene Domina zur Berufsausübung verwenden würde. Es gab auch Handschellen unterschiedlicher Bauart, somit wusste er nun, woher seine Fesselungsgeräte stammten. Aber dieses spezielle Utensil erklärte nicht die leise Stimme, die er gehört hatte, denn ansonsten war der Schrank leer.

Das gibt's doch nicht, dachte Lagerfeld und suchte den Schrankinhalt sicherheitshalber genau, jedoch vergeblich nach versteckten Lautsprechern ab. Dann, plötzlich, hörte er es wieder.

»Hallo, Hunger.« Eine leise, feine Stimme schien von irgendwo hinter der Schrankwand zu kommen.

Lagerfeld reichte es jetzt. Er legte seine Hände an die Seitenwand des Domina-Schranks und schob, so stark es nur ging. Wie von Geisterhand bewegt, schwenkte der Schrank sofort zur Seite, da er auf der Unterseite anscheinend mit Rollen ausgestattet war. Der Anblick, der sich Lagerfeld nun bot, entbehrte nicht einer perversen Dramaturgie. Gerade hatte er sich noch mit einer Domina-Grundausstattung befasst, jetzt stand ein kleines, weinendes Mädchen mit dunklen Haaren vor ihm.

»Sisa hat Hunger«, sagte die Kleine, die ihn mindestens genauso überrascht anschaute wie er sie. Sie hielt einen kleinen, von Essensresten verschmutzten Teller in der Hand und streckte ihn Lagerfeld entgegen.

Der Kommissar wusste erst einmal gar nicht, was er sagen sollte; was sich hier abspielte, überstieg sein momentanes Begriffsvermögen. Hinter dem Durchgang, den der Schrank verborgen hatte, lag ein weiteres Zimmmer Die dünne Wand war offenkundig nachträglich eingezogen worden, um einen Raum für dieses kleine Mädchen zu schaffen. Es gab auch hier hinten kein Fenster oder Ähnliches, dafür ein Stockbett, eine Nachttischlampe, einen Wassereimer und eine chemische Campingtoilette. Auf der unteren Etage des Stockbettes lagen Plüschtiere, und Lagerfeld entdeckte ein Lesebuch für Kinder auf dem Nachttisch.

»Sisa Hunger«, wiederholte das Mädchen, diesmal wesentlich fordernder, und reckte seinen Teller noch weiter nach oben.

Lagerfeld schrak zusammen, und seine Kopfschmerzen waren vergessen. Eine kalte Wut stieg in ihm hoch, denn es brauchte keine überbordenden kriminalistischen Fähigkeiten, um zu erkennen, dass dieses Kind hier gefangen gehalten wurde. Vor seinem inneren Auge sah er seine Tochter Lena an Sisas Stelle, und die kalte Wut begann, sich noch einmal zu verstärken. Mühsam beherrscht beugte sich Bernd Schmitt nach unten und nahm das Mädchen auf den Arm.

»Also, ich bin der Bernd. Ich werde dich jetzt hier rausbringen, und dann kriegst du von mir das beste Essen auf der ganzen Welt, in Ordnung?«

Das Mädchen schaute ihn nur an, ohne jegliche Regung und Emotion. Und erst jetzt, als Lagerfeld die Kamera und die Strahler in dem Raum betrachtete, neben denen sie standen, dämmerte ihm, was in diesem fensterlosen Loch Illegales stattgefunden haben musste. Ohne sich das alles in seiner fürchterlichen Gänze ausmalen zu wollen, verstand er auf einmal das abgestumpfte Verhalten der Kleinen.

Er strich dem Mädchen mehrmals beruhigend über den Kopf. »Hör zu, Sisa, ich bringe dich jetzt hier raus«, wiederholte er. »Alles wird gut, versprochen. Das hier ist vorbei.« Während er das sagte, deutete er mit einer großen Geste auf das Bett.

Die Kleine starrte ihn weiter verständnislos an, aber die Hand, in der sie den Teller hielt, hing jetzt schlaff nach unten, und eine einzelne Träne lief ihr über die Wange. Wahrscheinlich hatte sie nicht genau verstanden, was er gesagt hatte. Aber sie konnte vielleicht intuitiv begreifen, dass ihre schrecklichen Zeiten in diesem lichtlosen Gefängnis vorbei sein könnten.

Lagerfeld packte das Mädchen noch etwas fester, dann horchte er noch einmal an der Tür, ob sich dort draußen vielleicht etwas tat, ergriff mit seiner freien Hand die Klinke und öffnete vorsichtig die Tür.

Der Kleinbus mit den Männern des Sondereinsatzkommandos hielt, gefolgt von zwei Einsatzwagen der Bereitschaftspolizeien, direkt vor dem alten Rathaus von Ebern. Die schwarz uniformierten Männer sprangen als Erste aus ihrem Fahrzeug, und auch die Bamberger Kommissare machten sich einsatzbereit. Mehrere Beamte der Bereitschaftspolizei begannen unterdessen, große Teile des Eberner Marktplatzes abzusperren, was naturgemäß zu heftigem Erschrecken und Angst bei den überraschten Passanten in der Eberner Innenstadt führte.

Während die Passanten aus der Gefahrenzone entfernt wurden, brachen die Männer des SEK unter der Führung von Max Leisgang das Tor zum »Veracruz« auf und standen kurz darauf vor der Tür, die hinunter in den ominösen Keller führte. »Dem Deutschen Volke«, prangte den Einsatzkräften großspurig entgegen. Mit einem schweren Hebeleisen und brachialer Gewalt wurde die Tür aus dem Schloss gerissen, und die Männer des SEK stürmten mit vorgehaltener Waffe die Stufen aus Sandstein hinab, wo sie sich in einem großen halbrunden, jedoch gänzlich unbevölkerten Gewölbekeller wiederfanden. Hier stand ein kleines Podium mit Rednerpult, davor etliche Tische mit Stühlen, und am Rand des Kellers stapelten sich haufenweise leere wie gefüllte Bierkästen. Ansonsten war der Keller leer. Keine Geheimnisse, kein Lagerfeld, nichts.

»Das gibt's doch nicht«, fluchte Max Leisgang, während er seine Waffe senkte, und auch die Männer vom SEK schauten sich etwas ratlos in dem mittelalterlichen Kellergewölbe um.

»Na, wenigstens Bier«, gab einer der SEKler zum Besten, was zu einem befreienden Gelächter seiner Kollegen führte. Lediglich Max Leisgang war nicht zum Lachen zumute, war er doch felsenfest davon überzeugt gewesen, hier weitaus mehr vorzufinden als nur leere Bierkästen.

»Scheiße«, murmelte er ratlos und schaute reichlich deprimiert zu den beiden Bamberger Kommissaren, die jetzt ebenfalls die Treppe heruntergekommen waren.

Franz Haderlein und César Huppendorfer ließen ihre Waffen sinken. Kein Lagerfeld und auch sonst niemand hier. Das war wohl ein Schuss in den berühmten Ofen. Aber der lang gediente Kriminalhauptkommissar Haderlein kannte solche Situationen zur Genüge. Da war man felsenfest von einem Sachverhalt überzeugt, und dann kam doch alles ganz anders.

Als Letzte kam schließlich Andrea Onello in den Keller. Sie trug ein kleines Ferkel auf dem Arm, das einen bitterbösen Gesichtsausdruck aufgelegt hatte. Max Leisgang und die Männer vom SEK starrten das kleine Schweinchen an, als wären sie im falschen Film. Was hatte denn bitte ein Ferkel bei einem Einsatz zu suchen?

»Ja, was ist denn mit unserem kleinen Presssack passiert, warum schauen wir denn so böse?«, versuchte sich Haderlein in schweinischer Stimmungshebung, allerdings ohne Erfolg. Presssack war stinksauer, so sauer wie noch nie.

»Ich hab ihn aus Lagerfelds Cabrio rausgeschnitten, das Verdeck ist jetzt halt hin. Aber so, wie ich das sehe, hat unser Kleiner die ganze Nacht im Auto verbracht, ich konnte einfach nicht zulassen, dass er auch nur eine Sekunde länger da drinsteckt«, erklärte Andrea Onello und schaute sich um. »Na, das hier unten war aber auch ein kurzes Erlebnis, oder?«, frotzelte sie und stellte ihren Schützling vorsichtig nach unten auf den Kellerboden, wo sich der kleine Lehrling kurz schüttelte, um gleich darauf zu erstarren.

Presssack senkte den kleinen Rüssel zum Boden und begann zu schnüffeln. Zielstrebig lief er auf die rechte, rückwärtige Seite des Kellers zu. Dort befand sich eine kleine Nische, in der ein dicker, jedoch ziemlich billiger Teppich aus dem Baumarkt auf dem Boden lag, das vergammelte Preisschild hing sogar noch dran. Presssack stellte sich drauf, drehte ein paar Kreise um die eigene Achse, hielt inne und begann, aufgeregt zu grunzen.

Leisgang und die Männer vom SEK wussten nicht so recht,

was sie von der Sache halten sollten. Eben waren sie noch mitten in einem lebensgefährlichen Einsatz gewesen, dessen Grund sich in Luft aufgelöst hatte. Und jetzt schauten alle einem kleinen Ferkel bei der Futtersuche zu, oder wie? Das war gerade alles ein wenig abgedreht.

Die Ernsthaftigkeit kehrte allerdings sofort wieder zurück, als Franz Haderlein seine Waffe hob und forschen Schrittes zu der Nische hinüberlief. Er nahm Presssack vom Boden und bedeutete Andrea Onello, den Kleinen nach oben zu bringen und danach den Eingang zu sichern. Dann schlug Haderlein vorsichtig den Teppich zurück und winkte Max Leisgang und den Männern vom SEK, damit sie sich das selbst ansehen konnten.

Unter dem Teppich befand sich eine kreisrunde Klappe mit einem hochmodernen hydraulischen Hebelmechanismus. Oberhalb der Holzklappe, etwa auf Hüfthöhe, gab es einen unscheinbaren, in die Wand eingelassenen Druckschalter, den Haderlein jetzt betätigte. Mit einem leichten Schmatzen setzte sich die Hydraulik in Bewegung, und der runde Deckel schwang nahezu lautlos nach oben. Alle konnten jetzt sehen, dass sich hier ein uralter Brunnenschacht befand, in den irgendwann einmal eine Wendeltreppe aus Sandstein hineingebaut worden war. Jetzt waren dort auch dicke Kabel zu sehen, die aus der Brunnenwand kamen und nach unten führten. Eine Etage tiefer war ein fahler Lichtschein zu erkennen, und ein deutliches sonores Summen drang von dort zu ihnen herauf. Haderlein konnte es nicht fassen. Hier ging es tatsächlich noch ein komplettes Stockwerk tiefer in die Erde.

Haderlein nickte Max Leisgang und César Huppendorfer zu, die sich zusammen mit den Männern des SEK vorsichtig an den Abstieg machten. Franz Haderlein beschloss, lieber hier oben am Ende des Brunnenschachtes zu warten und alles Weitere den dafür ausgebildeten Profis zu überlassen. In Gedanken war er ganz bei seinem jüngeren Kollegen Bernd Schmitt, der sich mutmaßlich irgendwo dort unten befand. Er hoffte das Beste und steckte seine Dienstwaffe wieder weg, da waren von unten die ersten Schüsse zu hören.

Lagerfeld schaute in den Gang, der so aussah, als wäre er vor langer Zeit mit bloßen Händen aus dem Sandstein gehauen worden. Sofort war ihm klar, dass er sich hier unter der Erde in einem alten Keller befand, denn solche Gänge im Sandstein kannte er aus Bamberg. Und er musste mit dem Mädchen schnellstmöglich nach oben.

Zu einem brauchbaren Planfeststellungsverfahren kam es jedoch nicht mehr, denn plötzlich waren linker Hand Schüsse aus dem Gang zu hören. Schüsse, die seiner Schätzung nach nicht besonders weit entfernt sein konnten. Dann ertönte einen lauter Knall, und ein greller Lichtblitz zuckte durch das Gewölbe. Sisa fuhr vor Schreck zusammen, klammerte sich an ihm fest und vergrub den Kopf an seiner Schulter. Nebelschwaden krochen über den Kellerboden, Schritte ertönten, und ein Mann kam aus dem Gang gerannt. Er lief hustend an ihnen vorbei, ohne sie zu bemerken. Das war ohne Zweifel der Typ mit den schwarzen Haaren, der ihn an das Bett gefesselt hatte, der Mähdreschermörder, der augenscheinlich vor irgendetwas oder irgendwem davonlief.

Als niemand sonst aus dem Gang gelaufen kam und weil nicht klar war, was dort vor sich ging, fasste sich der Kommissar ein Herz und folgte dem Schwarzhaarigen, das kleine Mädchen auf dem Arm. Anscheinend waren hier im Untergrund die Keller irgendwie miteinander verbunden, denn an einem Durchgang las er auf einem kleinen Schild den Namen und die Hausnummer des Besitzers des angrenzenden Kellers. Schon nach wenigen Schritten kam er an eine alte gewendelte Treppe aus Sandstein, der er nach oben folgte, bis er mit Sisa auf dem Arm inmitten einer fremden Wohnung stand. Die verkratzte Holztür zum Flur stand ebenso offen wie die Haustür an dessen Ende.

Lagerfeld ging mit dem Kind auf dem Arm durch den Flur, trat zur Haustür hinaus und fand sich auf dem Eberner Marktplatz wieder, direkt neben dem Restaurant »Veracruz« und vis-à-vis zu seinem Cabriolet, an dem seine Kollegin Onello stand, mit Presssack auf dem Arm, und ihn überhaupt nicht wahrnahm, sondern konsterniert an ihm vorbei in Richtung Eisdiele blickte.

Amira saß in einem schwarzen VW-Bus, kurz hinter dem rot-weißen Absperrband, welches die Bereitschaftspolizei zu Beginn des Einsatzes um den Marktplatz gespannt hatte. Sie war mit ihren Nerven am Ende, denn Max hatte vage Andeutungen gemacht, dass sie heute vielleicht Hinweise finden könnten, wo sich Ron Schober und damit Sisa aufhielten. Und Max würde so etwas nicht ohne Grund äußern, dazu war er viel zu bedacht.

So richtig gefangen hatte sie sich noch nicht, seit sie gestern in diesem Krankenhauszimmer aufgewacht war. Trotzdem hatte sie darauf bestanden, bei dem Einsatz dabei zu sein, wenn auch in sicherer Entfernung. Es hatte ein wenig gedauert, bis sie begriffen hatte, wer sie war und warum sie in einem Krankenbett lag. Zum Glück konnte sie sich noch an alles erinnern, inklusive der Handynummer von Max, den sie auch sofort anrief, nachdem sie das Krankenhaus verlassen hatte.

Max hatte sie, ohne Fragen zu stellen, abgeholt. Erst als sie wieder zu Hause waren, wollte er wissen, was ihr passiert war, und sie hatte ihm von ihrer Eigenmächtigkeit in dem Keller erzählt. Von ihrem heimlichen Eindringen, weil sie überzeugt gewesen war, dass Ron irgendwo da unten steckte. Vor Weihnachten hatte sie oft und lange genug in diesem Lokal gesessen, bis sie ihn irgendwann gesehen hatte. Ron Schober war nur Zentimeter von ihr entfernt an dem Fenster vorbeigelaufen, an dem sie saß, und in den Eingang des »Veracruz« eingebogen. Sie war sofort nach draußen in den dunklen Flur gerannt, aber da war er bereits in diesem Keller verschwunden. Statt sich zuerst mit Max zu besprechen, hatte sie wieder einmal ohne Überlegung gehandelt, und diese Verbrecher hatten sie dann bei dem Versuch erwischt, Ron in den Keller hinunter zu folgen.

»Ach, was haben wir denn da, einen Scheiß-Flüchtling, oder wie?«, hatten diese Nazis ihr zugerufen.

»Ein Scheiß-Flüchtling, der hier rumspioniert!«

In ihrer impulsiven Unvernunft hatte sie wieder einmal einen gewaltigen Fehler gemacht. Ron hatte sie da unten auch gar nicht mehr gesehen, da waren nur diese besoffenen Rechtsradikalen gewesen, die sie dann mit zugeklebtem Mund in ein Auto steckten, wahrscheinlich um irgendwo ihren Spaß mit ihr zu haben. Zumindest hatte sie das ihren primitiven Prahlereien entnommen. Ein Glück, dass sie ihr Messer immer dabeihatte. In einem günstigen Moment hatte sie es einem der Männer auf dem Rücksitz tief in den Oberschenkel gerammt. Der Typ hatte so laut gebrüllt, dass ihre Peiniger das Auto umgehend anhielten. Dann hatte sie der grobschlächtige Kerl ins Gesicht geschlagen. Sie konnte dem brutalen, brüllenden Mann aber sogar noch eine weitere tiefe Wunde auf der Stirn beibringen, bevor sie von der Bande aus dem Auto gezerrt und zusammengeschlagen wurde. Das Messer warfen sie einfach auf einen Acker neben der Straße, dann schlugen und traten sie hemmungslos auf sie ein. Vielleicht hätten sie sie auch vollends totgeprügelt, wenn der von der Rückbank nicht dauernd gebrüllt hätte, er brauche einen Arzt.

Als sie sich nicht mehr wehrte, hatten die Männer sie einfach liegen gelassen, wo sie war, wahrscheinlich in der Überzeugung, dass sie nach diesen brutalen Schlägen sowieso tot war, und waren weggefahren. Sie war aber nicht tot, eine Amira Sharafuddin tötete man nicht so einfach, das hatten schon ganz andere versucht. Sie hatte sich mit letzter Kraft sogar noch ein ganzes Stück durch die Kälte geschleppt, war ziellos nach vorn gekrochen, bevor sie ohnmächtig geworden war.

Und gestern hatte sie erfahren müssen, dass sie danach über ein halbes Jahr im Koma gelegen hatte. Aber jetzt war ja Max da und hatte, nachdem er über alles Bescheid wusste, die Beschlüsse organisiert, um den Laden auszuräuchern. Darüber hinaus hatte er ihr immer wieder eingeschärft, endlich einmal diszipliniert zu sein und bitte bis zum Schluss des Einsatzes im Auto zu bleiben.

So saß sie nun hier wie auf Kohlen und wartete darauf, dass Max wieder auf der Bildfläche erschien, vielleicht sogar mit näheren Informationen, wo denn Sisa stecken könnte.

Sie hatte es versprochen und wollte sich auch wirklich an ihr Versprechen halten. Aber plötzlich war er da. Roland »Ron« Schober. Nur zwanzig Meter von ihr entfernt war er aus dem Haus neben dem »Veracruz« gekommen. Er hatte sich kurz umgesehen, und nun rannte er genau auf den schwarzen VW-Bus zu, in dem Amira saß, und nirgends war Max oder ein anderer Polizeibeamter zu sehen, der ihn hätte aufhalten können. Als Ron nur noch wenige Meter von ihr entfernt war, öffnete sie kurz entschlossen die Tür auf der Beifahrerseite und sprang aus dem Auto.

Schober sah sie und blieb wie vom Donner gerührt stehen. Es dauerte ein paar Sekunden, bis er es auf die Reihe bekam, denn die Frau, die er eigentlich schon längst aus seinem Gedächtnis gestrichen hatte, gehörte nach Afghanistan und nicht nach Ebern auf den Marktplatz. Aber das war nichts, womit er sich näher auseinandersetzen konnte, er musste schleunigst hier weg. Seine Hand fuhr nach hinten in den Hosenbund, wo normalerweise seine Pistole steckte, dann fiel ihm ein, dass er die ja auf dem Scheunenboden in Ummersberg für die Polizei hatte liegen lassen. Auch egal, mit dieser Schlampe würde er schon fertigwerden. Er machte zwei schnelle Schritte, um das afghanische Flittchen an den Haaren zu packen, da holte Amira mit ihrer rechten Hand blitzschnell aus. Sie reagierte intuitiv, so wie sie schon einmal reagiert hatte. Ihre Hand fuhr durch die Luft, und das Messer aus Obsidian, das sie im Dreck des fränkischen Feldes gesucht und wiedergefunden hatte, durchtrennte Knochen und Fleisch, als ob sie aus Butter wären. Vier halbe Finger flogen durch die Luft und landeten auf dem steinernen Pflaster des Eberner Marktplatzes.

Ron Schober starrte auf seine rechte Hand, an der vier Finger, der Daumen ausgenommen, nur noch halb so lang waren wie zuvor. Mit einem wilden, wütenden Schrei wollte er sich trotz des gerade erlittenen Handicaps auf Amira stürzen, als ein Schuss fiel. Es war an und für sich nur ein halblautes »Plopp«, aber Amira wusste dieses harmlos klingende Geräusch inzwischen zu deuten. Schober wurde an der Schulter getroffen und in einer unkoordinierten Drehung nach hinten gerissen, wo er blutend an der Hauswand nach unten rutschte.

Mario Callies stand, die Waffe mit Schalldämpfer im Anschlag, neben der geöffneten Fahrertür des VW-Busses und blickte kopfschüttelnd zu Amira hinüber. »Du wirst auch nicht mehr schlauer, oder?«, fragte er knapp, dann ging er zu dem sich am Boden krümmenden Schober, um ihn nach Waffen abzusuchen. Nach erfolgter Prüfung fesselte er ihn mit zwei Kabelbindern an das Fallrohr einer Dachrinne, kam zu der am ganzen Körper zitternden Amira zurück und nahm ihr das Messer ab. Er deutete auf die am Boden liegenden halben Finger und meinte trocken: »Die könnte man ja sogar wieder annähen, wenn man sie bloß wiederfinden würde.« Dann kickte er jedes abgeschnittene Fingerteil einzeln in den nächsten Gully.

Eigentlich wäre die Situation damit unter Kontrolle gewesen, wenn Amira nicht plötzlich laut aufgeschrien hätte.

»Sisa!« Ihre Stimme hallte laut über den Platz, und sie begann zu laufen. Eigentlich humpelte sie mehr, als dass sie lief, aber das war gar nicht so wichtig, denn aus Richtung des »Veracruz« kam ihre vermisste kleine Schwester auf Amira zugelaufen und warf sich ihr schluchzend in die Arme.

Lagerfeld drehte sich um und erstarrte. Dort stand sie, die junge Frau, die er so verzweifelt gesucht hatte. Neben ihr ein Mann, den er auch nicht kannte. Vor den beiden saß der schwarzhaarige Mähdreschermörder an einer Hauswand, die blutverschmierten Hände an eine Fallleitung gebunden, und stöhnte laut vor sich hin. Was zum Geier war hier los? Hatte er durch die ständigen Schläge auf seinen Kopf etwa Wahrnehmungsstörungen? Was auch immer das alles zu bedeuten hatte, das Wichtigste war jetzt die unbekannte Frau, sie durfte ihm nicht schon wieder entkommen. Aber das musste jemand anders übernehmen, sein übler Allgemeinzustand hatte gerade etwas gegen wilde Verfolgungsjagden. Also stellte Lagerfeld das Mädchen auf den Boden und rief seiner Kollegin zu: »Das ist sie, Andrea, dort, die da, das ist sie! Los, schnapp sie dir, sonst haut sie wieder ab! Das ist die Frau!«

Seine Stimme klang fast schon hysterisch, dabei fuchtelte er mit beiden Armen in die angegebene Richtung. Aber Andrea machte keinerlei Anstalten, seiner Aufforderung Folge zu leisten, sie blieb einfach stehen, wo sie war. Das war zu viel, und Lagerfelds Kopfweh kehrte ob der gewaltigen Anstrengung in seinen Schädel zurück. Ihm wurde schwindelig, und er musste sich mit beiden Händen auf seinen Oberschenkeln abstützen. Dann geschah etwas, was er in seinem ganzen Leben nie mehr vergessen sollte. Ein gellender Schrei, so voller Inbrunst und sich lösender Verzweiflung, ein Schrei, wie er ihn noch nie zuvor gehört hatte, hallte über den Eberner Marktplatz.

»Sisa!«, rief eine weibliche Stimme, und Lagerfeld sah, wie das kleine Mädchen neben ihm erschrocken zu der von ihm so sehr gesuchten Frau hinüberschaute. Die Frau begann, in ihrer humpelnden Art zu laufen, genau so, wie er es gestern schon einmal gesehen hatte. Aber diesmal lief sie nicht vor ihm davon, sondern direkt auf ihn zu. »Sisa!«, rief die Unbekannte erneut, dann begann auch das Mädchen, das er gerade aus seinem Kellerverlies gerettet hatte, zu rennen. Sie sprang der fremden Frau förmlich in die Arme, und Bernd »Lagerfeld« Schmitt verstand überhaupt nichts mehr. Es sah alles ziemlich in Ordnung aus, was da gerade passiert war. Vielleicht war das ja nur ein böser Traum, und irgendwer würde ihn gleich wecken.

Nicht die blödeste aller Vorstellungen, dachte der überforderte Kommissar und schaute fragend zu Andrea Onello hinüber, die aber auch nur hilflos mit den Schultern zuckte. Dann tippte Lagerfeld jemand auf die Schulter. Als sich der Bamberger Kommissar umdrehte, stand Franz Haderlein vor ihm und tätschelte ihm erleichtert die Wange.

»Mensch, bin ich froh, dich gesund wiederzusehen, du alter Einbrecher«, meinte sein älterer Kollege erleichtert.

Lagerfeld glotzte ihn nur verständnislos an, während hinter Franz die Männer eines Sondereinsatzkommandos irgendwelche Menschen abführten und zu den vor dem Rathaus parkenden Streifenwagen brachten. Wo kamen denn die jetzt her, in Gottes Namen?

Ein weiterer unbekannter Mann kam aus dem Haus neben dem »Veracruz«. Ein großer Kerl mit rotblonden Haaren und erhobener Waffe. Er schaute sich kurz um, dann entspannte er sich und ließ die Waffe sinken.

»Da ist ja unser vermisster Bulle«, sagte er mit einem schiefen Grinsen.

Dann steckte er seine Waffe ins Holster, nickte Franz Haderlein zu und ging mit dem temporären Chef der Bamberger Kriminalpolizei ein paar Schritte zur Seite. Lagerfeld sah, dass sich ein ziemlich intensives Gespräch entwickelte, das hauptsächlich von dem Mann bestritten wurde, der Haderlein über allerlei Dinge zu unterrichten schien. Jedenfalls hörte Franz die meiste Zeit aufmerksam zu und nickte nur ab und zu.

Lagerfeld lehnte sich gegen die Hauswand, da seinen Körper ein unkontrolliertes Zittern befiel, mit dem erst einmal fertigwerden musste. Mutmaßlich ein Produkt seines zweiten kolossalen Niederschlages binnen kürzester Zeit. Es wäre für den Rest des Tages wirklich schön, wünschte er sich inbrünstig, nicht weiterhin als Haupttrommel für Heavy-Metal-Schlagzeuger herhalten zu müssen. Auf jeden Fall konnte er jetzt ziemlich gut nachvollziehen, wie es sein musste, aus einem monatelangen Koma aufzuwachen. Als er seinen Kopf betastete, wurde ihm auch noch schlecht. Vorn eine Beule mit verkrusteter Wundstelle, hinten eine, die sich in die entgegengesetzte Richtung wölbte. So werde ich nie eine neue Frau finden, dachte Lagerfeld deprimiert und schaute nach Minuten des selbstmitleidigen Nachdenkens wieder zu Franz und diesem fremden Typen hinüber. Das Gespräch schien zu einem Ende gekommen zu sein, denn Franz und der Fremde schritten nun wieder auf ihn zu.

»Sie entschuldigen mich«, sagte der Fremde freundlich zu Lagerfeld und eilte zu der fremden Frau, die zusammen mit dem Mädchen, das sich wie eine Klette an ihr festklammerte, weinend auf der Straße saß.

»Komm mit, Bernd, ich würde dir gerne etwas zeigen, wenn du dazu in der Lage bist«, meinte Franz Haderlein und deutete nach vorn zum Haupteingang des »Veracruz«. Vorher betrachtete er aber den ausgebeulten Schädel seines jungen Kollegen von allen Seiten. »Das kommt davon, wenn man Einbrecher spielen will, du unvorsichtiger Depp. Alles klar so weit, oder willst du dich erst mal wieder hinlegen?«, fragte er sicherheitshalber nach.

»Dein Kopf sieht ehrlich gesagt aus wie Frankensteins missratenes Gesellenstück, vielleicht sollte ich dich besser zurück ins Eberner Krankenhaus fahren?«

Lagerfeld schüttelte langsam, damit es nicht so sehr schmerzte, aber nachdrücklich den Kopf. Er wollte jetzt endlich wissen, was hier los war, sonst drehte er noch durch. Und es war ihm völlig egal, was sein Kopf darüber dachte.

»Nee, geht schon, Franz, da muss ich jetzt durch«, verkündete er heldenhaft. Franz Haderlein nickte und ging mit ihm in Richtung der Eingangstür des »Veracruz«. »Was für ein Scheißtag«, murmelte Lagerfeld in seinen nicht vorhandenen Bart, während er willenlos hinter ihm hertrottete.

Als sie in den Keller hinabstiegen, erinnerte sich Lagerfeld. »Hier war ich heute schon mal«, bemerkte er, aber Haderlein winkte lachend ab.

»Nein, Bernd, gestern. Hier warst du gestern Abend. Du scheinst ziemlich lange bewusstlos gewesen zu sein.«

Sie stiegen die erste Treppe hinunter, dann die zweite, die durch den alten Brunnen in die Tiefen der Eberner Unterwelt führte. Nach der letzten Treppenstufe verließen sie den Brunnenschacht und betraten ein fremdartiges Reich, wie Lagerfeld es bestenfalls in James-Bond-Filmen gesehen hatte. Vor ihnen lag ein langer Gang aus Sandstein. Zu beiden Seiten befanden sich große Kammern, die allesamt mit üppiger Technik modernster Herkunft vollgestopft waren. Fast hatte Lagerfeld den Eindruck, weit unterhalb des Petersdoms in Rom zu sein, wo sich in dunklen Gewölben die Grabkammern verstorbener Päpste befanden. Aber dieser Eindruck wurde von den zahlreichen Computern und dazugehörigen Monitoren zerstört, die in jeder einzelnen dieser Kammern zu finden waren. Begleitet wurde das digitale Instrumentarium von einem sonoren Brummen der Server und sonstigen Peripheriegeräte.

Mit einem Mal begriff Bernd Schmitt, warum hier in diesem Keller eine dermaßen dicke Stromleitung verlegt worden war, und auch das nagelneue Glasfaserkabel ergab natürlich einen Sinn. In jeder dieser Gruften war ein Schreibtisch mit digitalem Arbeitsplatz eingerichtet worden. Zwei Boxen weiter entdeckte er César Huppendorfer, der sich an einem der Arbeitsplätze niedergelassen hatte und sich offenbar bereits damit beschäftigte, was auf diesen Rechnern so alles vorging. Als Lagerfeld näher trat, konnte er sehen, dass es sich um eine kyrillische Tastatur handelte, während auf dem Monitor eine deutschsprachige Webseite angezeigt wurde. An der Wand daneben hing ein Poster einer nackten Frau, welches ebenfalls in russischer Sprache beschriftet war.

»Russen, hier arbeiten Russen«, entfuhr es Lagerfeld, und Haderlein nickte zustimmend.

César lehnte sich zurück und wirkte reichlich betroffen. »Die haben hier ein regelrechtes Zentrum für politischen und gesellschaftlichen Cyberkrieg eingerichtet. Auf diesem Computer wurde das russische Facebook-Pendant VK unterwandert, und es wurden Avatare für Facebook kreiert, also Accounts erstellt, die ihre russlandfreundlichen Kommentare im Netzwerk platzieren, oder Trolle für Telegram entworfen und in die Welt der gutgläubigen User geschickt. Und das ist jetzt nur ein Computer von vielen, den ich mir gerade mal zwanzig Minuten lang angesehen habe. Das ist der absolute Wahnsinn, die sind hier unten angetreten, um in der westlichen Welt das blanke Chaos anzurichten. Da siehst du es jetzt einmal in aller Deutlichkeit, Bernd. So werden moderne Schlachten geschlagen. Nicht auf irgendwelchen Schlachtfeldern, hier, in den digitalen Medien und Social-Media-Kanälen, in den Köpfen der User findet der eigentliche Krieg statt. Und eine Etage höher kann man wunderbar betrachten, dass es genug Idioten gibt, die auf so eine dämliche Propaganda hereinfallen.«

»Max Leisgang, der große Rotblonde, den du oben kurz gesehen hast, Bernd, ist Mitarbeiter beim BND und hat mich vorhin kurz über den Sachverhalt hier aufgeklärt«, ergänzte Franz Haderlein. »Da die HfD, diese rechtsradikale Partei, ja vom Verfassungsschutz beobachtet wird, ist ihnen ein gewisser Roland Schober, ein Ex-Soldat aus Dresden, wegen seiner rechtsradikalen Einstellungen aufgefallen. ›Freie Sachsen‹, sage ich nur. Ziemlich bekannt, die Vögel. Im Zuge der Ermittlungen ist der BND dann auf diesen Keller gestoßen. Das hier ist eine Agitationszentrale des FSB, des russischen Geheimdienstes. Die haben von hier aus ihre Hassbotschaften, ihre Lügen über den Krieg in der Ukraine verbreitet. Und die HfD in Oberfranken hat sie gedeckt. Dreimal darfst du raten, wie diese Partei zu dem Geld gekommen ist, mit dem sie hier ihre horrende Miete bezahlt haben. Sie konnten das tun, weil sie von den Russen geschmiert wurden. Zuerst ging es darum, gegen das Impfen zu agitieren, dann, sich als Putinversteher zu outen, und schließlich, gegen Waffenlieferungen in die Ukraine zu hetzen. Und weißt du was, Bernd, der Auslöser für die Stürmung dieses Etablissements bist tatsächlich du mit deiner dämlichen Einbruchsaktion gewesen. Da war nämlich Gefahr im Verzug, auch wegen der Schwester der jungen Frau aus Afghanistan, wenn ich das richtig verstanden habe.«

»Wer?«, warf Lagerfeld ein, der mal wieder nur noch Bahnhof verstand. Russen, HfD, Afghanistan? Er blickte nicht mehr durch, aber Franz Haderlein hörte gar nicht hin.

»Wie auch immer, jetzt ist jedenfalls erst mal Schluss mit

dem ganzen Zirkus hier. Ich muss gleich weg, es gibt Haftbefehle gegen den kompletten HfD-Vorstand Oberfranken zu vollstrecken, der sich einen Stock höher zu seinen kruden Verschwörungsversammlungen getroffen hat. Und glaube mir, Bernd, jede einzelne Verhaftung wird mir ein außerordentliches Vergnügen sein. Mord, Beihilfe zum Mord und noch etliches mehr. Da kommt schon was zusammen.« Franz Haderlein hielt die Haftbefehle schon in der Hand und blickte erwartungsfroh auf die Akten, die ihm von Max Leisgang überlassen worden waren. »Vor allem der Vorsitzende, dieser Runzelmann, scheint ein besonders niederträchtiger Vogel zu sein. Ich glaube, den verhafte ich sogar besonders gerne«, meinte er und hielt die Ermittlungsakte mit dem entsprechenden Konterfei auf der Vorderseite freudig erregt nach oben.

»Das ist 'ne Sie, Franz. Meike Runzelmann«, klärte Lagerfeld seinen Kollegen auf. »Ich weiß, die hat von der Optik her was von einer Kalaschnikow, aber ich habe schon was von denen gelesen. Ein Parteiprogramm oder so was Ähnliches. Definitiv 'ne Sie.

»Bist du sicher?« Haderlein betrachtete zweifelnd das Foto auf dem Deckblatt seiner Akte.

»Was ist denn jetzt eigentlich mit dem kleinen Mädchen, was hat das damit zu tun?« Die stille Verzweiflung über diesen verworrenen Fall war bei Lagerfeld nicht mehr zu überhören, weshalb Haderlein seine Erklärungen vorerst einstellte.

»Das soll dir Max erklären, Bernd, scheint eine längere Geschichte zu sein. Aber jetzt gehen wir erst einmal nach oben, und ich stell dich den anderen vor. Das gilt auch für dich, César, überlass das hier mal den Profis vom BND, bevor du noch was kaputt machst«, ordnete Franz Haderlein ganz im Duktus eines Polizeichefs an und ging mit Lagerfeld und Huppendorfer im Schlepptau nach oben.

Draußen auf der Straße hatten sich alle polizeilichen Mitarbeiter um Lagerfelds Honda versammelt. Nur Amira stand mit ihrer kleinen Schwester etwas abseits, wo beide von einer Polizeipsychologin betreut wurden. Roland Schober war zur ärztlichen Behandlung ins Eberner Krankenhaus gebracht worden, um unter strenger Bewachung seine gekappten Finger und die Schusswunde behandeln zu lassen. Die Finger hatte man leider nicht mehr finden können, was der polizeilichen Belegschaft auf dem Eberner Marktplatz aber einerlei war. Jetzt stellten sich Mario Callies und Max Leisgang den Bamberger Beamten endlich genauer vor und wurden im umgekehrten Fall über die Bamberger Kripobeamten aufgeklärt, insbesondere auch über den Auszubildenden Presssack, der sein Herrchen Lagerfeld weiterhin mit einem bitterbösen Blick für dessen Fernbleiben bestrafte.

»Schau mich nicht so an, ich kann nichts dafür, du Heini«, beschwerte sich Lagerfeld bei seinem Schweinchen, dann fiel sein Blick auf ein großes, dreieckiges Loch im Stoffverdeck seines geliebten Cabriolets, das gestern Abend noch nicht dort gewesen war.

Andrea Onello schaute zwar schuldbewusst, sagte aber nichts, sondern zuckte nur entschuldigend mit den Schultern.

»Was für ein Scheißtag«, sagte Lagerfeld laut, in stiller Verzweiflung die ausgefransten Enden seines Verdeckloches befühlend.

Max Leisgang legte kameradschaftlich seine große Hand auf Lagerfelds schmale Schulter und deutete zum »Veracruz« hinüber, wo die Inhaber Klaus und Lupita Göller eingeschüchtert vor ihrem Restaurant standen. So richtig hatten sie noch nicht verstanden, welchen Sinn und Zweck dieser Einsatz gehabt haben sollte, aber ihnen dämmerte allmählich, dass die einträgliche Quelle ihrer Kellermiete künftig versiegen würde.

»Ich schlage vor, die Gesetzeshüter aller staatlichen Einrichtungen setzen sich jetzt dort drüben in dem mexikanischen Schuppen auf ein Bier zusammen, dann kann ich ja noch das eine oder andere erklären«, meinte Max Leisgang. »Na, wie wär's? Der BND gibt einen aus.« Er grinste in die Runde.

»Bin dabei«, antwortete Lagerfeld sofort. »Aber nur damit

das von vornherein klar ist, ich will jetzt endlich alles wissen, die ganze Geschichte«, forderte er bockig.

Max Leisgang grinste nun noch breiter, während der braun gebrannte Schweiger namens Callies, der die ganze Zeit stumm neben ihm gestanden hatte, zur Abwechslung auch einmal den Mund aufmachte.

»Die ganze Geschichte? Das kann dauern«, meinte er lakonisch, bevor er sich umdrehte und sich als Erster Richtung »Veracruz« aufmachte.

Als der Krieg aus war, kam der Soldat nach Hause.
Aber er hatte kein Brot.
Da sah er einen, der hatte Brot.
Den schlug er tot.
Du darfst doch keinen totschlagen, sagte der Richter.
Warum nicht, fragte der Soldat.

Wolfgang Borchert

Epilog 1

Er sah den Mann hereinkommen, und seine langjährige Berufs-erfahrung ließ den Verkäufer Schlimmstes befürchten. Da war zuallererst einmal die enorme Vehemenz, mit der die Tür zur Firma aufgestoßen wurde. Die Tür flog auf, als ob jemand Gei-seln befreien wollte, dann stürmte der Mann mit einer solchen Geschwindigkeit zum Platz des Verkäufers, dass der schon vor der Ankunft des Kunden an seinem Schreibtisch den Oberkör-per nach hinten gegen die Lehne seines Sessels drückte. Mit dem Blick eines erzürnten Berggorillas blieb der Mann vor ihm stehen und stützte beide Hände wütend auf den Tisch.

»Ich geb des Audo zurück, ich will a anneres, kabiert?«, schrie er Holger Kunzelmann an, der schon überlegte, ob er die Polizei oder lieber doch die Hells Angels rufen sollte.

»Wie bitte?«, fragte Kunzelmann, der überhaupt keine Ah-nung hatte, was dieser Irre da von ihm wollte, schüchtern.

»Des Audo, des, was ihr mir verkauft habt, des, was mer nie mehr aufdanken muss, angeblich, mid dem bin ich middn auf der Audobahn stehen gebliebn. Und nacherd had des Ding ned emal an Dank? Fünf Lidder hab ich versuchd neizuschüddn, der ganze Diesel is edzerd auf der Straß. Wießd denn du eichendlich, wie viel Geld des is, bei so Breise heutzutach an der Dankstelln? Was is denn des für a Scheißdrecks-Audo? Nachelneu, und had noch ned emal an Dank?«, brüllte der Mann hemmungslos, und sein Gesicht wurde immer dunkler.

Holger Kunzelmann hörte sich die Tiraden des Mannes gedul-dig an, und ganz allmählich wich seine Angst einer Erkenntnis. Aber er wollte sichergehen, deswegen fragte er lieber noch mal nach.

»Also, nur damit ich das auch richtig verstehe. Sie wollen bei mir Ihr neues Auto zurückgeben, weil es keinen Tank hat, habe ich das richtig verstanden?«

Mit dieser Frage goss Kunzelmann aber nur noch weiteres Öl in das ohnehin schon hell lodernde Feuer.

»Ja, des haste vollkommen richtich verstanden, du Kaschber. Dei Kolleche had mir einen dodalen Scheiß verkeffd. Aber verarschen kann ich mich aach selber, verstehsd? Also geb mer gfällichst mei Geld widder, sonst glabberts im Kardong!«, brüllte der Mann, ohne sich für die Blicke der anderen Kunden oder gar des Verkäufers vor ihm zu interessieren.

Kunzelmanns Gedanken rasten. Er musste den Kunden, der ja völlig außer sich war, irgendwie beruhigen und versuchen, ihm seine fehlerhaften Gedankengänge umständehalber klarzumachen.

»Entschuldigung ... Herr, äh ...«

»Zillich, Robert Zillich!«

»Ja, danke schön, Herr Zillig. Kann es vielleicht sein, dass Sie sich ein E-Auto gekauft haben? Eines mit elektrischem Antrieb? Wenn ja, ist das bei den Spritpreisen heutzutage doch das Beste, was Ihnen passieren kann. Das Auto können Sie zu Hause theoretisch an jeder Steckdose aufladen, die Sie finden. Einfach den Föhn raus, E-Auto-Stecker rein, verstehen Sie?«

Das war gut gemeint, fiel aber auf keinen fruchtbaren Boden.

»Föhn? Ja, spinnst du jetzt völlich? Kannst du mir vielleicht erglärn, wie ich die Dreckskiste neis Bad bringa soll, du Idiot?«, erwiderte Zillig, und erste Schweißperlen erschienen auf seiner geröteten Stirn.

Holger Kunzelmann spürte, dass das Fass jetzt nur noch diesen berühmten Tropfen brauchte, um hier in seiner kleinen Firma überzulaufen.

»Herr Zillig«, versuchte er es noch einmal und hob beschwichtigend die Hände.

»Ja?«, brüllte der Angesprochene mit vor Wut bebender Stimme. Offenbar konnte er sich nur noch mit Mühe zusammenreißen.

»Herr Zillig, kann es sein, dass Sie aus Haßfurt sind?«

Alle Umstehenden, Kunden wie Verkäufer, hielten entsetzt

den Atem an. Robert Zillig beugte sich jetzt noch weiter nach vorn, und seine weiß gewordenen Finger umkrampften schweißnass die Tischkante.

»Ja, bin ich. Wieso? Woher wessd du des überhaupt?« Er spuckte Kunzelmann die aggressive Frage förmlich ins Gesicht. Sein Publikum schloss die Augen, denn das, was jetzt kommen musste, konnte nur in einer absoluten Katastrophe enden. »Woher ich das weiß, Herr Zillig? Weil Sie sich in einem Fahrradgeschäft befinden. Die Autofirma ist nebenan. Deswegen können Sie hier auch kein Auto zurückgeben, so leid es mir tut. Aber ein E-Bike, das könnte ich Ihnen verkaufen. Das hat auch einen elektrischen Antrieb und lädt an jeder Steckdose«, antwortete Holger Kunzelmann, lehnte sich zurück und verschränkte süffisant lächelnd die Arme vor der Brust.

Epilog 2

Der Tag war aus polizeilicher Sicht ziemlich frustrierend gewesen, stellte der Auftrag, diese entlaufene Komapatientin zu finden, doch ein Unterfangen mit ziemlich geringen Erfolgsaussichten dar. Da tat es gut, wenn man nach solch einem Arbeitstag im Kreise seiner Kollegen und sonstigen Mitarbeiter die Idee einer neuen Nebentätigkeit präsentieren durfte. Jetzt, da dieses sinnlose Verbot in der deutschen Drogengesetzgebung endlich gefallen war, konnte er sich offen und frei seinem zweiten Standbein als Hanfsommelier widmen.

»Tja, Herrschaften, dann wollen wir einmal anfangen«, sagte er bedeutungsschwanger, griff sich ein Stabfeuerzeug und hielt die Flamme an die Räucherkohle, die auf dem kleinen Räucherofen lag.

Der Greifenklaukeller mit seinen übrigen Besuchern bekam von dem seltsamen Event an dem Tisch, der ganz vorn und noch dazu an der Seite des Geländers stand, nur sehr peripher etwas mit. Von diesem Bamberger Keller hatte man einen phantastischen Blick auf den beleuchteten Michelsberg, da standen Gruppenaktivitäten an Nachbartischen nicht im Mittelpunkt des Biertrinkerinteresses.

Nachdem er alles, was in seiner Schachtel gewesen war, auf dem Tisch ausgebreitet hatte, begann Lagerfeld zuerst einmal mit den grundsätzlichen Erklärungen. Schließlich geisterten ja doch noch viele Mythen über das Thema Hanf durch das Allgemeinwissen der deutschen Bevölkerung.

Zuallererst galt es, zwischen zwei grundverschiedenen Herstellungsmethoden zu unterscheiden. Da war zum einen das Marihuana, das aus der Blüte der Hanfpflanze hergestellt wurde, und zum anderen das weithin bekannte Haschisch, welches aus der kompletten Hanfpflanze gewonnen wurde. Während nun einige Sorten den Konsumenten eher high machten, im Sinne von euphorisch bis sinnlos belustigt, gab es andere Sorten, die den Konsumenten eher sedierten, also ruhigstellten. Beide Produktionsmethoden hatten ihre Vor- und Nachteile, vor allem aber verschiedene Sorten und Güteklassen. Da sich Lagerfeld als Hanfsommelier de luxe begriff, wollte er heute, bei seiner ersten offiziellen Verkostung, noch dazu vor lauter bekannten Gesichtern, nur das Allerbeste an Stoff kredenzen, also nur das wirklich gute Zeug. Darüber hinaus musste man seine Kundschaft kennen und die zur Persönlichkeit passende Darreichungsform wählen.

Andrea Onello zum Beispiel brauchte er nichts zum Rauchen anzubieten, da machte er ihr lieber einen heißen Tee. Im Nachhinein zeigte der aber keine durchschlagende Wirkung, weshalb die blonde Kommissarin wahrscheinlich die einzige Kursteilnehmerin des heutigen Abends war, die zwischen vorher und nachher keinen großen Unterschied ausmachte. Eigentlich hätte sie die Truppe an seiner Stelle nach Hause fahren können, aber es war ja sowieso schon für später ein Großtaxi bestellt worden.

Für César Huppendorfer gab es einen richtigen Joint der Sorte »Indica«, was bei dem Halbbrasilianer erst zu einer relaxten Grundhaltung, dann zu abgrundtiefer Müdigkeit führte. Irgendwann lag der dunkelhäutige Kommissar mit dem Kopf auf dem Tisch und war einfach eingeschlafen.

Für Honeypenny hatte Lagerfeld Haschischkekse gebacken, in die er sogar ein halbes Glas Honig gemischt hatte. Marina Hoffmann aß reichlich davon, spürte zu Anfang aber erst einmal keine Wirkung. Anscheinend mussten die Kekse erst einmal den kompletten Verdauungsprozess im komplexen Körper der Dienststellensekretärin durchlaufen, bevor sie dann später auf der Heimfahrt im Gemeinschaftstaxi die Kichererbse in der letzten Reihe spielen würde.

Die denkwürdigen Protagonisten des Abends waren aber ihrer aller Chef Robert Suckfüll und der Auszubildende im dritten Lehrjahr, Presssack. Da Lagerfeld davon ausging, dass sein Chef mit dem THC womöglich so seine Probleme bekommen würde, hatte er ihm eine Zigarre aus der mildesten Sorte gedreht, derer er habhaft werden konnte. Fidibus rauchte die Zigarre durchaus erwartungsfroh, während Lagerfeld Stein und Bein darauf geschworen hätte, dass dieses milde Kraut so gut wie keine Wirkung zeigen dürfte. Aber weit gefehlt. Fidibus legte ein immer breiteres Grinsen auf und blickte voller Begeisterung in den nächtlichen Himmel. Dieser Umstand allein wäre noch kein Aufreger gewesen, aber dann fing er an, von den aufregenden Geschichten zu berichten, die ihm angeblich die Sterne erzählten. Und da der gemeine Stern am Firmament bekanntermaßen keine Einzelerscheinung war, sondern eher zur Rudelbildung neigte, kam Fidibus aus dem Erzählen gar nicht mehr heraus. Eine sinnlose Story nach der anderen gab er zum Besten, während er mit verzücktem Blick an seiner qualmenden Zigarre schmauchte.

Das war am Anfang lustig, ging aber irgendwann jedem kolossal auf die Nerven, da seine Geschichten weder spannend noch lustig noch sonst wie interessant waren. Um ehrlich zu sein, sie waren einfach bloß abgrundtief sinnloses Gebrabbel.

Untermalt wurde Robert Suckfülls pseudoliterarischer Vortrag vom Auszubildenden Presssack, der fröhlich einen von Honeypennys Marihuanakeksen nach dem anderen inhalierte, ohne dabei, wie es eben so seine Art war, auf Maß und Ziel zu achten. Da sein Verdauungssystem weitaus flotter unterwegs war als das seiner Gönnerin, schlug das geballte THC in seinem kleinen Körper schon nach kürzester Zeit erbarmungslos zu. Und da das »Haze« den Organismus gerne einmal zu euphorisierten Handlungen verleitete, beschloss Presssack, sein menschliches Umfeld mit dem wunderbaren Inhalt seiner überaus dehnungsfähigen Blase zu beglücken, indem er jedem auf den Schuh pinkelte, der nicht schnell genug die Flucht ergriff.

Die Mannschaft am Tisch bekam davon zunächst gar nichts mit, lediglich Lagerfeld bemerkte irgendwann Presssacks feuchtfröhliches Treiben und schob ihn mehr oder weniger deutlich mit seinem Fuß zur Seite. Diese Zurechtweisung nutzte das kleine Ermittlerferkel, um seinen göttlichen Auftrag auf die restlichen

Besucher des Greifenklaukellers auszuweiten. Bald sprang ein Besucher nach dem anderen auf, um ganz schnell das Weite zu suchen. Ein Ende von Presssacks Eifer war auch nicht abzusehen, da er immer wieder zu seinem Wassernapf zurückkehrte, um sein Reservoir aufzufüllen. Irgendwann hatte er den Greifenklaukeller so gründlich geleert, dass er sich zufrieden unter den Tisch der Hanfverkostung legte, um auch noch den Rest seiner Blase in die Freiheit zu entlassen.

Das war dann auch das Signal für Lagerfeld, den Verkostungsabend offiziell zu beschließen, denn ein dauerlabernder Fidibus und ein teilentleertes Ermittlerferkel sägten dann doch an seiner nervlichen Substanz.

Bevor alle den Weg zum Sammeltaxi einschlugen, überreichte Lagerfeld Honeypenny noch zwei Zigarren, die er extra für Fidibus gedreht hatte. Dort hatte er erstens die stärksten Sorten hineingerollt, die er finden konnte. »Schwarzer Afghane«, »Roter Libanese« oder »Grüner Marokkaner« hatte er ebenso verwendet wie wirklich edle Sachen, zum Beispiel Charas aus Indien oder Pink Floyd aus Kalifornien. Allerdings schärfte er Honeypenny ein, dass ihr Chef diese Zigarren keinesfalls rauchen durfte, sondern nur daran riechen, so wie er es auch mit seinen Trockenzigarren machte. Sollte er womöglich auf die Idee kommen, eine von diesen Hanfbomben tatsächlich zu inhalieren, wären die Auswirkungen unabsehbar, sowohl für Fidibus als auch für die gesamte Menschheit. Honeypenny hatte sich sonst immer als eine rigorose Hüterin des rauchigen Verhaltens ihres Chefs erwiesen, aber als sie ins Taxi stieg, war auch noch nicht klar, dass ihr persönlicher THC-Schub noch bevorstand.

Und so fand diese erste Hanfverkostung ihrer Art in Bamberg ein spätes, aber erlebnisreiches Ende, und Lagerfeld konnte den Abend allein mit sich und der Welt ausklingen lassen.

Epilog 3

Wieder einmal saß die Bamberger Kripo zu einem geselligen Beisammensein versammelt auf dem Hof des Biobauern Sporath, der sich eigentlich als Herbergsvater von Riemenschneider und ihren Sprösslingen einen Namen bei den Polizeibeamten gemacht hatte. Diesmal war jedoch alles anders. Erstens war Sporath höchstselbst in einen ihrer aktuellen Mordfälle hineingezogen worden, zweitens war sein nagelneuer Mähdrescher abgebrannt, und drittens waren an diesem Abend auch Gäste anwesend. Max Leisgang und Amira Sharafuddin hatten noch einmal in groben Zügen ihre abenteuerliche Flucht aus Afghanistan geschildert und ihre Pläne für die nächste Zeit bekannt gegeben. Max würde Amira und ihre Schwester Sisa, die sich aufgrund ihrer traumatischen Erlebnisse während der Zeit in ihrem Kellerverlies in psychologischer Betreuung befand, mit nach Hannover nehmen, in seine Heimatstadt, und sich dort um die beiden kümmern. Ein anderer BND-Mitarbeiter hatte in Afghanistan als Tarnung seine seit Längerem vakante Stelle bei der UN-Hilfsorganisation eingenommen.

»Ach, übrigens, bringt euer neuer Mann eigentlich diesem Taliban an der afghanischen Grenze sein Medikament vorbei?«, wollte Lagerfeld wissen, dessen Kopf inzwischen wieder von einem Verband mit inkludiertem Kühlelement bedeckt wurde.

»Im Prinzip ja«, antwortete Max Leisgang kryptisch, und Mario Callies konnte ein Grinsen nicht wirklich verbergen.

Er ließ sich sogar zu einem seiner seltenen Wortbeiträge hinreißen. »Unser Neuer wird ihm sein Medikament bringen, sogar in der originalen Schachtel. Aber es ist nicht das drin, was drin sein sollte«, erklärte er, und sein Grinsen wurde noch breiter. »Ich habe das Ethambutol in der Schachtel gegen Prucaloprid austauschen lassen. Sieht fast genauso aus, wirkt nur anders«, erklärte Mario Callies trocken, und auch er bekam ein breites Lächeln nicht mehr aus dem Gesicht.

»Das ist ein Abführmittel, das stärkste, das es gibt. Wird normalerweise bei Darmträgheit verschrieben«, erklärte Max Leisgang unter dem allgemeinen Gelächter der Anwesenden, die keine moralisch verwerflichen Normverstöße bei einem solchen Vorgehen einem Talibanführer gegenüber erkennen konnten.

»Und mal umgekehrt, was ist mit der Verhaftung dieses HfD-Vorsitzenden? Habt ihr den endlich aus dem Verkehr gezogen?«, fragte Max Leisgang.

Franz Haderlein gab ihm bereitwillig Auskunft. »Ja, hat sich in Lichtenfels ohne Widerstand festnehmen lassen. Er war aber tatsächlich eine Sie, auch wenn man das nur nach einem gründlichen Studium der Akte erkennt«, stellte er fest. »Ich werde die Einstellungen dieser blauen Partei wohl niemals begreifen. Nicht nur, dass dieses Pack teilweise schlicht kriminell ist, die Argumente sind noch dazu komplett unlogisch, um nicht zu sagen hirnrissig. Nur mal als Beispiel diese Runzelmann. Als wir sie festgenommen haben, sitzt sie da, in ihren Klamotten aus China, vor einem japanischen Fernseher, auf einem schwedischen Sofa, mit thailändischem Fast Food in der Hand, das sie zuvor mit ihrem koreanischen Auto geholt hat. Trinkt italienischen Wein und schaut amerikanische Filme. Und so eine Frau ist Vorsitzende einer Partei, die massiv fremdenfeindlich ist.«

Er erntete allgemeines Klatschen und Gelächter, und Lagerfeld ergriff die günstige Gelegenheit beim Schopf, in derart relaxter Stimmung endlich auch das Geschenk der Dienststelle loszuwerden. Er überreichte Bernhard Sporath einen kleinen, liebevoll verpackten Geschenkkarton, den der Biobauer auch sogleich mit erwartungsvollem Blick öffnete. Zum Vorschein kamen zwei säuberlich gefaltete Unterhosen der Firma Schiesser. Eine in einem gedeckten Grün, die andere in einem prallen Eiergelb. Ratlos betrachtete der die Unterhosen mit den eher ungewöhnlichen Farben, bis ihn Andrea Onello aufklärte.

»Wir haben uns gedacht, Bernhard, da ja schon eine weithin

bekannte rote Unterhose von dir existiert, dass wir noch diese zwei dazugeben, dann ist die aktuelle Ampelregierung in Berlin komplett.«

»Und je nachdem, welche Partei du beschissen findest, kannst du dich ja entsprechend bekleiden«, ergänzte Lagerfeld unter allgemeinem Gelächter.

Bernhard Sporath zeigte nur eingeschränkte Begeisterung, dafür freute sich seine Frau umso mehr über die bevorstehende Abwechslung.

Lagerfeld hatte jetzt neben Amira Platz genommen, während sich die anderen um sie herum in lockeren Gesprächen ergingen. »Sag mal, Amira, weißt du eigentlich, was ich auf meiner Suche nach dir alles erleiden musste?«, fragte er die Afghanin. Dabei strich er sich mit der flachen Hand vorsichtig über den zerbeulten Kopf.

Amira schaute ihm lächelnd in die Augen, sagte aber nichts. Der gequälte Blick der jungen Afghanin ließ jedoch darauf schließen, dass sie, angesichts ihrer jüngsten Vergangenheit, das Leiden dieses deutschen Kommissars nicht so wirklich schlimm finden konnte.

Epilog 4

Der Mann kam direkt aus dem Operationssaal und wurde von einem Pfleger auf die Intensivstation des Eberner Krankenhauses geschoben. Schwester Gaby Dremmel hob fragend die Augenbrauen, denn von diesem Patienten hatte ihr noch niemand etwas erzählt.

»Kunzelmann, Holger, Fahrradhändler, direkt neben der Firma Sorg in Eyrichshof. Wurde von einem Kunden übel zugerichtet und liegt jetzt im Koma. Wann und ob der jemals wieder aufwacht, konnte der Chefarzt noch nicht sagen, du sollst dich aber um ihn kümmern«, erklärte der Pfleger und übergab Gaby Dremmel die Krankenakte.

»Na, wenigstens hat der einen Namen«, entgegnete die Intensivschwester und schob diesen Kunzelmann an den nächsten freien Platz.

Es gibt drei Dinge, die sich nicht vereinen lassen:
Intelligenz, Anständigkeit und Nationalsozialismus.

Man kann intelligent und Nazi sein.
Dann ist man nicht anständig.

Man kann anständig und Nazi sein.
Dann ist man nicht intelligent.

Und man kann anständig und intelligent sein.
Dann ist man kein Nazi.

Gerhard Bronner

Klepper Faltboot / Bundeswehr

Warsak Damm

Eberner Ringkeller

Die Romane von Bestsellerautor Helmut Vorndran im Überblick:

Alle Titel sind auch als eBook erhältlich.

Franken Krimis:

Das Alabastergrab
ISBN 978-3-89705-642-8

Das Alabastergrab
Hörbuch, gelesen von Helmut Vorndran
ISBN 978-3-89705-804-0

Blutfeuer
ISBN 978-3-89705-728-9

Der Colibri-Effekt
ISBN 978-3-89705-953-5

Drei Eichen
ISBN 978-3-95451-123-5

Das fünfte Glas
ISBN 978-3-95451-311-6

Habakuk
ISBN 978-3-95451-693-3

Der Jade-Sauropsid
ISBN 978-3-7408-0216-5

www.emons-verlag.de

Kamuelsfeder
ISBN 978-3-7408-0398-8

Lupinenkind
ISBN 978-3-7408-0690-3

Das Makarov-Puzzle
ISBN 978-3-7408-0959-1

Natternsteine
ISBN 978-3-7408-1340-6

Weitere:

Tot durch Franken
48 Mordsgeschichten
ISBN 978-3-89705-895-8

Isarnon – Stadt über dem Fluss
Ein Kelten-Roman
ISBN 978-3-95451-941-5

www.emons-verlag.de